劉 慈欣《りゅう・じきん／リウ・ツーシン》

CIXIN LIU
The
Dark Forest

三体

II

黒暗森林

下

大森 望、立原透耶、上原かおり、泊 功［訳］

早川書房

三体Ⅱ　黒暗森林

〔下〕

目次

第二部　呪文（承前）――― 7
第三部　黒暗森林 ――― 67
解説／陸　秋槎 ――― 335
訳者あとがき／大森　望 ――― 341

上巻目次

プロローグ
第一部　面壁者
第二部　呪文

登場人物

【面壁者たち】

羅輯（ルオ・ジー／ら・しゅう）……………………もと天文学者。社会学の大学教授

フレデリック・タイラー…………………………もと米国国防長官

マニュエル・レイ・ディアス…………………前ベネズエラ大統領

ビル・ハインズ…………………………………科学者、もと欧州委員会委員長

史強（シー・チアン／し・きょう）…………………もと警察官。通称・大史《ダーシー》

史暁明（シー・シアオミン／し・ぎょうめい）……史強の息子

荘顔（ジュアン・イエン／そう・がん）……………羅輯の妻

山杉恵子（やますぎ・けいこ）……………………脳科学者。ハインズの妻

【宇宙軍】

東方延緒（ドンファン・イェンシュー／
　とうほう・えんしょ）…………………………宇宙艦〈自然選択〉艦長

章北海（ジャン・ベイハイ／しょう・ほっかい）…〈自然選択〉艦長代行

常偉思（チャン・ウェイスー／じょう・いし）……初代宇宙軍司令官

丁儀（ディン・イー／てい・ぎ）…………………理論物理学者

葉文潔（イエ・ウェンジエ／よう・ぶんけつ）……地球三体協会のリーダー

第二部

呪文

（承前）

危機紀元20年
三体艦隊の太陽系到達まで、あと4・15光年

レイ・ディアスとハインズは同時期に冬眠から覚醒し、待っていたテクノロジーがすでに実現していることを知らされた。

「こんなに早く？」わずか八年しか経っていないと聞いて、ふたりは異口同音に叫んだ。

彼らに伝えられたのは、前例のない予算を注ぎ込んだ結果、この数年、テクノロジーが飛躍的な速度で進歩したという事実だった。とはいえ、楽観はできない。人類は最後の全力疾走で、〝智子《ソフォン》の壁〟までの距離を一気に縮めたに過ぎない。したがって、ここまでの進歩は純粋に技術的なものだった。最先端の物理学は、よどんだ水たまりのように、依然として同じ膠着状態にあり、理論の貯えはもう干上がりかけている。技術進歩は減速しはじめ、やがては完全に停止するだろう。しかし、少なくとも当面は、テクノロジーの発展にいつ終わりが来るのか、まだわからない。

＊＊＊

冬眠明けのまだぎこちない歩みで、ハインズはスタジアムのような建築物に足を踏み入れた。内部の空気は乾燥しているのに、白い霧にすっぽり包まれている。ハインズには霧の正体がわからなかった。月光のようなやわらかい光に照らされた霧は、人間の背丈あたりまではかなり薄いが、上に行くにつれて濃くなり、ドーム天井は完全に霧に隠されている。その白い霧を通して、小柄な人影が見えた。妻の山杉恵子だとひと目で気づいたハインズは、急いで駆け寄った。まるで幻を追うようだったが、やがてふたりは合流し、ひしと抱き合った。

「ごめんなさい、あなた。八歳も年をとっちゃった」山杉恵子が言った。

「それでもまだ、きみのほうが一歳若い」ハインズはそう言いながら、妻を観察した。時は彼女の容姿になんの痕跡も残していないように見えた。霧雨の夜の月光を思わせるしっとりした光を浴びて、彼女の顔は白くはかなげに見えた。霧と月光のせいで、ハインズは日本の家にある竹林で過ごした夜を思い出した。「ふたりで話し合って、きみも二年あとに冬眠するって決めたじゃないか。どうしてずっと待ってたんだ？」

「わたしたちの冬眠後の仕事のための準備をしておきたかったの。でも、やることがたくさんありすぎて」山杉恵子はひたいにかかった髪の毛を軽く払った。

「たいへんだった？」

「とてもたいへんだった。あなたが冬眠してからまもなく、次世代スーパーコンピュータの大型研究プロジェクトが六つ同時にスタートしたの。そのうちの三つはいままでどおりノイマン型のアーキテクチャを採用していたけれど、ひとつは非フォン・ノイマン型、あとのふたつは量子コンピュータと生物分子コンピュータだった。でも、二年後、この六つのプロジェクトの主任科学者たち全員が白旗を掲げた。わたしたちが求める演算能力は実現不可能だ、と。最初に中止されたのは量子コンピュータ計画。いまの理論物理学から、必要なバックアップが得られなかったから。研究は〝智子の壁〟にぶつかってしまったの。それにつづいて、生物分子コンピュータ計画も行き詰まった。このプロジェクトはただのファンタジーだった、と研究者は言った。最後に中止されたのが、非ノイマン型コンピュータ。このアーキテクチャは、実際は人間の脳のシミュレーションだった。ただしこれは、けっしてひよこにならない出来損ないの卵だったみたい。残る三つのノイマン型コンピュータのプロジェクトはまだ動いているけれど、もう長いあいだ、なんの進展もない」

「じゃあ、おしまいか……それなら、ずっときみといっしょに時を過ごすべきだった」

「そんなことをしても無駄。あなたに八年の歳月を棒に振らせるだけになっていたでしょう。でもとにかく、つい最近になって事情が変わった。もうだめだと完全に絶望した時期に、ひとつクレージーなアイデアを思いついたの。おそろしく野蛮な方法で人間の脳をシミュレートすること」

「野蛮な方法って？」

「以前のソフトウェア・シミュレーションをハードウェアにあてはめること。マイクロプロセッサ一個をニューロン一個に見立てて、すべてのマイクロプロセッサを相互接続し、接続モデルにダイナミックな変化が起きるのを待つ」

ハインズは数秒間考えてようやく、山杉恵子の言う意味を理解した。「つまり、一千億個のマイクロプロセッサをつくったと？」

恵子がうなずいた。

「それは……人類が有史以来つくってきたマイクロプロセッサすべての数に匹敵するんじゃないか？」

「計算したことはないけれど、たぶんそれより多いでしょうね」

「仮にそれだけの数のチップがつくれたとしても、そのぜんぶを相互接続するのにどれだけ時間がかかる？」

山杉恵子は疲れたように笑った。「無理なのはわかってる。やけっぱちで思いついたアイデアよ。でも、その時点では、ほんとうにやるつもりだったし、可能なかぎりたくさんつくるつもりだった」片手で周囲を示し、「ここは、計画していた三十カ所のヴァーチャル脳組み立て工場のうちのひとつ。実際に建設されたのはここだけだけど」

「ほんとうに、ずっときみといっしょに時を過ごすべきだったよ」ハインズはさっきよりも感情をこめて、同じ言葉をくりかえした。

「さいわい、求めていたコンピュータは手に入った。その性能は、あなたが冬眠する時点で最高クラスだったスーパーコンピュータの一万倍」

「ノイマン型？」

「ええ、昔ながらのノイマン型。ムーアの法則というレモンから無理やり絞り出した最後の数滴ね。このマシンは、コンピュータ業界を驚かせた――でも、今度はほんとうにもう行き止まり」

比類ないコンピュータか。もし人類が破滅したら、それに比肩するものは二度とできない。ハインズはそう思ったが、口には出さなかった。

「このコンピュータがあれば、解析撮像機《リゾルヴィング・イメージャー》の開発ももっと容易になる」それから、山杉恵子は唐突にこう質問した。「ねえ、一千億という数がどんなふうに見えるか、イメージできる？」夫が首を振るのを見て、彼女は笑って両手を広げた。「見て、あなた。これが一千億」

「なんだって？」ハインズは当惑して、周囲の白い霧を見た。

「ここは、スーパーコンピュータのホログラフィック・ディスプレイの中」山杉恵子はそう言いながら、胸の前にぶらさがっている器械を操作した。スクロール用のホイールがついている。たぶん、マウスみたいなものだろうと、ハインズは推測した。

　彼女の操作に応じて、周囲の白い霧に変化が生じた。霧が濃くなり、ある特定の領域が目に見えて拡大されはじめた。そのときようやく、ハインズは気づいた。霧は、無数の輝く粒子でできている。月のような光は、外の光源から射してくる散乱光ではなく、霧の粒子一個一個から放たれているのだ。さらに拡大がつづくうち、小さな粒子がきらめく星々に変わった。ただしそれは、地球上の星空ではなく、銀河系の中心に身を置いたかのように、星々がびっしりつまっていて、ほとんど暗闇がなかった。

「星のひとつひとつが神経細胞なの」山杉恵子が言った。ふたりの体は、一千億の星々から成る海で、銀色にめっきされている。

　ホログラムがさらに拡大をつづけ、ひとつひとつの星から周囲に向かって細いひげが放射状に伸びているのがわかった。この無数のひげは星々同士を複雑に相互接続し、やがて星空が消え失せて、気がつくとハインズは、無限に大きなネットワーク構造の内部にいた。

　三次元イメージは拡大をつづけた。ひとつひとつの星に、電子顕微鏡で見慣れた脳細胞と神経ネットワークの構造があらわれてきた。

　恵子がマウスを操作すると、ホログラム画像はたちまち白い霧の状態に戻った。「いまのは、解析イメージャーを使って三百万の断面を同時にスキャンした脳構造をまるごと投影したもの。もちろん、わたしたちがいま見ているこの画像もコンピュータ処理されたもので、観察の便を考えて、ニューロン間の距離を四桁から五桁大きくしている。脳の密度を希薄にした状態で見ているような感じね。でも、シナプス結合の関係性は保たれている。さあ、ダイナミックな動きを見て」

　霧に乱流が起きた。ひとつまみの火薬を炎の上に振りかけたように、霧の中に輝く無数の点が現れる。山杉恵子は画像を拡大し、星空モデルに切り替えた。ハインズは脳宇宙の中に押し寄せる星潮《スタータイド》を見た。星々の海の乱流は、さまざまな場所にさまざまなかたちで出現した。あるものは川のよう、あるものは渦のよう、あるものはすべてを押し流す潮のようだった。そのすべてが瞬間的に変化する激動のカオスの内部で、はっとするほど美しい、自己組織化の映像が次々に現れた。それから、またホログラムが変化して、神経ネットワーク・モデルになると、無数の神経シグナルが、複雑なパイプのネットワークの内側で真珠のようにきらめきながら、細いシナプスに沿ってメッセージを伝えているのが見えた。

「これはだれの脳？」ハインズが驚嘆したような口調でたずねた。

「わたしのよ」山杉恵子が愛情あふれるまなざしでハインズを見やった。「この思考スキャンを撮ったとき、あなたのことを考えていたの」

注意してください。ライトが緑になると、六つのテスト命題が表示されます。命題が真なら右手でキーを押し、偽なら左手でキーを押してください。

命題１　石炭は黒い。

命題２　１＋１＝２

命題３　冬の気温は夏の気温より低い。

命題４　男性は一般に、女性より身長が低い。

命題５　二点間の最短距離は直線である。

命題６　月は太陽より明るい。

以上の命題が、被験者の眼前の小スクリーンに順番に表れた。それぞれの命題は四秒ずつ表示され、被験者は自分の判断にしたがって、左右どちらかの手でキーを押した。被験者の頭部は金属のカバーに覆われていて、解析イメージャーが脳をスキャンし、そのホログラフィー映像をキャプチャーする。

コンピュータがそれを処理し、動的なニューロン・ネットワーク・モデルをつくることで、分析が可能になる。

これは、ハインズの研究プロジェクトの第一段階だった。被験者はごく簡単な分析的思考《クリティカル・シンキング》を行うだけなので、テスト命題も、もっとも簡潔で明確な解答があるものに限定されている。この種のシンプルな思考だと、脳神経ネットワークの機序が比較的識別しやすく、それが思考の本質を深く研究するスタート地点になった。

ハインズと山杉恵子が率いる研究チームは、すでにある程度の進展を見せていた。分析的思考は、脳神経ネットワークの特定の位置に生じるのではなく、神経インパルスを伝達する特別なモードを利用しているという事実が判明した。さらに、強力なコンピュータの助けを借り、あるメソッドを使えば、広大な神経ネットワークの中から特定の思考パターンを検索して、探し当てられることもわかった。そのメソッドとは、天文学者リンギアが羅輯《ルオ・ジー》に教えた、恒星の位置を特定する方法に似ていた。星の海の中からある特定の配置を見つけるのと違って、脳宇宙では位置関係がつねに変化するため、数学的特徴で識別するしかない。たとえて言えば、広大な大海原からたったひとつの小さな渦を探すようなもの。したがって、恒星の場合より何桁も大きい演算能力が必要とされる。この最新のスーパーコンピュータによって、はじめてそれが可能になったのだった。

ハインズ夫妻は、ホログラフィック・ディスプレイに映し出された脳マップの雲の中をぶらぶら歩きまわった。被験者の脳の中で、分析的思考が行われる箇所が特定されるたびに、コンピュータはこの雲の中に赤いライトを点灯させてその位置を示す。実際には、これは目で見てぱっとわかる楽しみを提供するための方便で、かならずしも研究に必要な機能ではない。重要なのは、その思考ポイントにおいて神経インパルスが伝達される内部構造がどうなっているのかを分析することだった。なぜならそこに、心の本質的な秘密が隠されているからだ。

と、そのとき、研究チームの医療チーフが息せき切ってやってきて、１０４号被験者にトラブルが発生したと告げた。

解析イメージャーが開発されたばかりのころは、スキャンする脳断面画像の数があまりにも膨大なので、照射される放射線量が被検体の生命に危険を及ぼすことが懸念された。しかしその後、何度も改良を加えた結果、スキャン時の放射線量は、すでに安全なラインにまで下がっていた。そして、膨大な回数の実験により、撮影がある一定の時間内であれば、解析イメージャーは脳になんらダメージを与えないことが判明していた。

「恐水病に罹患しているようです」ハインズ夫妻をともなって医療センターに急ぐ途中、医療チーフが言った。

ハインズと山杉恵子は驚いて足を止めた。ハインズは目を見開き、医療チーフに向かって言った。

「恐水病？　つまり、狂犬病にかかっていると？」

医療チーフは片手を上げ、自分の考えを整理するように、ちょっと間をおいてから言った。「すみません、言い方が不正確でした。肉体的にはなにも問題ありません。脳にも他の臓器にもまったく異状はありません。ただ、狂犬病患者と同じく、水を怖がるというだけです。水を飲むことを拒み、水分の多い食べものさえ拒否します。完全に精神的な症状です。水が毒だと思っているのです」

「被害妄想？」山杉恵子がたずねた。

医療チーフが手を振った。「いいえ、だれかが水に毒を盛ると思っているわけじゃありません。ただ、水そのものが毒だと信じ込んでいるんです」

ハインズ夫妻はまた立ち止まった。医療チーフはどうしようもないというふうに頭を振った。「しかし、心理学的には、それ以外の面はまったく正常です……うまく説明できません。どうぞ、ご自身の目でたしかめてください」

104号被験者は、小遣い稼ぎのために志願した大学生だった。病室に入る前に、医療チーフはハインズ夫妻に言った。「彼はこの二日間、水を飲んでいません。このままだと重い脱水症状になるでしょう。今後は強制的に水を摂らせないと」病室にある家庭用電子レンジを外から指さし、「あれを見てください。パンもほかの食べものも、レンジで完全に水分を飛ばしてから食べるんです」

ハインズ夫妻が病室に入ると、104号被験者は恐怖のまなざしで彼らを見た。唇はひび割れ、髪はぼさぼさだが、それ以外では正常に見えた。ハインズの袖をひっぱり、かすれた声で言った。「ハインズ博士、やつらはぼくを殺そうとしている。理由はわからない」枕元の棚に置いてある一杯の水を指さし、「ぼくに水を飲ませようとするんだ」

ハインズはそのコップの水に目をやり、被験者はぜったいに狂犬病ではないと確信した。ほんとうの恐水病なら、患者は水を見ただけで恐怖で痙攣《けいれん》し、水が流れる音を聞くと狂ったようになる。ひどいときには、だれかが水のことを口にしただけで激しい恐怖反応を示す。

「目の表情と口調から判断して、心理学的には正常な状態ね」山杉恵子が日本語でハインズに言った。彼女は心理学の学位を持っている。

「水が毒だと本気で信じているのかい？」ハインズが被験者にたずねた。

「疑いの余地がありますか？　太陽に光があり、空気に酸素があるのと同じです。この基本的な事実はだれにも否定できないでしょう？」

ハインズは学生の肩を抱くようにして言った。「なあ、生命は水から生まれて、水なしでは生きられないんだよ。きみの体も、七〇パーセントは水でできている」

104号被験者の目が暗くなり、頭を抱えてがっくりベッドに倒れ込んだ。「そう。その問題がぼくを苦しめる。宇宙でいちばん信じがたいことだ」

「104号の実験記録を見たい」病室を出たあと、ハインズはそう言って、医療チーフのオフィスへと赴いた。

「まず、テスト命題を見せて」山杉恵子が言った。

命題がパソコンのモニター上に表れた。

命題１　猫の足は合計三本である。
命題２　石に生命はない。
命題３　太陽の形は三角形である。
命題４　同じ体積であれば、鉄は綿花より重い。
命題５　水は劇毒である。

「とめて」ハインズが命題5を指さした。

「彼の答えは、〝偽〟でした」医療チーフが言った。

「命題5に回答したあとのすべてのデータと操作を見て」

記録によると、命題5に回答したのち、解析イメージャーは、被験者の脳神経ネットワークにおける分析的思考ポイントのスキャン強度を上げていた。これは、そのエリアのスキャン精度を高めるべく、スキャンに用いる放射線と電磁波をそのせまい範囲でのみ強くしたことが原因だった。ハインズと山杉恵子はモニター上に表示されたデータの長いリストを注意深く調べた。

「他の被験者やべつの命題について、これと同様の強化スキャンを実施したことは？」ハインズが医療チーフに質問した。

「強化スキャンの結果にはとりたてて向上が見られなかったため、局所的な放射線量超過の心配もあって、四回テストしただけで中止しました。最初の三回は……」パソコンで検索し、「どれも無害な

〝真〟の命題です」

「スキャン条件をそのときとまったく同じにして、命題5でもう一度実験をしてみましょう」山杉恵子が言った。

「しかし……被験者は？」医療チーフがたずねた。

「わたしだ」ハインズが言った。


水は劇毒である。


白い背景の上に、命題5が黒いテキストで出現した。ハインズは左手で〝偽〟のキーを押した。強力なスキャンによって後頭部にかすかな熱が感じられるが、それ以外はなんの感覚もなかった。

ハインズが解析イメージャー室から出て、テーブルの前に腰を下ろした。山杉恵子を含む一団がそれを見守っている。テーブルの上には水を入れたコップが置かれていた。ハインズはコップを手にとって、ゆっくりと口に運び、ひと口だけ飲んだ。動作はゆったりして、表情も落ち着いていた。みんな、ほっと息をつきかけたが、そのとき異常に気づいた。水を飲んだハインズののどが動いていない。表情筋が強ばり、上向きにかすかに痙攣した。そして、104号被験者が示したのと同じ恐怖の色が目に現れた。精神がかたちのない大きな力と戦っているかのようだった。最後に、ハインズは口の中の水をカッとぜんぶ吐き出し、ひざまずいて嘔吐しようとするが、なにも出てこない。顔は紫色になっていた。山杉恵子が夫を抱きしめ、片手で背中を叩き、呼吸が戻ったハインズに片手をさしだした。

「紙ナプキンよ」ハインズはそれを受けとり、革靴にこぼれた水を丁寧に拭きとった。

「水が毒だと本気で信じてるの、あなた？」山杉恵子が目に涙を浮かべてたずねた。実験に先立ち、それとはべつの、まったく無害な〝偽〟の命題にとりかえるようにと彼女は何度も懇願したが、ハインズがそれを拒否したのだった。

　ハインズがゆっくりとうなずいた。「ああ」彼は頭を上げてみんなを見た。そのまなざしには無力さとまどいが満ちていた。「思うよ、本気でそう思う」

「あなたの言葉をくりかえさせて」山杉恵子が彼の肩を摑んだ。「生命は水から生まれ、水なしに生きることはできない。あなたの体の七〇パーセントは水でできている！」

　ハインズは頭を垂れ、床にこぼれた水の跡を見つめ、それからまた首を横に振った。「そのとおりだ、恵子。その問題がわたしを苦しめる。宇宙でいちばん信じがたいことだ」

＊＊＊

　制御核融合の技術的ブレイクスルーが達成されてから三年、地球の夜空には続々と、いくつもの見慣れない天体が登場していた。多いときには同じ半球に五つも同時に見える。その明るさは急激に変化して、ときには金星以上にもなり、しばしば高速で瞬いている。ときにはどれかがとつぜん爆発して急に明るくなったかと思うと、二、三秒して消えることもあった。これらの天体は、静止軌道上で実験中の核融合反応炉だった。

　未来の宇宙船の方向性は、最終的に、非媒質放射ドライヴが勝利をおさめた。この推進方式が必要とする高出力原子炉は宇宙で実験するしかなく、地上から三万キロメートルの彼方に設置されたきらめく核融合炉は、核星《ニュークリア・スター》と呼ばれた。核星の爆発は、悲惨な失敗ではあるものの、ほとんどの人が誤解しているのとは違って、原子炉の中で核爆発が起きたことを意味するわけではなく、炉の外殻が核融合の熱で溶けてしまい、炉心が露出する現象だった。炉心は小さなひとつの太陽で、地球上のどんな耐熱材料も蠟のように溶かしてしまうため、電磁場の中に格納するしかないが、しばしばそれが不具合を起こすのだった。

宇宙軍司令部の最上階バルコニーで、常偉思《チャン・ウェイスー》とハインズは、たったいま、そうした核星爆発のひとつを目撃したところだった。月のような輝きが、一瞬、あたりに影を投げかけ、すぐに消えた。ハインズは、タイラーに次いで、常偉思が対面したふたりめの面壁者《ウォールフェイサー》だった。

「今月、もう三回めだ」と常偉思は言った。

ハインズは、もう暗くなった空を見た。「この核融合炉の出力は、未来の宇宙船のエンジンが必要とする出力の一パーセントにしかなりません。しかも、運転が安定しない。百歩譲って、必要とされる核融合炉が開発されたとしても、エンジン技術の開発はさらにむずかしい。きっと、智子の壁にぶつかる」

「そう。あらゆる道に、智子が立ちはだかっている」常偉思が遠い目をして言った。空の光が消えたいま、地上の都市に広がる光の海がいっそう明るくなったように見えた。

「希望の光も、生まれる端から薄れ、いつか永遠に消えてしまう。おっしゃるとおり、あらゆる道に智子が立ちはだかっています」

常偉思が笑って言った。「ハインズ博士、ここに来たのは、敗北主義について話をするためだったのでは？」

「まさにその話をしているのですよ。今回の敗北主義の復活は、いままでと違って、生活水準が急激に低下した一般大衆が基盤になっている。軍に対する影響はますます大きくなるでしょう」

常偉思はハインズに視線を戻したが、なにも言わなかった。

「ですから、閣下の苦境はわかります。力になりたいのです」とハインズ。

常偉思はハインズを静かに数秒間見つめたが、彼の目からはなにも読みとれなかった。少将はハインズの言葉には答えず、ただこう言った。「人類の脳が顕著な変化を遂げるには二万年から二十万年かかるが、人類文明はたかだか五千年の歴史しかない。だから、われわれはいまも、原始人の脳を使っている。……博士のユニークなアイデアには心から感服する。もしかしたらそれが真実の答えかもしれない」

「ありがとうございます。われわれはみんな、基本的に石器人ですよ」

「しかし、テクノロジーを使って精神の能力を強化することが、はたしてほんとうに可能だろうか」

それを聞いて、ハインズは興奮をあらわにした。「少将、閣下はそれほど原始的じゃない、少なくともほかの人とくらべたら！　閣下はいま、〝知性〟ではなく〝精神の能力〟と言われた。後者は前者より多くを含みます。たとえば、いま敗北主義に打ち勝つには、知性に頼ってはだめです。智子の壁の前では、より知性の高い人間ほど、勝利の信念を持ちにくくなる」

「まださっきの質問の答えを聞いていない。可能なのか？」

ハインズは首を振った。「三体危機以前のわたしと山杉恵子の研究についてはご存じですか？」

「よくは知らない。思考の本質は分子レベルではなく量子レベルにある、というくらいかな。つまりそれは……」

「つまりそれは、智子がわたしを待っているということです。われわれが……」ハインズが空を指さした。「彼らを待っているように。われわれの研究はまだ目標からはるかに遠いところにある。それでも、予期せざる副産物を生み出した」

常偉思は控えめな興味を示し、かすかな笑みを浮かべてうなずいた。

「細部には立ち入りませんが、簡単に言うと、脳神経ネットワークの中に、判断を下す精神メカニズムと、判断に決定的な影響を与える能力を発見しました」とハインズがつづけた。「人間が判断を下すプロセスは、コンピュータで言えば、外部からデータを入力して計算し、最後に結果を出力することに相当します。われわれが可能にしたのは、計算プロセスを省略して、ダイレクトに結果を出すことです。ある情報が脳に入ったとき、それが神経ネットワークの特定の一部に影響を与え、脳がそれについて考えることさえなく一定の判断を下す――その情報が真であると判断する――のを可能にしたのです」

「それはすでに実現していると？」常偉思がおだやかにたずねた。

「ええ。ある偶然の発見がきっかけとなって研究を進め、すでに実用化しました。われわれはそれを〝精神印章《メンタル・シール》〟と呼んでいます」

「もしその判断が――もしくは、その信念が――現実と対立したら？」

「その場合、最終的には信念が覆りますが、その過程には相当な苦痛が伴います。というのも、精神印章によって意識がくだす判断は、おそろしく強固で、動かしがたいのです。わたし自身、かつて精神印章によって、水は毒であると信じ込みました。二カ月にわたる心理的治療を受けてやっと水が飲めるようになりましたが、その過程は……じっさい思い出したくもありません。しかし、水は毒であるという命題が明確な偽であるのに対し、他の命題はそうではないかもしれない。たとえば、神は存在するとか、人類はこの戦争で勝利するとか、そういう命題には明確な真偽が与えられない。信念をかたちづくるノーマルなプロセスでは、あらゆる種類の選択を通じ、心がどちらか一方に少しだけ傾くようになります。しかし、こうした命題が真であると精神印章によって確立されると、その信念は盤石の堅さになり、びくともしません」

「それはまさしく、すばらしい成果だ」常偉思が真剣な口調になった。「つまり、神経科学にとっては。しかし現実には、ハインズ博士、あなたが生み出したのはすこぶる厄介な代物だ。掛け値なしに、歴史上もっとも厄介な代物だろう」

「この精神印章を使って、勝利へのゆるぎない信念を持つ宇宙軍をつくりたくないのですか？　軍隊には政治委員がいるし、教会には司祭がいる。精神印章は、彼らが効率よく仕事をするための技術的な手段にすぎません」

「政治思想工作の要諦は、科学的で理性的な思想を通じて信念を醸成することだ」

「しかし、科学的で理性的な思想を基盤にして、この戦争に勝利するという信念を兵士たちに抱かせることははたして可能なのですか？」

「もし不可能だとしたら、博士、われわれにとってはむしろ、勝利の信念を持たないかわり、独立した思考を持ちづける宇宙軍のほうが望ましい」

「この信念以外の、独立した思考はもちろん当人の自由に任されます。わたしたちはただある一点に関与するだけです。テクノロジーを用いて思考を超越し、たったひとつの結論を意識の奥底に固定化するだけなのです」

「もういい。テクノロジーがコンピュータのプロセスを修正するように人間の思考を修正してしまったら、修正されたあとの人間は、はたして人間なのか、それとも自動機械なのか？」

「『時計じかけのオレンジ』を読まれたんですね」

「思想的にとても深い本だったよ」

「閣下の反応は予想どおりです」ハインズがため息をついた。「わたしはひきつづきこの方面で努力します。ひとりの面壁者が実行すべき責務として」

＊＊＊

惑《P》星防衛《D》理事会《C》面壁計画公聴会で、ハインズがはじめて精神印章について説明したとき、議場ではめったにない感情的な反応が広がった。アメリカ代表が、多数の参加者の考えを代弁して、簡潔にこう述べた。「ハインズ博士と山杉博士は、並はずれた才能を使って、人類の暗黒の扉を開けてしまった」

フランス代表が怒りをあらわにして立ち上がった。「人類は自由な思想を持つ権利と能力を失った。この戦争に負けるのと、どちらがより悲惨だろうか？」

「もちろん後者のほうが悲惨ですとも！」ハインズが背筋を伸ばして反論した。「なぜなら、たとえ前者の状況に置かれても、生き延びてさえいれば、人類は少なくともまだ思考の自由をとり戻すチャンスがある！」

「それはどうかな。こんなものがもしほんとうに使われたら……いやはや、あんたたち面壁者ときたら」ロシア代表は万歳するように両手を上げた。「タイラーは人間から生命を奪おうとした。あんたは人間から心を奪おうとしている。いったいなんのつもりだ？」

この言葉で議場は大騒ぎになった。

イギリス代表が言った。「きょうはたんに動議を出すだけだが、わたしは全加盟国の政府が一致してこの提案を葬ると信じている。なにがあろうと、思想統制ほど邪悪なものはない」

ハインズが言った。「思想統制と口にしただけで、どうしてみなさんはこんなに過敏に反応するのですか？　商業広告からハリウッド文化まで、思想コントロールは現代社会のいたるところに存在する。中国のことわざで言えば、五十歩百歩というやつだ」

アメリカ代表が言った。「ハインズ博士、あなたが歩いたのは、ただの百歩ではない。あなたは暗黒の敷居までたどりつき、現代社会の基盤を脅かしている」

会場はまたもや騒然となった。ハインズは、風向きをコントロールしなければならないことがわかっていた。彼は、声を張り上げて言った。「この男の子に学んでください！」

果たしてそのひとことで、会場の喧騒は一瞬、静まった。「男の子がどうしたって？」議長がたずねた。

「この話はみなさんご存じでしょう。ある男の子が、森の中で、倒れてきた大木に足をはさまれ、動けなくなった。そのときそこにいたのは、その男の子ひとりだけ。足からの出血は止まらず、放っておいたら死んでしまう。そこで彼は、みなさんが恥じ入るような、果敢な決断をした。のこぎりをとって、大木にはさまれた足を自分で切断し、這うようにして森を出ると、通りかかった車を見つけ、病院へ赴いた。そうやって自分の命を救ったのです」

ハインズは満足げに見まわした。少なくとも、彼の話に口をはさむ人間は、議場にはだれもいなかった。「人類がいま面している問題は、生きるか死ぬかです。人類全体と文明の生死がかかっているのです。このような状況下で、どうしても犠牲にできないものなどあるでしょうか？」

コンコンと二回、軽やかな音がした。議長が木づちを叩いていたが、もうこのときの議場はあまりうるさくはなかった。出席者は、公聴会のあいだ、このドイツ人議長が珍しいほど平静さを保っていることに気がついた。

議長はおだやかな口調で言った。「まず最初に、みなさんが目の前の状況を直視することを望みます。地球防衛システムの構築は、予算が増える一方です。世界経済は同時に急激な衰退に転換しました。人類社会の生活レベルが一世紀後退するという予言は、そう遠くない将来、現実のものとなるでしょう。また、地球防衛に関連する科学研究は、智子の壁にぶつかることが多くなり、技術の進歩は日増しに減速しています。それが国際社会における敗北主義の新しい波を引き起こし、やがては太陽系防衛計画の全面崩壊につながるかもしれません」

議長の言葉に、議場はしんと静まり返った。議長は三十秒近く沈黙したのち、ようやくまた口を開いた。

「わたしもみなさんと同様、精神印章のことをはじめて知ったときは、毒蛇を見たような恐怖と嫌悪感を覚えました。しかし、いまとるべきもっとも理性的なアプローチは、冷静になって真剣に考えることです。悪魔がほんとうに現れたとき、最善の選択は、冷静さと理性を保つことです。この公聴会では、ただたんに、評決の対象となる動議が提出されたに過ぎません」

ハインズは一縷《いちる》の望みを見出した。「議長、代表のみなさん、わたしが最初に出した提案はきょうの議決の対象になりませんから、みなさんは一歩下がって考えることができるかもしれません」

「何歩下がったところで、思想統制など絶対に受け入れられない」フランス代表が言った。だが、その語調は、さっきほど強くはなかった。

「もし思想統制でないとしたら？　統制と自由の中間にある、べつのものだとしたら？」

「精神印章は思想統制に等しい」日本代表が言った。

「そうでもない。思想統制では、必然的にコントロールする者とコントロールされる者がいる。たとえば、みずから志願して自分の意識に精神印章を捺《お》したとしたら、これは思想統制と言えるでしょうか？」

会場はふたたび沈黙に陥った。成功が近づいたことを感じて、ハインズは先をつづけた。「精神印章を、公共施設のような場所で社会に開放することを提案します。命題はひとつのみ。戦争にかならず勝利するという信念です。精神印章の助けを望んでこの信念を得たい人は、一〇〇パーセントみずからの希望のもと、この施設を利用することができます。もちろん、これはすべて厳格な監督下で実施されねばなりません」

会議で討論が開始された。ハインズの提案を基礎に、精神印章の使用には多くの制限が課された。中でももっとも重要なのは、使用範囲を宇宙軍に限るというものだった。軍隊における思想統一は比較的容易に受け入れられた。公聴会は連続八時間近くも行われ、いままでの最長記録となった。最終的に、次の会議に審議を持ち越す動議が提出され、常任理事国代表がそれぞれの政府に持ち帰って検討することが決まった。

「この施設に名前をつけるべきじゃないか？」アメリカ代表が言った。

「〝信念救済センター〟はどうだ？」イギリス代表が言った。英国流ユーモアらしい皮肉な名前にどっと笑いが起こった。

「〝救済〟は削って、〝信念センター〟にしましょう」ハインズが真面目くさって答えた。

***

信念センターの正門前には自由の女神の縮小レプリカが立っていた。意図はわからないが――〝自由〟を使って〝統制〟の色を薄めようとしたのかもしれない――もっとも注意を引いたのは、自由の女神の台座に刻まれたエマ・ラザラスの詩が以下のように改変されていることだった（原注　原詩は次のとおり。「その疲れた者たち、貧しい者たちを寄越しなさい／自由の空気に焦がれ、ひしめく人たちを、ここへ／あふれかえる岸で、あわれにも拒まれた者たちを／寄る辺ない、嵐に打たれた者たちを寄越しなさい／わたしは掲げる、金色の扉に、この、灯りを！」）。

希望を失った者たちをここに寄越しなさい
勝利を渇望する、恐れに満ちた群衆たちを
裏切りの砂州で拒まれ、茫然とする者たち
彼ら俯いて彷徨《さまよ》える者たちを寄越しなさい
見よ、わが金色《こんじき》の信念の灯りが慰めるゆえ

この詩に出てくる〝金色の信念〟は、女神像の横に立つ〝信念碑〟と呼ばれる四角い黒の花崗岩に、多数の言語で、目立つように刻まれていた。いわく、

三体世界の侵略に抵抗する戦争に、人類はかならず勝つ。太陽系に侵入した敵は、かならず抹殺する。地球文明は、この宇宙に永遠に存続する。

信念センターのオープンから、すでに三日経っていた。ハインズと山杉恵子は、荘厳な玄関ホールで、利用者が来るのをずっと待ちつづけていた。信念センターは、国連広場の近くにあるあまり大きくないビルで、新たな観光スポットとなっている。そのため、自由の女神と信念碑の前で記念写真を撮っていく観光客はひきも切らないが、中に入ってくる人間はひとりもいなかった。だれもが注意深く距離を保っている。

「ねえ、これって、夫婦で切りまわしてる、いまにもつぶれそうな店みたいじゃない？」山杉恵子が言った。

「いつか聖地になる」ハインズが重々しく言った。

三日目の午後、ついにひとりの利用者が信念センターに入ってきた。憂鬱そうな顔つきの禿げた中年男性で、足もとはおぼつかず、近づいてくると、酒のにおいがぷんぷんした。

「信念をもらいにきた」と呂律《ろれつ》がまわらない口調で言う。

「信念センターを利用できるのは、各国の宇宙軍メンバーだけです。どうか身分証明書をご呈示ください」山杉恵子がお辞儀をして言った。ハインズの目には、東京プラザホテルの礼儀正しいウェイトレスのように見えた。

男はごそごそと証明書をとりだした。「おれは宇宙軍の人間だ。軍属。これでいいか？」

仔細に身分証明書を見て、ハインズはうなずいた。「ミスター・ウィルスン、いま実施されますか？」

「もちろんだ」男がうなずき、胸のポケットから、きちんと折りたたまれた一枚の紙をとりだした。

「あんたたちの言う、信念の命題だ。ちゃんと書いてきた。おれはこれを信じたい」

山杉恵子は、規則を説明しようとした。惑星防衛理事会の決議によれば、精神印章の刻印が許されている命題は一種類だけ。入口の石碑に刻まれた内容で、一字たりとも違ってはいけない。その他いかなる命題も、厳格に禁止されている。しかし、ハインズは妻を軽く制止して、この人物が求める命題がなんなのか、まずたしかめようとした。紙を開くと、そこには次のように書いてあった。

『キャサリンは俺を愛している。浮気なんか、いままで一度もしたことがないし、これからだってしない！』

山杉恵子は笑いを押し殺したが、ハインズは憤慨したようにその紙を丸め、よっぱらいの憂鬱気な顔に投げつけた。

「出ていけ！」

ウィルスンがつまみ出されたあと、またひとり、信念碑の前を通る人間がいた。ふつうの観光客は、信念碑の手前を見えない境界線にして、それ以上は信念センターに近づかないようにしている。その人物は、石碑のうしろをしばらくぶらぶらしていたが、ハインズはすぐに彼に気づいて恵子を呼んだ。

「あいつを見ろ。あれはぜったい軍人だ！」

「心身ともにすっかりくたびれているみたいね」恵子が言った。

「でも、軍人だ。まちがいない」ハインズがその人物に話しかけるべくセンターを出ようとしたとき、彼が正面玄関の階段を上がってくるのが見えた。さっきのウィルスンより見た目は若く、東洋系のハンサムな顔立ちだった。しかし、恵子が言ったとおり、いくらか憂鬱が見てとれた。彼女の意見では、その憂鬱はさっきの失意の男とは違って、もう何年もつきあってきた相手のように、軽そうに見えてより深刻だという。

「呉岳《ウー・ユエ》といいます。信仰をいただきにまいりました」彼が〝信念〟ではなく〝信仰〟と言ったことをハインズは心に留めた。

山杉恵子が一礼して、先ほどの言葉をくりかえした。「信念センターを利用できるのは、各国の宇宙軍メンバーだけです。どうか身分証明書をご呈示ください」

呉岳は微動だにしないまま、言った。「十六年前、わたしは一ヵ月、宇宙軍にいましたが、そのあと退役しました」

「一ヵ月、宇宙軍にいた？　さしつかえなければ、退役理由は？」ハインズがたずねた。

「わたしは敗北主義者でした。上層部もわたし自身も、もはや宇宙軍の仕事に向かないと判断しました」

「敗北主義は一般的な精神状態です。正直に自分の考えを言うなんて、ずいぶん誠実な敗北主義者ですね」と山杉恵子が言った。「いまも宇宙軍にいるあなたの元同僚にだって、もっと重い敗北主義コンプレックスを抱いている人がいるでしょう。彼らは隠しているだけです」

「そうかもしれません。でもわたしは、それ以来ずっと、迷子になっているのです」

「軍を去ったから？」

呉岳は首を振った。「いいえ。わたしは学者の家に生まれ、受けてきた教育によって、ずっと人類をひとつのものと見なしてきました。のちに軍人になってからも、全人類のために戦うことが軍人の栄誉だとずっと思ってきました。その機会がほんとうに訪れたのです。でもそれは、敗北が運命づけられている戦争でした」

ハインズが口を開きかけたが、恵子に先を越された。「失礼ですが、いまおいくつですか？」

「五十一歳です」

「もし勝利の信念を獲得して宇宙軍に戻ったとしても、その年齢では、軍隊で一からやりなおすには遅すぎませんか？」

恵子は彼にきっぱり門前払いを食わせるのがしのびないらしい。深い憂鬱にとらわれたこの男は、女性の目にはきっととても魅力的に映るのだろう。しかしハインズには、そんなことはどうでもよかった。この男は明らかに絶望に呑み込まれて、生きる意味を失っている。

呉岳は首を振った。「誤解です。勝利の信念を手に入れるために来たわけではありません。わたしはただ、魂の平安を求めているのです」

ハインズはまた口を開きかけたが、恵子にとめられた。

呉岳が先をつづけた。「わたしは、アナポリスの海軍兵学校時代にいまの妻と出会いました。彼女は敬虔なキリスト教徒で、未来にも冷静に向き合い、わたしが嫉妬をおぼえるほどです。妻はこう言います。過去から未来まで、すべては神の計画のうちにあり、主の子どもであるわれわれは、その計画を理解する必要はない、それが宇宙においてもっとも合理的な計画だとかたく信じて、主のご意思にしたがって平穏に生きるだけでいい、と」

「では、神に対する信仰を手に入れるためにいらっしゃったということですか？」ようやくハインズはたずねた。

呉岳がうなずいた。「信仰の命題を書いてきました。ごらんください」彼は上着のポケットに手を伸ばした。

恵子は、口をはさみかけた夫をまたさえぎって、呉岳に言った。「だとしたら、どうぞ信仰してください。こんな極端な、技術的手段をとる必要はありません」

元宇宙軍士官は苦笑した。「わたしは唯物主義教育を受けて育った、確固たる無神論者なのです。信仰を得るのが簡単だと思いますか？」

「絶対にだめだ！」ハインズは恵子の前に出て言った。彼はできるだけ早く、事態をはっきりさせようと心に決めていた。「あなたもご存じのとおり、国連決議に照らせば、精神印章が刻印できる命題はたった一種類だけだ」応接デスクの中から、凝った装飾が施された赤いカードケースをとりだし、中を開けて呉岳に見せた。黒いビロードの内張りに金色の字で、信念碑と同じ勝利の誓約が刻まれている。「これが信念符です」彼は、他のさまざまな色のケースをとりだした。「これらは、それぞれ違う言語で書かれた信念符です。呉さん、精神印章の使用に関する規則がいかに厳格か、説明させてください。手続きの安全性と信頼性を保証するため、命題はモニターに表示せず、信念符のような原始的な方法で志願者に目を通してもらう。実際の押捺《おうなつ》は、志願を原則とし、操作は志願者みずからの手で行ってもらう。具体的に言うと、信念符を自分で開き、自分で精神印章の起動スイッチを押します。ほんとうに刻印が行われる前に、システムは確認のチャンスを三回与えます。操作の一段階ごとに、信念符は十人のチームで綿密に検査・確認される。このチームは、国連の人権委員会と惑星防衛理事会常任理事国から特別に派遣された人々で構成されている。精神印章の全押捺プロセスにおいて、十人のチームが厳格に監督します。したがって、呉さん、あなたの要求は絶対に実現不可能です。宗教的信仰の命題など忘れてください。信念符の命題を一語でも変えたら、それは犯罪です」

「それは申し訳ない。ご迷惑をおかけしたことをお詫びします」呉岳は軽くうなずいた。彼はこの結果を予期していたようだった。きびすを返して歩き出す彼の背中はさびしげで年老いて見えた。

「つらい余生になるわね」と山杉恵子が低い声で言った。その口調にはやさしさがこもっていた。

「呉さん！」正面玄関を出たところにいた呉岳をハインズが呼び止め、追いかけて外まで走っていった。夕陽の輝きが、信念碑とその向こうの国連ビルのガラス壁に反射し、まるで炎のようだった。ハインズはそのまぶしさに目を細めながら言った。「信じられないかもしれませんが、わたしはもう少しで、あなたと正反対のことをするところでした」

呉岳はけげんそうなまなざしをこちらに向けた。ハインズがふりかえると、恵子はまだ来ていなかった。そこでハインズは、ポケットから一枚の紙をとりだして開き、呉岳に文面を見せた。「これはわたしが自分に捺そうとした精神印章です。もちろん躊躇して、最終的には実行しませんでしたが」

紙には太い字でこう記されていた。

『神は死んだ』

「どうして？」呉岳が顔を上げてたずねた。

「自明のことでしょう。神は死んだのでは？　神の計画も、やさしき軛《くびき》もくそくらえだ（後者はミルトン「失明の歌」の一節、「主は、人の業も、おのが賜物も必要としない。主のやさしい軛をよく負う者こそがよく仕える」より）」

呉岳は無言でハインズをちらっと見て、階段を下りていった。

ハインズは、信念碑が投げかける影の中に入っていく呉岳に向かって、階段の上から大声で叫んだ。

「あなたを軽蔑しているふりがしたい。でもできない」

翌日、ハインズと山杉恵子が待ち望んでいた人々がついに現れた。この日の午前中のうららかな陽光を浴びて、四人がやってきた。三人はヨーロッパ人の顔立ちをした男性で、もうひとりは東洋人の容貌をした女性だった。彼らはみな若く、まっすぐ背筋を伸ばしてゆったりと歩き、見たところ自信と成熟に満ちていた。だがハインズと恵子は、呉岳の目の中にあった憂鬱ととまどいにどこか似たものをそこに感じとっていた。

彼らはフロントの前にきちんと整列してそれぞれの身分証明書を呈示し、最初のひとりが重々しく言った。「自分たちは宇宙軍の軍人です。勝利の信念をいただきにまいりました」

精神印章の操作プロセスは非常に迅速に進んだ。信念符は十人の国連監督官の手に渡され、彼らひとりひとりが念入りに内容をチェックし、公式証書にサインをした。その後、彼らの監督のもと、最初の志願者が信念符を受けとり、精神印章スキャナーの下に座った。その前には、右下に赤いスイッチがついた小さな作業台があり、そこに信念符を置く。志願者が信念符を開くと、声が質問した。

「あなたは自分がこの命題の信念を獲得したいと確信していますか？　もしそうなら、どうぞボタンを押してください。もしそうでないなら、どうぞスキャンエリアを離れてください」

このような質問が三回くりかえされ、三度ともボタンが押されて、赤いライトが輝いた。自動姿勢調整装置がゆっくり動き、志願者の頭部をはさんでしっかり固定した。声が言った。「精神印章手続きの準備ができました。命題を黙読してから、ボタンを押してください」

ボタンを押すと、緑のライトが点灯した。三十秒ほどすると、そのライトが消えて、声が言った。「精神印章手続きが完了しました」ポジション装置が離れ、志願者が立ち上がった。

四名の軍人全員が処置を終えて玄関ホールに戻ってきた。山杉恵子は彼らを仔細に観察した。すぐにわかったことだが、ひとめ見たときに感じた、雰囲気がよくなったという印象は気のせいではなかった。四対の目から憂鬱やとまどいは消えうせ、まなざしは水のごとく静かに落ち着いている。

「どう、感じは？」恵子は微笑みながらたずねた。

「最高です」若い将校のひとりがにっこりした。「まさに、あるべき状態になりました」

一行が帰るとき、東洋系の顔立ちの女性がふりかえって、ひとことつけ加えた。「博士、ほんとうにすばらしい気分です。ありがとうございました」

このとき以来、少なくとも四人の若者の心の中では、未来はたしかなものになった。

その日から、信念を獲得したい宇宙軍メンバーが途切れることなくセンターにやってきた。彼らは、最初のうちは主《おも》にひとりひとりで、のちにはグループで訪れた。最初は民間人の服装が多かったが、あとになると、ほとんどが軍服姿になった。一度に五人以上が同時に来た場合、監督官チームは審査会議を行い、その中のだれかが無理強いされていないか確認した。

一週間後、すでに百名以上の宇宙軍メンバーが精神印章によって確固たる信念を得ていた。階級は、下は二等兵から、上は精神印章の使用が許可される上限にあたる上級大佐まで、幅広かった。

その夜、月光に照らされた信念碑の前で、ハインズは山杉恵子に言った。「ねえ、われわれも行かなきゃ」

「未来へ？」

「そう。脳を研究しているほかの科学者たちとくらべて、われわれがとくに優秀というわけじゃないし、やるべきことはもうすべてやった。歴史の車輪を動かしたんだ。だから、未来に行って、歴史が追いつくのを待とう」

「どのくらい未来？」

「ずっと未来だよ、恵子。ものすごく未来。三体艦隊の探査機が太陽系に到着する日」

「その前に、東京のあの家に戻って、しばらく過ごしましょう。結局、この時代には永遠に別れを告げることになるんだから」

「もちろんだよ、恵子。わたしもあそこが懐かしい」

＊＊＊

半年後、どんどん深まる冷たさの中に沈み込み、まもなく冬眠に入ろうとしていたとき、山杉恵子の心の中の騒がしい音が寒さに凍りつき、聞こえなくなった。十年前、羅輯が凍った湖に落ちたあのときと同じく、それによって、集中した思考の糸が孤独な闇の中で解放された。だしぬけに、ぼんやりとしていた思考が、真冬の寒空さながら、異様なほどクリアになった。

山杉恵子は冬眠手順を中断してと叫ぼうとしたが、時すでに遅し。超低温が体に浸み込み、彼女は声を出す能力を失っていた。

オペレーターと医師は、冬眠に入ろうとしている女性の目がほんのわずか開き、そのまなざしが恐怖と絶望に満ちているのを見た。もし冷気にまぶたが凍っていなかったら、彼女は大きく目を見開いていただろう。しかしそれは、過去の冬眠者にも見られたノーマルな反射に過ぎなかったので、スタッフは気にも留めなかった。

＊＊＊

国連惑星防衛理事会面壁計画公聴会は、恒星型水素爆弾実験について討論していた。

コンピュータ・テクノロジーにおける巨大なブレイクスルーにともない、過去十年にわたって研究されてきた核爆発の理論的な恒星モデルをついにコンピュータが扱えるようになり、超大型高出力恒星型水爆の製造にも道が開けた。初代の恒星型水爆の核出力はTNT当量で三百五十メガトンと見積もられ、人類がこれまでに生み出した最大の水素爆弾の十七倍に達した。このようなスーパー核爆弾は、もちろん大気圏内では実験できない。地下で実験するとしても、もし従来の深さの地下核実験場で爆発させれば、土石が噴出することになる。そのため、地球上で実験するには超大深度の立坑が必要だが、そこで起爆させれば、強力な衝撃波が全世界に伝わり、おそらく津波や地震を引き起こすだけでなく、広大な範囲の地質構造に予測不可能な影響を与えるだろう。したがって、恒星型水爆の実験は宇宙で行うしかなかったが、高軌道での実験は不可能だった。その距離では、電磁波が地球の通信と電力システムに壊滅的な影響を与えるからだ。もっとも理想的な実験場所は、月の裏側だった。しかし、レイ・ディアスはべつの場所を選んだ。

「実験は水星で行うことにした」とレイ・ディアスが宣言した。

公聴会に参加していた各国代表はこの提案に驚き、計画の意味について次々に質問が飛んだ。

「面壁計画の基本原則に基づき、理由は説明しない」レイ・ディアスが冷たく答えた。「実験は地下方式で行うべきであり、水星に超大深度坑を掘る必要がある」

ロシア代表が言った。「水星の地表で実験するというなら、まだしも考慮の余地はある。しかし、地下実験となると、コストがかかりすぎる。水星に深い縦坑を掘る費用は、同様の土木工事を地球上で行う場合の百倍になる。おまけに、核爆弾が水星の環境に与える影響から、なんの有益な情報も得られない」

「水星の地表での実験も不可能だ！」アメリカ代表が言った。「これまでのところ、レイ・ディアスは、全面壁者の中でもっとも資源を消費している。いまこそ彼を止めるべき時だ！」イギリス、フランス、ドイツの各代表もこの言葉に賛同した。

レイ・ディアスは笑って言った。「たとえ消耗した資源が羅輯《ルオ・ジー》博士並みに少なかったとしても、あんたがたはおれの計画を熱心に否定しただろうよ」彼は議長に向き直った。「議長ならびに各国代表に思い出していただきたい。面壁者が提案したすべての戦略計画の中で、わが計画は主力防衛計画ともっとも緊密に協調するものであり、主力防衛計画の一部と見なしてもいいくらいだった。絶対量で見れば資源の消費は多いかもしれないが、そのうちの相当部分は主力防衛計画と重なっている。したがって——」

イギリス代表がレイ・ディアスの発言をさえぎった。「なぜ水星で地下核実験をするのか説明したまえ。無駄金を使うためという以外に、説明が見当たらない」

「議長ならびに各国代表のみなさん」レイ・ディアスが冷静に反駁《はんばく》した。「いまお気づきのとおり、PDCは面壁者に対しても面壁原則に対しても、もはや最低限の敬意さえ抱いていない。もしおれたちが計画の細部をすべて説明せよと求められるとしたら、面壁計画の意味はどこにある？」彼は燃え上がるような目で各国代表をひとりずつにらみつけ、その全員が目をそらした。

レイ・ディアスがつづけた。「それでもなお、先ほどの問いについて、喜んで説明しよう。水星の大深度地下で核実験を行う目的は、地下に大きな洞窟をつくり、将来の水星基地とするためだ。そのための土木作業を遂行するのに、これがもっとも経済的な方法であることは言を俟《ま》たない」

レイ・ディアスの言葉で、円卓にささやき声が広がった。ある代表が質問した。「面壁者レイ・ディアス、つまり、水星に水素爆弾の発射基地をつくると？」

レイ・ディアスは自信たっぷりに答えた。「そのとおり。いまの主力防衛計画の戦略理論では、防御システムの重点を太陽系の外惑星（火星、木星、土星など地球の外側の惑星）に置くべきであるとし、内惑星（水星と金星）は防衛上、重要ではないとして軽視されている。おれが計画した水星基地は、主力防衛計画のこの弱点をカバーするものだ」

「太陽を怖がっているくせに、太陽にいちばん近い惑星に行きたいというのか。妙な話だな」とアメリカ代表が軽口を叩き、笑い声が起きたが、議長から警告を受けた。

「かまわんよ、議長。こういう礼儀知らずにはとっくに慣れた。面壁者になる前から慣れっこだ」レイ・ディアスが軽く手を振った。「しかし、あんたたち全員は、目下の事実を尊重すべきだ。外惑星も地球も等しく陥落したあと、水星基地は人類最後の砦になる。太陽を背にして、放射線掩護《えんご》のただなかに位置する水星は、もっとも堅固な陣地となる」

「面壁者レイ・ディアス、つまりきみの計画の意義は、人類が絶望的な状況に立ち至ったときの最後の抵抗にある、と？　じつにきみらしい計画だ」フランス代表が言った。

「最後の抵抗を考えることをあっさりやめてしまうわけにはいかないのだ、諸君」レイ・ディアスが重々しく言った。

「いいだろう、面壁者レイ・ディアス」議長が言った。「では教えてほしい。きみの配備シナリオにおいて、ぜんぶでいくつの恒星型水素爆弾が必要になる？」

「多ければ多いほどいい。地球の生産能力のかぎりをつくして製造してほしい。具体的な数については、未来の水素爆弾が到達する核出力しだいだが、現在の数字に照らして考えると、配備計画の第一陣に必要な数は少なくとも百万発」

　レイ・ディアスの言葉は議場に大爆笑を引き起こした。

「どうやら面壁者レイ・ディアスは、小さな太陽をつくるだけでは飽き足らず、銀河系をまるごとひとつつくりたいようだな！」アメリカ代表が声高に言い、レイ・ディアスのほうに身を乗り出した。

「海の軽水素《プロチウム》と重水素《デューテリウム》と三重水素《トリチウム》がきみだけのためにあるとでも思っているのか？　爆弾に対するきみの異常な愛情のために、地球は水素爆弾生産工場になるべきだと？」

　このとき、議場ではレイ・ディアスひとりが泰然としていた。自分が引き起こした騒ぎがおさまるのを静かに待ち、それからひとことひとこと、ゆっくり区切りながら言った。「これは人類の終末決戦だ。したがって、おれが求める数字は、まったくもって多くはない。とはいえ、きょうのこの結果は予想していたとおりだ。それでもやはり、おれは必死に働いて爆弾をつくる。できるだけ多くの爆弾をつくる。けんめいに働いて、働いて、働きつづける」

＊＊＊

　水星には二種類の色しかなかった。黒と金。黒は水星の地表の色。近距離から苛烈な太陽の光を浴びても、反射率の低い大地は一面、漆黒のままだった。金は太陽の色。この惑星では、空のかなりの部分を太陽が占め、その大きな日輪の中に、逆巻く炎の海と、黒雲のように漂う黒点が見える。日輪のへりでは、絢爛《けんらん》たるプロミネンスが優雅なダンスを踊る。

　そして人類は、太陽の燃える海の間近に宙吊りになったこの硬い大きな岩のかたまりに、もうひとつの小さな太陽を与えようとしていた。

　軌道エレベーターの完成によって、人類は太陽系惑星の大規模な探査計画を開始し、有人宇宙船が木星の衛星群や火星に着陸したが、そうしたニュースはさほど大きな話題にならなかった。というのも、これらの探査計画の目的が、いままでよりずっと具体的で実用的であることをだれもが知っていたからだ。すなわち、太陽系防衛のための基地建設である。この遠大な目標にくらべたら、化学推進ロケットに頼る航宙は、ゴールに向かうほんの小さな数歩でしかない。初期の探査は外惑星に集中したが、宇宙戦略研究が深まるにつれ、内惑星の戦略価値をなおざりにすることに対する疑問の声がしだいに大きくなり、その結果、金星と水星の探査が強化された。これは、レイ・ディアスの提案した恒星型水素爆弾の水星実験計画がからくもPDCの承認を得られた理由のひとつでもあった。

水星の地層に実験用の深い縦坑を掘ることは、人類が地球以外の惑星で行うはじめての大規模土木工事だった。作業が可能なのは地球時間で八十八日つづく夜のあいだだけで、工期は地球時間で三年と見積もられていた。しかし、予定していた深度の三分の一まで掘り進んだところで、金属と岩石が入り交じった異常な硬さの地層が現れた。つづけて掘削すれば、時間もコストもこれまでよりはるかに嵩《かさ》むことになるため、最終的に工事の終了が決まった。現在の深さで実験を行えば、爆風によって周囲の岩石がほぼまちがいなく噴出し、クレーターができて、事実上の大気圏核実験になる。さらに、周囲の外輪山の干渉をうけるため、実験結果の観察は、通常の大気圏核実験よりはるかにむずかしい。しかしレイ・ディアスは、そのクレーターにドームをかぶせれば基地として使えると主張し、現在の深度で地下実験を行うことに固執した。

実験は夜明けに行われた。水星の日の出は十数時間かかる長いプロセスで、いまは地平線にかすかな光の点がひとつ現れたところだった。起爆のカウントダウンがゼロになると同時に、爆心地を中心とする波が同心円状に広がった。水星の大地は、一瞬、サテンのようにやわらかくなった。それから、グラウンドゼロでは、目を覚ました巨人の背中のように、ゆっくりと山が隆起した。その頂が高さ三千メートルにまで達したとき、山全体が爆発し、大地が空に向けて怒りのこぶしを振り上げたかのごとく、数十億トンの泥土と岩石が空に向かって吹き飛んだ。大地が沸き立つとともに、核爆発の火球が地下から四方八方にまばゆい光を放ち、宙を舞う石や土を照らして、漆黒の水星の空をバックにすさまじい花火のスペクタクルを演じた。核爆発の火球は五分にわたって生き長らえ、岩の塊の雨をまわりに降らせてから消えた。

爆発現象がおさまってから十時間後、観測者たちは、水星に環《リング》が出現していることに気づいた。激しい爆発によって吹き飛ばされた岩石の相当量が第一宇宙速度に達し、水星の軌道を周回するさまざまなサイズの無数の衛星となったためだった。それらの岩石は軌道上で均等に散開し、水星は、環を持つはじめての地球型惑星となった。水星の環は細く、強烈な陽光を浴びて輝くその姿は、全音符のように見えた。

さらに一部の岩石は、第二宇宙速度に達して水星の引力圏を離脱し、太陽の衛星となって、太陽をめぐる水星の公転軌道上に非常にまばらな小惑星帯を形成することになった。

＊＊＊

レイ・ディアスは地下にある自宅にいた。彼が地下室で過ごすのは安全のためではなく、太陽恐怖症のためだった。日光から遠く離れた、閉所恐怖症を引き起こしそうなこの環境が、彼には快適だった。彼はその場所にこもり、水星核実験の生中継をリアルタイムで見ていた。もっとも、映像が地球に到達するまでに約七分の時間がかかるので、厳密に言えばリアルタイムではない。水星での核爆発がおさまってすぐ、火球後の暗闇に岩石雨が降り注いでいる時点で、レイ・ディアスはPDC議長から電話を受けた。いわく、恒星型水素爆弾のすさまじい威力は、主力防衛計画の上層部に強いインパクトを与えた。PDC各常任理事国は、恒星型水素爆弾の製造と配備について話し合うため、できるだけ早く次の面壁計画公聴会を開催するよう要求している。議長はそれにつづけて、レイ・ディアスが求める数の水素爆弾をつくることはまったく不可能だが、各大国がこの武器の生産に興味を持ったことはまちがいないと告げた。

水星核実験が終了して十数時間が過ぎ、レイ・ディアスがきらめく新しい水星の環をTVモニター越しに見ていたとき、インターカムから守衛の声がした。

「お約束の精神科医のかたがお見えになりました」

「精神科医なんか呼んでない。追い返せ！」侮辱されたような気分で、レイ・ディアスが怒りの声をあげた。

「ミスター・レイ・ディアス、まあそうおっしゃらず」もっと落ち着いた、別人の声がした。来訪者の声らしい。「わたしなら、あなたが太陽を見られるようにしてあげられますよ」

「出ていけ！」レイ・ディアスが大声で叫んだが、すぐに考えを変えた。「いや、その莫迦野郎をとっ捕まえて、どこから来たのか吐かせろ」

「……なぜそんな体になったのか、その原因を知っていますから」声はおだやかにつづけた。「ミスター・レイ・ディアス、どうか信じてください。それを知っているのは、あなたとわたし、この世界でたったふたりだけです」

その言葉を聞いて、レイ・ディアスははっとした。それからインターカムに向かって、「そいつを入れろ」と命じ、しばらくのあいだ、ぼんやりとした目で天井を見つめていた。ゆっくり体を起こし、散らかったソファからネクタイをとって、また放り投げた。鏡の前に行って衣服を整え、手櫛で髪をちょっと撫でつけた。それはまるで、なにか重大な行事に臨むための準備のようだった。

たしかに重大な行事だ。彼にはそれがわかっていた。

通されてきたのは、端整な顔立ちの中年男性だった。入ってきても自己紹介しようとはせず、部屋にたちこめる葉巻のにおいとアルコールのにおいにわずかに眉をひそめたあと、ただそこに佇んで、レイ・ディアスの探るような視線をおだやかに受け止めた。

「どこかで会ったような気がするが」レイ・ディアスが来客を観察しながら言った。

「不思議はありませんよ、ミスター・レイ・ディアス。スーパーマンに似ているとよく言われますから。ほら、古い映画の」

「ほんとうに自分がスーパーマンだとでも思ってるのか？」レイ・ディアスはソファに座って葉巻をとりだすと、吸い口を噛んでから火をつけた。

「そう問われる以上、わたしが何者かはもうご存じのようですね。わたしはスーパーマンではありません、ミスター・レイ・ディアス。そしてあなたも、スーパーマンではない」

そう言いながら、来訪者は一歩前に踏み出した。レイ・ディアスは、先ほど吐き出したばかりの葉巻の煙を通して、目の前に立つ相手が自分を見下ろしているのに気づき、自分も立ち上がった。

来訪者が言った。「面壁者マニュエル・レイ・ディアス、わたしはあなたの破壁人《ウォールブレイカー》です」

レイ・ディアスは憂鬱そうにうなずいた。

「座ってもよろしいでしょうか？」破壁人がたずねた。

「だめだ」レイ・ディアスは相手の顔に向かってゆっくりとまた煙を吐き出した。

「そんなに落ち込まないでください」破壁人が思いやりある微笑みを浮かべた。

「落ち込んでなどいない」レイ・ディアスの声は石のように堅く冷たかった。

破壁人は壁に歩み寄り、スイッチを入れた。どこかにある換気扇が回る音がしはじめた。

「ここのものを勝手にいじるな」レイ・ディアスが警告した。

「新鮮な空気が必要ですね。それに太陽の光も。面壁者レイ・ディアス、わたしはこの部屋にとても詳しいんですよ。智子が送ってきた映像で、あなたが檻に閉じ込められた獣のように何時間も行ったり来たりするのをいつも見ていました。この世界で、わたしほど長時間あなたを凝視してきた人間はいないでしょう。しかも、正直な話、当時はわたし自身にとっても同じくらいつらい時期でした」

破壁人はレイ・ディアスをまっすぐ見つめたが、相手は冷たい彫像のように無表情だった。破壁人は話をつづけた。

「フレデリック・タイラーとくらべて、あなたは卓越した戦略家です。面壁者としても優秀だ。信じてください、お世辞ではありません。なにしろあなたは、かなり長いあいだ、そう、十年近くにわたって、わたしを欺いていたのですから。あのスーパー核爆弾に対する狂熱。宇宙戦争ではまったく非効率な武器なのに、それが煙幕となって、あなた自身の戦略の方向性をまんまと隠し通した。そしてわたしは、あなたの真の戦略の糸口を何年も見つけ出せずにいた。あなたが仕掛けた迷路の中でもがき苦しみ、あるときはほとんど絶望しました」

破壁人は艱難辛苦の日々を思い出すように、感慨深げに天井を見上げた。

「その後わたしは、あなたが面壁者になる前の情報をチェックすることを思いつきました。これは容易なことではなかった。というのも、あなたが面壁者になる前の情報をチェックすることを思いつきました。これは容易なことではなかった。というのも、智子の助けが得られないからです。ご存じでしょう、当時、地球に来ていた智子の数はごく限られていました。そして、ラテンアメリカの一国の元首に過ぎないあなたは、智子の注意を引かなかったのです。そこでわたしは通常の手段で資料を集めるしかなく、それに三年もの歳月を要しました。その資料の中に、ひとり、気になる人物がいました。ウイリアム・コスモ。あなたは彼と、秘密裏に三度会談している。話の内容は智子も記録していませんし、わたしにも永遠にわからない。しかし、ひとりの発展途上国の元首が、西洋の天体物理学者と三回も会うというのは尋常ではない。あなたはこのときすでに、面壁者となる準備をはじめていたのです。

あなたがコスモ博士の研究成果に興味を持ったことはまちがいない。なぜそれがあなたの注意を引いたかは、いまのわたしにもはっきりとはわかりません。ともあれ、あなたにはエンジニアリングの素養があり、社会主義を愛する前任者の成功体験がある。その前任者も、エンジニアによって統治される国家に対する熱情をあなたと共有しています。それであなたは、コスモの研究の潜在的重要性に気づく能力と感性を持っていたのでしょう。

　三体危機以降、コスモ博士が率いるチームは、三体星系の大気の研究に従事してきました。三体星系の大気は、かつて存在した元惑星が生み出したものではないかというのが彼らの仮説でした。その惑星が恒星のひとつと衝突して、恒星の外殻にあたる部分、光球と対流圏をばらばらに壊してしまい、その結果、恒星内部の物質が宇宙に噴き出して、それが周囲を包む大気層になったのではないか。三体星系では、三つの太陽の動きにまったく規則性がないため、恒星同士がきわめて近距離ですれ違うことがありますが、そういうとき、片方の恒星の大気は相手の恒星の重力によって散らされてしまうものの、恒星表面で起きる噴出によってすぐまた補充される。この噴射はつねに起きているわけではなく、火山と同じく、あるときとつぜん爆発が発生する。つまりそれが、三体星系の恒星大気層がたえず収縮と膨張をくりかえす原因ではないか。この仮説を証明するため、コスモは宇宙を探索しつづけ、大気を持つ恒星、それも惑星との衝突のあとに噴出現象を起こした恒星を見つけようとしたのです。そして、危機紀元三年、コスモはついにそれに成功しました。

　コスモ博士の研究チームが発見した惑星系275E1は、太陽系からおよそ八十四光年の位置にありました。当時、ハッブルII宇宙望遠鏡はまだ運用されていなかったため、彼らはドップラー分光法（主星が惑星の重力によってわずかに動く周期的な振動を、ドップラー効果による主星のスペクトル線の変化から観測する方法）を使いました。振動の周波数と光の遮蔽（惑星の恒星面通過により、観測される主星の明るさに周期的に微小な変化が生じること）を観測し、計算した結果、この惑星と主星の距離が近いことが判明しました。最初のうち、この発見はそれほど大きな関心を呼びませんでした。というのも、当時の天文学会では、惑星を持つ恒星がすでに二百あまり見つかっていたからです。しかしその後、さらなる観測により、衝撃的な事実が発見されました。この惑星と主星との距離はたえず縮小しつづけており、しかもその接近速度が加速していたのです。これは、人類史上はじめて、惑星が恒星に墜落するところを観察できることを意味しています。一年後——もしくは、観測時点の八十四年前——それは発生しました。当時の観測条件から考えて、この衝突は、重力の揺動と周期的な遮光が消失することによってしかわからないはずでした。しかしそのとき、驚くべきことが起きました。恒星の周囲に螺旋状の物質流が出現し、それが拡大しつづけたのです。まるで、恒星を中心として巻かれた大きなぜんまいがゆっくりほどけていくような光景でした。コスモと同僚たちは、この物質流が惑星の墜落地点から噴出していることに気づきました。惑星がぶつかった衝撃で太陽の殻が壊れ、恒星物質が宇宙に噴き出し、それが恒星の自転にともなって、渦を巻くことになったのです。

　いくつか、キーとなるデータがありました、ミスター・レイ・ディアス。その恒星はスペクトル型がＧ２の黄色矮星で、絶対等級は４・３、直径は百二十万キロメートル。われわれの太陽とよく似た恒星です。惑星のほうは、質量が地球の約四パーセント。水星より少し小さいくらいです。衝突によって生じた螺旋上の塵雲は、半径三天文単位《AU》にまで広がりました。われわれの太陽系で言えば、太陽から小惑星帯までの距離以上です。

　まさにこの発見が糸口となって、わたしはあなたのほんとうの戦略計画をこじ開けることができました。それでは、あなたの破壁人として、その偉大なる戦略を説明させていただきましょう。

　最終的に百万発もしくはそれ以上の恒星型水素爆弾が手に入ったとして、あなたはＰＤＣに約束したとおり、そのすべてを水星に配置します。水星の岩石層の中でこれが爆発すれば、それが逆向きのターボエンジンのような役割を果たし、水星の公転速度は一気に減速します。やがて水星の公転速度は低軌道を維持できなくなり、太陽に向かって落ちていきます。次に起こることは、八十四光年かなたの２７５Ｅ１で起きたことの再演です。水星の衝突によって太陽の対流層に穴が開き、放射層にある大量の恒星物質が高速で宇宙に噴き出します。太陽の自転により、２７５Ｅ１の場合と同じく、それが渦巻き状の大気層を形成します。三体星系と違って、太陽系には恒星がひとつしかありませんから、他の恒星とすれ違うことはなく、その大気は邪魔されることなく増えつづけて、三体星系の恒星の大気層よりもさらに分厚くなります。これもまた、275E1の観測によって確認された事実です。太陽から放出された物質の渦巻きは、太陽から外に向かってぜんまいのようにほどけ、やがてその直径は火星軌道にまで達し、この時点で壮大な連鎖反応が始まります。

まず最初に、金星、地球、火星の三つの内惑星は、渦を巻く太陽のガス層を通過するため、気体との摩擦によって速度を失い、ついには三つの巨大な隕石となって太陽に落ちていきます。しかし、そうなるずっと前に、地球の大気層は太陽物質との強烈な摩擦で引きはがされ、海は蒸発し、はがされた大気と蒸発した海が地球を巨大な彗星に変えてしまうでしょう。その彗星の尾がつくる軌道は、おそらく太陽をぐるりと一周するほど長く延び、地球の表面は誕生したときと同じマグマの火の海の状態に戻り、どんな生命も生き延びられません。

金星、地球、火星の三つの地球型惑星が墜落すると、太陽物質の噴出はさらに激しくなり、宇宙に噴き出す渦巻き状の物質流は、一本から四本に増えます。この三つの惑星の合計質量は水星の四十倍。そのうえ、水星よりはるかに高い軌道から墜落するので、衝突時の速度もはるかに大きく、新たな三本の渦巻きに含まれる物質量は、水星が墜落したときの数十倍に達します。すでに存在する渦巻き状のガス層は急速に広がり、木星軌道に接近します。

木星の質量は巨大なので、ガス層との摩擦による減速効果は小さく、渦巻きが木星軌道に目立った影響を与えるにはかなり時間がかかります。しかし、木星の衛星群は、以下のふたつの運命のどちらかに直面することとなります。摩擦で木星から引きはがされ、失速して太陽に墜落するか、それとも木星周回軌道上で失速して木星に墜落するか。

連鎖反応がつづくあいだ、渦巻きガス層の摩擦による減速効果は、小さいながらもずっと継続するため、木星の軌道はしだいに太陽に近づいていきます。それにともない、木星が通過するガス層の密度はしだいに大きくなり、摩擦による減速がさらに大きくなり、軌道縮小が加速し……このようにして、木星も最終的には太陽に墜落します。木星の質量は、先に述べた四つの惑星の合計質量の六百倍です。このように巨大な質量が太陽に衝突すれば、控え目に考えても、猛烈な量の恒星物質が噴出します。これによってさらに密度を増した渦巻きガスにとりこまれれば、天王星と海王星はいっそう厳しい寒さに包まれます。しかしそれよりも、もうひとつの可能性のほうが大きいでしょう。巨大な木星の墜落によって、渦巻きガス層の外縁は天王星軌道か、もしくは海王星軌道にまで広がるでしょう。たとえ外縁部のガス密度が希薄だとしても、摩擦によって生じた減速は、最終的に残るこのふたつの惑星とその衛星群を太陽に向かってひっぱります。連鎖反応が終結し、密度の高い四つの地球型惑星（水星、金星、地球、火星）と密度の低い四つの大きな木星型惑星（木星、土星、天王星、海王星）が太陽に呑み込まれたとき、太陽がどんな状態になっているのか、太陽系がどう変形しているのか、それはわかりません。しかし、ひとつだけたしかなことがあります。生命と文明という観点からいえば、ここは三体世界よりもさらに苛酷な地獄だということです。

三体文明からすれば、太陽系は、自分たちの惑星が三つの恒星に呑まれる前に植民できる唯一の希望であり、第二候補はありません。したがって、三体文明もまた、人類文明のあとを追って滅亡することになります。

この相討ち戦略こそ、あなたの真の計画です。すべての恒星型水素爆弾を水星に配備し、ひきがねを引く準備を完全に整えたあと、それを盾にして三体世界に降伏を強要し、最終的に人類の勝利を手に入れるのです。

以上、長々と述べたのは、あなたの破壁人として、わたしが長年にわたって責務を果たしてきた結果です。ご意見や評価を求めるつもりは毛頭ありません。なぜなら、わたしたちはこれが真実だと知っているからです」

破壁人が話しているあいだ、レイ・ディアスはずっと黙って聞いていた。手に持った葉巻は半分以上が燃えつき、彼はいま、火口の輝きを愛でるかのように、その吸いさしをくるくる回している。

破壁人は、まるで教師が学生の宿題を採点するときのように、ソファのレイ・ディアスのすぐとなりに座ると、疲れを知らない口調で言った。

「ミスター・レイ・ディアス、わたしはあなたが卓越した戦略家だと言いました。少なくとも、戦略計画の制定と実行において、あなたは卓抜な資質をいくつも示しました。

ひとつは、自分のバックグラウンドを最大限に活用したこと。原子力エネルギーを開発している最中に、オリココの核施設が閉鎖を余儀なくされたとき、あなたとあなたのお国が受けた屈辱は、まだ人々の記憶にまざまざと残っています。全世界の人々があなたの沈痛な面持ちを目撃しました。核兵器パラノイアという世間的なイメージを利用して、疑惑を持たれる可能性をかぎりなく小さく、もしくはゼロにしたのです。

計画の実行過程ひとつひとつにもあなたの才能が現れています。例をひとつ挙げてみましょう。水星実験で、あなたは本来、地中の岩石を空高く吹き飛ばしたかった（原注　水素爆弾の爆発力がどれほど大きくても、水星の公転を減速させる効果はほとんどない。ほんとうに減速させるためには、大量の岩石を水星の第二宇宙速度まで加速し、水星圏から離脱させる必要がある。そのため、レイ・ディアスの計画でもっとも重要なのは、爆発時に水星を離れて太陽の小惑星群となる岩石だった）。それなのに、あなたは大深度の縦坑を掘ることに固執した。先々まで見透した賭けです。あなたはPDC常任理事国がこの巨大な土木事業の費用負担をどこまで容認するか、正確に予見していた。敬服に値します。

しかし、ひとつだけ、重大な手抜かりがありました。最初の核実験の舞台が、どうして水星でなければならなかったのか？　もっと段階が進むまで待っても、水星に爆弾を運ぶ時間はたっぷりあったでしょう。でも、それが待ちきれなかったのかもしれませんし、恒星型水素爆弾が水星で爆発したらどうなるかをその目でたしかめたかったのかもしれない。あなたはたしかにそれを目のあたりにしました。大量の岩石が爆破され、脱出速度を越えて飛散した。もしかしたら、予想以上の威力だったかもしれません。あなたは満足した。でも、それによって、わたしは自分の仮説に最後の確証を得たのです。

ええ、そうです、ミスター・レイ・ディアス。これまでの調査結果すべてを考慮してもなお、あの最後の出来事がなければ、あなたのほんとうの戦略意図はついに確定できなかったかもしれません。というのも、あまりにも常軌を逸したアイデアだからです。けれど、ほんとうに壮大で、ひいては美しい。もし水星の太陽墜落にはじまる連鎖反応が実際に起きたら、それは、太陽系という交響曲全体の中で、もっとも壮麗な楽章となるでしょう——残念ながら、人類に楽しめるのは、第一楽節だけですが。ミスター・レイ・ディアス、あなたは神の資質をもった面壁者です。あなたの破壁人になれて、ほんとうに光栄です」

破壁人は立ち上がり、レイ・ディアスに向かって丁重に一礼して気持ちを表明した。レイ・ディアスは破壁人を見ようとせず、葉巻を一服してから、白い煙をゆっくりと吐き出した。「いいだろう。だったらおれは、タイラーがたずねたのと同じ質問をしよう」

破壁人がかわりにその質問を口にした。「もしおまえの言うことがすべてほんとうだとして、それがなんだ？」

レイ・ディアスは葉巻の火を凝視しながら軽くうなずいた。

「わたしの答えもタイラーの破壁人と同じです。主は気にかけません」

レイ・ディアスは煙から目を離し、問いかけるようなまなざしで破壁人を見た。

「あなたは、粗野な見た目を装いながら、中身は聡明です。けれど、魂のいちばん奥底では、やはり粗野だ。あなたの本質は粗野な人間であり、その性質が戦略計画の基盤に余すところなく表れている。これは蛇が象を呑もうとする計画です。あまりに貪欲すぎる。人類は、これだけの数の恒星型水素爆弾を製造することはできません。たとえ地球の全工業資源を使い果たしても、その十分の一も生産できないでしょう。しかも、水星を減速させて太陽に墜落させるには、百万発の恒星型水素爆弾ではとても足りない。あなたは軍人らしい向こう見ずによって、この根本的に実現不可能な計画を立案し、そののち、不屈の意志と卓越した戦略家の深謀遠慮によって一歩一歩着実に先へと進めた。面壁者レイ・ディアス、これはまさに悲劇です」

破壁人を見るレイ・ディアスの目に、とらえどころのないやわらかさがあふれた。粗削りな顔がぴくぴくとひきつり、やがて押し殺していた笑いが爆発した。

「ははははは……」レイ・ディアスが大笑いしながら破壁人を指さした。「スーパーマン！　ははは、思い出したぞ。あの、古い映画のスーパーマンだ。空が飛べて、地球を逆回転させられる。それなのに乗馬の最中……はははは、落馬して首の骨を折ったんだ……わはははは」

「それはスーパーマンではなく、スーパーマンを演じていた俳優のクリストファー・リーヴです。乗馬中の事故で脊髄を損傷し、首から下が麻痺しました」破壁人がおだやかに訂正した。

「おまえは……おまえは、自分の末路はもっとましだとでも思ってるのか……わははは……」

「ここに来たからには、自分の末路など気にかけていません。わたしはすでに、充実した一生を送りました」破壁人は落ち着いて言った。「でも、ミスター・レイ・ディアス、あなたは自分の末路を考えるべきでしょう」

「死ぬのはおまえのほうが先だ」レイ・ディアスは満面に笑みを浮かべ、手にしていた葉巻を破壁人の眉間に向かって投げつけた。破壁人が手で顔を覆った瞬間、レイ・ディアスはソファにあった官給品のベルトをとって相手の首に巻きつけ、渾身の力を込めて締め上げた。破壁人のほうが年齢は若いが、レイ・ディアスの腕力にかなうはずもなく、首を絞められたままソファから床に倒れこんだ。

「この首をねじきってやる！」レイ・ディアスが大声で叫んだ。「ちくしょうめ！　だれが気の利いたことを言えと？　なにさまのつもりだ！　クソが！　この首をねじり切ってやる!!」破壁人の頭は床に何度も打ちつけられ、歯が床にぶつかってガンガン音が響いた。ドアの外の警備員が飛び込んできてふたりを引き離したが、破壁人の顔はすでに紫色になっていた。口から白い泡を吹き、両目は金魚のように飛び出している。

まだ怒り狂っているレイ・ディアスは、警備員にとり押さえられながらも叫びつづけた。「そいつの首をねじきれ！　首を縊《くく》って吊せ！　いますぐに！　これは計画の一部だ！　聞こえないのか、ちくしょうめ！　計画の一部なんだぞ！」

しかし、三名の警備員は命令を実行しなかった。中のひとりが必死に彼をひきはがし、残りのふたりがようやく息を吹き返した破壁人を担いで外に連れ出した。

「待ちやがれ、くそったれめ。楽に死ねると思うなよ」レイ・ディアスは、警備員から逃れてまた破壁人に襲いかかるのをあきらめ、長々と息を吐き出して言った。

破壁人は警備員の肩越しに振り返ると、紫色に膨れた顔に笑みを浮かべ、何本か歯の欠けた口を開いて言った。「わたしはもう、じゅうぶんに生きました」

＊＊＊

惑星防衛理事会面壁者公聴会

会議が始まると、米英仏独の四カ国が動議を提出し、レイ・ディアスの面壁者としての地位を剥奪して、人類に対する罪で国際刑事裁判所の裁きを受けさせることを求めた。

アメリカ代表が言った。「徹底した裏づけ調査を実施した結果、われわれは破壁人が暴いたレイ・

ディアスの戦略意図は真実だと信じている。いま目の前にいるのは、人類史上のどんな犯罪もとうてい及ばない犯罪行為をなした人物だ。彼の犯罪に適用できる単一の法律を見つけられなかったので、地球生命絶滅罪を国際法に追加し、この法律のもとでレイ・ディアスを裁くことを提案したい」

公聴会のレイ・ディアスは見るからにリラックスしたようすで、アメリカ代表に冷笑を向けた。

「あんたらはとっくにおれを排除するつもりだった、そうだろう？　面壁計画がはじまって以来、あんたらはずっと、面壁者にダブルスタンダードを適用してきた。いちばん要らない人間だったのがおれだ」

イギリス代表が反駁した。「面壁者レイ・ディアスの主張には根拠がない。それどころか、彼が非難する国々は、彼の戦略計画にもっとも大量の資金を投入している。他の三名の面壁者に投資した額よりはるかに大きい」

「そのとおり」レイ・ディアスがうなずいた。「だが、おれの計画に巨額の投資をしたのは、あんたらが恒星型水爆を確実に入手したかったからだ」

「莫迦な！　そんなものがなんの役に立つ？」アメリカ代表が異を唱えた。「宇宙戦闘ではまったく非効率的な武器だし、地上では旧型の二十メガトン級水爆でさえ、実用上の意味はない。三百メガトン級の怪物など問題外だ」

レイ・ディアスが冷静に反駁した。「しかし、地球以外の太陽系内惑星の地上戦では、恒星型水素爆弾がもっとも効果のある武器だ。とりわけ、人類間の戦争では。人類間でいったん戦争が勃発すれば、他惑星の荒涼たる地表に関するかぎり、民間人の犠牲や環境破壊など気にかける必要はない。遠慮なく広い範囲を破壊できるし、地表すべてを消し去ることさえできる。そういう場合にこそ、恒星型水素爆弾は真価を発揮する。人類が地球から太陽系全体へと広がるにつれて、地球上の紛争もやはり外へと広がる。あんたらはそれをはっきり予見していたに違いない。三体世界という共通の敵がいようとも、この点は変わらない。そしてあんたらは、そのための準備を着々と進めている。いま現在、人類に対して使う超兵器を開発することは、政治的に正当化できない。だから、おれを利用して兵器を開発したわけだ」

アメリカ代表が言った。「それは、テロリストにして独裁者である人物が考えそうな、荒唐無稽なロジックに過ぎない。レイ・ディアスは面壁者の地位と権力を用いて、面壁計画そのものを三体危機と同じくらい危険なものに変えてしまった。われわれはこの過ちを果敢に正さねばならない」

「口だけじゃないらしいな」レイ・ディアスが議長をふりかえって言った。「この公聴会が終わって外に出たら即刻おれを逮捕すべく、CIAが人員を配置している」

議長はアメリカ代表のほうをちらっと見たが、相手は手の中の鉛筆をもてあそぶのに集中していた。このときのPDC議長はガラーニンだった。面壁計画のスタート当初に輪番制の議長をつとめ、以降の二十年のあいだに議長が何度まわってきたか、本人さえもう覚えていないが、これが最後の一回だった。ガラーニンの頭はすっかり白くなり、まもなく国連代表を退くことになっている。

「面壁者レイ・ディアス、もしきみの言うことが事実なら、それは不穏当だ。面壁計画の原則はまだ失われていない。面壁者は刑事免責特権を持ち、そのいかなる言動も、法律上、罪に問う証拠とはならない」ガラーニンが言った。

「そのうえ、ここは国際領土です」と日本代表が言った。

「つまりそれは」とアメリカ代表が持っていた鉛筆を振り上げた。「レイ・ディアスが百万発のスーパー核爆弾を埋めた水星を爆破しようとしていても、人類社会は罪に問えないということか?」

「面壁法の関連条項によれば、危険な傾向を示している面壁者に対し、その戦略計画に制限を加えたり制止したりすることは可能だが、面壁者本人の刑事免責はそれとはまったくべつの問題だ」ガラーニンが言った。

「レイ・ディアスの罪状はすでに刑事免責の範囲を越えている。必ず罰せられねばならない。これが面壁計画存続の前提条件だ」イギリス代表が言った。

「議長および各国代表に指摘したいが」とレイ・ディアスが椅子から立ち上がった。「これはPDC面壁計画の公聴会であって、おれの裁判ではない」

「どうせすぐに法廷に立つことになる」アメリカ代表が冷たい笑みを浮かべて言った。

「面壁者レイ・ディアスに同意します。われわれは彼の戦略計画そのものについての討論に戻らねばならない」ガラーニンはチャンスと見て、扱いのむずかしい問題を一時的に迂回しようと試みた。

しばらく黙っていた日本代表が発言した。「いま思うに、各国は、次の一点で認識を共有している。レイ・ディアスの戦略計画は明らかに人類の生存権を侵犯する危険な傾向を示しており、面壁法関連条項に基づき、中止させることができる」

「それでは、前回公聴会で出された面壁者レイ・ディアスの戦略計画P269の提案を中止することについて、ただいまより投票を行います」とガラーニンが言った。

「議長、ちょっと待ってくれ」レイ・ディアスが片手を挙げた。「投票の前に、戦略計画の細部について最後の説明を行いたい」

「ただの細部なら、この場で説明する必要があるのか？」だれかがたずねた。

「法廷までとっておけ」イギリス代表が辛辣に言った。

「いや、この細部はきわめて重要だ」レイ・ディアスが食い下がった。「仮に、破壁人が暴いたおれの戦略計画の意図が、そのとおりだったとしよう。ある代表がさっき述べたように、百万発の水素爆弾を水星に配備し、いつでも爆発させられる状態にしたのち、いたるところに遍在する智子を通じて、おれは三体世界に対し、死なばもろともという人類の覚悟を宣言する。そうしたら、いったいどうなると思う？」

「三体人の反応は予測がつかないが、地球の数十億人はおまえの首をねじきりたいと思うだろう。おまえが自分の破壁人に対してやったように」フランス代表が言った。

「まさしく。そこで、そういう状況に備えて、おれはある対策を講じた。これを見てくれ」レイ・ディアスは左手を持ち上げ、出席者に腕時計を見せた。その時計は真っ黒で、文字盤の大きさも厚さも、ふつうの男性用腕時計の二倍ほどあったが、レイ・ディアスの太い手首に巻くと、それほどばかでかくは見えなかった。「これは送信機だ。衛星リンクを通じて水星まで信号を送ることができる」

「それを使って起爆シグナルを送るのか？」だれかがたずねた。

「その反対だ。この装置は、爆発しないための信号を送っている」

この言葉は、議場の全員の注意を集めた。レイ・ディアスがつづけた。「このシステムのコードネームは〝ゆりかご〟。揺らすのをやめたら赤ん坊が目を覚ますという意味だ。この送信機がたえまなくシグナルを発し、水星にある水素爆弾システムはたえずそれを受信している。もし信号が中断すれば、システムはただちに水素爆弾を起爆する」

「デッドマン装置と呼ばれるものだ」アメリカ代表が無表情に言った。「冷戦時代、戦略核兵器に反トリガーやデッドマン装置を使う研究は行われたが、ほんとうに実行しようと思うのは頭のいかれた人間だけだ」

レイ・ディアスは左手を下ろし、〝ゆりかご〟を袖に隠した。「このすばらしいアイデアを教えてくれたのは、核戦略の専門家ではなく、一本のアメリカ映画だ。その映画の中では、ある男が、たえずシグナルを発信するこういう道具を身につけている。男の心臓が止まれば、そのシグナルも止まる。もうひとりは、はずすことのできない爆弾を首に巻かれていて、シグナルが途絶えるとそれが爆発する。それで、その不運な人物は、相手のことが大嫌いなのに、全力で相手を守らなければならない……おれはハリウッド製のブロックバスター映画が好きでね（問題の映画は、二〇〇六年公開の「ソウ3」か）。いまでも、古いほうのスーパーマンを見たら、すぐにわかるくらいだよ」

「つまりこの装置は、きみの心臓とリンクしていると？」日本代表がたずね、となりに立っていたレイ・ディアスに手を伸ばし、袖の中に隠れている装置に触れようとした。レイ・ディアスはその手を払いのけ、日本代表から離れた。

「もちろん。ただし、〝ゆりかご〟はもっと精緻だ。心拍だけでなく、血圧、体温などの生理的指標をモニターし、それらのパラメーターを総合的に分析して、もし異常を発見したら、ただちにシグナルの送信を停止する。さらに、音声による単純な命令も多数認識する」

そのとき、緊張した面持ちの男が議場に入ってくると、ガラーニンになにか耳打ちしはじめた。そのささやきが終わらないうちに、ガラーニンは頭を上げ、妙な目でレイ・ディアスをちらりと見やった。観察眼鋭い代表たちもみなそれに気がついた。

「きみのゆりかごを解除する方法がある」アメリカ代表が言った。「冷戦時代には、反トリガーの対抗手段も研究されていたからな」

「おれのゆりかごじゃない。水素爆弾のゆりかごだ。揺らすのをやめたとたん目を覚ますのは水素爆弾だぞ」レイ・ディアスが言った。

「わたしも方法を思いついた」ドイツ代表が言った。「水星に送信されるシグナルは、複雑な通信リンクを経由している。そのいずれかのノードを破壊もしくは遮断し、偽のソースを使ってアンチトリガー・シグナルの送信を引き継げば、ゆりかごシステムは役に立たなくなる」

「それはたしかに難題だ」レイ・ディアスがドイツ代表に向かってうなずいてみせた。「もし智子がいなければ、この問題は簡単に解決する。すべてのノードには、同一の暗号化アルゴリズムが搭載されていて、送信するすべてのシグナルを生成している。外からだと、信号値はランダムで、毎回ことなっているように見えるが、ゆりかごの送信者と受信者は、同一の信号値のシーケンスを生成する。

受信側が、自身のシーケンスに対応する信号を受けとったときにだけ、その信号が有効になる。この暗号化アルゴリズムがないと、偽のソースから信号を送っても、受信側のシーケンスと合致しない。しかし、クソいまいましい智子なら、そのアルゴリズムを探知できる」

「もしかして、ほかのアプローチを思いついてるんじゃないか？」だれかがたずねた。

「乱暴なアプローチをな。おれみたいな人間は、粗野で無骨な方法しか思いつかない」レイ・ディアスは自嘲気味に笑った。「各ノードが自身の状態をモニターする感度を上げた。具体的に言うと、それぞれの通信ノードは数個のユニットで構成されている。これらのユニットは、それぞれのあいだが遠く離れていても、たえまない通信によって接続されて一体になっている。どれかひとつのユニットが機能を停止すると、ノード全体が反トリガーを停止するコマンドを送り、それ以降は、たとえ偽の送信源が次のノードに送信を再開しても、受信側から有効な信号と認められない。すべてのユニットをモニターする正確性は、マイクロ秒レベルまで上げることができる。ということは——ドイツ代表のアプローチを使うとすれば——ノードのすべてのユニットを同時に破壊し、一マイクロ秒以内に偽シグナルの送信を再開する必要があるということだ。各ノードは最低でも三個、多ければ数十個のユニットで構成されている。各ユニット間の距離は、三百キロメートル前後（原注　距離がこれ以上遠くなると、マイクロ秒単位のモニタリング精度を実現できない）。どのユニットも、きわめて堅牢な設計で、外部からなんらかの接触があればただちに警告を発する。一マイクロ秒以内にこれらのユニットの機能を停止させることは、三体文明になら可能かもしれないが、人類文明にはいまのところ不可能だ」

レイ・ディアスがつけ加えた最後のひとことで、全出席者がびくっとした。

「たったいま報告がきた。レイ・ディアス氏の腕の装置は、外に向かってずっと電磁シグナルを発信しつづけている」この知らせを聞いて、会場の雰囲気が張りつめた。「ひとつ伺いたいが、面壁者レイ・ディアス、その腕時計のシグナルは水星に送信されているのかね」

レイ・ディアスはくすくす笑い声をあげた。「どうして水星なんかに送信する必要がある？　あそこは大きな穴ぼこしかない。それに、ゆりかごの宇宙通信リンクはまだ完成していないよ。いやいやいや、ご心配なく。シグナルは水星に送信されているわけじゃない。送信先はこのニューヨーク・シティのどこか。すぐ近所だ」

空気が凍りついた。レイ・ディアスひとりをのぞいて、議場の全員が、茫然と立ちつくしている。

「もしゆりかごが送信しているシグナルが停止したら、なんのトリガーが引かれる？」英国代表が、もはや緊張を隠そうともせず、鋭い口調でたずねた。

「ああ、たしかに、なんらかのトリガーが引かれる」レイ・ディアスは朗らかに笑った。「おれはもう二十年以上、面壁者をやっている。いくつかちょっとしたものをふところに入れることくらい、いつでも可能だったからな」

「それでは、ミスター・レイ・ディアス、もっと単刀直入な質問に答えていただけるだろうか」フランス代表が言った。冷静そのものに見えるが、声が少し震えている。「きみは――あるいはわれわれは――どれだけの人命に対して責任を負うことになる？」

レイ・ディアスは思いがけない質問をされたという表情で、大きく目を見開いてみせた。「なんだって？　人命の多寡が関係するとでも？　ここにご列席のご立派な紳士諸氏は全員、なによりも人権を尊んでいると思っていたのに。ひとりの命と、この街に住む八百二十万人の命とのあいだに違いがあるとでも？　前者なら尊重しなくてもいいとでも？」

アメリカ代表が立ち上がり、レイ・ディアスに指を突きつけ、「二十年以上前、面壁計画がスタートしたとき、われわれはこの男の正体を指摘した」と、口角泡を飛ばしながらまくしたてた。必死に自制しようとしているようだが、やはり抑えられない。「こいつはテロリストだ。唾棄すべき邪悪なテロリストだ！　悪魔だ！　あんたたちは瓶の栓を抜いて、魔神を外に出してしまった。その責任をとれ！　国連の責任だ！」ヒステリックに叫び、書類を投げつけた。

「まあまあ、落ち着いて、米国代表」レイ・ディアスが微笑んだ。「ゆりかごはおれの生理指標にきわめて敏感に反応する。おれがいまのあんたみたいにヒステリーを起こしたら、つまり、感情が乱れたら、反トリガー信号の送信はただちに止まってしまう。だから、ここに座っているみなさんは、あんまりおれを怒らせないほうがいい。おれを楽しくさせておくほうが、あんたたち全員のためだ」

「条件は？」ガラーニンが押し殺した声で言った。

レイ・ディアスの笑みにかすかなさびしさが混じり、彼はガラーニンのほうを向いて首を振った。

「議長、条件など、ほかにあるはずもない。ここを出て母国に帰ること、それだけさ。専用機をケネディ空港に用意してほしい」

議場が静まり返った。知らず知らずのうちに、出席者全員の視線がレイ・ディアスからアメリカ代表に移った。彼はついにその視線に耐えきれなくなり、椅子の背に体を預けると、食いしばった歯のあいだからひとことだけ絞り出した。「出ていけ」

レイ・ディアスはゆっくりとうなずき、立ち上がって歩き出した。

「ミスター・レイ・ディアス、わたしが送ろう」ガラーニン議長が演台を降りてきた。

レイ・ディアスは立ち止まり、足の不自由なガラーニンが追いつくのを待った。「ありがとう、議長。あなたもここを離れたいんじゃないかと思っていたよ」

戸口まで行くと、レイ・ディアスがガラーニンを促し、ふたりは並んで議場に向き直った。「諸君、この場所にはなんの未練もない。おれはこの二十年を無駄にした。この人間はだれひとり、おれをわかってくれない。おれは自分の故国《くに》に、自分の人民のもとに戻りたい。ああ、故国と人民には大いに未練があるからな」

全員が驚いたことに、この偉丈夫の目には涙が光っていた。最後に、レイ・ディアスは言った。

「故国に帰りたい。これは、計画の一部ではない」

ガラーニンとともに国連会議場ビルの玄関ホールを出たとき、レイ・ディアスは正午の太陽に向かって両腕を大きく開き、じっくり味わうように叫んだ。「おお、わが太陽よ！」二十年以上にわたる太陽恐怖症は消え失せていた。

レイ・ディアスの専用機は滑走路を飛び立つとすぐ、東の海岸線を越え、広大な大西洋の上空を飛行しはじめた。

飛行機の中で、ガラーニンがレイ・ディアスに言った。「わたしがここにいる以上、この飛行機は安全だ。その反トリガー信号を受信する装置のありかを教えてくれ」

「装置なんかないよ。なにもない。逃げるための方便だ」レイ・ディアスは腕時計をはずし、ガラーニンに放り投げた。「これは、モトローラの携帯を改造しただけの単純な送信機だ。心拍もモニターしてない。電源は切ってある。おみやげにどうぞ」

長いあいだ黙っていたが、やがてガラーニンはふーっと息を吐き出した。「どうしてこんなことになったんだ？　だれにも秘密にしたまま戦略思考に没頭できる面壁者特権は、本来、智子と三体世界に対して使うためのものだった。なのに、きみもタイラーも、その特権を人類に対して使った」

「それについては、なんの不思議もない」レイ・ディアスは窓側の席にすわって、外から射し込む太陽の光を楽しんでいた。「いま現在、人類の生存にとって最大の障害は、人類自身だからな」

六時間後、専用機はカリブ海沿岸のカラカス国際空港に到着した。ガラーニンは降機することなく、そのまま国連本部へと引き返した。

別れ際、レイ・ディアスが言った。「面壁計画を放棄してはいけない。この戦争において、あれはほんとうに希望のひとつだ。面壁者はまだふたり残っている。彼らのこれからの道のりに幸運を祈っていると伝えてくれ」

「わたしも、もう彼らに会うことはないだろう」ガラーニンは感慨を込めた口調で言った。レイ・ディアスが去ったのち、機内にひとり残されたガラーニンの頰には、涙のあとが残っていた。

カラカスはニューヨークと同じく、見渡すかぎりの青空だった。レイ・ディアスはタラップを降りて、懐かしい熱帯の空気を吸い込んだあと、しゃがみこんで、祖国の大地に長いあいだ口づけしていた。それから、大人数の憲兵隊に警護され、長い車列を組んで市内へと向かった。車列は曲がりくねった山道を半時間走って首都の市街地に入り、市の中心にあるボリバル広場へと乗り入れた。レイ・ディアスはボリバル像の前で車を降り、台座の前に立った。その頭上では、スペインを打ち負かし、南アメリカに大コロンビア統一共和国を築こうとした英雄が、甲冑《かっちゅう》に身をかため、愛馬にまたがっている。レイ・ディアスの正面では、激昂した群衆が陽光のもとで沸き立ち、こちらに向かって押し寄せてくる。憲兵隊はそれを阻もうと空に向かって威嚇射撃を試みたが、すさまじい勢いで迫りくる人の波は規制線を突破し、像の台座の前にいる生きたボリバルのもとへと殺到した。

レイ・ディアスは両手を高く挙げ、熱い涙を目に、押し寄せる群衆に向かって叫んだ。「ああ、わが人民よ！」

彼の人民が投げた最初の石が、高く挙げられた左手にぶつかった。二発目は胸に命中した。三発目はひたいを直撃し、その体を倒した。そのあとは、人々の石つぶてが雨あられと降り注ぎ、とうに命を失った彼の体は、やがてほとんど石つぶてに埋もれてしまった。面壁者レイ・ディアスに最後の石をぶつけたのはひとりの老女だった。彼女はその石を震える両手に抱えて、よろよろしながらレイ・ディアスの死体の前までやってくると、スペイン語で言った。

「悪人め！　おまえのせいでみんなが殺されるところだった。うちの孫も死ぬところだった。おまえはわたしの孫を殺そうとしたんだ！」

そして渾身の力を込め、かろうじて石の山に埋まっていなかったレイ・ディアスの頭をその大きな石で叩き割った。

＊＊＊

時間は止めることのできないもののひとつだ。それは鋭利なナイフのように、堅いものもやわらかいものも、すべてを音もなく切り裂きながら、たえず前へと進みつづける。ほんのわずかでも時の歩みをぐらつかせることができるものはひとつもないが、反対に、時はあらゆるものを変化させる。

水星核実験の年、常偉思《チャン・ウェイスー》は退役した。最後にメディアに出演したとき、戦争に勝つ自信はないと率直に認めたが、初代宇宙軍司令官という仕事をりっぱにつとめたことに対する歴史上の高評価には影響しなかった。長年にわたる職務上の心労が祟《たた》って健康を損ね、常偉思は六十八歳で世を去った。臨終の際も意識ははっきりしており、何度も章北海《ジャン・ベイハイ》の名前を口にした。

セイは、国連事務総長を二期つとめたあと、人類記念プロジェクトを立ち上げた。その目的は、人類文明のデータと記念物を広範囲にわたって収集し、最終的には無人宇宙船でそれを宇宙に送り出すことだった。このプロジェクトの中でもっとも影響力が大きかったのは、〝人類日記〟と呼ばれる活動だった。できるかぎり多くの参加者に自分の人生を記録してもらうためのウェブサイトで、文字と画像で残された日々の生活が、人類文明を構成するデータの一部となる。人類日記ウェブサイトのユーザーは最終的に二十億人を超え、インターネット始まって以来、最大の情報体となった。のちにPDCは、人類記念プロジェクトが敗北主義を助長するとして、それ以上の拡大を禁止する提案を可決し、逃亡主義に等しいとまで断じた。しかしセイは、八十四歳で死ぬまで、このプロジェクトに個人的に協力しつづけた。

ガラーニンとケントは、退職後、ふたりとも同じ道を選んだ。面壁者羅輯《ルオ・ジー》がかつて五年間を過ごした北欧のエデンの園に隠居し、二度と外の世界で目撃されることはなかったのである。彼らが世を去った正確な日付さえ、だれも知らない。しかし、一点だけ、たしかなことがある。彼らはともにたいへん長く生きた。一説によれば、ふたりとも百歳を越えて天寿をまっとうしたという。

山杉恵子が予言したとおり、呉岳《ウー・ユエ》は苦痛と迷いに満ちた余生を送った。彼は十年以上にわたって人類記念プロジェクトで働いたが、その仕事に精神の安寧を見出すことはできず、七十七歳で孤独に死んだ。常偉思と同様、彼もいまわのきわに章北海の名前を呟いた。ふたりはともに、時を越えようと冬眠している不屈の戦士に未来への希望を託していたのである。

アルバート・リンギア博士とフィッツロイ少将はともに八十歳過ぎまで生き、主鏡の直径が百メートルにも達するハッブルⅢ宇宙望遠鏡の完成に立ち会い、それを使って三体惑星を見ることができた。しかし、三体艦隊や、それに先行して飛ぶ探査機をふたりが目にすることは二度となかった。それらが第三の〝斑雪《はだれゆき》〟を横切ったのは、ふたりが死んだあとのことだった。

ふつうの人々の人生も同じようにつづき、そして終わった。北京の集合住宅に住む三人の老いた隣人たちのうち、最初に死んだのは苗福全《ミアオ・フーチュエン》だった。享年七十五。彼の息子は、父親の遺言どおり、深さ二百メートル以上ある廃坑にその亡骸を葬ったのち、廃坑を爆破して埋め、地表に墓碑を建てた。同じ遺言によれば、その子孫は、終末決戦の前にかならず墓碑をとりのぞかなければならない。そして、もし人類が終末決戦に勝利した暁には、ふたたび墓碑をもとの位置に戻すことになっていた。もっとも実際には、苗福全の死後、半世紀もたたないうちに、廃坑の上の土地は砂漠化し、ゆっくり黄砂に呑み込まれていった。墓碑の所在も廃坑の場所もわからなくなって、苗家の末裔はだれも苦労してそれを探そうとはしなかった。張援朝《ジャン・ユエンチャオ》は八十歳でふつうの人と同じように病死し、ふつうの人と同じく火葬され、骨と灰は共同墓地の棚に置かれたふつうの四角い箱に収まった。楊晋文《ヤン・ジンウェン》は九十二歳まで生き、骨と灰は合金の容器に入って、第三宇宙速度で太陽系外の渺々《びょうびょう》たる宇宙へと飛び去った。彼はそのために全貯蓄をはたいたのだった。

丁儀《ディン・イー》はずっと生きて、制御核融合技術のブレイクスルーが果たされたあと、理論物理の研究に転向し、高エネルギー粒子実験における智子の干渉から脱出する方法を模索したが、なんの成果も得られなかった。七十歳を過ぎたあとは、他の物理学者同様、物理学にブレイクスルーが起きる可能性に完全に絶望し、終末決戦のときに覚醒するよう手配して冬眠に入った。彼の唯一の望みは、生きているうちにこの目で三体世界のスーパー技術がどのようなものかを見ることだった。

三体危機の出来《しゅったい》から一世紀、かつての黄金時代を過ごした人々はみんなこの世を去ってしまった。いわゆる黄金時代とは、前世紀の八〇年代からはじまり三体危機が出来するまでの美しい日々を意味する。この時代は、後年たえず人々になつかしく思い出されることになった。これらの歳月を経験した老人たちは、反芻《はんすう》動物のようにくりかえし何度も当時の記憶を甘く嚙みしめて味わい、最後にひとこと、「ああ、あの日々がどんなにかけがえのない宝物なのか、あのとき知っていればよかったのに」とつけ加えた。その話を聞かされる若者の目には嫉妬と懐疑が入り交じっていた。まるでおとぎ話のような平和と繁栄と幸福。なんの心配もない、理想のユートピア——そんな時代が、ほんとうに存在したのか？

老人たちが順番に世を去るにつれ、過去の黄金海岸は歴史の波間に消え、いま、人類文明という船は、茫々たる大海原に孤独に浮かんでいた。見渡すかぎり、ただ果てしない不吉な波があるばかり。そして、行く手に陸地が存在するかどうかさえ、だれも知らなかった。

第三部

黒暗森林

危機紀元205年
三体艦隊の太陽系到達まで、あと2・10光年

暗黒があった。暗黒以前には無しかなく、無には色がなかった。無にはなにもなかった。暗黒は、少なくとも空間があることを意味する。まもなく、空間の暗黒にかすかな乱れが生じ、そよ風のようにすべてを吹き抜けた。それは、時が流れるという感覚だった。無には時間もなかったが、いま、氷河が溶けるようにして時が現れた。ずっとあとになってようやく、光があった。最初はかたちのない明るい染みだったが、また長い時間が過ぎたのちに、世界のかたちがゆっくりと現れた。復活したばかりの意識がそれを理解しようと必死に努力した結果、まず数本の細く透明な管が認識され、ついでその背後に人間の顔がひとつ出現したかと思うとすぐに消えて、天井の乳白色の光が見えた。

羅輯《ルオ・ジー》は、こうして冬眠から覚醒した。

さっきの顔がふたたび現れた。それは、柔和な表情をしたひとりの男性の顔だった。彼は羅輯を見下ろし、「この時代へようこそ」と言った。彼が口を開いたとき、揺れる薔薇の花壇が彼の白衣に閃

き、やがてしだいに薄れて消えた。男性が話をつづけると、白衣はその表情と気分に合わせて楽しげな映像を映し出した。大海原、夕焼け、霧雨にけぶる樹林。彼は、羅輯の病が冬眠中の治療によりすでに完治していること、意識回復のプロセスはたいへん順調で、身体機能も完全に正常に戻っていることを告げた。

羅輯の頭は相変わらずまだぼんやりした寝起きの状態だったが、医師の説明のうち、ひとつだけ理解できた情報があった。すなわち、いまが危機紀元二〇五年で、自分が百八十五年間も冬眠していたということだ。

最初のうち、医師の発音はとても妙ちきりんに聞こえたが、ほどなく、中国語の音韻変化がそれほど大きくないことがわかってきた。ただし、大量の英単語が混じっている。医師が話す内容は、どうやら音声認識システムによって自動的にテキストに変換されるらしく、リアルタイムで字幕となり天井に映し出されている。覚醒したばかりの冬眠者の理解を助けるためなのか、話に出てくる英単語は漢字に置き換えられていた。

医師は最後に、もう蘇生室から一般病室に移っていいですよと言い、日没から星空へとすばやく変化する映像を白衣に映しながら別れを告げた。それと同時に羅輯のベッドは自動的に移動しはじめた。蘇生室の戸口まで来たとき、羅輯はさっきの医師が「次のかた!」と呼ぶのを聞いた。羅輯が力を振り絞って頭を動かすと、もう一台のベッドが蘇生室に移動してくるところだった。その上には、やはり冬眠室から送られて来たばかりとおぼしき患者が横たわっている。そのベッドは、山をなす医療機器の前で停止した。さっきの医師の白衣はすでに真っ白になっている。医師が指で壁にちょっと触れると、壁の三分の一がディスプレイになって複雑な曲線とデータを表示し、医師は熱心にその画面を操作しはじめた。

自分の覚醒は、べつだん特別な出来事ではなかったらしいと羅輯は悟った。この施設では、日々のルーティンワークのひとつに過ぎない。あの医師の態度は親切だったが、彼の目に映る羅輯は、たんなるふつうの冬眠者のひとりに過ぎなかった。

蘇生室と同様、廊下には電灯がなく、壁そのものが発光していた。やわらかな照明だが、それでもやはり、羅輯の目にはまぶしかった。だが、羅輯が思わず目を細くすると、廊下の壁は明るさを落とした。この薄暗い部分は、移動する彼のベッドにつきしたがうようにして壁を移動してきた。しだいに明るさに慣れてきた目を羅輯がふたたび大きく見開くと、壁の暗い部分はもとどおり明るくなり、彼にとって快適な光度が保たれた。どうやら、瞳孔の変化を計測して、最適な光量に自動的に調節しているらしい。

このテクノロジーから判断するかぎり、いまは個人個人のニーズに合わせてパーソナライズされる時代のようだ。

これは、羅輯の予測をはるかに超えていた。

ベッドがゆっくり移動していく廊下の壁には、さまざまなサイズのディスプレイがランダムにたくさん散らばっていた。動画を映しているものもあるが、羅輯のほうが動いているので目が追いつかず、ちゃんと見ることができない。もしかしたら、患者が消し忘れたまま残していったディスプレイかもしれない。

ときおり、廊下を歩く人や、自動的に移動するベッドとすれ違った。歩行者の靴底やベッドの車輪が床に接した部分から、圧力を示す光の波紋が広がるのが見えた。羅輯の時代にも、液晶を指で押すと波紋が現れる感圧式のディスプレイがあったが、それと似ている。長い長い廊下は、人工的なクリーン感を醸し出していた。３ＤＣＧアニメーションのようなシャープさだが、ここではすべてが実体を備えている。その中を移動しながら、羅輯はこれまで経験したことがない慰めと落ち着きを覚えたのだった。

しかし、羅輯の心をもっとも動かしたのは、途中で出会う人々だった。医師であれ、看護師であれ、あるいは病院スタッフ以外の人間であれ、全員、見た目が整っていて、清潔かつエレガントで、近づいてくると親しげに微笑んで挨拶をするし、さらには手を振ってくる人までいた。羅輯は彼らの目の表情に感服した。というのも、その時代と土地の文化水準をいちばん反映しているのは、ふつうの人々の目だからである。ヨーロッパの写真家が撮影した清朝末期の一連の写真を見たことがあるが、いちばん印象深かったのは、写真の中の人々の生気のないどんよりしたまなざしだった。官吏であれ、庶民であれ、その時代の人々の写真に映るまなざしから透けて見えるのは麻痺と愚鈍であり、ほんのちょっとの生気さえなかった。いま、この時代の人々が羅輯の目を見たら、それと似たような感覚を抱くのではないか。一方、相手のまなざしには、生き生きとした叡智、誠意、共感、好意が満ちあふれている。自分の時代ではめったに他人から感じとることがなかった感情だった。しかし、もっとも印象的なのは、彼らのまなざしの中にある自信だった。その明るい自信はひとりひとりの目の中に満ちあふれ、明らかにそれが、この新時代の人々の精神的なバックボーンになっている。

いまは、絶望の時代ではないらしい。そのことがもうひとつの思いがけない驚きだった。

羅輯のベッドは音もなく一般病室へ入っていった。部屋には冬眠から覚醒した先客がふたりいて、片方はベッドに横たわっていたが、ドアに近いもうひとりは退院が近いらしく、看護師の手を借りて荷物をかたづけていた。羅輯はふたりの目を見て、どちらも自分と同時代の人間だとわかった。そして、彼らを通じて、自分があとにしてきた灰色の時代をまた一瞥《いちべつ》したのだった。

「なんであんな態度がとれるんだ？　おれはあいつらの曾祖父だぞ！」退院間近の冬眠者の恨み節が聞こえた。

「彼らの前で年上だということをひけらかしてはいけません。冬眠期間は年齢に加算しないことが法律で決まっています。ですから、この時代の老人の前では、あなたはやはり若輩者なんですよ。……

さあ行きましょう。待合室でずいぶん長く待たせていますよ」

羅輯は看護師の言葉に注意深く耳を傾けた。英単語を使うのを極力避けているようだったが、ときどき、まるで使い慣れない古語を話しているみたいに中国語の単語でつかえてしまい、やむなく現代語に切り替えることがあり、壁にはそれを中国語に翻訳したテキストが表示された。

「あいつらの話してることさえわからない。あの鳥のさえずりみたいなわけのわからない言葉を混ぜやがって！」と愚痴りながら、冬眠者は看護師といっしょに、それぞれひとつずつ鞄を持って戸口から出て行った。

「この時代に来たんですから、学びつづけないと。でないと、上で暮らすしかなくなりますよ」という看護師の声が外の廊下から聞こえてきた。羅輯はもう、この時代の中国語を苦労せずに聞きとれるようになっていたが、看護師の最後のひとことは意味がわからなかった。

「こんにちは。病気のせいで冬眠を？」となりのベッドの冬眠者がたずねてきた。とても若く、見たところ二十歳ぐらいのようだ。

羅輯は口を開いたが、声が出てこない。若者は励ますような笑みを浮かべた。「しゃべれますよ。さあ、がんばって！」

「あ、ああ」羅輯はついにしわがれ声を出した。

若者はうなずいて、「さっき出て行ったばかりのあの人もそうでした。でも、ぼくは違います。現実から逃れるために未来へ来たんです。あっ、ぼくは熊文《シオン・ウェン》です」と言った。

「ここは……どうなんだい？」羅輯はさっきより楽に話せるようになってきた。

「よくわかりません。目覚めてまだ五日ですから。でも、ええ、きっといい時代ですよ。ぼくらにしたら、社会に溶け込むのがたいへんそうですけど。目覚めるのが早過ぎたな。もう何年かあとならよかったのに」

「何年かあとって、そしたらもっとむずかしくなるんじゃないか？」

「いいえ、いまはまだ戦争状態で、社会はぼくらを気にする余裕がない。もう二、三十年して、和平交渉が成立したあとなら、平和と繁栄の時代になってますよ」

「和平？　だれと？」

「もちろん、三体世界とですよ」

熊文の最後のひとことにショックを受け、なんとかベッドに起き上がろうとすると、知らない看護師が入ってきて上半身を助け起こしてくれた。

「向こうは和平交渉したいって言ってきてるのか？」羅輯はすぐに訊き返した。

「まだです。でも向こうに他の選択肢はありませんよ」熊文はそう話しながら、自分のベッドからひらりと降りて、羅輯のベッドの端に腰かけた。新入りの冬眠者に、この新時代の楽しさについてレクチャーしたくてたまらないというようすだった。

「まだ知らないんですね。いまの人類って、すごいんですよ。ほんとにすごいんだから」

「どんなふうに？」

「人類の宇宙戦艦はとても強力です。三体人の戦艦なんかよりずっと強い！」

「どうしてそんなことが？」

「逆に、どうして無理だと？　スーパー兵器の話は置いといて、まず速度の話をしましょう。光速の一五パーセントに達してるんですよ！　三体人のより圧倒的に速い！」

羅輯は疑いの目を看護師のほうに向けたが、そのときはじめて、彼女がかなりの美人であることに気づいた。この時代の女性は、どうやらみんな美人らしい。看護師は笑顔でうなずき、「そのようですね」と熊文の話を保証した。

熊文は続けて、「しかも、宇宙艦隊がそんな軍艦を何隻保有しているか知ってますか？　教えてあげましょう。二千隻ですよ！　三体人の二倍！　これからもっと強大になりますよ」

羅輯がまた看護師に目を向けると、彼女はまたうなずいた。

「三体艦隊がいまどんなひどい状況だと思います？　この二世紀のあいだに、彼らは三回もあれを通過したんですよ。〝斑雪《はだれゆき》〟って呼ばれてますが、要は宇宙の塵ですね。いちばん最近だと四年前。宇宙望遠鏡で観測してみると、隊形なんてもうばらばらで、もう艦隊の体《てい》もなしてない。ずっと前から、半数以上の船が加速を止めています。宇宙塵を通過したあとはさらにかなり減速して、いまではのろのろ状態ですよ。八百年経っても太陽系に到着しません。もしかしたら、もうとっくにぶっ壊れてぼろぼろになっているかもしれない。いまの速度から推計すれば、二世紀後、予定どおり到着するのはせいぜい三百隻でしょう。ただし、三体世界の探査機が一機、まもなく太陽系に到達します。後続が九機いて、三年後に到着することになってますがね」

「探査機……って？」羅輯はぽかんとして訊き返した。

そのとき、看護師が口をはさんだ。「ここでは、みなさんが現実の情報をやりとりすることを奨励していません。覚醒した冬眠者のかたがこういう情報に触れた結果、精神状態が落ち着くまでに長い時間がかかることがあって。回復の助けにならないんです」

「ぼくはうれしかったけどな。どうですか？」熊文は納得いかないという顔つきで自分のベッドへ戻り横になると、やわらかな光を放つ天井を眺めながらため息をついて言った。

「子どもはいいよな。子どもたちはほんとに気楽だ！」

「だれが子どもですか？」看護師は不満げに言った。「冬眠期間は年齢に加算しないんですよ。あなたこそ子どもでしょう」しかし羅輯の目には、この看護師はじっさい熊文よりもまだ年下に見えた。ただ、外見から年齢を判断する自分の感覚は、たぶんこの時代には通用しないだろう。

看護師は羅輯に言った。「あなたの時代から来た人はみんなとても悲観的でした。でも実際は、事態はそれほど深刻じゃないのよ」

羅輯にはそれが天使の声に聞こえた。自分が悪夢から目覚めたひとりの子どものように思える。これまで経験したすべての恐怖が大人ひとりの微笑みひとつであっさり解消した気分。彼女がしゃべるとき、その白衣にはするすると太陽が昇り、金色の陽光のもと、乾いた茶色の大地がたちまち緑に変わり、花が咲き乱れる……。

看護師が去ってから羅輯は熊文にたずねた。「面壁計画はどうなった？」

熊文は困惑した表情でかぶりを振り、「面壁……？　聞いたことないなあ」と答えた。

いつ冬眠に入ったのか熊文に訊いてみると、面壁計画が登場する以前だった。そのころの冬眠はとても高価だったので、彼の家はきっと金持ちだったに違いない。しかし、もし覚醒してからの五日間に面壁計画のことをまったく聞いていないとしたら、それはこの計画が忘れられてはいないまでも、重要なトピックではなくなっていることを意味している。

次に、羅輯は、ちょっとした出来事から、ふたつの分野で、この新時代におけるテクノロジーのレベルを経験することになった。

一般病室に移ってまもなく、看護師が羅輯の覚醒後初の食事を運んできた。牛乳とジャムパンなどだが、量はとても少なかった。胃腸機能がまだ回復途上にあるからだと看護師は説明した。羅輯はパンをひと口食べてみたが、まるでおがくずを嚙んでいるようだった。

「味覚がまだ回復途中なんですよ」と看護師が言った。

「回復したらもっとまずくなるよ」と熊文がつけ加えた。

看護師は、「もちろん、あなたたちの時代の、地面で育てたものほどおいしくはないわよ」と言って笑った。

「じゃあ、これはどこで育てたもの？」羅輯はパンを口の中でもぐもぐさせながら質問した。

「工場の中で製造されたものよ」

「穀物を合成できるようになってるの？」

「合成するしかないんだよ」熊文が看護師のかわりに答えた。「もう地表で作物は育たないんだから」

羅輯は熊文に同情した。彼の時代にも一種のテクノロジー不感症みたいなタイプがいて、どんな科学技術的な驚異にもまるで無関心だった。熊文もたぶんそのタイプで、この新しい時代をうまく楽しめていないのだろう。

次の発見は、羅輯にとてつもない衝撃を与えたが、出来事自体はごく日常的なものだった。看護師がミルク用のコップを指さし、こう説明したのである。このミルクは、あなたたち冬眠者用に、加熱コップに入れてある。というのも、この時代の人間はふつう、熱い飲みものを飲まない。コーヒーもアイスで飲む。もし冷たいミルクに慣れていないなら、コップの底にあるスライド式のスイッチを希望の温度まで動かすだけで加熱できる。羅輯はミルクを飲み終えたあと、じっくりコップを眺めたが、見たところごくふつうのガラス製のコップだった。ガラスの底に指一本分ほど不透明になっている部分がある。熱源はその中にあるはずだが、いくら目を凝らしても、スライド式スイッチ以外なにもついていない。コップの底をひねってみても、底とコップ全体と一体になっている。

「備品を不用意にいじらないでください」それを見て看護師が注意した。「まだよくわかってないでしょ。危険ですよ」

「いや、ただ、どうやって充電するのかと思って」

「充……電？」看護師ははじめて聞く言葉のようにくりかえした。

「充電。チャージだよ」と英語で言ってみたが、看護師はとまどったように首を振った。

「中のバッテリーが切れたらどうなる？」と羅輯はたずねた。

「バッテリー？」

「充電池。もう電池は使ってないのかな？」看護師を見ると、また首を振ったので、羅輯は重ねてたずねた。「じゃあ、このコップの中の電気はどこから来てる？」

「電気？　電気はどこにでもありますよ」看護師は納得できないという顔で言った。

「コップの中の電気は、使ってもなくならない？」

「なくなりません」と看護師がうなずく。

「永遠になくならない？」

「永遠になくなりません。電気がなくなるなんてこと、あるわけないでしょ」

看護師が行ってしまったあとも、羅輯はまだそのコップを手放せなかった。態文がからかうのも無視して、ひそかな興奮を嚙みしめていた。自分はいま、人類が太古の昔から夢見てきた聖杯を手にしている。すなわち、永久機関。もし人類がほんとうに無尽蔵のエネルギーを獲得したのだとしたら、ほとんどどんなものでも手に入る。これでようやく、さっきの美人看護師の言葉が信じられた。事態はそれほど深刻ではないかもしれない。

担当医が定時の診察にまわってきたとき、羅輯は面壁計画について訊いてみた。

「聞いたことはありますよ。古いジョークですね」医師はあっさり答えた。

「面壁者たちはどうなりました？」

「たしか、ひとりは自殺して、もうひとりは投石で殺されて……どっちも計画の初期の出来事ですね。そのあと、もう二世紀近く経っている」

「あとのふたりは？」

「さあ。まだ冬眠中なんでしょう」

「そのうち片方は中国人ですが、覚えてますか？」羅輯がおそるおそるたずね、神経質な視線を医師に投げた。

「ああ、どこかの星に呪いをかけた人でしょ？　近代史の授業で習った気がする」看護師がふいに口をはさんだ。

「その星は？　つまり、彼が呪いをかけていた恒星はどうなりました？」羅輯は内心の緊張を隠してたずねた。

「どうなるもこうなるも、まだそこにあるでしょ。呪い？　笑い話ですよ！」

「じゃあ、その星にはなにも起きてない？」

「少なくとも、わたしの知るかぎりは。きみはどう？」医師は看護師に訊いた。

「さあ、わたしも知りません」看護師もかぶりを振って、「あの時代は、みんなが死ぬほど怯えてて、莫迦なことが山ほど起きたから」と言った。

「そのあとは？」と羅輯はため息まじりにたずねた。

「そのあとは、〈大峡谷〉ですよ」と医師は言った。

「大峡谷？　なんですか、それは？」

「いずれわかりますよ。いまはゆっくり休んで」医師は軽いため息をつき、「でも、それについては、知らないほうがいいかもしれない」と言ってきびすを返したとき、彼の白衣には暗雲がうねり、看護師の白衣には涙や恐怖の色を浮かべた無数の目が表示されていた。

医師と看護師が出て行ったあとで、羅輯はぼんやりベッドにすわって長い時間を過ごし、「笑い話。古いジョーク」と口の中でつぶやいてから笑い出した。最初のうちは声を出さずに笑っていたが、やがて大声で高笑いをはじめたので、ベッドも一緒に揺れ動き、びっくりした熊文が医師を呼ぼうとしたくらいだった。

「いや、なんでもない。だいじょうぶだ。もう寝よう」羅輯は熊文にそう言うと、ベッドに横たわり、ほどなく、蘇生後はじめての眠りについた。
羅輯は荘顔《ジュアン・イエン》と娘の夢を見た。荘顔はあいかわらず雪の中を歩き、娘は母親の腕の中で眠っていた。

目が覚めると、看護師が入ってきて、まだ眠っている熊文を起こさないように声をひそめて、「おはようございます」と言った。

「いまは朝？　この部屋にはなんで窓がないの？」羅輯は周囲を見まわしてたずねた。

「壁のどの部分でも透明に変えられるのよ。でも、先生の意見では、まだ外を見せるのは早いって。あんまり変わってしまっているから、ショックを受けて気が休まらないんじゃないかと」

「蘇生してずいぶん経つのに、外の世界がどうなっているかまだわからない。むしろそのせいで気が休まらないよ」羅輯は熊文を指さして、「ぼくは彼みたいなタイプじゃないから」

看護師はくすっと笑って、「いいわ。わたしはもうすぐ勤務明けだから、ちょっとだけ外に連れ出してあげましょうか。そのあと戻って、朝食をとればいいわ」

羅輯はわくわくしながら看護師のあとについて、当直室まで歩いていった。部屋を見まわして、備品類の半分くらいは用途に見当がついたが、あとの半分はさっぱりわからなかった。パソコンやそれに類したものは見当たらないが、壁がどこでもディスプレイになることを考えれば当然だろう。羅輯の興味を引いたのは、ドアの外に並べられた三本の傘だった。それぞれかたちは違うものの、どう見ても雨傘に違いない。驚いたのは、サイズがばかでかいことだった。まさか、この時代には折りたたみ傘がないんだろうか。

看護師は私服に着替えて更衣室から出てきた。生地に動画が表示されることをべつにすれば、この時代の若い女の子のファッションは羅輯の想像の範囲内の変化だった。羅輯の時代とくらべると、大きな違いは、アシンメトリーが際立つことだろうか。百八十五年経っても、若い女の子の服装がおしゃれだと思える自分に羅輯は満足した。看護師は、三本の傘の中から一本を手にとった。かなり重いらしく、彼女はその傘を肩にかついでいる。

「外は雨?」

看護師はかぶりを振って、「これが……ええっとなんだっけ、カサだと思ってるんでしょ?」とたずねた。〝傘〟という単語にあまりなじみがないらしい。

「傘じゃないなら、それはなに?」羅輯は彼女が肩にかついだ〝傘〟を指さしてたずねた。聞いたことのないものの名前が返ってくるんじゃないかと半分覚悟していたが、予想ははずれた。「自転車」と看護師は答えた。

「家は遠いの?」廊下に出たところで、羅輯はたずねた。

「わたしの住んでいる場所のことなら、そんなに遠くない。自転車で十分ちょっとぐらい」彼女は立ち止まり、チャーミングな目で羅輯を見つめながら、驚くべきことを言った。「家庭という意味なら、いまはそんなもの存在しない。だれも家庭を持っていない。結婚とか、家族とかは、〈大峡谷〉後に消滅したの。最初に慣れなきゃいけない変化がそれね」

「最初でつまずきそうだ」

「そんなことないでしょ。歴史の授業で習ったけど、あなたの時代には、結婚や家族はすでに解体しはじめていた。多くの人々は束縛を望まず、自由な生活を送りたがっていた」彼女はまた歴史の授業のことを持ち出した。

ぼくもかつてはそういう人間のひとりだった。でも、そのあとは……。羅輯は心の中で言った。蘇生したその瞬間から、荘顔と娘は、意識の中でデスクトップの壁紙になり、かたときも離れず、つねに心の画面に表示されている。しかし、羅輯を知る人間がここにはだれも現れなかったし、状況がはっきりしない現状では、狂おしいほど知りたいと思っても、彼女たちの消息を軽々しくたずねてまわるわけにはいかない。

看護師は羅輯を連れて廊下を歩いていった。自動ドアをひとつ通過すると、とたんに目の前がぱあっと明るくなった。ふたりがいるのは細長い通路で、新鮮なそよ風が顔に吹きつけてくる。もうすでに戸外にいることがわかった。

「なんて青い空だ！」というのが、羅輯が外の世界に向かって発した第一声だった。

「ほんとに？　あなたの時代の青空とはくらべものにならないでしょ」

断然こっちのほうが青いよ。ずっと青い。だが、それを口には出さず、羅輯はただ、この無限の青を湛えた空間の抱擁に身をゆだね、その中に心を溶かした。そのとき、ひとつの疑問がひらめいた。ここは天国なのか？　羅輯の記憶の中では、こんなに純粋で美しい青空を見たのは、世の中と隔絶したあのエデンの園で暮らした五年間だけだった。ただし、この青空には白い雲が少なく、だれかがうっかりつけてしまった白い染みのように、西の空にほんのふたすじ、淡くたなびく霞が見えるだけだった。東の空には、昇ったばかりの太陽が、澄み切った大気の中でクリスタルのように明るく輝き、そのへりは露で濡れているかのように見える。

視線を下方に移すと、たちまちめまいがした。あまりに高いところから見下ろしているおかげで、眼下に広がるのが都市だと理解するのにしばらく時間がかかった。最初は、巨大な森だと思った。無数の細い木の幹がまっすぐ天に向かってそそり立ち、幹の上のほうでは、それと直角に長短さまざまな枝が伸び、街の建造物は葉っぱのようにそれらの枝の先から下がっている。建造物の配置は一見したところランダムで、木によって、葉が密集しているところとまばらなところがある。羅輯は、自分のいる冬眠者蘇生センターが実は一本の木の一部であり、彼のベッドは、前方に延びている細い空中通路から生えた一枚の葉の上にあるのだということを見てとった。

ふりかえると、いま彼の立っている枝が出ている木の幹は、高すぎて見えなくなるくらいまで上方に伸びていた。羅輯がいる場所は、おそらく幹の真ん中か、ちょっと上あたりだろう。上を見ても下を見ても、幹からほかの枝が何本も伸び、建造物にあたる葉がそこから吊り下がっている（あとで知ったのだが、街の住所は、実際、179樹23枝18葉という具合に決められているという）。近くを見ると、これらの枝は空中で複雑に入り組んだ橋のネットワークを形成し、あらゆる橋の一端だけが空中に浮いている。

「どこなんだ、ここは？」羅輯が訊いた。

「北京よ」

看護師は朝陽を浴びてさらに美しさを増しているように見えた。羅輯はその彼女が北京と呼んだ街にもういちど目を向け、そしてたずねた。「市の中心部はどのあたり？」

「あっち。ここは西第四環状線の外側。だいたい街全体が見えてる」

羅輯は看護師が指さした方向をしばらく眺めてから、大声で叫んだ。「そんなはずはない！　どうしてなにも残ってないんだ？」

「なにが残っててほしいの？　あなたの時代、ここにはまだなにもなかったはずだけど」

「なにもないって？　故宮は？　景山は？　天安門と国貿ビルは？　たった百何十年でぜんぶ解体されたのか？」

「そういう場所や建物ならまだあるわよ」

「どこに？」

「地上に」

羅輯の茫然とした顔を見て、看護師はだしぬけに大声で笑い出し、笑いすぎて立っていられなくなったらしく、横の手すりをつかんだ。「ふふっ、すっかり忘れてた。ほんとにごめんなさい。いつも忘れちゃう。ほら、ここは地下なの。深度千メートルの地下。……もしいつかわたしがタイムトラベルしてあなたの時代に行ったら、仕返ししてくれていいわよ。街が地上にあるって言わないでいたら、わたしもびっくり仰天して、いまのあなたみたいになるから。へへへ」

「でも……こ、これは……」羅輯は空に向かって両腕を伸ばした。

「空は偽物。太陽だってまがいもの」看護師は笑いをこらえながら言った。「偽物っていうのも正しくないわね。これは一万メートル上空から撮った映像を下に映し出しているの。だからやっぱり、本物には違いないかも」

「街をどうして地下につくったの？　それも深度千メートルなんて深くに？」

「もちろん、戦争だから。考えてもみて。終末決戦のとき、地上が火の海にならないと思う？　まあでも、それも過去の考えかたね。大峡谷時代が終わったあと、全世界の都市は地下に広がったの」

「いまは全世界の都市が地下に？」

「大部分はね」

羅輯はふたたびこの世界を眺めた。いま、はっきりわかった。あらゆる大木の幹はすべて、地下世界のドーム屋根を支える構造材になっている。同時にそれは、都市の建築物を吊り下げる柱でもある。

「閉所恐怖症の心配はゼロ。ほら、空がこんなに広い！　地上に出たら、空はこんなにきれいじゃないわ」

羅輯はもういちど青空を――青空の映像を――見上げた。今回、空の上に小さななにかを見つけた。はじめはただ何個かぽつぽつ見えるだけだったが、あとで目が慣れてくると数がとても多いことに気づいた。空いっぱいにちりばめられている。不思議なことに、それらの天上の物体は、ぜんぜん無関係な場所――宝石店のショーケース――を思い出させた。面壁者になる前、想像の中の女性を心から愛した羅輯は、思いあまってプレゼントを買おうと、宝石店を訪れたことがある。ショーケースの中にはプラチナのネックレスがいくつも陳列されていた。黒いビロードの布の上に並べられた精巧な細工のネックレスは、照明の下で金色の光を放っていた。もしそのビロードの黒を青に変えれば、いま見ている空にとてもよく似ている。

「あれは宇宙艦隊？」羅輯は興奮してたずねた。

「まさか。艦隊はここからじゃ見えない。小惑星帯のまだ向こうだから。あれはね、えーっと、いろいろ。かたちが見分けられるのは宇宙都市。光の点々は民間の宇宙船。たまには軍艦も軌道上にいることがあるけど、軍用艦のエンジンはまぶしすぎて直視できない。……さあ、もういいかしら。そろそろ行かないと。あなたは早く戻って。ここは風がとても強いから」

羅輯はふりかえって礼を言おうとしたが、驚きのあまり絶句した。看護師がバックパックのように背負っていた傘が――じゃなくて自転車が――まっすぐに立ち上がり、頭上で二つの同軸プロペラが開いたかと思うと、回転トルクを相殺するように、反対方向に音もなく回りはじめたのである。やがて彼女はゆっくりと浮き上がり、となりの手すりを越えて、めまいがするようなあの深淵に向かって飛び出した。

宙に浮かんだまま、彼女は羅輯に向かって言った。「ほらね、なかなかいい時代でしょ。過去のことは夢だったと思えばいい。じゃあ、またあした！」

彼女は小さなプロペラで陽光を切り裂きながら優雅に飛び去り、やがて小さなとんぼのようになって、かなたの二本の巨木のあいだに姿を消した。都市の他の巨木のあいだにも、たくさんのとんぼがあちこちに飛んでいた。もっと目立つのは、海底に生える海藻のあいだをたえまなく泳ぎつづける魚の群れのような、空飛ぶ車の流れだった。朝陽が街を照らすと、巨木のあいだに射す光のすじが車の列を金色に染めた。

このすばらしい新世界を前にして、羅輯の頰を涙が伝った。生まれ変わって、新しい人生がはじまったのだという感覚が、体のすべての細胞に染み渡る。過去は、ほんとうに夢だったのだ。

＊＊＊

そのヨーロッパ人風の男性と応接室で会ったとき、羅輯は、どこかほかの人間と違う印象を受けた。あとで気がついたが、彼が着ているフォーマル・スーツは、光ることも映像を表示することもなく、過ぎ去った時代の服に似ていた。もしかしたらそれは、厳粛さの表現なのかもしれない。

羅輯と握手して挨拶を交わしたあと、男は自己紹介した。「太陽系艦隊連合会議《ソーラー・フリート・ジョイント・カンファレンス》のベン・ジョナサン特別理事です。あなたの蘇生は、艦連《SFJC》の指示のもとにわたしが手配しました。これからわれわれは、面壁計画に関する最後の公聴会に出席することになっています。あ、言葉はわかりますか？　英語は当時からかなり変化していますが」

ジョナサンの英語は問題なく理解できた。ここ数日、現代中国語の変化に触れて、西洋文化の浸食が世界的に進んでいるのではないかと不安に思っていたが、ジョナサンの英語を聞いて、その心配は杞憂だったことがわかった。ジョナサンの英語のあちこちに、中国語の語彙が混じっていたのである。たとえば〝面壁計画〟は中国語のままだった。かつて世界でもっとも広く使われていた英語と、話者人口が世界最大だった中国語とがひとつに融合して、英語でも中国語でもない、強力な世界言語になっている。羅輯はのちに、世界の他の言語間でも同様の融合現象が起きていることを知った。

過去は夢なんかじゃなかった、と羅輯は思った。過去はいまもなお、自分のところを訪ねてくる。しかし、ジョナサンの〝最後の〟という言葉を聞いて希望が生まれた。手っとり早く解決する望みは、やっぱりあるのかもしれない。

ジョナサンは、ドアがきちんと閉まっているかどうかたしかめるようにうしろをふりかえったあと、壁に歩み寄ってディスプレイを起動した。表面を二、三度タップすると、四つの壁と天井が消え、ホログラフィー映像に切り替わった。

羅輯はいま、自分が議場の中にいることに気づいた。なにもかもすっかり様変わりして、壁やテーブルはそれぞれやわらかな光を発していたが、設計者が旧時代のスタイルを踏襲しようとしていることは明らかだった。大きな円テーブルや演壇から全体の配置まで、見るものすべてがなつかしく、ここがどこなのかすぐにわかった。議場はまだがらんとして、ふたりの職員が会議用テーブルに資料を配っているだけだった。いまでも紙の資料が使われているのを見て羅輯は奇異に思ったが、ジョナサンの服装と同様、厳粛さの表現なのだろう。

「いまはリモート会議が通例になっています。こんなかたちで参加するからといって、会議の重要性や厳粛さには影響しません」とジョナサンが説明した。「さて、会議までまだ少し時間があります。外界の事情をまだあまりご存じないようですから、現在の世界の基本的な状況について簡単に説明しましょうか」

羅輯はうなずいた。「それはぜひ。お願いします」

ジョナサンは議場を指さし、「では、簡潔に説明します。まず国家の状況ですが、ヨーロッパは、欧州連邦《ヨーロピアン・コモンウェルス》と呼ばれるひとつの国になりました。略称は欧連で、東ヨーロッパと西ヨーロッパが含まれますが、ロシアは含まれません。ロシアとベラルーシも統合してひとつの国になりましたが、いまもロシア連邦と呼ばれています。カナダのフランス語圏と英語圏は分裂し、ふたつの国になりました。他の地域にも多少の変化はありましたが、大きく変化したのは主にこれらの国々です」

羅輯は驚いた。「たったそれだけ？　二世紀近く経つんだから、昔と一変していても不思議はないのに」

ジョナサンは議場に背を向け、羅輯に向き直ると、重々しくうなずいた。「一変していますよ、羅輯博士。世界はたしかに一変しました」

「してませんよ。その程度の変化なら、ぼくの時代にももう兆しがありましたからね」

「しかし、あなたが予想もしていなかった変化がひとつあります。いまはもう、覇権国家は存在しません。あらゆる国の発言力が衰えました」

「あらゆる国が？　じゃあ、かわりになにが台頭してきたんですか？」

「国家を超越した存在。宇宙艦隊ですよ」

　羅輯はしばらく考えていたが、やっとジョナサンの話の意味を理解した。「つまり、宇宙艦隊が独立したと？」

「そうです。艦隊はどの国家にも所属していません。政治的経済的に独立した存在であり、国家と同じく国連に参加しています。いま、太陽系には三つの大きな艦隊があります。アジア艦隊、ヨーロッパ艦隊、そして北米艦隊です。それぞれの名前はたんに出身地域を示しているだけで、いまはもう、それらの地域とのあいだになんの従属関係もなく、完全に独立しています。三大艦隊のそれぞれが、政治的にも経済的にも、あなたの時代の超大国と同じ規模の力を持っています」

「なんということだ」羅輯はため息をついた。

「しかし、誤解しないでください。地球はけっして軍政下にあるわけではありません。艦隊の領土と主権の範囲は宇宙だけで、地球社会にはほとんど干渉してきません。これは国連憲章に定められています。ですから、現在の人類社会はふたつの国際関係に分けられます。伝統的な地球上の国際関係と、新たに出現した艦隊間の国際関係です。三大艦隊は太陽系艦隊を構成し、惑星防衛理事会《PDC》から発展した太陽系艦隊連合会議《SFJC》が太陽系艦隊の名目上の最高司令機関となっています。しかしながら、国連と同様、調整機能を持つだけで、艦連《SFJC》に実権はありません。実際、太陽系艦隊そのものも、名目だけの存在です。人類の宇宙戦力の実権は、三大艦隊それぞれの最高司令部が掌握しています。

　まあ、これだけわかっていれば、きょうの公聴会に参加するにはじゅうぶんでしょう。きょうの公聴会は、太陽系艦隊連合会議が招集したものです。面壁計画は彼らが継承しました」

そのとき、ホログラフィック・ディスプレイの中に新しいウィンドウが開き、ハインズと山杉恵子の映像が現れた。ふたりの外見は以前と変わりがなかった。ハインズは笑みを浮かべて羅輯にあいさつしたが、夫のとなりに座った山杉恵子は無表情のままで、羅輯のあいさつに、わずかにうなずいて応えただけだった。

「わたしもさっき覚醒したところだ」とハインズが言った。「残念でしたね、羅輯博士。きみが呪いをかけたあの惑星が、まだ五十光年彼方の恒星のまわりを回っていると聞いたよ」

「ははは、笑い話だ。大昔のジョークですよ」羅輯は手を振って、自嘲気味に言った。

「しかし、タイラーやレイ・ディアスにくらべれば、まだ幸運だ」とハインズ。

「成功した面壁者はあなたひとりだけのようですね」と羅輯。「あなたの戦略的計画は人類の知性を実際に押し上げたかもしれない」

ハインズも、羅輯がいま見せたばかりの自嘲的な笑みを浮かべてかぶりを振った。「いや、それは実現しなかった。いま知ったんだが、われわれが冬眠に入ってまもなく、人類の思考に関する研究は克服不可能な障害に直面した。それ以上先に進むことは、大脳の思考メカニズムの量子レベルにアプローチすることを意味した。その時点で、他の研究分野と同じく、乗り越えられない智子の壁にぶつかったんだ。人類知性を強化することはできなかった。なにか成し遂げたとすれば、一部の人間の自信を強化したことくらいだな」

羅輯が冬眠に入ったとき、精神印章はまだ開発前だったため、ハインズが最後に口にした皮肉の意味はよくわからなかったが、山杉恵子の凍りついたような無表情に、その一瞬、謎めいた笑みが浮かんだことには気がついた。

ウィンドウが消え、羅輯は議場が満席になっていることを知った。出席者の大部分が昔と大差ないデザインの軍服姿で、だれひとり服に映像を表示していない。ただし、襟章と肩章はどちらも光っていた。

艦連《SFJC》議長は、PDC議長と同じく持ちまわり制で、現在の議長は文官だった。羅輯は議長に目をやってガラーニンのことを思い出し、ついで自分が二世紀も前の人間だということに思い当たって愕然とした。とはいえ、時間という大河に押し流された無数の同時代人とくらべれば、羅輯はまだしも幸運だろう。

公聴会がはじまり、議長が口を開いた。

「出席者のみなさん、本日われわれは、本年度第四十七回連合会議において北米艦隊とヨーロッパ艦隊が合同で提出した649号議案について、最終評決を実施します。ではわたしから、提案内容について読み上げます。

三体危機紀元二年、国連惑星防衛理事会は面壁計画を策定し、全常任理事国の賛同のもと、翌年より始動させました。面壁計画の核心は、各常任理事国による選定と推薦を経た四名の面壁者が、それぞれ完全に独立した状態で黙考することで、智子《ソフォン》による人類社会の監視をかいくぐって計画の秘匿性を担保しながら、三体世界の侵攻に対抗する戦略計画を立案・遂行することにあります。国連はそれに対応する面壁者法案を提出し、策定した計画を実行する特権を面壁者に保証しました。

面壁計画は、今日まで二百五年にわたり実施されてきましたが、その中には一世紀に及ぶ長い停滞期が含まれています。その期間に、計画の主導権は、惑星防衛理事会から現在の太陽系艦隊連合会議に移りました。

面壁計画の誕生には、特別な歴史的背景があります。当時は、三体危機の発生からまもない頃で、人類史上まったく経験のない滅亡の危機に直面した国際社会は空前の恐怖と絶望に陥りました。まさにそのような状況下で生まれたのが面壁計画です。それは理知的な選択ではなく、絶望の中のあがきだったのです。

戦略計画として、面壁計画が完全に失敗したことは歴史が証明しています。それは、人類社会が行った、史上もっとも幼稚で、もっとも愚かなふるまいだったと言っても過言ではないでしょう。面壁者はいかなる法的拘束も受けず空前の権力を与えられ、国際社会を欺く自由まで与えられていました。これは、人類社会のもっとも基本的な道徳的法律的規範に反しています。

面壁計画の実行プロセスの中で、大量の戦略資源が無意味に消耗されました。面壁者フレデリック・タイラーの蚊群編隊計画はいかなる戦略的意義もなかったことがすでに証明されています。そして、面壁者レイ・ディアスの水星連鎖反応計画は、現在の人類文明の技術レベルをもってしても根本的に実現不能なものでした。それ以上に、このふたつの計画はともに犯罪です。タイラーは地球艦隊に対する攻撃およびその消滅を企図し、レイ・ディアスは、地球上の生命すべてを人質とする、さらに邪悪な目標を掲げていました。

他の二名の面壁者も、同様にわれわれを失望させました。面壁者ハインズの精神アップグレード計画の戦略意図はまだ明かされていませんが、その予備段階の産物である精神印章が宇宙軍で使われたことも、やはり犯罪を構成します。これは、人類文明の生存および進歩の基盤となる思想の自由に対する深刻な侵害です。面壁者羅輯に至っては、無責任にも公共の資源を使って享楽的な生活を楽しみ、その後は大衆の前で莫迦げた神秘主義的ふるまいを演じました。

人類文明が持つ力の決定的な成長と、今般の戦争における主導権掌握にともない、面壁計画はもはやあらゆる意味を失っています。人類史の負の遺産とも言うべきこの問題に、とうとうピリオドを打つ時が来ました。艦連は、ただちに面壁計画を中止し、同時に国連の面壁法を廃止すべきであると考え、ここに本議案を提出します」

議長は議案書をゆっくり演台に置くと、議場を見渡して言った。

「ではこれより、太陽系艦隊連合会議第649号議案の採決を行います。賛成のかたは挙手してください」

すべての出席者が手を挙げた。

この時代になっても、採決方法はあいかわらず原始的だった。職員が議場を歩きながら丁寧に票数を確認し、結果を議長に報告する。

「第649号議案は全会一致で可決されました。いまこの瞬間から発効します」議長はそう宣言し、顔を上げたが、羅輯やハインズのほうを見ているかどうかはわからなかった。百八十五年前にリモート参加した公聴会と同様、羅輯は自分とハインズの映像が議場のどの位置に表示されているか知らなかったのである。

「面壁計画は中止され、同時に国連面壁計画法も廃止されました。太陽系艦隊連合会議を代表して、面壁者ビル・ハインズおよび面壁者羅輯に通告します。あなたがたの面壁者の身分は解除されました。また、面壁法に基づいて面壁者に与えられていたすべての権利および付随する法的免除特権はすべて無効となり、それぞれの国の一般市民としての立場が回復されます」

議長が公聴会の閉会を宣言すると、ジョナサンは立ち上がってホログラフィー映像を切り、それと同時に羅輯の二世紀にわたる悪夢のスイッチも切られた。

「羅輯博士、わたしの理解が正しければ、これはまさに、あなたが願っていたとおりの結果でしょう」ジョナサンが笑みを浮かべて言った。

「ええ、まさに願っていたとおりです。ありがとうございます、特別理事さん。ぼくの一般市民の身分を回復してくれた艦隊連合会議にも感謝します」羅輯は心の底からそう言った。

「公聴会は簡潔でしたね。票決だけ。わたしは、もっと具体的な事柄についてあなたと話し合う権限を与えられています。いちばんの関心事から相談してもらってかまいませんよ」

「妻と娘は?」羅輯は、矢も楯もたまらず、覚醒してからずっと心を悩ませていた問題についてたずねた。ほんとうなら、会議がはじまる前、ジョナサンとはじめて会ったときに聞きたかったことだった。

「安心してください。ふたりとも無事ですよ。いまはまだ冬眠中です。お望みでしたら、資料を差し上げますので、覚醒申請を出してください」

「ありがとう。ありがとう」羅輯の目に熱いものがこみあげ、天国に来たようなあの感覚がまた甦った。

「しかし、羅輯博士。個人的には、ひとつささやかなアドバイスがあります」ジョナサンはソファの上で羅輯のほうににじり寄った。「冬眠から覚醒してこの時代の生活に適応するのは簡単なことではありません。ご自身の生活が安定してきてから、ご家族を蘇生させるほうがいいと思います。奥さんとお嬢さんは、国連が払う経費で、これから二百三十年、冬眠をつづけられます」

「ぼく自身はどうやって生活すればいいと?」

特別理事はこの質問を一笑に付した。「心配ありませんよ。この時代に不慣れでも、生活すること自体に問題はありません。この時代は社会福祉が完璧で、なにもできない人でも快適な生活が送れます。かつてお勤めだった大学は、いまもこの街にあります。お仕事については、大学のほうで考えてくれるそうです。しばらくしたら、向こうから連絡があるはずですよ」

そのとき、ふとあることを思い出し、羅輯は身震いしそうになった。「ぼくの身の安全は? ETOがぼくを殺そうとしている!」

「ETO?」ジョナサンは吹き出した。「地球三体協会は一世紀も前に完全に消え失せました。この世界に、彼らが存在しうる社会的基盤はもうありません。もちろん、ETO的な思想を持つ人間はいまだに存在しますが、もう組織的活動は不可能です。あなたの身は一〇〇パーセント安全ですよ」

別れ際、ジョナサンは官僚という立場を離れて笑顔になると、デフォルメされた星空をスーツに映し出してみせた。「博士、わたしがいままで会ってきた歴史上の人物の中で、ユーモアのセンスではあなたが一番ですよ。呪文。星に呪いをかけるとはね。ははははは……」

応接室にひとり残された羅輯は、目の前の現実について静かに考えをめぐらせた。救世主として二世紀を過ごしたのち、いままた、ふつうの人間に戻ったのだ。新しい人生が待っている。

「もう一般人なんだってな、兄弟」そのとき、大きな胴間声が羅輯の黙考を破った。ふりかえると、史強《シー・チアン》が応接室に入ってくるところだった。「ははは、いま出ていったやつに聞いたぜ」

うれしい再会だった。ふたりは近況を語り合い、羅輯は史強が二カ月前に蘇生し、白血病はもう完治していることを聞かされた。医師は史強を診察し、おそらく飲酒が原因と思われる肝硬変の前駆症状を見つけたので、白血病といっしょにそれも治療したという。ふたりの感覚では、会わなかった期間はそう長くなかった。冬眠中は時間感覚がないため、せいぜい四、五年ぶりという感じだろうか。とはいえ、あれから二世紀を経た新しい時代に再会したことで、ふたりの友情にも新たな深みが加わった。

「蘇生したと聞いて、迎えにきてやったんだ。さあ、こんなところに長居は無用」史強はそう言いながら、バックパックから着替えをとりだし、羅輯にさしだした。

「ちょっとこれ……サイズが大きすぎるんじゃないか？」羅輯はジャケットを広げて言った。

「おいおい。二カ月も長く寝てたんだから、おれとくらべりゃ、おまえは古代人なんだよ。とにかく着てみろって」

羅輯がジャケットに袖を通すと、シューッというかすかな音がして、服がゆっくりと縮んで体にフィットするサイズになった。それはパンツも同様だった。史強はジャケットの胸のあたりにあるブローチのようなものを指さし、服の大きさはそれを押してさらに細かく調節できると教えた。

「二世紀前に着てたのと同じ服を着てるわけじゃないよな」羅輯は史強を見ながらたずねた。最後に会ったときに史強が着ていた服ははっきり覚えているが、彼がいま着ているレザージャケットはそれとまったく同じものに見える。

「おれの持ちもののほとんどは〈大峡谷〉のどさくさで消え失せたが、あの服だけは家族がとっておいてくれた。だが、さすがにもう、着られる状態じゃなくなってたな。おまえの持ちものもちょっとは残ってるから、落ち着いたらとってくればいい。それがどんなに古びているかを見たら、二百年近い時間が短くないことを実感できる」そう言いながら、史強がジャケットのどこかを押すと、服が真っ白に変わった。レザーに見えたのはただの映像だった。「昔風が好みでね」

「ぼくのもそんなふうにできるのかい？　現代人みたいに画像を映せる？」羅輯は自分の服を見ながら訊いた。

「映せるとも。まあ、データを入力したりするのがちょっと面倒だが。じゃあ、そろそろ行くか」

羅輯は史強と連れ立って、木の幹にあるエレベーターからまっすぐ一階に降り、その木の根もとのだだっ広いホールを抜けて新世界に足を踏み出した。

＊＊＊

特別理事が公聴会のホログラフィー映像を閉じたとき、公聴会は完全に終了していたわけではなかった。議長が会議の終了を宣言したとき、だれか女性の声がとつぜん響いたことに、羅輯は気づいていた。なんと言ったのか、はっきりとは聞きとれなかったが、議場の全員が同じ方向を見た。ジョナサンが映像を閉じたのはその瞬間だったから、きっとそれに気づいていたはずだ。しかし、議長が通告したとおり、羅輯はすでに面壁者の資格を失い一般市民になったのだから、仮に会議が継続していたとしても、もはや傍聴する資格がなかったのである。

　発言者は、山杉恵子だった。「議長、まだ話があります」と彼女は言った。

「山杉博士、あなたは面壁者ではない」議長が応じた。「特別な立場に配慮して、きょうの公聴会の傍聴が許されているだけで、発言権はありません」

　このとき、会議の参加者たちはざわざわと立ち上がって席を離れようとしていたところで、だれも山杉恵子に関心を持たなかった。そもそも彼らにとって、面壁計画は多少の労力を割いて清算する必要のある、些細な負の遺産に過ぎなかった。しかし恵子は、参加者たちを引き止めるように、夫であるハインズに向かってこう言い放った。

「面壁者ビル・ハインズ、わたしはあなたの破壁人です」

　ハインズもちょうど立ち上がって席を離れかけたところだったが、それを聞いて、膝の力が抜け、また腰を下ろした。各国代表が顔を見合わせ、ひそひそささやいているうちに、ハインズの顔はみるみる蒼白になっていった。

「みなさんは、まだこの名称の意味を忘れていないと思います」山杉恵子は議場に向き直って冷静な口調で言った。

「ええ。破壁人がなんなのかは知っています」と議長が答えた。「しかし、あなたの組織はもうとっくに存在していない」

「わかっています」山杉恵子はかなり冷静なように見えた。「しかしわたしは、地球三体協会の最後のメンバーとして、主のために、みずからの責任をまっとうしたいと思います」

「もっと早く気づくべきだった。わたしは、もっと早く気がついていてしかるべきだったよ、恵子」ハインズの声は震え、とても弱々しく聞こえた。

　ハインズは、妻がティモシー・リアリー（原注　アメリカの心理学者。LSDを用いて人類の思想を導き、魂の救済をもたらすことを主張し、二〇世紀中盤には心理学界と文化界に多くの追随者

たい《がい》思想の信奉者であること、技術的な手段で人類の思想を改造したいという強い意思を持っていることを、早くから知っていた。しかし、いまのいままで、彼女の心の奥深くに隠されていた人類に対する憎悪と結びつけて考えたことはなかった。

「最初に説明したいのは、あなたの戦略計画の真の目的が、人類知性の向上ではなかったということです。人類文明のテクノロジーがそれを実現することは根本的に不可能だと、あなたはだれよりもよく知っていたはず。脳の量子メカニズムの発見者だったあなたは、思考の研究が必然的に量子レベルに踏み込むことになるのを十二分に承知していた。基礎物理学が智子によって封印されているいま、その研究は絵に描いた餅であり、成功することはあり得なかった。精神印章は、思考研究の偶然の副産物などではない。精神印章こそ、あなたが最初から求めていたものであり、それがこの研究の最終目標だったのです」

山杉恵子は議場のほうに向き直った。「みなさんに伺いたいことがあります。われわれが冬眠に入って以降の年月、精神印章にはなにが起こりましたか？」

「その歴史は、さほど長くつづくことはなかった」ヨーロッパ艦隊の代表が言った。「当時、各国の宇宙軍から、前後して五万人近い兵士がみずから望んで精神印章の押捺を受け、勝利の信念を脳に固定化し、軍内で特殊な階層を形成して、やがて刻印族と呼ばれるようになった。その後、あなたがたが冬眠に入って十年ほどしてから、精神印章の押捺は思想の自由を侵す犯罪行為であると国際法廷で判断され、信念センターに一台だけあった精神印章マシンは封印された。このマシンの製造と使用は世界的に厳しく禁じられ、核兵器に匹敵する厳格さで管理されている。じっさい、精神印章は、いまや核兵器よりも手が届きにくい。最大の理由は、精神印章に利用されるコンピュータの要求水準が高いことです。あなたがたが冬眠しているあいだ、コンピュータ・テクノロジーの進歩はほとんど停滞していた。精神印章で使用されるコンピュータは、今日の世界でもいまだにスーパーコンピュータに該当し、一般の組織や個人は容易に利用できない」

そのときはじめて、山杉恵子が重大な新情報の一端を明かした。「みなさんが知らないのは、精神印章マシンが一台だけではなかったということです。マシンは全部で五台あり、それぞれに一台ずつ専用のスーパーコンピュータが割り当てられていました。他の四台の精神印章マシンは、ハインズによってひそかに持ち出され、すでに精神印章によって信念を固定化された人々の手に渡りました。あなたがたの言う刻印族ですね。当時、その人数はわずかに三千程度でしたが、彼らはすでに、国籍を超えた緊密な組織を各国の軍内部につくっていました。ハインズはわたしにもそれを隠していましたが、智子を通じて知りました。主は、頑固な勝利主義者についてはまったく気にかけていなかったので、われわれは彼らに対してなんの行動もとりませんでした」

「そのことにどういう意味があるのですか？」議長がたずねた。

「仮説をたててみましょう。精神印章マシンは、つねに稼働させておくような装置ではなく、必要な時だけ起動するものです。マシンは耐久性が高く、きちんと保守点検されていれば、半世紀にわたって問題なく使用できます。もし四台のマシンをかわるがわる使用し、一台を使いつぶしてから次の一台を動かすというふうにすれば、二世紀にわたる使用が可能になります。つまり、刻印族は絶滅したわけではなく、二世紀にわたって存続しえたかもしれないということです。これは、精神印章によって固定化された信念を奉じる、一種の宗教です。入信の儀式は、みずから進んで自分の心に精神印章をほどこすことです」

北米艦隊の代表がハインズのほうを向いて言った。「ハインズ博士、あなたはすでに面壁者の地位を失っている。また世界を欺く合法的な特権もすでにない。どうか連合会議に対して真実を述べてほしい。あなたの妻、いや、あなたの破壁人の話は真実か？」

「真実です」ハインズは重々しくうなずいた。

「犯罪だ！」アジア艦隊の代表が言った。

「かもしれません」ハインズはふたたびうなずくと、「しかし、みなさんと同じく、わたし自身も、刻印族が今日まで存続しているかどうか知らない」

「それは重要ではない」ヨーロッパ艦隊の代表が言った。「とるべき次の対策は、今日まで残されているかもしれない精神印章マシンを探し出して押収し、封印もしくは破壊することだ。刻印族については、もし彼らが自主的に精神印章を押捺したのだとしたら、おそらく当時のどんな法律にも違反していないだろう。もし彼らが新たな希望者に対して精神印章をほどこしたとしても、彼らは、技術的手段によって固定化された信念もしくは信仰の支配下にあるわけだから、やはり法律的な刑罰の対象となるべきではない。したがって、われわれに必要な唯一の行動は、精神印章マシンを発見し押収することだ。刻印族の問題に関しては、そもそも追及の必要がないかもしれない」

「そのとおりだ。勝利に絶対的な信念を持つ人間が太陽系艦隊に何人かいたとしても、べつだん悪いことじゃない。少なくとも、なんの害もないだろう。個人のプライバシーに属することだから、だれが刻印族なのか知る必要もない。とはいえ、いま現在、みずから進んで精神印章をほどこすというのはいささか理解しがたいことだがね。なにしろ、人類の勝利はもはやこれほど明白になってるんだから」

そのとき、山杉恵子は嘲るような笑みを浮かべた。この時代にはめったに見られないその表情を見て、会議の参加者たちは、草むらにいる蛇の鱗に月光が反射する光景を連想した。

「純朴すぎる」と彼女は言った。

「純朴すぎる」とハインズは妻の言葉をくりかえし、また深く頭《こうべ》を垂れた。

山杉恵子はふたたび夫のほうを向くと、「ハインズ、あなたはずっと自分の考えを隠していた。面壁者になる前から」

「軽蔑されるのが怖かったんだ」ハインズは頭を垂れたまま言った。

「京都の家で過ごした夜、竹林の静寂の中、黙ってたがいの目を何度見つめ合ったことか。あなたの目の中に、面壁者の孤独が見えた。打ち明けたいという願いも見えた。あなたがもうちょっとで打ち明けそうになったことも何度かあった。あなたはわたしの胸に顔を埋《うず》め、涙といっしょになにもかもぶちまけて解放されたいと願っていた。でも、面壁者としての責任がそれをさせなかった。いちばん愛する人間が相手でも、欺くことはあなたの責任の一部だった。だからわたしは、あなたのほんとうの考えのかすかな手掛かりを求めて、あなたの目を見つめることしかできなかった。すやすやと眠るあなたの横で、寝言を口走るのを待ちながら、眠れない夜をいくつ過ごしたことか。……あなたをじっと観察し、一挙手一投足を研究し、目の表情を理解しようとしていた時間は、それよりもっと長い。あなたが先に冬眠に入ってからは、あなたに関するあらゆる細部をひとつずつ思い返して過ごした。愛情からではなく、あなたのほんとうの考えを見抜きたかったから。その試みが功を奏さないまま、長い長い年月が過ぎた。あなたが仮面をかぶっていたことは知っていたけれど、仮面の下の顔について、わたしはなにひとつ知らなかった。一年また一年と時が流れ、そしてとうとう、あの日が来た。冬眠から醒めたばかりのあなたと並んで、脳神経ネットワークの白い霧の中を歩いていたあのとき、あなたの瞳を覗き込んで、その瞬間、ついにわかった。あの時点のわたしは八年分成長し、進歩していたけれど、あなたは八年前のあなたのままだった。そのせいで油断して、はからずも心をさらけ出してしまったのね。

その瞬間、わたしはほんとうのあなたを知った。すなわち、根っからの敗北主義者で、頑固な逃亡主義者。面壁者になる前もあとも、あなたの唯一の目標は、人類逃亡の実現だったということを知った。他の面壁者にくらべてあなたが天才的だったのは、戦略計画における欺瞞工作ではなく、自分の中にある真の世界観を隠し通したことだった。

でも、わたしにはまだわからなかった。人間の脳と思考の研究を通して、あなたがどうやってこの目標を実現するつもりなのか。精神印章が登場したときでさえ、わたしはまだ混乱していた。ようやく気づいたのは、冬眠に入るその瞬間だった。そのときわたしは、精神印章を捺された人たちの目を思い出した……彼らの目は、あなたの目と同じだった。そして、だしぬけにわかった。いままで読めなかったあなたの目の表情が理解できた。あなたの真の戦略を見破ったのはこのときだったけど、それをだれかに伝えるにはもう遅すぎた」

「山杉恵子さん」と北米艦隊の代表が口を開いた。「いまの話にとりたてて問題はないように感じるがね。精神印章の歴史はわかっている。第一群の志願者五万人に対する精神印章押捺処置は、厳格な監視下で行われた」

「そのとおりです。しかし、監視が一〇〇パーセントの効力を発揮するのは、信念命題の中身に関してだけ。精神印章そのものについては、監視がはるかに困難です」

「しかし、資料によれば、精神印章の技術的細部に対する監視もきわめて厳格で、運用開始前に多数のテストが実施されている」と議長が言った。

山杉恵子は軽く首を振って、「精神印章マシンはきわめて複雑な装置です。どのように監視しても、完全ということはありません。かならず漏れが生じます。具体的に言えば、何億行にもおよぶコードに加えられた小さなマイナス記号ひとつ。それについては、智子でさえ気づきませんでした」

「マイナス記号？」と議長は言った。

「命題を真と判断する神経回路モデルを発見したとき、ハインズは同時に命題を偽と判断するモデルも発見していました。後者が彼の必要としていたものでした。彼は、わたしを含むあらゆる人間に対し、この発見を隠していました。むずかしいことではありません。このふたつの神経回路モデルはきわめてよく似ていたからです。神経伝達モデルの中では、キー信号の流れる方向が示されますが、精神印章の数学モデルでは、これはひとつの記号で表されます。真ならプラス、偽ならマイナス。ハインズは精神印章制御ソフトウェアの中にあるこの符号を極秘裏に書き換え、五台の精神印章マシンすべてで、プラスをマイナスにしたのです」

死んだような静寂が議場を覆った。二世紀前の惑星防衛理事会面壁計画公聴会でも、似たような静寂が広がったことがあった。面壁者レイ・ディアスが腕につけた〝ゆりかご〟を出席者に見せながら、反トリガー・シグナルの受信装置が近くにあると宣言したときだった。

「ハインズ博士、あなたはいったいなにをした？」議長は怒りに満ちた目でハインズをにらみつけた。

ハインズが顔を上げ、蒼白だった顔色がもとに戻っていることが全員の目に明らかになった。彼の声はおだやかで冷静だった。「人類の力を見くびっていたことは認めます。みなさんが手に入れた進歩は、ほんとうに信じがたいものだった。この目で見たから、信じるしかない。この戦争の勝者が人類だということも信じる。この信念は、精神印章によって刷り込まれた信念と同じくらい堅固なものです。二世紀前の敗北主義と逃亡主義は、まったく莫迦げた考えだった。しかしながら、議長ならびに代表のみなさん、わたしは全世界に向かってこう申し述べる。自分がやったことについて、わたしに悔い改めさせることは不可能です」

「悔い改めるべきではないと、いまもまだ思っているのか？」アジア艦隊代表が怒りに満ちた口調で詰問した。

ハインズは昂然と顔を上げた。「べきでないのではなく、不可能なのです。わたしは精神印章によって、ある命題を自分自身に刻印しました。その命題とは、『わたしの面壁計画に関するすべては完全に正しい』です」

出席者はたがいに驚きの目を見交わした。山杉恵子でさえ、同じ目で夫を見ていた。

ハインズは山杉恵子に微笑みながらうなずいた。「そうなんだよ、ハニー、まだこう呼ぶことを許してくれるなら。この命題を刻印することではじめて、わたしは計画を遂行する精神力を得られた。そう、わたしはいまも、自分のしたことが正しいと考えている。現実がどうだろうと、絶対的にそう信じている。わたしは精神印章を使って、自分自身を自分の神にした。神は、悔い改めることができない」

「遠くない将来、三体世界の侵略者が強大な人類文明に投降したときも、あなたはやはりそう信じているだろうか？」と議長はたずねた。さっきと違って、今度の彼の表情には驚きよりも好奇心の色が濃かった。

ハインズはきっぱりうなずいた。「そのときもなお、わたしは自分が正しいと考えているでしょう。わたしの面壁計画に関するすべては絶対的に正しい。もちろん、事実を前にして、地獄の苦しみに苛《さいな》まれるでしょうが」それから、山杉恵子のほうを向いて、「ハニー、きみは、わたしがすでに一度、そんな苦しみに苛まれた経験があるのを知っているね。あのときのわたしは、水が猛毒であると頑なに信じていた」

「いま現在の問題に話を戻そう」北米艦隊代表は、出席者がひそひそ私語を交わしているのを中断させた。「刻印族がいまも存続しているというのはひとつの推測に過ぎない。結局、あれからもう百七十年以上経っているのだからな。もし絶対的な敗北主義の信念を持った階層もしくは組織が存在するとしたら、どうしていままでまったくその痕跡がなかったのか？」

「ふたつの可能性がある」ヨーロッパ艦隊代表が言った。「ひとつは刻印族がとっくに消滅していて、いまの心配は杞憂にすぎないという可能性」

アジア艦隊代表が話をひきとった。「しかし、もうひとつ可能性がある。いまの状況のもっとも恐ろしい点は、まったく痕跡がないという事実だ」

＊＊＊

羅輯《ルオ・ジー》と史　強《シー・チアン》は地下都市を歩いていた。頭上の空は、樹木型の建築で部分的に隠され、そのあいだを縫うようにエア・カーの列が流れている。建物はすべて樹木の枝から宙にぶら下がる〝葉〟なので、地上はじゅうぶんに広々としていた。巨木の幹と幹は間隔がずいぶん離れているため、この都市には街路という概念がなく、なだらかに起伏するひとつの広大な広場に樹木の幹が点在している。環境はすばらしかった。一面の草地、本物の木が生えた森、新鮮な空気。一見すると、美しい田園風景のようだ。光る服を着てそのあいだを歩く人々は、きらきら輝く蟻のように見える。現代の喧噪と混雑を空中に移し、地上に自然をとりもどした都市計画に、羅輯は感嘆を禁じえなかった。ここには戦争の影がいっさいない。ただ人間にとっての快適さと心地よさがあるばかりだった。

そう遠くまでいかないうちに、とつぜん、ひとりの女性のやわらかな声に呼び止められた。「羅輯さまでしょうか？」周囲を見渡してみると、声の主は、道路脇の芝生の上にある大きな看板広告だった。看板に映し出された制服姿の魅力的な女の子がこちらを見ている。

「ぼくだけど」羅輯はうなずいて答えた。

「こんにちは。わたくしは総合銀行システムのファイナンシャル・プランナー８０６５号です。この時代へようこそ。いまから、お客さまの現在の財政状況についてお伝えいたします」女性のかたわらにデータをまとめた表が映し出された。「これは、危機紀元九年時点のお客さまの財政データです。この中には、当時の中国工商銀行および中国建設銀行の預金が含まれております。また、当時の有価証券投資状況も記載されていますが、その一部は大峡谷時代に失われた可能性があります」

「ぼくがここにいるって、どうしてわかったんだろう？」羅輯は小声で史強にたずねた。

「左手のてのひらにチップが埋まってるんだよ。心配ない、この時代の人間はみんなそうだ。ＩＤカードみたいなもんだな。だから、どこの看板広告も個人を識別できる。いまの広告はみんなパーソナライズされてる。だから、どこへ行こうが、看板の広告はみんな専用のものが表示されるってわけだ」

金融カウンセラーは史強の説明を聞きつけたらしく、「お客さま、これは広告ではありません。総合銀行システムの金融サービスです」と言った。

「ぼくの現在の預金残高はどのくらい？」羅輯がたずねた。

かなり複雑な表がプランナーの横に表示された。「これは危機紀元九年一月一日から本日までの利息を含めた、お客さまのすべての預金状況です。かなり複雑ですが、今後はマイページからお調べになれます」すると、もうひとつの比較的シンプルな表がポップアップした。「これは、総合銀行システムのさまざまなサブシステムすべてを合計したお客さまの財務状況です」

羅輯はその数字がまったくイメージできず、ぽかんとしていた。「こ、これって……いくらくらい？」

「兄弟、おまえは大金持ちになったんだよ！」史強は羅輯を勢いよくひっぱたいた。「おまえほどじゃないが、おれもまあ、金持ちにはなったぞ。わははは。二世紀分の利息だからな。まさに長期投資ってやつだ。文無しだって金持ちになる。あのときもっと預けときゃよかったと後悔してるぜ、まったく」

「こ、これは……ちょっとおかしいんじゃないかな」羅輯は半信半疑でたずねた。

「えっ？」プランナーの美しく大きな瞳が看板広告の中から問いかけるように羅輯を見ていた。

「百八十年以上だよ。その間にインフレとかなかったの？　金融システムだってずっと安定してたのかい？」

「やっぱりおまえは、考えすぎるタイプだな」史強は首を振って、ポケットの中から煙草をひと箱とりだした。羅輯は、煙草というものがこの時代にもまだ生き残っていたことをいまはじめて知った。しかし、史強は箱の中から一本とってくわえると、火をつけてもいないのに煙を吐き出した。

プランナーが返答した。「大峡谷時代には何度もインフレが発生しました。金融システムが崩壊に近づいたこともあります。しかし、冬眠蘇生者の預金利息につきましては、現行法により、特別な計算方式が定められています。大峡谷時代を除外し、預金額をそのまま大峡谷以後の金融水準に移行して、そこから利息計算を再開しています」

「なんと……そんな優遇措置が！」羅輯は叫んだ。

「な、いい時代だろ、兄弟」史強は口から白い煙を吐き出し、まだ火のついている煙草をかざして言った。「煙草は不味いけどな」

「羅輯さま、本日は、とり急ぎご挨拶だけさせていただきました。次回は、お客さまのご都合のよろしいときに、資産の個人的運用および投資計画について話をしましょう。もしほかにご質問がなければ、これで失礼いたします」プランナーは笑顔で羅輯に別れの手を振った。

「あ、ひとつ質問があるんだけど」羅輯はあわてて言った。「いまの若い女の子になんと呼びかければいいだろう。小姐《シャオジエ》と呼ぶのは危険だ。自分の時代には、この呼称が持つ意味はもう変わっていた。いまならどんなふうに変わっていてもおかしくない。かといって、女史と呼ぶのもおかしい。これは年上の女性向けだ。しかたなく、羅輯は呼称を使わずに言った。「この時代のことがまだよくわかってないから、もし失礼な質問だったら許してほしいんだけど」

プランナーは微笑んで言った。「どうかお気になさらず。できるだけ早くこの時代に慣れていただくようお手伝いすることがわたしどもの仕事ですから」

「きみは本物の人間？　それともロボット？　もしかしてプログラム？」

この質問にも、プランナーはとくに驚くようすはなく、「もちろん、本物の人間です」と答えた。

「コンピュータがこんな複雑な業務をできるはずがありません」

看板広告の美女と別れてから、羅輯は史強にたずねた。「大史《ダーシー》、どうしてもわからないことがいくつかあるんだけど。いまは永久機関が発明されて、しかも食べものだって合成できる時代だろ。なのに、コンピュータ・テクノロジーはほとんど進歩がないらしい。個人の金融ビジネスを処理できるAIさえまだ開発されてないんだから」

「永久機関ってなんだ？　永遠に動きつづける機械のことか？」史強が訊き返した。

「そう。永遠に尽きることのないないエネルギーの発見を意味する」

史強はまわりを見渡して、「そんなのどこにある？」

羅輯は空中を飛行する車を指さして、「あのエア・カーだよ。あれは石油や電池を消費してるのか？」

史強はかぶりを振って、「どれも使ってない。石油なんかもう掘りつくされてる。ああいう車は、電池も使わずに空を飛んで、いつまでも動力切れにならない。すげえよな。おれも一台買おうかと思ってる」

「テクノロジーの奇跡に、よくもそう鈍感でいられるな。人類は無尽蔵のエネルギーを手に入れたんだ。天地開闢以来の大事件だ！　いまがどんなに偉大な時代かわからないのか？」

史強は煙草の吸い殻を芝生の上にぽいと投げ捨てたが、まずいと気がついたのか、拾い上げて近くのゴミ箱に捨てた。「おれが鈍感だって？　おまえみたいなインテリは想像が飛躍しすぎるんだよ。こんなテクノロジーはよ、実はおれたちの時代にもう実現してたんだぜ」

「冗談だろう！」

「テクノロジーの中身についてはよく知らない。けど、こういう具体的な道具についてならちょっとはわかる。おれがむかし使ってた警察用盗聴器だが、あれはバッテリーが要らなかったし、電源切れを起こすこともなかった。どんな仕組みか知ってるか？　離れたところからマイクロ波で給電するんだよ。いまもそれと似たようなやりかただ。電力の供給方式が当時とは違うにしても、それだけのことだろ」

　羅輯は立ち止まり、しばらく茫然と史強を見ていたが、また顔を上げて空中のエア・カーに目をやり、ふたたび自動加熱カップについて考え、最後にようやく得心した。ただのワイヤレス給電だったのか。これは、マイクロ波などの電磁振動を利用して放射した電気エネルギーで一定の空間に給電場を形成し、その範囲内にあるすべての電気機器が、アンテナもしくは電磁共鳴コイルによって電気エネルギーを受けとれる仕組みだ。史強が言ったとおり、二世紀前にもごくありふれた技術だった。ただ、エネルギー損失が大きすぎるため、当時は広く使用されていなかった。空中に放射された電力のうち受信できるのはごくわずかで、大部分が無駄になってしまう。しかし、この時代は、制御核融合技術の発達により、エネルギー供給がきわめて潤沢になったため、無線電力供給による損失は許容範囲に収まっているのだろう。

「合成食品はどうなんだろう？　この時代の人間は、食品を合成できるのか？」羅輯はふたたびたずねた。

「それについてはよく知らん。だが、いまの穀物だって種から育ってるぞ。ただ、ぜんぶ遺伝子組み換え作物になってて、工場の栽培タンクの中で育つ。聞いた話だが、小麦には長い穂だけがあって、茎がないらしい。しかも、成長がえらく早いとか。工場の中には、相当強力な人工日光と成長促進放射線みたいのが照射されてて、小麦や米は週に一回収穫できるそうだ。だから、工場の外からは、生産ラインでつくってるように見える」

「おおおお」羅輯は長いうめき声を上げた。美しいシャボン玉が目の前で次々にはじけ、現実のほんとうの顔が現れたような気がした。このすばらしい新時代にも、智子はまだ至るところに立ちふさがり、人類の科学はあいかわらず暗礁に乗り上げている。既存のテクノロジーは、智子が引いた線を越えることが不可能なのだ。

「そして、宇宙船の最高速度は光速の一五パーセントに到達した」

「それは事実だ。で、そういう軍艦が動き出すと、小さな太陽みたいに見える。それから宇宙兵器。おととい、アジア艦隊の軍事演習のニュースをテレビで見たぜ。彼らのレーザー砲は、空母ぐらいの大きさの標的船をやっつけた。大きな鉄のかたまりが氷みたいに半分蒸発して、残りの半分は光輝くドロドロの鉄に変わって爆発した。まるで花火みたいだった。それから、毎秒数百発の鋼球を発射できる電磁銃もある。玉はサッカーボール大で、初速が毎秒数十キロに達し、なんでもぶっ壊せる。火星にある大きな山ひとつをものの数分で平らにしちまった……。おまえが言った永久機関ってのは存在しない。だがな、いまあるテクノロジーだけで、人類はもう三体艦隊をかたづけるのなんか朝飯前だ」

史強は羅輯に煙草を一本渡すと、フィルター部分をひねって火をつけるんだと教えてくれた。それぞれがひと口吸うと、白い煙がゆらゆら立ち昇った。

「とにかく、兄弟、ここはいい時代だぜ」

「うん、いい時代だ」

その台詞を言い終えないうちに、史強がすごい勢いでぶつかってきて、ふたりは数メートル離れた芝生の上に転がった。同時に、ものすごい音が響き渡り、一台のエア・カーが、さっきまでふたりの立っていた場所に突っ込んだ。羅輯が爆風を感じるのと同時に、金属の破片が彼らの頭上をひゅーっと飛び越え、さっきの銀行の広告看板にぶつかって、その半分を破壊した。透明なガラス管のようなディスプレイ素材がガシャガシャと地面に落ちてくる。倒された衝撃で羅輯がまだぼうっとしているうちに、史強はぱっと跳ね起きると、地上に墜落してきたエア・カーに走り寄った。ディスク状の車体は完全に壊れて変形していたが、車に燃料が積まれていないため火災は起きず、ねじれた金属の中で電気の火花だけがパチパチと激しく散っている。

「中に人はいない」足を引きずりながら近づいてきた羅輯に、史強が言った。

「大史、またあんたに命を救われたよ」羅輯は史強の肩につかまり、まだ痛む足をさすりながら言った。

「このさき何回おまえの命を救う羽目になるか知らんが、おまえ自身も、もっと注意力を磨け。それに、目玉もな」史強は大破した車を指さし、「なにか思い出さないか？」

羅輯は二世紀前のある場面を思い出し、思わず身震いした。

多くの野次馬がまわりに集まってきて、彼らの服が一様に恐怖映像を映し出した。二台のパトロール・カーがサイレンを鳴らして空から降下してきた。着陸したパトカーから降りてきた数人の警官が、残骸になった車のまわりに立入禁止テープを張り巡らせた。警官の制服が警告灯のように強く輝き、その明るさが周囲の野次馬の服が表示する映像を呑み込んだ。ひとりの警察官が史強と羅輯のほうに歩いてきたが、制服がまぶしすぎて目を開けていられないほどだった。

「車が墜落してきたとき、ここにいたんですよね。怪我はないですか？」警官は心配そうにたずねた。

ふたりが冬眠者だと見てとったらしく、苦労して〝古典中国語〟で話している。

羅輯の返答を待たず、史強はその警官をひっぱって立入禁止テープと人混みの外に出た。いったん規制エリアを出ると、警官の服はまぶしく光るのを止めた。

「よく調べてくれ。これは殺人未遂事件の可能性がある」大史が言った。

警官は笑って、「どうしてそんなことが？　これは交通事故ですよ」と言った。

「警察に事件として届けたい」

「本気ですか？」

「もちろん」

「大げさですよ。ショックを受けたのはわかりますが、これはほんとうに、ただの交通事故です。しかし、法律にのっとって、あくまでも届け出るというのなら……」

「あくまでも届け出る」

警官が袖のディスプレイ・エリアをタップすると、情報ウィンドウがポップアップ表示された。警官はウィンドウに目をやってから、「本件の届け出は受理されました。今後四十八時間、警察はあなたがたの行動を追跡しますが、これにはご本人の同意が必要です」

「同意するよ。おれたちはまだ危険にさらされている可能性がある」

警官はまた笑って、「ほんとうに、よくある事故ですって」

「よくある事故？　それじゃ、毎月平均して何件、この街でこんな交通事故が起きてる？」

「去年一年で六、七件ですよ！」

「あのな、お巡りさん。おれたちの時代のこの街では、それよりたくさんの交通事故が毎日起きてたぜ」

「当時の車は地表を走っていたので、とても危険でした。想像するのはむずかしいですが。まあ、いいでしょう。あなたがたはすでに、警察システムの監視下にあります。事件の進展についてはお知らせしますが、どうか信じてください。たんなる交通事故です。また、あなたがたは、警察に訴えるかどうかにかかわらず、賠償を受けられます」

警官たちを残して事件現場を去ったあと、大史が羅輯に言った。「できるだけ早く、おれの住んでるところに戻ろう。外にいると、くつろげないからな。場所はそう遠くない。やっぱり歩いたほうがよさそうだ。タクシーはぜんぶ無人だから、安心できない」

「しかし、地球三体協会はもう一掃されたんじゃなかったのか？」羅輯は周囲を見まわしながら言った。遠くのほうで、事故車両が大型エア・カーに牽引されていくのが見えた。野次馬は解散し、パトカーも去っていった。市政府の工事車両が着陸し、数人の労働者が車から下りてきて散乱した破片を拾い集め、事故で損傷した地面の補修をはじめた。この小さな騒ぎのあと、街はまた落ち着きをとりもどした。

「たぶんな。兄弟、おれの直感を信じたほうがいい」

「ぼくはもう面壁者じゃない」

「だが、あの車はそう考えていなかったようだぜ……歩いてるときは、空の車に注意しないとな」

彼らは樹木型建造物の〝木陰〟を歩き、広場に出くわすと急いで駆け抜けた。まもなく、大きく開けた広場に着くと、史強は「うちはすぐ向かいだ。まわり道すると距離が遠くなりすぎる。すばやく駆け抜けようぜ」と言った。

「ちょっとパラノイアじみてないか？　あれはたぶん、ただの交通事故だよ」

「たぶんだろうがなんだろうが、気をつけるに越したことはない……広場の真ん中のあの彫刻が見えるか？　なにかあったらあそこに身を隠せる」

羅輯は広場の中央にある、砂漠のミニチュアみたいな正方形の砂場を見た。史強の言う彫刻は、その真ん中に立つ、一群の黒い柱状のものだった。どれも二、三メートルの高さがあり、遠くから見ると黒い枯れ木の林のようだ。

羅輯は史強のあとについて広場を横切り、砂場に近づいたが、「急げ、さあ、走れ」という叫び声と同時に、史強に半分ひきずられるようにして砂地を駆け抜け、〝枯れ木林〟の彫刻群のあいだに飛び込んだ。林のあたたかな砂の上に横たわり、空に向かって伸びる周囲の黒い柱を見上げる。と、そのとき、エア・カーが一台急降下してきて、枯れ木林の上を低空でかすめ、また急上昇して飛び去っていった。その疾風にあおられた砂が林にうちつけられ、ぱらぱらと音をたてた。

「たぶん、ぼくらを狙ってきたわけじゃないよ」

「ふん、たぶんな」史強は砂地に座りこんで、逆さまにした靴の中から砂を落としながら言った。

「こんなことしてて、だれかに笑われないかな」

「そんなくだらんことを気にするな。だれがおまえのことを知ってる？　それに、おれたちは二百年前からやってきてるんだ。たとえまともにふるまってるつもりでも、向こうから見たらおかしくて当然だ。兄弟、気をつけたって損はない。あれがもしマジでおまえを狙っていたらどうする？」

　このときようやく、羅輯は自分たちが身を隠している彫刻群に注意を向けた。柱みたいなものは枯れ木などではなく、砂地から上に向かって伸びる一本一本の腕だということがわかった。骨と皮ばかりの痩せた腕なので、ぱっと見て、枯れ木だと思い込んでいた。上についている手は空に向かって激しくねじれ、まるで果てしない痛みを表現しているかのようだ。

「これ、なんの彫刻？」走ったあとで汗だくになっていたが、天に向かってもがくような一群の腕の彫刻に囲まれていることを知り、羅輯の背すじに悪寒が走った。彫刻群の端のほうに、荘厳そうな雰囲気の四角い石碑がひとつ立っている。表面には一行、金色で文字が彫られていた。

『文明に歳月を与えるより、歳月に文明を与えよ』

「大峡谷時代記念碑だ」と説明したが、史強は言葉の解釈には興味がないらしく、羅輯をひっぱって砂地の外へ出ると、広場の残り半分を足早に突っ切った。

「着いたぞ、兄弟。おれの家はこの木の上だ」史強は前方にある一本の巨木の建造物を指さした。

　羅輯は上を見ながら歩いていたが、とつぜんガタッという音がして、いきなり足下にぽっかり穴が開いた。転落するところだったが、となりにいた史強がとっさに腕をつかんでくれたので、胸から上がかろうじて地上に出た状態で止まった。史強は力いっぱい羅輯をひっぱり上げた。ふたりは茫然と地面の穴を見つめた。それはマンホールの入口だった。羅輯が足を下ろす寸前、蓋がスライドして開いたのだった。

「うわっ、なんてことだ！　だいじょうぶですか、サー？　いや、危なかった！」その声は近くの小さな看板広告から出ていた。その看板広告は飲みものの自販機らしきものの上に掲示されていたが、声の主はブルーの作業着姿の若者だった。顔面は蒼白で、羅輯以上に肝をつぶしているように見えた。

「わたしは市政府第三公司排水課の者です。そのマンホールの蓋は自動開閉式なんです。ソフトウェアシステムの故障かもしれません」

「いつもこんなことが起こるのか？」史強がたずねた。

「いやいや、まさか。わたしははじめて遭遇しました」

史強は道端の芝生から石ころをひとつ拾って、穴から落とした。しばらくしてやっと音が聞こえた。

「クソみたいに深いな。どのくらいある？」史強がたずねた。

「三十メートルぐらいでしょうか。さっき言ったとおり、ほんとうに危険ですよ！　以前、地上排水システムの調査をしたことがあるんです。あなたがたの時代の下水道は深度がかなり浅かったんですが、いまははるかに深くなっています。この事故についてはもう記録しました」袖のディスプレイにちらっと目をやって、「ミスター羅、あなたは市政府第三公司より賠償が受けられます」

ふたりはようやく、史強が住む#1863樹の幹にあるロビーに入った。史強は自分が最上層に近い#106枝に住んでいることを説明し、先に下で食事をしてから上がろうと提案した。そこでふたりはロビーの片側にあるレストランに入った。3Dモデルのようなシャープさに加えて、この時代のもうひとつの特徴が、蘇生センター以上に顕著だった。動く情報ウィンドウがあらゆる場所にある。壁、テーブル、椅子、床に天井、さらにはテーブルの上のコップやナプキンケースなどの小さなものにまで、すべてにインターフェイス画面がつき、スクロールする文字列や動画を表示している。レストラン全体がひとつの巨大なコンピュータ・ディスプレイで、多種多様なすばらしいグラフィックをきらめかせているようだった。

客は多くなかったので、ふたりは窓際のテーブルを選んで座った。史強がテーブルをタップするとディスプレイがアクティヴになり、注文画面が表れた。「西洋語はわからんから、漢字のやつだけ注文したぞ」

「この世界は、まるでディスプレイが建築資材になってるみたいだな」羅輯は嘆息した。

「だよな。表面がなめらかなら、どこにでも映せる」と言いながら、史強は煙草の箱を羅輯にさしだした。「ほら。ふつうの安い煙草がこれだぜ」羅輯が手にとると、たちまち箱の表面に小さな動く映像がいくつも表示された。選択メニューのサムネイル動画らしい。

「これって……これって、ただのフィルムに映像を表示してるだけだよね」と羅輯は煙草の箱を見ながら言った。

「ただのフィルム？　これでネットにもアクセスできるんだぞ！」と言って、史強が煙草に手を伸ばして適当にタップすると、サムネイル動画がボタンのようにへこみ、選択された広告映像が煙草の箱全体に広がった。

動画の中では、三人家族がリビングルームに座っている。明らかに、過ぎ去った時代の映像だ。それと同時に、煙草の箱からかん高い音声が聞こえてきた。

「羅輯さま、これはあなたがかつて暮らしていた時代です。当時、首都に家を所有することはだれにとっても最大の夢でした。グリーンリーフ・グループは、いま、羅輯さまがその夢をかなえられるよう、お手伝いできます。このすばらしい時代、住宅は木の葉へと変わりました。グリーンリーフ・グループはお客さまにさまざまな葉を提供できます」

煙草の箱には、巨大な木の枝に葉が増設される場面が表示され、目移りするようなすばらしい吊り下がり住宅のバリエーションが紹介された。中には、壁も天井も床もすべて透明で、部屋の中の家具が空中に浮かんでいるように見える家まである。

「もちろん、地面の上に伝統的な住居を建てることも可能です。なつかしい黄金時代の温もりをとり戻し、あたたかな……家庭……が築けます」

ディスプレイに芝生つきの一戸建て住宅が映った。これもたぶん、過去の映像だろう。ナレーターは流暢な〝古典中国語〟を話していたが、〝家庭〟という言葉を口に出す前に一瞬言いよどみ、ことさらに強調して発音した。畢竟《ひっきょう》、それはナレーターが知らないもの、過去の時代の遺物なのだ。

史強は羅輯から煙草の箱を受けとると、最後の二本をとりだして羅輯に一本渡し、それから空箱を丸めてテーブルの上に投げた。くしゃくしゃになった紙くずの中で映像はまだ光を発していたが、音は消えてしまった。「どこに行っても、おれが最初にやるのは、まわりにある画面をぜんぶ切ることだ。まったく面倒だよ」と史強は両手両足を使って、テーブルや足下にあるディスプレイを片っ端から消していった。「だが、ここの連中は」まわりを指さして、「こいつから離れられない。もうコンピュータは存在しない。ネットにつなぎたきゃ、なんでもなめらかな表面をタップすればいい。服だって靴だってコンピュータになる。いやはや、ネットにつながるトイレットペーパーまであるんだからな」

羅輯は紙ナプキンを一枚ひっぱりだした。それはネットに接続できないふつうの紙だったが、ナプキンが入っていた箱が起動して、かわいい女の子が羅輯に向かってバンドエイドを宣伝しはじめた。きょうの羅輯の体験のモニター結果から、腕や足に擦り傷があるだろうと推測したらしい。

「やれやれ」羅輯はため息をついて紙を箱に戻した。

「これがほんとの情報化時代ってやつだ。おれたちの時代は原始的だったな」と言って史強は笑った。

料理が運ばれてくるのを待つあいだ、羅輯は史強の現在の暮らしについてたずねた。いまになってようやくそれをたずねるというのもちょっとばつが悪いが、きょう一日をふりかえってみると、自分の意思に関係なく、ぜんまい仕掛けの機械のようにたえずカチコチと事態が進みつづけていて、それどころではなかった。ここに来てやっと、多少なりとも心の余裕が生まれたのだった。

「退職扱いになったよ。条件は悪くなかった」史強は短く言った。

「公安局から？　それとも、そのあとにいたユニットから？　あれはまだあるの？」

「ぜんぶまだある。しかも、公安局はまだ公安局と呼ばれている。公共安全事務局だな。もっとも、冬眠前から、もう縁は切れていた。そのあとに所属していたユニットは、いまはアジア艦隊の一部になってる。知ってのとおり、艦隊は大きな国みたいなもんだ。だから、いまのおれは外国人だ」史強は話しながら、煙草の煙を長く吐き出し、ゆらゆら昇っていく煙をじっと見つめていた。その姿は、なにかひとつ謎を解明しようと努力しているように見えた。

「国はもう前みたいに重要じゃなくなってる……世界は変わったんだ。混乱するよ。でも、大史、あんたもぼくも、さいわいなことに、ものにこだわらないタイプだ。なにがあろうと、あっけらかんと生きていける」

「羅ちゃんよ。正直言うとおれは、ものによっては、おまえほど開き直れない。そこまで無頓着な人間じゃないんだ。おまえみたいな経験をしてたら、おれはとっくにガタガタになっていただろう」

羅輯はくしゃくしゃになった煙草の空き箱をテーブルから拾い上げた。広げてみると、ちょっと色が薄くなっただけで、映像はまだ表示されていた。グリーンリーフ・グループの広告がまた流れている。「救世主としてだろうが、難民としてだろうが、ぼくは、いま手もとにあるものを利用して、いつだってできるだけ楽しくやっていくよ。利己的だと思われるかもしれないが、ほんとの話、これは自分の中で唯一誇れるところだと思ってる。大史、あんたのことで、ひとつ言いたいことがある。あんたは一見すると無頓着なようだが、芯はやっぱり責任を重んずるタイプだ。でもいまは、その責任感を完全に捨ててしまってもいいんじゃないかな。この時代、だれがぼくらを必要としてる？　いまを生きるっていうのが、ぼくらのもっとも崇高な義務だよ」

「いいとも。しかし、おれがそのアドバイスにしたがったら、おまえはおちおちメシも食えなくなるぞ」史強は煙草の吸い殻をテーブルの灰皿に捨て、灰皿の煙草広告をアクティヴにした。

羅輯は自分の言葉が失言だったことに気づいた。「うわっ、ごめん、大史。頼むから、ぼくに対する責任は捨てないでくれ。あんたに見捨てられたら命がない。きょうだけでもう、一回、二回……三回も命を救われたんだから。まあ、少なくとも二回半は」

「死にかけている人間を放っておけないだけさ。それがおれの人生だ。おまえの命を救う人生か」史強は納得がいかないという顔でそう言いながら、あたりに目を走らせていた。たぶん、煙草を売っている場所を探しているのだろう。それから羅輯に視線を戻すと、顔を近づけてささやいた。「だがな、それでもおまえは、しばらくのあいだ、ほんとうに救世主だったんだぞ、兄弟」

「だれだって、そんな立場の人間が正気でいられるわけがないよ。さいわい、もう一般人に戻ったけどね」

「星に呪いをかけるなんてこと、なんで思いついたんだ?」

「あのときのぼくは、もう重度のパラノイア患者だった。思い出したくもないよ。大史、信じてくれないかもしれないけど、冬眠中にぼくが治療されたのは体だけじゃない。心も治療されたんだよ。ほんとの話、いまのぼくはあのときのぼくと同じ人間じゃない。でなきゃどうしてあんな莫迦なことを思いつく? あんな妄想を」

「どんな妄想だ? 試しに教えてくれ」

「ひとことじゃ説明できない。それに、意味もない。警察官時代、パラノイア患者に出くわしたことがあるだろ。たとえば、だれかが自分を殺そうとしているといつも怯えているような。そんな人間の話を聞いておもしろいか?」と言いながら、羅輯は手に持った煙草の箱をゆっくりと引き裂いた。ディスプレイは破壊されたが、それでもまだ光は消えず、色とりどりに輝く不気味な紙くずになっている。

「じゃあ、めでたい話をしよう。息子の暁明《シァオミン》がまだ生きてる」

「えっ？」羅輯は驚きのあまり、文字どおり飛び上がった。

「おれもおととい知ったばかりだ。向こうが見つけてくれた。まだ会ってはいない。電話だけだ」

「息子さんはたしか……」

「あいつが刑務所にどれぐらいいたかはわからないが、出所後、あいつも冬眠した。未来でおれと会うためだったそうだが、どこでそんな大金を用意したものやら。いまは地上にいて、あしたこっちに来るそうだ」

羅輯は興奮して立ち上がり、テーブルの上で明滅する紙切れを床に払い落とした。「おお、大史、それはほんとに……乾杯しなきゃ」

「よし、じゃあ飲むか。この時代の酒はまずいが、効き目は落ちてない」

それから料理が運ばれてきたが、見た目ではどれがなんなのかさっぱりわからなかった。史強いわく、「どれもうまくない。むかしながらの農場でつくった食材を出すレストランもあるが、そういうのは高級店だ。暁明と会ったら、その手の店に行こう」

しかし、羅輯の注意は給仕の女の子のほうに向いていた。顔もスタイルも現実離れした美しさだ。他のテーブルのあいだをすべるように行き来する他のウェイトレスたちも、みんな天使のような外見だった。

「おいおい、莫迦みたいに見つめるなよ。ニセもんだ」史強は顔も上げずに言った。

「ロボット？」と羅輯は訊いた。とうとうこの未来にも、羅輯が子どものころSFで読んだものが出てきた。

「そんなようなもんだ」

「そんなようなもんって？」

史強はロボットウェイトレスを指さし、「この莫迦娘は料理を運ぶことしかできん。決められた動線を往復するだけ。どのくらい莫迦だか教えてやろうか。ある日、テーブルが一時的に移動されていたことがあったんだが、なのにいつもどおり決められた場所に皿を置きつづけて、ぜんぶ床に落として割っちまった」

ロボットウェイトレスは、料理を運び終えると美しい笑顔を見せて、「お客さま、ごゆっくりどうぞ」と言ったが、ロボットふうのしゃべりかたではなく、とても女性的なやわらかさがあった。そして彼女は、ほっそりした白い腕を伸ばし、史強の前にあるナイフをとって……。

史強の視線がナイフを持つロボットの手から、テーブルの向かいに座る羅輯へとすばやく動いた。史強は瞬間的にジャンプしてテーブルを飛び越え、羅輯を椅子から床へと乱暴に引き倒した。ほとんど同時に、ロボットがさっきまで羅輯の心臓があった場所めがけてナイフを突き出した。ナイフの切先が椅子の背を貫通し、ディスプレイ・ウィンドウを起動させた。ロボットはナイフを引き抜くと、反対の手にまだトレイを持ったままテーブルの横に佇み、ありえないほど美しい顔にかわいい笑みを浮かべていた。羅輯はなんとか立ち上がると、史強のうしろに隠れたが、史強は手を振って言った。

「もう心配ない。こいつはそんなに敏捷じゃないからな」

史強の言葉通り、ロボットはじっと立ったまま、ナイフを持って微笑みながら、もう一度やわらかな声で、「お客さま、ごゆっくりどうぞ」と言った。

周囲のテーブルの客たちが騒ぎに驚き、なにごとかと集まってきて、異様な光景を茫然と眺めている。フロアマネージャーの女性がすぐにやってきた。レストランのロボットが殺人未遂をおかしたと史強が告発すると、彼女は首を振って、

「お客さま、そんなことはありえません。ロボットの視覚センサーには人間が見えません、テーブルと椅子のセンサーしか認識しないのです！」

「いや、そのロボットがナイフでこの人を刺そうとしたのはほんとうだ。わたしが証人になる。たしかにこの目で見た。わたしだけじゃなく、連れもいっしょに」客のひとりが大声で言い、まわりの客も次々に証言した。

マネージャーがなおも反論したそうに口を開きかけたそのとき、給仕ロボットはまたナイフを振りかざし、椅子の背もたれを刺した。ナイフの先は、さっき開けた穴を正確に貫き通し、まわりの二、三人が小さな悲鳴をあげた。

「ごゆっくりお召し上がりください」ロボットはまた微笑んで言った。

新たに何人かがどやどやと駆けつけてきた。中にはこのレストランのエンジニアもいて、彼がロボットの後頭部を押すと、ウェイトレスの顔から笑みが消えた。「強制終了します。一時停止データを保存しました」と言うと、彼女は硬直し、動かなくなった。

「たぶん、ソフトウェアの不具合ですね」エンジニアは冷や汗を拭きながら言った。

「よくあることなのか？」史強が皮肉な笑みを浮かべてたずねた。

「いやいや、誓って言いますが、こんな話は聞いたこともありません」エンジニアはそう言うと、待機していたスタッフふたりに指図してロボットを運んでいった。

担当マネージャーは、事故原因が判明するまでは人間のスタッフに給仕させますとけんめいに説明したが、店内にいた客の半数は帰ってしまった。

「ふたりとも、反応がほんとうに早かったな」野次馬のひとりが感心したように言った。

「冬眠者だね。彼らの時代、人間はこんな突発的な事故に慣れてたんだよ」と、べつのひとりが言った。彼の服には武侠世界の剣客が映し出されていた。

マネージャーは羅輯と史強に向かって、「お客さま、今回はまことにどうも……いずれにしましても、かならず賠償させていただきますので」

「よし。じゃあ、食おうぜ」史強は羅輯を呼んでふたたびテーブルに座った。人間の給仕が、さっき皿からこぼれた料理をつくりなおしてまた持ってきた。

羅輯は席に着いたものの、まだ動揺がおさまっていなかった。椅子の背もたれに開いた穴のせいで、背中がむずむずする。「大史、なんだか全世界がぼくを敵視しているみたいだ。ぼくはもともと、この世界にいい印象を持ってたんだけど」

史強は料理の皿を見ながら考え込むように言った。「それについては、ひとつ思いついたことがある」顔を上げて、羅輯に酒を注ぐと、「まあ、いまは棚上げにしよう。あとで詳しく話すから」

「じゃあ、〝いまを生きろ〟だ。一日生きれば一日、一時間生きれば一時間の値打ちがある」羅輯はコップを掲げて、「おめでとう。息子さんが見つかって」

「ほんとになんともなかったか？」史強は笑顔でたずねた。

「こう見えても、ぼくは救世主だったんだぞ。怖いものなんかないさ」羅輯は肩をすくめて言うと、一杯飲み干したが、酒の味に唇を歪め、眉にしわを寄せた。「ロケット燃料みたいだな」

「いいねえ。おまえのそういう態度が好きなんだよ」史強は親指を立てて言った。

史強の住む葉は、この木の最上層にあった。広々とした家で、快適に暮らすために必要なものが完備されている。ジムや、噴水つきの屋内ガーデンまであった。

「艦隊がおれにくれた臨時の住居だ。退職金でもっといい葉《へや》が買えると言われたよ」

「いまの人間はみんなこんな広いとこに住んでるのか？」

「たぶんな。こういう構造が、空間をいちばんうまく利用できる。一枚の大きな葉が、おれたちの時代で言えば、ビル一棟にあたる。だが、主な理由はやっぱり人間の数が減ったからだろ。大峡谷時代以後、人がほんとに少なくなった」

「でも大史、あんたの国は宇宙にあるじゃないか」

「もう行くことはないだろう。退職したからな」

羅輯の目は、かなり負担が減って楽になった。史強の部屋では、情報ウィンドウがほとんど閉じられていることが大きい。もっとも、小さなものは、まだ壁や床の上でいくつか光っている。床の操作画面を史強が足でタップすると、壁の一面がすべて透明になり、眼前に夜の街が広がった。エア・カーのライトが織りなす光のチェーンでつながれた、きらきら輝く巨大なクリスマスツリーの森のようだ。

羅輯はソファに歩み寄った。さわってみると、大理石のように堅い。「これ、座る用？」史強がうなずいたので、おそるおそる腰を下ろした。まるでやわらかな泥の中に沈むような感覚だった。ソファのクッションと背もたれは、ユーザーの体型に反応し、体にぴったりフィットする形状に自動的に変化して、体にかかる圧力を最小にする仕組みだった。二世紀前、国連ビルの瞑想室で、羅輯があの鉄鉱石の上に横たわったときに見た幻覚が現実のものとなった。

「なにか眠れる薬ないかな」と羅輯は訊いた。安全な場所に落ち着いたいま、急に疲れが襲ってきた。

「ない。だが、ここで買える」史強はそう言うと、また壁の画面を操作した。「これだ。処方箋不要の睡眠薬。この夢河《モンホー》ってやつ」

羅輯は、ネットとリアルを融合するハイテク・ハードウェア的なものを予想していたが、実際はずっとシンプルだった。数分後、小型の配送エア・カーが透明な壁の外にやってくると、細いアームを延ばし、壁に開いたポータル経由で薬を届けたのである。史強に渡された薬は、思いがけず、昔ながらの包装箱だった。ディスプレイが起動することもなく、説明書きを見ると一回一錠と書いてあったので、羅輯はすぐに包装を開けて一錠とりだし、手を伸ばしてコーヒーテーブルのコップをとった。

「ちょっと待った」と史強は羅輯の手から薬の箱を受けとり、じっくり見たあとでまた羅輯に渡した。

「上になんて書いてある？　おれが注文したのは夢河っていう薬だぞ」

見ると、とても長い綴りの複雑な欧文の薬品名だった。「ぼくにもわからない。でも絶対に夢河っていう名前じゃないな」

史強はテーブル上でウィンドウをひとつ起動して、ネット上で医療コンサルタントを探しはじめた。羅輯も協力し、ひとり見つけ出した。その白衣を着た相談医は、画面越しに薬の箱を調べると、妙な表情を浮かべて箱から史強へと視線を移した。

「この医薬品の出所は？」医師が用心深い口調でたずねた。

「買ったんだよ。さっき、ここから注文して」

「ありえない。これは処方薬です。しかも、冬眠センターの中でしか使えない」

「冬眠となんの関係がある？」

「これは、短期用の冬眠薬です。十日から一年のあいだ、クライアントを冬眠させることができます」

「これを飲むだけで？」

「いいえ。服用後、体内の循環機能全体を外部から維持するシステムが必要です。それを利用してはじめて、短期の冬眠が可能になります」

「もし薬を飲むだけだったら？」

「確実に死にますね。でも、快適に死ねるので、よく自殺に使われます」

史強はウィンドウを閉じ、薬の箱をテーブルに投げ出すと、しばらく羅輯をまっすぐ見つめたあと、「くそったれが」と言った。

「くそっ」羅輯もそう言って、ソファの上にばたっと横になり、そしてこの日最後の暗殺未遂を経験することになった。

羅輯の頭がソファの背もたれに触れたとき、堅い背もたれは彼の後頭部のかたちに反応してすばやく変形しはじめたが、そのプロセスは停止せず、羅輯の頭と首はそのままソファの中にめりこみつづけた。背もたれは首の両側で二本の触手のかたちになり、羅輯の首にぎゅっと巻きついた。羅輯は声をあげる間もなく、ただ口を大きく開けて目を見開き、なにかをつかむように激しく両手をばたばたさせるしかなかった。

史強は一足飛びにキッチンに駆け込み、包丁を手にとると、その二本の触手を両側から何度も激しく突いた。そして、それを思いきりひっぱって、羅輯の首から引きちぎった。羅輯はソファから離れ、床に前のめりに倒れ込んだ。ソファの表面に光が閃き、全面にエラーメッセージが表示された。

「弟分よ、きょうはこれで何回、おれに命を救われた？」史強は両手をこすりながら訊いた。

「たぶん……六回だ」羅輯は息を切らしてそう言い終えると、床の上に嘔吐した。吐いたあとで体の力が抜け、ソファにぐったりもたれかかったが、しかしすぐまた、感電したようにぱっとそこを離れた。両手をどこに置いていいのかもわからない。

「ぼくはいつになったらあんたみたいな俊敏さをマスターして、自分で自分の命を救えるようになるんだろう」

「おそらく永遠に無理だろうな」と史強が言うと、掃除機らしき機械が滑るようにやってきて嘔吐物を片付けた。

「じゃあ、ぼくは死んだも同然だ。この狂った世界でね」

「そんなに悪い状況じゃない。今回の件の全体像について、やっとからくりが見えてきた。最初の殺人が成功しなかったら、たてつづけに五回も襲ってきたんだ。これはプロのやり口じゃない。いかにも間が抜けてる。きっと、どこかでなにかがまちがったに違いない……すぐに警察に連絡しよう。連中が真相を解明してくれるのが待ち遠しい」

「どこでだれがミスをしでかしたんだ？　大史、もう二世紀が過ぎてる。またあの時代と同じように考えちゃだめだ」

「同じなんだよ、弟分。時代に関係なく、変わらないものがある。だれがまちがえたかについては、おれにもほんとうにわからん。その〝だれか〟がほんとに存在しているのかさえ疑わしい」

　そのとき、玄関ドアのベルが鳴った。史強がドアを開けると、外に何人か立っていた。彼らは全員、私服姿だった。しかし、最初の刑事が身分証を提示する前に、史強はもう彼らの身分を見抜いていた。

「なんとまあ、この社会にもまだ、生きてる刑事《でか》がいたとはな。警察官のみなさん、どうぞお入りください」

　三人が部屋に入り、他のふたりは部屋の外の警戒に当たった。三十歳ぐらいに見えるリーダー格の刑事が部屋を調べている。史強や羅輯と同じく、彼の服のディスプレイもすべて閉じられていた。そして、ふたりが好感を持ったのは、彼が英単語を混じえず、流暢で純粋な〝古典中国語〟を話すことだった。

「公安局デジタルリアリティ課の郭正明《グオ・ジョンミン》です。遅くなってほんとうに申し訳ありません。これは明らかに職務上の不行き届きです。なにしろ、このような事案が発生するのは半世紀ぶりですので」と言って、史強に向かって深々と頭を下げた。「先輩に敬意を表します。先輩のような資質は、最近ではきわめて珍しくなっています」

　郭刑事が話しているあいだ、羅輯と史強は、屋内のすべての情報ウィンドウが消えていることに気づいた。いま、この葉《へや》は外部のスーパー情報化世界と明確に切断されている。あとふたりの警察官は、なにか忙しく作業をしている。羅輯は、彼らの手の中に、ひさしく見かけなかったものを見つけた。

ノートＰＣだ。ただし、その薄さは一枚の紙くらいしかない。

「彼らは現在、この葉のためにファイアウォールを設置しています」郭刑事は言った。「安心してください。いまはもう安全です。それと、政府の公共安全システムから賠償を受けることができます」

「おれたち、きょうはこれで……」史強は指を折って数えた。「もう四回も賠償してもらってるぞ」

「はい。そして、多くの部門の多くの人間が、それに関連して職を失うことになりました。わたしもそれにつづく羽目にならないように、どうかご協力をお願いします。前もって礼を述べておきます」

郭刑事は羅輯と史強に頭を下げた。

「わかるよ。おれもむかし、同じ立場だったからな。こっちから状況を説明する必要はあるかな？」

「いいえ。実は、おふたりの行動はずっと追跡していました。今回の件は、こちらの不注意です」

「どういうことか教えてくれ」

「Killer5.2です」

「なに？」

「ネットワーク・ウイルスの一種です。危機紀元一世紀ごろ、地球三体協会《ETO》がはじめてネットに放ち、以後、変異とバージョンアップをくりかえしている殺人ウイルスです。このウイルスは、人間の体内に埋め込まれているＩＤチップを利用するなどして、まず身元を確認します。そうやってターゲットを発見し、位置を特定すると、操作可能なあらゆる外部ハードウェアを使って殺人を試みます。具体的なやりかたは、おふたりがきょう経験したとおりです。この世界のすべてがターゲットに死をもたらそうとしているように見えるため、当時は〝現代の呪い〟と呼ばれていました。一時期、Killerソフトウェアは商品化され、オンライン闇マーケットで販売されました。ターゲットの個人ＩＤ番号を入力して、このウイルスをアップロードすれば、たとえ相手が死を免れたとしても、社会で生活をつづけることがきわめて困難になります」

「この業界はそこまで進歩していたのか。すげえな」史強は感嘆の声をあげた。

「一世紀前のソフトなのに、いまもまだ実行できる?」羅輯は不思議に思ってたずねた。

「もちろんできます。コンピュータ・テクノロジーの進歩はとっくにストップしていますから、一世紀前のソフトウェアでも現在のシステムと互換性があります。Killerウイルスは出現した当初、多くの人を殺しました。その中には国家元首も含まれています。しかし、ウイルス対策プログラムとファイアウォールによって抑え込まれ、しだいに消えていきました。いまのこのバージョンのKillerは、羅輯博士を攻撃するためだけにプログラムされたもので、ターゲットがずっと冬眠状態にあったため、これまで目立った動きを見せる機会がないまま、ずっと潜伏していたのです。そのため、情報セキュリティ・システムに発見されず、記録もされていなかった。きょう、羅輯博士が外の世界に出てきたことで、Killer5.2はようやく起動し、使命を遂行しはじめたのです。ただ、開発者が死んでから、すでに一世紀経っています」

「一世紀前まで、彼らはまだぼくを追いかけて殺そうとしていたってこと?」と羅輯は言った。もう永遠にさよならしたはずの気分が戻ってきて、彼は強いてそれを追い払おうとした。

「はい。ポイントは、このバージョンのKillerウイルスがあなた専用にプログラミングされていることです。一度も起動されたことがなかったので、こんにちまで発見されませんでした」

「じゃあ、これからどうすればいい?」と史強は訊いた。

「全システムでKiller5.2をスキャンしていますが、これには時間がかかります。それが終了するまで、ふたつの選択肢があります。ひとつは、羅輯博士に一時的に偽の身元を与えることですが、これも絶対に安全とは限りません。それどころか、さらに悲惨な結果を招くかもしれません。ETOのソフトウェア技術は非常に優秀なので、Killer5.2に標的のもっと多くの特徴を記憶させている可能性があるからです。一世紀前、時代を震撼させたある事例がありました。保護対象者に偽の身元を与えたところ、Killerは幅を広げて標的の識別を実行し、標的本人を含む百人以上を殺害したのです。もうひとつの選択肢は、わたしが個人的に推薦したい方法ですが、おふたりに地上で生活していただくことです。地上には、Killer5.2が操作できるハードウェアがありません」

「わかった」史強がいった。「この件がなくても、地上に行こうと思ってたからな」

「地上になにがあるんだい?」羅輯がたずねた。

「冬眠蘇生者の多くは地上で暮らしている。上の生活には適応しにくいのさ」と史強が説明した。

「ええ。ですから、おふたりとも、少なくともしばらくのあいだは地上で過ごすべきです」郭刑事は言った。「政治、経済、文化、生活習慣から男女関係にいたるまで、社会のさまざまな側面が、二世紀前とは大きく変わっていますから、わたしたちが適応するまでには多少の時間が必要です」

「でも、あんたはよく適応してるよ」と言って、史強は郭刑事を眺めた。彼と羅輯は、どちらも、郭刑事が〝わたしたち〟と言ったことに気づいていた。

「わたしは白血病で冬眠していました。覚醒したときは、まだ十三歳でしたから」郭正明は笑って言った。「でも、その後の困難は、他の人にはわかってもらいにくいですね。心理療法だけでも、何回受けたことか」

「冬眠者の中にはあなたみたいに現代生活にちゃんと適応できた人も多いんですか?」羅輯はたずねた。

「多いですよ。でも、おふたりは、地上でもうまく暮らせると思います」


***

「未来増援特別分遣隊長章北海《ジャン・ベイハイ》参りました」と言って章北海は敬礼した。

アジア艦隊司令官の背後には燦々と輝く広大で果てしない天の川銀河が広がっていた。木星軌道上の艦隊司令部はつねに回転することで人工重力を発生させている。室内照明を比較的暗くするかわり、窓を大きくすることで、内部環境と外の宇宙空間が可能なかぎり一体化して見えるように配慮されている。

艦隊司令官は章北海に答礼し、「こんにちは、先輩」と言った。ずいぶん若くてアジア人的な顔立ちが、肩章と帽章の輝きに照らされている。冬眠から覚醒して六日目に軍服を受けとった章北海は、軍帽のひさしの上に見慣れた宇宙軍の徽章を見た。鋭い剣のかたちをした四本の光芒を放つ銀の星。あれから二世紀が過ぎても、このシンボルマークはほとんど変わっていないが、この時代、アジア艦隊は、独立したひとつの大国になっている。その最高指導者は大統領で、艦隊司令官は軍事だけを司っている。

「やめてください、司令官。われわれ分遣隊はみんなただの新兵で、すべてを一から学ぶ必要があります」

艦隊司令官は笑顔でかぶりを振った。「いやいや、それはないでしょう。この時代で学ぶべきことはすべて学ばれている。翻って、あなたがたが持っている知識は、われわれにはけっして学べない。だからこそ、いま覚醒してもらったのです」

「常偉思《チャン・ウェイスー》中国宇宙軍司令官から、よろしくとことづかりました」

章北海のこの言葉が艦隊司令官の心の琴線に触れたらしく、彼はうしろをふりかえって、時間という大河の上流を眺めやるように、窓外の銀河に目を向けた。「彼は卓越した指揮官で、アジア艦隊の創始者のひとりでした。現在の宇宙戦略も、あいかわらず、常偉思司令官が二世紀前に確立した枠組みの中にある。いまの艦隊をぜひとも見ていただきたいものです」

「いまの成果は、彼の夢をはるかに超えています」

「しかしこのすべては彼の……あなたがたの時代にはじまったのですよ」

そのとき、木星が出現した。まず弧の一部が現れ、すぐに窓の視界すべてを占領して、オフィス全体がオレンジ色の光に染まった。その広大なガスの海の中で水素とヘリウムがつくりだす幻想的な模様が、息を呑むスケールと魅惑的なディテールで広がっている。大赤斑がゆっくりと視界に入ってきた。地球がふたつ入るほどの大きさを持つこのスーパー竜巻は、ぼんやりした木星表面に浮かぶ、瞳のない巨大なひとつ眼のように見えた。三大艦隊はすべて木星に主要基地を置いている。この水素－ヘリウムの大洋が、汲めども尽きぬ核融合燃料源になるからだ。

章北海は木星の景観に魅了された。幾度となく夢に見てきたこの新たなフロンティアが、いま現実となって目の前にある。木星がゆっくりと窓から離れるのを待って、彼はやっと話しはじめた。「司令官、この時代のすばらしい成果は、われわれのミッションをもはや無用なものとしています」

司令官は章北海のほうに向き直り、「いや、それは違う」と言った。「未来増援計画は遠大な視野に立ったプランでした。大峡谷時代、宇宙軍が崩壊の危機に瀕していたとき、特別分遣隊は、全体的な状況を安定させるのに大きな役割を果たしました」

「しかし、われわれの部隊は、到着が遅すぎて助力にならなかった」

「あいにくですが、事情はこうです」司令官の顔に刻まれていたしわが消え、「あなたがたが出発したあと、宇宙軍は未来増援特別分遣隊をさらにいくつも未来に送った。最後に派遣された部隊が、最初に冬眠から覚醒させられたのです」

「それは理解できます。彼らの知識の枠組みが、大峡谷時代当時にもっと近いからでしょう」

「そのとおりです。最終的に、まだ冬眠状態にある未来増援特別分遣隊は、あなたがただけになった。大峡谷時代は去って、世界は高度成長期に入り、敗北主義は事実上消え失せていたから、あなたがたを目覚めさせる必要もなかった。艦隊はその時点で、あなたがたを終末決戦まで温存することを決断した」

「司令官、実際それは、われわれ全員が願っていたことです」と章北海は興奮した口調で言った。

「また、すべての宇宙軍兵士にとって、最高の栄誉でもある。そのことをじゅうぶん承知したうえで、当時の艦隊司令部はそう決定した。しかし、現在の状況は、当時の想定とはまったく違う。もちろんご存じでしょうが」司令官は背後の天の川を指さし、「終末決戦が起こらない可能性さえある」

「すばらしいことです、司令官。人類がまもなく手にする偉大な勝利にくらべれば、わたしの軍人としてのささやかな悔いなど、なんでもありません。ひとつだけ、かなえていただきたい希望があります。艦隊のいちばん下っ端の兵士として、なんでもわれわれにできる仕事を与えていただきたい」

艦隊司令官はかぶりを振った。「特別分遣隊全員の軍歴は、覚醒の日から再開している。冬眠前から一階級か二階級、地位が上がることになります」

「司令官、それはいけません。われわれは残りのキャリアを後方のデスクワークに費やすことなど望みません。艦隊の最前線で働きたいのです。二世紀前には、宇宙軍がわれわれの夢でした。宇宙軍がなければ、われわれの人生に意味はありません。しかし、いまの階級でさえ、われわれには艦隊勤務の資格がないのです」

「艦隊から離れてほしいなどとは一度も言っていない。その正反対です。あなたがた全員が艦隊勤務につき、きわめて重要な使命を果たしてもらうことになります」

「ありがとうございます、司令官。しかしいま、わたしたちに果たせる使命などあるでしょうか？」

司令官はそれには答えず、とつぜん思い出したように言った。「こんなふうにずっと立ったままで話していてだいじょうぶでしたか？」司令官室にひとつも椅子がなく、テーブルも立ったまま使用する高さになっている。艦隊司令部の回転で生まれる遠心力は地球の重力の六分の一しかなく、立っていても座っていても大差なかった。

章北海は笑顔でうなずいた。「問題ありません。わたしも宇宙で一年間過ごした経験がありますから」

「では、言葉のほうは？　艦隊の内部で、コミュニケーションの問題はありませんか？」

司令官はいま、標準的な中国語を話しているが、三大艦隊はすでに独自の言語を生み出していた。地球上の現代中国語と現代英語に似ているが、両者がさらにごちゃごちゃにブレンドされている。中国語の単語と英語の単語がそれぞれ語彙の半分ずつを占める。

「最初はとまどいましたが――主に、中国語の語彙と英語の語彙を区別できなかったせいです――わりあいすぐに理解できるようになりました。しゃべるほうはもっとむずかしいですね」

「それは問題ない。話すときに、中国語か英語か、どちらか片方で話しても、われわれはどちらも理解できる。ということはつまり、参謀本部から詳しいブリーフィングを受けたのですね？」

「はい。基地に来てからの数日で、かなり詳しく状況を説明していただきました」

「では、精神印章のこともご存じでしょう」

「はい」

「最近の調査では、刻印族の痕跡はあいかわらず確認されていない。これをどう見ます？」

「ひとつは、刻印族がすでに消滅した可能性です。もうひとつは、彼らが社会の奥深くに密かに潜入している可能性。ある人間が、もしふつうの敗北主義思想の持ち主であれば、他の人間に対して熱心にその思想を説くでしょう。しかし、刻印族のように、テクノロジーによって固定化された信念は、一〇〇パーセント揺らぐことがなく、それに見合うだけの使命感を必然的に生みだします。敗北主義と逃亡主義は密接に関係していますから、もし刻印族がほんとうに存在するとしたら、彼らは必然的に宇宙への逃亡を究極の使命とするはずです。そしてこの目標を実現するために、彼らはどうしても自分たちの真の思想を心の奥深くに隠さなければならない」

司令官はうなずき、「鮮やかな分析です。統合参謀本部も同じ見方をしています」と称賛した。

「司令官、後者の状況はとても危険です」章北海は言った。

「そのとおりです。とりわけ、三体艦隊の探査機が太陽系に間近に迫っているいまは。現在、指揮システムのタイプによって、宇宙艦隊の艦船は二種類に大別されます。第一のタイプは分散型指揮システムで、あなたが海軍時代に乗艦していた空母などと同様の、むかしながらの構造です。艦長の命令は、参謀長、砲術長、機関長以下、さまざまな人員によって実行される。もうひとつのタイプは集中型指揮システムで、艦長の命令はその艦のコンピュータ・システムによって自動的に実行される。最近建造された、もしくは現在建造中の先進的な宇宙艦は、すべてこのタイプです。精神印章が脅威となるのは、主に後者の艦の場合です。この指揮システムでは、艦長はきわめて大きな権限を持ちます。艦がいつ出航し、いつ帰航するか、艦の速度と針路、さらには多くの兵器システムの使用にいたるまで、艦長が独断でコントロールできる。こうした指揮システムにおいては、艦はもはや艦長の体の一部とも言える。現在、艦隊が保有する六百九十五隻の恒星級航宙艦のうち、集中型指揮システムを持っているのは百七十九隻で、これらの艦の指揮官は、まもなく重点的な人物評価の対象となる予定です。本来の評価プロセスでは、対象となる艦はドックに入り封鎖されるはずだが、目下の状況がそれを許さない。現在、三大艦隊は、三体探査機を拿捕する作戦の準備を積極的に進めている最中だからです。これは、宇宙艦隊の三体侵入者に対する初の実戦であり、すべての艦船をつねに待機状態に置く必要があります」

「では、その間は集中型指揮システムの艦長を信頼できる人間に任せなければなりませんね」章北海はずっと自分の任務について想像していたが、まだ見当がつかなかった。

「信頼できる人間がいますか?」司令官はそう訊いたあと、「精神印章がどの程度広がっているかわからないし、刻印族についての情報はまったくない。このような状況下では、だれも信頼できない。

わたし自身さえも」

太陽が窓の外に現れた。木星からでは、地球から見たときよりはるかに光が弱いが、それでも太陽が背後を通過するとき、司令官の姿は逆光で見えなくなり、声だけが聞こえてきた。

「しかし、あなたがたは信頼できる。冬眠に入った時点で、精神印章技術はまだ存在しませんでしたからね。それに、二世紀前にあなたがたが選ばれたとき、選抜の重要な要素は忠誠と信念でした。つまりあなたがたは、地球艦隊の中で見つかる、唯一の信頼できる集団なのです。そこで、艦隊司令部は、集中型指揮システムの艦長権限をあなたがたに任せるという決断をくだしました。まもなくあなたがたは、それぞれ艦長代行に任命され、艦長が出すすべての命令は、あなたがたを経由して指揮システムに送られることになります」

章北海の目の中で、ふたつの小さな太陽が燃え上がった。「司令官、残念ながら、それは不可能でしょう」

「命令に対してノーと答えるのは、われわれの伝統ではないはずですが」

司令官が口にした〝われわれ〟と〝伝統〟のふたつの言葉に、章北海の心がほぐれた。二世紀前の軍の血脈が宇宙艦隊の中にまだ受け継がれていることがわかったのである。

「司令官、われわれはしょせん二世紀前からやってきた人間です。われわれの時代の海軍の文脈で言えば、それは、清朝時代の北洋艦隊の艦長に二一世紀の駆逐艦の指揮を執らせるようなものです」

「鄧世昌《ドン・シーチャン》や劉歩蟾《リウ・ブーチャン》（ともに清朝時代の中国海軍の著名な軍人）があなたがたの駆逐艦を指揮できないとほんとうに思いますか？　彼らは教養があり、英語も堪能だった。きっと学ぶことができたはずだ。今日、宇宙艦を指揮するのに、技術的な細部を知る必要はない。艦長は全般的な命令だけを出している。彼らにとって、宇宙艦はブラックボックスです。それに、あなたがたが艦長代行を務めているあいだ、艦はドックにとどまり、出航はしない。あなたがたの任務は、本来の艦長の命令が正常かどうかを判断し、正常であればそれを管制システムに伝達する、ただそれだけです。学びながら、やがて判断できるようになるでしょう」

「しかしそうなると、われわれには大きすぎる権限が与えられることになります。艦長にその権限の一部を残し、彼らの命令をわれわれが監督するということも可能なのでは」

「じっくり考えてみれば、そのやりかたではだめだということがわかるはずです。もし刻印族が実在し、戦闘を左右しうる重要なポジションに就いているとしたら、彼らは、監督者の暗殺を含め、いかなる手段をとってでも、あなたがたによる監督を免れようとするでしょう。待機中の集中型指揮システム艦を出航させるには、たった三つの命令だけで足りる。それ以降は、なにをしても手遅れです。したがって、指揮システムには艦長代行からの命令のみを受けつけるようにしなければなりません」

＊＊＊

兵員輸送シャトルがアジア艦隊木星基地のそばを通過した。章北海《ジャン・ベイハイ》は、まるでうねうねとつづく山々の上を飛んでいるような気がした。山のひとつひとつは、停泊中の宇宙艦。基地は木星軌道の夜側に入り、鋼鉄の山々は、木星表面の青白い光と衛星エウロパの銀色の月光を浴びて静かに眠っている。ほどなく、まぶしく白い光が山脈の端から昇ってきた。その光に照らされ、停泊中の艦隊がたちまちくっきりと姿を現した。章北海の目には、山脈の向こうから太陽が昇ったように見えた。下方の木星の荒れ狂う大気層に艦隊の影が落ち、その影が移動してゆく。艦隊の反対側から第二の光が現れたが、それは太陽ではなく、核融合エンジンの光だった。二隻の軍艦が入港に備えて減速すべく、基地のほうにエンジンを向けている。

新たな任地まで章北海に随行してきたアジア艦隊参謀長によれば、現在、四百隻がこの基地に停泊している。これは、アジア艦隊の全艦船の三分の二に相当する。太陽系内外の宙域を巡航しているその他の艦船も、まもなく続々と帰投する予定だという。

艦隊の壮観に見とれていた章北海は、無理やり自分を現実にひき戻した。「参謀長、全艦船をこうやって招集することで、潜伏している刻印族に緊急行動を促す結果になりませんか?」

「いや、全艦船に帰投を命じたのはべつの理由からです。口実ではなく事実なのだが、いささかばかばかしく聞こえるかもしれない。察するに、最近のニュースはあまり熱心に見ておられないようですね」

「はい。〈自然選択《ナチュラル・セレクション》〉の資料をずっと読んでいたので」

「そう焦る必要はありません。基礎訓練の最新課程の成績から判断して、あなたの理解力は優秀だ。いまの仕事は、乗艦後にすべてを正しい手順で進められるよう、システムに習熟することです。思うほどむずかしいことではありません。……三大艦隊は現在、敵探査機の邀撃《ようげき》任務を勝ちとろうと競い合い、軋轢が生じています。きのうの合同会議でようやく予備的な合意が成立しました。すなわち、各艦隊の保有する艦船をすべて基地に戻し、専門委員会がその行動を監視する。その目的は、いずれかの艦隊が所属艦船を許可なく出動させて邀撃を実行するような事態を避けることです」

「なぜそんなことに? どの艦隊が敵探査機の拿捕に成功したとしても、入手できた技術データや情報は共有されるのでは?」

「そのとおりです。これはただ、栄誉の問題でしかない。三体文明と最初に接触した艦隊は、政治的に多くのポイントを稼ぐことになります。なぜばかばかしいと言ったかわかりますか? 今回の任務は、まったくリスクのない、簡単な仕事なんです。最悪の結果に終わったとしても、拿捕した探査機が自爆するという程度に過ぎない。だからこそ、だれもが争ってこの任務を買ってでようとしている。もしこれが三体艦隊本体との会戦なら、おそらくどの艦隊も、できるかぎり戦力を温存しようとするでしょう。いまの政治も、あなたがたの時代と大差ない。……ほら、あれが〈自然選択〉です」
兵員輸送シャトルが〈自然選択〉に近づき、鋼鉄の山の偉容が次第にはっきり見えてくると、章北海は、在りし日の空母〈唐《タン》〉を思い出した。もっとも、円盤形の本体と円筒形のエンジンから成る〈自然選択〉の外観は、二世紀前の航空母艦とは似ても似つかない。〈唐〉がその短い生涯に早すぎるピリオドを打ったとき、章北海はまるで心の我が家を失ったような気がしたものだった――結局、その家で暮らす機会は一度もなかったにしても。いま、この巨大な宇宙船は、これが我が家だという感覚をふたたび章北海にもたらしてくれた。彼の魂は、二世紀にわたる放浪のすえ、〈自然選択〉の頑健な船体に、ついに帰るべき家を見出した。さながら、巨大な力に抱擁される子どものような気分だった。

〈自然選択〉はアジア艦隊第三艦隊の旗艦であり、総トン数も性能も、艦隊随一を誇る。最新の非媒質型核融合推進システムを搭載し、最大出力時には光速の一五パーセントまで加速できる。艦内の閉鎖生態系生命維持システムは完璧で、超長時間の連続航行が可能。実際、この生態系の試験バージョンは、七十五年前に月面で試験運用を開始して以来、現在にいたるまで、いかなる故障も不具合も見つかっていない。兵器システムの面でも、〈自然選択〉はアジア艦隊最強を誇る。ガンマ線レーザー砲、電磁エネルギー砲、高エネルギー粒子ビーム、恒星魚雷から成る四パターンの攻撃兵器は、地球サイズの惑星の表面を独力で焼き尽くすことができる。

いま、兵員輸送シャトルからの視界はすべて〈自然選択〉に占められてしまい、章北海の目にはその一部しか見えないが、巨大宇宙艦の船体表面が鏡のようになめらかであることはわかった。木星の大気の海と、次第に近づいていく兵員輸送シャトルが鮮明に映っている。

シャトルは、〈自然選択〉の表面に開いた楕円形のハッチをくぐってまっすぐ艦内に入っていくと、速度を落として停止した。参謀長がキャビンのドアを開けて先に出た。シャトルがエアロックを抜けるところを見なかったので、章北海はちょっと緊張したが、外部から新鮮な空気が勢いよく入ってくるのがすぐにわかった。空気を漏らすことなく与圧室を外の宇宙空間に向かってじかに開くことができるテクノロジーは、これまで彼が見たことのないものだった。

章北海と参謀長は、サッカー場ほどの直径がある巨大な球体の中にいた。宇宙船の船室は、こういう球形構造を採用している場合が多い。球体であれば、加速や減速、方向転換のあいだ、どの部分も床または天井として使えるし、無重力状態では球体の中央がクルーの主な活動空間になるからだ。章北海の時代には、宇宙船の船室はまだ地球上の建築構造を下敷きにしていたため、このまったく新しい船室デザインにはなかなか慣れることができなかった。参謀長によれば、ここは戦闘機の格納庫だそうだが、いま戦闘機は一機も見当たらない。球の中心部には、〈自然選択〉の二千人の将兵が隊列を組んで浮かんでいる。

章北海が冬眠に入る前、各国の宇宙軍は無重力状態で隊列を組む訓練を開始し、宇宙戦闘を想定した新たな歩兵操典を定めた。しかし、実施は困難をきわめた。船外でなら、兵員は宇宙服に搭載されたマイクロスラスターを使って移動できるが、船内には推進装置がなにもないため、船壁を押したり手足で空気を漕いだりするしかない。このような状況下で、整った隊列をつくるのはかなりむずかしい。いま、二千人以上の兵員がまったく頼るべきもののない空間の中でこれほど正確な隊形を組んでいるのを見て、章北海は驚いた。現在、兵員が無重力下で船内を移動するさいは、主に磁力ベルトの助けを借りている。このベルトは超伝導体でつくられ、内部に磁場発生回路を搭載している。この磁場が、宇宙船の船室や通路のいたるところにある磁場と相互に作用することにより、片手で操作する小さなコントローラーを使って船内を自由に移動できる。章北海自身もこのベルトを締めてはいるが、自由に動けるようになるには一定のスキルが必要だ。

章北海は隊列を組んだ宇宙兵士たちを観察した。彼らは全員、艦隊で育った世代だった。背が高くすらりとした体つきで、地球の重力下で育った人間の不器用な頑丈さはまったくなく、宇宙世代《スペーサー》特有の軽やかな敏捷性を備えている。隊列の正面に三人の将校がいたが、最終的に章北海の視線を引き寄せたのは、その真ん中の若く美しい女性だった。彼女の肩章には四つの星が輝いている――〈自然選択〉の艦長である証だろう。新たな宇宙人類の典型で、長身の章北海よりもさらに背が高い。彼女は隊を離れ、スレンダーな体をエレガントな音符のように宙に浮かべて、楽々とこちらにやってきた。章北海と参謀長の前で静止したとき、それまでうしろに漂っていた髪が、白い首筋にふわりとまとわりついた。その瞳は陽光の輝きと活力に満ち、章北海はすぐさま彼女を信用した。刻印族がこんな表情を浮かべることはありえない。

「〈自然選択〉艦長の東方延緒《ドンファン・イエンシュー》です」と彼女は章北海に敬礼したが、その目にはいたずらっぽく挑戦するような色があった。「全乗員を代表し、わが先達にプレゼントをお渡しします」といって、東方延緒は片手をさしだした。彼女が手にしているもののかたちは、章北海の時代とはずいぶん様変わりしていたが、それでも見違えようがなかった。拳銃だ。「先輩、もしわたしがほんとうに敗北主義思想と逃亡主義の目標を奉じていたら、これでわたしを射殺してください」

＊＊＊

地上に降りるのは簡単だった。どの巨木建造物の幹も、地下都市のドーム屋根を支える柱になっているから、幹の中を通っているエレベーターに乗れば、三百メートル以上の岩盤層を抜けて、地上に直行できる。史強《シー・チアン》といっしょにエレベーターを降りた羅輯《ルオ・ジー》は、なつかしい気持ちになった。ロビーの壁や床にディスプレイ・ウィンドウがなく、天井から吊るされた専用のモニター画面上に各種の情報が表示されていたからだ。見たところ、かつての地下鉄駅に似ているが、人通りは少なく、ほとんどの人の服は光っていなかった。

史強といっしょにロビーの密閉ドアを出ると、埃っぽいにおいのする熱い風が顔に吹きつけてきた。

「息子だ！」史強は階段を駆け上がってくる男性を指して叫んだ。この距離からだと、四十代だろうということくらいしかわからなかったので、羅輯はその断言にちょっと驚いた。史強はそちらに向かって足早に階段を下りていったが、羅輯は親子の再会から視線をそらし、眼前に広がる地上世界を眺めた。

空は黄色だった。地下都市の空の映像がなぜ一万メートルも上空から撮影されていたのか、いまわかった。地表からだと、太陽は輪郭のはっきりしないぼんやりした輝きにしか見えない。砂と土が地上のすべてを覆っている。車が大通りを走り過ぎると、砂埃が長く尾を引く。それもまた、なつかしいもののひとつだった。地上を走る車。ただし、明らかにガソリン車でない。それぞれてんでばらばらに妙なかたちをしていて、新しそうなものも古そうなものもあるが、すべての車に共通する特徴として、どれも日除けのような平たい板をルーフにとりつけている。通りの向こうに、旧時代のマンションが一棟建っているのが見えた。窓のほとんどは板張りされるか、ガラスの割れ落ちた黒い穴になっていて、窓枠にも土埃がいっぱいに積もっている。それでも、一部の部屋には人が住んでいるらしく、外に干された洗濯物が見えた。草花のプランターを飾っている窓台さえある。遠くに目を向けると、大気中を舞う砂塵のせいで視界がかすんでいるものの、見慣れたふたつの建物のシルエットがすぐに見分けられた。たしかにここは、二世紀前、羅輯が半生を過ごした都市だった。

羅輯は階段を降り、感動の再会に浸るふたりの男に歩み寄った。たがいの体にしっかり腕をまわして、背中を叩き合っている。見知らぬ中年男性の顔を近くで見て、羅輯は史強が人違いをしていないことを知った。

「父さん、考えてみると、ぼくはいま、父さんより五歳しか若くないんだね」史暁明《シー・シアオミン》はそう言って、目尻の涙を拭った。

「まだよかったな、息子よ。白ひげのじじいに父さんと呼ばれるのを覚悟していたからな」史強が笑いながらそう言って、息子に羅輯を紹介した。

「おお、羅博士。あの頃は世界的な有名人でしたね」史暁明はまじまじと羅輯を見つめながら言った。

三人は道路脇に停めてある史暁明の車に向かって歩いていった。乗り込む前に、羅輯は、車のルーフについている大きな板はなんなのか、暁明にたずねた。

「アンテナですよ。地上では、地下都市から漏れてくる電気を拾うしかないので、アンテナは少し大きくしなくちゃいけないんです。その電力だと地上を走るのがやっとで、飛ぶことはできません」

電力が足りないからか、それとも砂地を走っているからか、車の速度は遅かった。車窓に広がる砂塵にまみれた都市を眺めながら、羅輯の頭の中には山ほど質問が渦を巻いていたが、史暁明と父親の会話が止まらず、口をはさむ隙がなかった。

「母さんは危機紀元三四年に死んだよ。ぼくと娘で看取った」

「そうか。ありがとう。娘は連れてこなかったのか？」

「離婚したとき、女房についていったんだ。ファイルを調べたら、危機紀元一〇五年に、八十代で死んでた」

「会えなくて残念だ……。出所したとき、おまえは何歳だった？」

「十九歳だよ」

「そのあと、仕事はなにを？」

「やれることはなんでも。最初のうちは、ほかにどうしようもなくて、また詐欺で稼いだりもしてたけど、それからしばらくは真面目な商売に精を出して、ちょっと金が貯まったから、大峡谷時代の気配を感じた頃に冬眠したんだ。この先、世の中がよくなるなんて、当時は思いもしなかった。ただ、父さんに会いたかっただけなんだ」

「おれたちの家はまだあるのか？」

「借地権は当初の七十年から延長されたけど、ぼくが住めたのはちょっとのあいだだけで、すぐにとり壊しになった。そのあと買った家はまだあるけど、覚醒してからは見にいってない」史暁明は外を指して、「この街の人口は、ぼくらの時代の一パーセントにも満たない。この時代でいちばん値打ちのないものってなんだと思う？　家だよ。父さんは一生かけてローンを払ってたけど、いまはどこもかしこも空き家だらけ。どれでも好きな家に住めるんだ」

羅輯はやっとのことでふたりの会話に隙間を見つけて、質問をはさんだ。「蘇生した冬眠者はみんな旧市街に住んでるのかい？」

「まさか！　みんな街の外に住んでますよ。市内は砂だらけだから。でも、もっぱら、仕事がないのが理由かな。もちろん、地下都市からあんまり離れるわけにもいかないけど。ほら、電気が使えなくなるから」

「みんな、まだなにか仕事をしてるのか？」史強がたずねた。

「考えてみて。子どもたちにできなくて、ぼくらにできる仕事ってなんだと思う？　農業だよ！」他の冬眠者と同じく、史暁明も、現代人のことを、年齢に関係なく〝子どもたち〟と呼ぶのが習慣になっているようだ。

車が市街地を出て西に向かって走り出すと、砂埃は少し薄くなり、高速道路が見えてきた。羅輯にはそれが、北京と石家荘を結ぶかつての京石高速道路だとわかった。現在、道路の両側はどこまでもつづく一面の黄砂になっているが、昔の高層ビルがいまも砂の中に建っている。しかし、砂漠化した華北平原に生命の輝きをもたらしているのは、いたるところにある、木々のまばらな林に囲まれた小さなオアシス群だった。史暁明によれば、それらが冬眠者の居住区になっているという。

車はオアシスのひとつに入った。砂防林に囲まれた小さな住宅地で、新生活ヴィレッジ5区と呼ばれているらしい。車を降りると、羅輯は時の流れを遡行《そこう》したような気がした。ここでは、かつて見慣れた六階建て集合住宅が列をなし、その前の空き地には石のベンチに座って将棋を指す老人たちや、ベビーカーを押す母親たちがいた。砂地に顔を出したまばらな芝生の上では子どもたちがサッカーをしている。

史暁明一家は集合住宅の六階に住んでいた。暁明のいまの妻は、夫より九歳年下だった。危機紀元二一年に肝臓癌を患って未来の治療のために冬眠し、いまはとても健康だという。ふたりのあいだには四歳になる息子がいて、その子は史強のことをお祖父ちゃんと呼んだ。

史強と羅輯のために用意された昼食は、近くの農場でつくられている本物の野菜や鶏肉や豚肉を使ったごちそうで、自家醸造の酒までふるまわれた。この宴席には、近所に住む三人の男性も招かれていた。三人とも、史暁明と同じく、かなり早い時期に冬眠した仲間だという。当時の冬眠はとても高価で、上流の富裕層とその子どもたちしか手が届かなかったが、それから一世紀以上の歳月を経てここに集まると、みんなふつうの人間だった。史暁明は隣人のひとりを父親に紹介した。名前は張《ジャン・》延《イエン》。かつて暁明の詐欺の被害に遭った張援朝《ジャン・ユエンチャオ》の孫だった。

「騙し取ったお金はぜんぶ返しなさいと父さんに言われただろ。出所したその日から返済をはじめて、それで延さんと知り合ったんだ。そのころ彼は大学を卒業したばかりだった。延さんの昔からの隣人ふたりからヒントをもらって、ぼくと彼とで葬儀ビジネスをはじめたんだ。会社の名前は高深公司。〝高〟は宇宙葬を意味する。最初のうちは遺灰を宇宙に打ち上げてたけど、のちには御遺体をまるごと宇宙に送り出せるようになった。もちろん、そのほうが値段は張るけどね。〝深〟のほうは坑葬を意味する。最初のうちは廃坑を使ってたけど、やがて埋葬だけのために新しい坑を掘るようになった。どのみち、三体人の地球占領対策用の地底墓にも使えるからね」

延さんと呼ばれた男性は、史暁明よりすこし年上に見えた。五十代か六十代の感じだが、暁明の説明によると、延さんは途中、三十年以上も覚醒していて、それからふたたび冬眠したとのことだった。

「この団地は、法的にはどんな立場なんですか？」羅輯がたずねた。

「現代の住宅地と完全に同等ですよ」史暁明が答えた。「距離の離れた郊外住宅地という位置づけで、れっきとした地区行政府もあります。ここには冬眠者ばかりでなく現代人も住んでいます。地下都市の人間も、よく遊びにきますよ」

張延も続けて言った。「彼ら現代人のことを、ここでは壁叩き《タッパー》と呼んでるんだ。連中は、はじめてここに来ると、いつも習慣ですぐ壁をタップしてディスプレイを起動したがるから」

「じゃあ、悪くない生活ってことか」史強が訊いた。

みんなは口をそろえて上々だと答えた。

「来る途中で、おまえたちがつくってる畑を見たが、あそこで育ててる作物でほんとにやっていけてるのか？」

「もちろん。都市部ではいま、農産物は贅沢品だからね。……実際、冬眠者に対する政府の扱いはかなりいい。なにも仕事をしなくても、国からの補助金で快適に暮らせるくらいだ。でも、やることがないと退屈だからね。冬眠者ならだれでも農作業が得意だっていうのは大まちがいで、もともと農民だった人間なんかひとりもいない。でも、これしかやれる仕事がなかったんだよ」

話題はすぐまた、最近二世紀の歴史に戻った。

「で、大峡谷時代っていうのはどういうものなんですか？」羅輯は前から聞きたいと思っていた質問をした。

人々の表情が一瞬にして険しくなった。史暁明は、みんなの食事がだいたい終わるのを待ってから、やっとその話題を切り出した。「父さんたちが冬眠してからの十数年は、まあまあの暮らしだったけど、そのあと、世界経済の環境変化が急すぎて、生活レベルはぐんぐん落ちていった。また政治的な雲行きも怪しくなって、まるで戦時中みたいな感じだった」

「どこかの国がそうだったって話じゃなくて、地球全体がそんな感じだったんだ」隣人のひとりが言った。「社会がぴりぴりして、なにかうっかりしたことを口にしようものなら、ETOだとか反人類主義者だとかレッテルを貼られるから、みんなびくびくしていた。それから、黄金時代の映画やテレビ番組が規制されはじめて、やがて全世界で禁止になった。もちろん、数が多すぎて完全に禁止なんかできなかったがな」

「でも、なんのために？」

「人類の士気が下がるのを恐れたからですよ」史暁明が言った。「それでも、食べるものがあるうちは、なんとかやっていけた。だけど、そのあと状況がさらに悪化して、全世界が飢えはじめた。羅先生たちが冬眠に入ってから、だいたい二十年後のことです」

「経済的な変化が原因？」

「ええ。でも、環境悪化も重要な要因でした。環境保護法はあったものの、悲観的な空気が支配的だった時代で、『環境保護になんの意味がある？　地球を楽園に変えたところで、三体人のものになるだけじゃないか』というのが世論の大勢でした。最終的に、環境保護運動は、ETO以上に反人類的な行為と見なされるようになって。グリーンピースのような組織はみんなETOの分派扱いされて弾圧された。宇宙軍強化に向けて重工業が急速に発展した結果、環境破壊を止めることは不可能になった。温室効果、異常気象、砂漠化……」史暁明はため息をついた。

「わたしが冬眠に入ったのが、ちょうど砂漠化のはじまった頃だった」ともうひとりの隣人が言った。「みんな、万里の長城の向こうから砂漠が侵攻してくるみたいなことを想像していたかもしれないが、ぜんぜんそうじゃなかった。パッチワークのような浸食だった。内陸の肥沃な土地があちらこちらでぽつぽつ同時に砂漠化しはじめて、それぞれの点からさらに広がっていった。濡れた布を太陽の下に広げて干しているみたいだった」

「そしてそのあとは農業生産高が急落し、備蓄穀物が底をつき、それから……それから、大峡谷時代がはじまった」

「生活レベルが百年は後退するという予言が現実になったんですか？」羅輯はたずねた。

史暁明は苦い笑い声をあげた。「ははは。羅先生、夢でも見てるんですか？　あの時代の百年前と言ったら、一九三〇年代あたりでしょう。大恐慌時代なんか、大峡谷時代とくらべたら天国ですよ！似ても似つかない。ひとつには、大恐慌時代よりはるかに人口が多くなっていた。八十三億ですよ」張延を指さして、「延さんは、一度目の冬眠から覚醒したとき、大峡谷時代をしばらくその目で見ている。ほら、話してやってくれ」

張延はグラスの酒を飲み干し、とろんとした目でしゃべりだした。「たしかに見たぜ。飢餓の大行進ってやつをな。数百万人が飢饉から逃れ、空を覆い隠す砂嵐の中、大平原を歩きつづけた。灼熱の空、灼熱の大地、灼熱の太陽。だれかが死ぬと、その場でそいつの肉が分配された。……この世の地獄ってやつだ。山ほど動画が残ってるから好きなだけ見るがいい。あの時代のことを考えると、生きているだけで幸運だと思える」

「大峡谷時代は半世紀つづいた。その五十年ばかりのあいだに、世界人口は八十三億から三十五億になった。考えてみるといい、それがどういうことか！」

羅輯は立ち上がって窓辺に歩み寄った。窓からは、砂防林の向こうにある砂漠が見晴らせた。黄砂に覆いつくされた華北平原は、真昼の陽光のもと、地平線まで静かに広がっている。時間という手が、すべてを撫でて平らに均《なら》してしまっていた。

「そのあとは？」史強が訊いた。

張延はひとつ長いため息をついた。まるで、大峡谷時代についてもう話さなくて済むと知って、肩の荷が降りたかのようだった。「そのあとは、まあ、割り切って妥協する人間も出てきて、そういう人がどんどん多くなった。いくら終末決戦の勝利のためだからといっても、これほど大きな代償を支払う必要があるのかと考えるようになったんだ。腕の中で餓死しかけている子どもの命と、人類文明の存続と、どっちが大事ですか？　後者の方が大事だと言うかもしれないが、自分が当事者だったらそうは思わない。未来がどうあれ、目の前のきょうという日がいちばん大事なんだよ。もちろん、当時、こんな考え方は非国民的で、典型的な反人類主義思想だった。でも、みんながそんなふうに考えはじめるのを止めることはできなかった。まもなく世界中がこんな考えを持つようになると、あるキャッチフレーズが流行し、その後それは歴史的な格言になった」

「『文明に歳月を与えるより、歳月に文明を与えよ』」羅輯は窓の外を眺めたまま、ふりかえらずに言った。

「そう、それ。文明は人間のためにある」

「で、さらにそのあとは？」史強はまたたずねた。

「第二次啓蒙運動、第二次ルネサンス、第二次フランス革命……そんな出来事は歴史の本を読んでください」

羅輯は驚いてふりかえった。自分が荘顔《ジュアン・イエン》に予言したことが、二世紀も前に現実になっていたとは。「第二次フランス革命？　またフランスで？」

「いやいや。フランス革命というのは呼び名だけで、実際は世界中で起きた。この大革命の後、新たにできた各国政府は宇宙戦略計画をすべて中止し、市民生活の改善に全力を注いだ。この頃に開発されたキー・テクノロジーである遺伝子工学と核融合エネルギーを利用して大規模な食糧生産に力を入れた結果、天候に頼って豊作を祈る日々は終わり、人類が飢餓に見舞われることは二度となくなった。

それ以降、すべては急速に進み——結局、人間の数が少なくなっていましたから——わずか二十年あまりで生活は大峡谷時代前の水準に戻り、その後、黄金時代のレベルにまで戻った。人類はゆるぎない信念をもってこの安楽な道を歩み、ひきかえすことはだれも望まなかった」

「羅博士が興味を抱くかもしれない、もうひとつの見方があります」隣人のひとりが羅輯に近づいてきて言った。冬眠前まで経済学者だった人物なので、この問題については専門的な知見があった。「文明免疫と呼ばれるものです。つまり、人類世界が深刻な病気にかかったら、文明の免疫システムにスイッチが入って、危機時代初期のような事態はもう二度と起こらなくなる。人道主義が第一、文明存続は第二という考えかたが、現代の社会の基盤です」

「で、そのあとは？」羅輯はたずねた。

「そのあと、異常なことが起きたんですよ」史暁明は興奮した口調で言った。「最初のうち、世界各国はおだやかに安らかに日々を送り、三体危機のことはすっかり頭から消え去っていた。で、どうなったと思います？　あらゆる分野で急速な進歩がはじまったんです。中でもテクノロジーの進歩がもっとも速く、大峡谷時代の宇宙戦略計画の前に立ちふさがっていた技術的障害が次々に克服されていった」

「べつだん異常なことじゃないでしょう」羅輯は言った。「人間性の解放は、必然的に科学とテクノロジーの進歩をもたらす」

「大峡谷時代のあと、だいたい半世紀ぐらいは平和な日々がつづきした。しかし世界はふたたび三体文明の侵略のことを思い出し、やはり戦争に向き合うべきだと考えはじめたのです。しかも、その時代の人類の力は、大峡谷時代前の比ではなくなっていた。そこで世界はふたたび戦時態勢に入り、宇宙艦隊の建設を宣言しました。しかし今回は、以前と違って、どの国も、宇宙戦略計画に消費する資源に憲法で一定の制限をかけ、世界経済と社会生活に災厄をもたらさないようにした。宇宙艦隊はちょうどその時期に独立国家となったのです……」

「もっとも、戦争について考える必要は、現実にはまったくありません」と経済学者が言った。「これからは、楽しい生活を送ることだけを考えていればそれでいい。ほら、革命中に生まれたあの名言、まあ、実は黄金時代の決まり文句でもあった言葉ですが、〝生命《じんせい》に時間を与えるより、時間に生命《いのち》を与えよ〟ですよ。新生活に乾杯！」

全員が最後の一杯を飲み干したあと、羅輯は経済学者に、いい話をしてくれた礼を述べた。いま、羅輯の心の中には、荘顔と娘のことしかなかった。できるだけ早く生活を落ち着かせて、彼女たちを覚醒させたかった。

歳月に文明を与えよ、時間に生命《いのち》を与えよ。

＊＊＊

〈自然選択〉に乗艦したあと、章北海《ジャン・ベイハイ》は、現代の指揮システムが想像以上に発達していることを知った。この巨艦の体積は、二一世紀の海上で最大の排水量だった空母三隻分にも相当し、ほとんど小さな街だと言ってもいい。しかし、意外なことに、操縦室も司令室もなく、艦長室も作戦室もない。それどころか、どんな特定の役割を持った船室もなかった。艦上の船室はどれも同一規格の球体で、サイズだけが違う。ホログラフィック・ディスプレイは、コストが高すぎて地球の超情報化社会でもほとんど使われていないが、ここでは艦内のどの場所からも、データグローヴひとつで起動できた。また、いかなる場所においても、システム権限さえあれば、艦長以下、各レベルの指揮インターフェイス画面を自由に呼び出せる。つまり、洗面所や通路まで含めて、事実上、艦内のどこだろうと、操縦室、指揮室、艦長室、作戦室にすることができる。これは、二〇世紀末のコンピュータ・ネットワーク・システムの進化によく似ていると、章北海は思った。つまり、クライアント・サーバ型から、ピュア・サーバ型への進化だ。前者のシステムでは、特定のソフトウェアをインストールしたコンピュータでないとサーバにアクセスできないが、後者の場合は、ネットワーク上のどの場所にあるコンピュータからでもサーバにアクセスできる。

いま、章北海と東方延緒《ドンファン・イェンシュー》は同じふつうの船室の中にいる。他の部屋と同じく、ここにはどんな計器類もディスプレイもない。ただの球形の船室で、ふだんはただの白い壁に囲まれているから、中に身を置くと、まるで巨大なピンポン玉の中にいるみたいだった。宇宙船が加速して重力が発生すると、球形の壁のどこか一カ所が体のかたちに合わせて椅子に変形し、座れるようになる。

章北海の時代にも、テクノロジーの未来についてはさまざまな予測がなされていたが、章北海が見るところ、これは、ほとんどの人が想像していなかったもうひとつの特徴だった。すなわち、汎用化である。地球上ではまだ片鱗しか見えないが、はるかに先進的な艦隊世界では、そのコンセプトが基本になっている。こちらの世界はからっぽでシンプルだ。専用の設備が同じ場所に固定されることはなく、必要な設備が必要なときに必要な場所に現れる。テクノロジーによって複雑化した世界が、テクノロジーを現実の裏側に隠すことで、ふたたび単純化しつつある。

「では、いまから最初の艦上訓練をはじめます」東方延緒が言った。「本来なら、評価される側である艦長から訓練を受けることは好ましくありませんが、わたし以上に信頼できるだれかが艦隊にいるというわけでもありませんから。きょうは、〈自然選択〉をどのように発進させ、航行モードに移行するかをわたしがお見せします。実際、きょう見たことを覚えておくだけで、刻印族にとって最大の好機をつぶすことができます」と言いながら、東方延緒はデータグローヴを使って空中にホログラフィック・ディスプレイを呼び出した。「これは先輩の時代の星図とは少し違っているかもしれませんが、やはり太陽を座標の原点にしています」

「訓練で勉強したから、問題なく読める」章北海はその星図を見ながら、二百年前、常偉思《チャン・ウェイスー》といっしょにあの古い太陽系マップの前に立っていたときのことをありありと思い出した。ただしこの星図は、太陽を中心とした半径百光年以内のすべての天体の位置を正確に示している。マップがカバーする範囲は、当時の星図の百倍以上だった。

「星図が読める必要もほとんどありません。現状では、星図のどの座標に航行することも禁じられています。わたしが刻印族で、〈自然選択〉を乗っ取って宇宙に逃亡しようとする場合、まず最初に方向を選ぶ必要があります。こんなふうに……」東方延緒は星図のある一点をアクティヴにして、緑色に変えた。「もちろん、これはただのシミュレーション・モードです。わたしにはもう、艦を動かす権限がありませんから。先輩が艦長権限を取得した時点で、わたしはあなたを通してこの操作を行うことになります。しかし、もしわたしが、ほんとうにこの操作を要求したら、それは危険な行動になります。あなたは拒否すべきですし、また、わたしの行為を艦隊司令部に通報すべきです」

航行方向がアクティヴになると、空中にインターフェイス画面が出現した。章北海は過去の訓練でこの画面とその操作に習熟していたが、東方延緒の説明にしんぼう強く耳を傾け、彼女がこの巨艦を完全なシャットダウンから休止状態《ハイバネーション》へ、次いでスリープ状態へと段階的に移行させて、最後は〈徐行前進〉へと切り替えるところを目にした。

「もしこれが本物のオペレーションであれば、〈自然選択〉は、いま出航しました。どうです？　先輩の時代より操船が簡単でしょう」

「たしかに。ずっと簡単だ」

「操船は完全に自動化されていて、技術的なプロセスは艦長にとってもすべてブラックボックスになっています」

「このディスプレイには全体のパラメータしか表示されていないが、船の操作ステータスを見るには？」

「操作ステータスは、下位レベルの将校や下士官にモニターされています。彼らの表示画面はもっと複雑です——命令系統の下に行くほど、インターフェイスは複雑になります。艦長や副艦長の地位にある人間はもっと重要な問題に意識を集中する必要があります。……では、つづけましょう。もしわたしが刻印族だったら……またこの仮定ですね。先輩はこの仮定をどう思いますか？」

「いまのわたしの立場では、その質問にどう答えたとしても無責任になる」

「いいでしょう。もしわたしが刻印族だったら、推力をいきなり第四戦速に設定します。そうすれば、三大艦隊のどの艦も、第四戦速で加速する〈自然選択〉に追いつけません」

「しかし、たとえ権限があったとしても、それは不可能だ。乗員全員が深海状態にあることを検知しないかぎり、システムは第四戦速に進まない」

推進力を最大にすれば、艦は120Gまで加速できるが、これはノーマルな状態で人間が耐えられる加速の十倍以上になる。そのため、最大戦速にあたる第四戦速で航行するときは、加速に先立って、乗員は〝深海状態〟に入る必要がある。すなわち、まず〝深海加速液〟と呼ばれる高濃度酸素水を船室に注入する。この液体には酸素が大量に含まれ、訓練すれば直接呼吸できるようになる。吸い込むと肺がこの液体で満たされ、そこから酸素を取り込んだ血液が心臓へと送られる。この液体の原理が最初に考案されたのは、二〇世紀半ばごろまで遡る。当時の主な目的は超深度潜水だった。高濃度酸素水で満たされた人体は、減圧症を起こすことなく、深海魚のような生物と同様に、深海の水圧に耐えられる。宇宙船が超高加速状態にあるとき、この液体で満たされた船室の圧力環境は深海に似ている。この液体は現在、宇宙航行における超高加速中の人体保護物質として使われており、〝深海状態〟という呼び名はここから来ている。

東方延緒はうなずいた。「しかし、それを迂回する方法があるのはご存じでしょう。船をリモート

・モードに設定すれば、システムは艦内に人間がいないと判断し、このチェック操作を行いません。このモード設定も艦長の権限に属します」

「では、実際にやってみよう。正しいやりかたかどうか、見ていてください」章北海も自分の前にインターフェイス画面を起動し、ときおり小さなノートを見ながら、船をリモート・モードに設定する操作をはじめた。

　東方延緒はその小さなノートを見て口もとをゆるめ、「いまはもっと効率的にメモする方法がありますよ」

「いや、これはただの習慣でね。とりわけ重要なことについては、こうやって書き留めたほうが安心できる。ただし、いまはもう、ペンが調達できなくて。冬眠前の時代から二本持ってきたんだが、まだ使えるのはこの鉛筆だけだ」

「でも、先輩はとても呑み込みが早いですよ」

「指揮システムに、ずいぶん海軍式が残っているから。こんなに長い年月が経つというのに、名前さえ変わっていない。たとえば、エンジン命令とか」

「宇宙艦隊の起源は海軍ですから。……さて、先輩はまもなく〈自然選択〉の艦長代行として、システム権限を与えられます。この艦も、A級スタンバイ状態に入ります。先輩の時代の言葉で言えば、昇火待発《ションフオダイファー》です」東方延緒は細く長い両腕を伸ばし、ぐるっと回してみせた。

　章北海は超伝導ベルトを使ったこの動作をまだマスターしていなかった。「われわれの時代にはもう、エンジンに火を入れることはなかったよ。しかし、海軍の歴史に詳しいんだね」章北海は、相手をむっとさせる可能性のある微妙な話題を避けて、話を変えた。

「海軍は、ロマンあふれる軍隊ですから」

「宇宙艦隊はそのロマンを継承しているのでは？」

「ええ。でも、わたしはもうすぐここを離れます。宇宙艦隊を辞めるつもりなので」

「人物評価を受けるからか？」

東方延緒が章北海のほうに振り向いたとき、その豊かな黒髪がまた無重力の中でふわっと広がった。

「あなたの時代には、しばしばこんなことを経験されたのですか？」

「必ずしもそうではない。だが、もしそのようなことがあっても、どの同志も理解してくれたはずだ。評価を受けるのも軍人としての責務の一部だから」

「もう二世紀が過ぎています。ここは先輩の時代ではありませんから」

「東方、わざと溝を広げるのはやめてくれ。われわれふたりには共通点がある。いつの時代も、軍人は恥辱に耐えねばならない」

「それは、軍に残れという助言ですか？」

「そうではない」

「思想工作。たしか、そういう名前でしたよね。かつて、それが任務だったのでは？」

「いまは違う。新しい任務がある」

東方延緒は、慎重に観察するように、章北海のまわりをゆったり漂いながら言った。「先輩の目には、わたしたちはみんな子どもだということですか？　半年前、わたしは地球に行きました。ある冬眠者の居住区で、六、七歳の男の子から、〝孩子《こどもさん》〟と呼ばれたんです」

章北海は笑った。

「いつも笑わないからか、笑顔になると、とても魅力的ですね。それで、わたしたちは子どもなんですか？」

「われわれの時代は、世代による上下関係がとても重要で、当時の農村では、世代に基づいて、子どものことを、おじさん、おばさんと呼ぶ大人もいたくらいだ」

「でも、わたしの目には、先輩が属する世代など重要ではありません」

「そのことは、きみの目を見てわかったよ」

「わたしの目をきれいだと思いますか？」

「娘の目みたいだよ」東方延緒の予想に反して、章北海は顔色ひとつ変えず、おだやかな口調であっさり返答した。彼は東方の体から目を逸らさなかった。彼女の肉体は白い球体の中にあり、まるで全世界が彼女の美しさを恐れて身を隠しているかのようだった。

「お嬢さんと奥さんはどうしていっしょに来なかったのですか？　わたしが知るかぎりでは、未来増援特別分遣隊の家族は、ともに冬眠に入ることを許されていたはずですが」

「家族は来なかったし、わたしが来ることにも反対した。当時の風潮では、未来に対する見通しは真っ暗だった。家族はわたしが無責任だと責めた。妻は娘を連れて家を出てしまい、その翌日の真夜中、特別分遣隊に出発の命令が下った。だから、妻子と最後にひとめ会うことさえかなわなかった。冬の深夜で、とても寒かった。わたしは軍嚢を背負ってひとり家を出るしかなかった。もちろん、こういうことをきみに理解してくれとは言わない」

「理解……ですか……。ご家族のその後は？」

「妻は危機紀元四七年に死んだ。娘は八一年に」

「おふたりとも、大峡谷時代を経験したのですね」東方延緒は目を伏せてしばらく沈黙したあと、ホログラフィー表示ウィンドウを起動して、外部ディスプレイ・モードに切り替えた。

すると、白い球形の船室の壁が蠟燭のように溶け、〈自然選択〉自体も消えた。彼らは果てしない宇宙空間に浮かび、天の川銀河のかすんだ星野に相対していた。いまやふたりは、この宇宙の、ふたつの独立した存在だった。周囲の深淵以外、どんな世界とも切り離されている。地球や、太陽や、銀河そのものと同じように、ふたりは起源も目的もなく、ただ宇宙に浮かんでいた。たんに存在しているだけ……。

こんな感覚を、章北海は前にいちど経験したことがあった。百九十年前のことだ。彼はそのとき、宇宙服ひとつで宇宙空間に浮かび、隕石の弾丸を装塡した拳銃を握っていた。

「わたしはこうやって過ごすのが好きなんです。宇宙船とか艦隊とか、心の外にあるものすべてを無視できるから」と東方延緒は言った。

「東方」章北海は静かに呼びかけた。

「えっ？」振り向いた美しい瞳には銀河の星々が映っていた。

「もしいつか、わたしがきみを殺さなければならない日が来たら、どうか許してくれ」章北海が小さな声で言った。

東方延緒はその言葉に笑顔で応じた。「わたしが刻印族に見えますか？」

五天文単位《AU》の彼方からやってくる陽光を浴びた東方延緒は、星の海をバックに漂う軽やかな羽毛だった。

「われわれは地球と海に属していたが、きみたちは星々に所属している」

「悪いですか？」

「いや。すばらしいよ」

＊＊＊

「探査機が消えました！」

当直将校からの報告に、クーン博士とロビンスン少将は衝撃を受けた。このニュースが明るみに出れば、地球インターナショナルと艦隊インターナショナルにとてつもなく大きな波紋が広がることになる。最新の速度観測結果によれば、探査機はわずか六日後に木星の軌道を通過するはずだったのだから、なおさらだ。

いま、クーンとロビンスンがいるのは、小惑星帯外縁の太陽周回軌道上に位置するリンギア－フィッツロイ観測ステーションだった。五キロメートル離れた宇宙空間には、太陽系の中でもっとも奇妙な舞台が浮かんでいる。それは、六個の巨大なレンズから成るものだった。いちばん大きなレンズの直径は千二百メートルで、他の五個はそれよりわずかに小さい。それは、最新の宇宙望遠鏡だった。過去五世代のハッブル宇宙望遠鏡と違って、これには鏡筒がない。六個の巨大レンズはたがいに連結されておらず、それぞれ独立して浮いている。各レンズの縁には複数のイオンスラスターがとりつけられ、レンズ群はこの推進装置に動かされて、正確な相対距離をとる。また、すべてのレンズの向きを変えることもできる。リンギア－フィッツロイ観測ステーションはこの宇宙望遠鏡の管制センターだが、この近距離からでも、透明なレンズ群は肉眼ではほとんど見えない。しかし、メンテナンス作業でレンズのあいだを通過する技術者や専門家は、レンズの向こう側の宇宙空間に大きな歪みが生じていることに気づく。レンズの一方の側から、ある特定の角度で見れば、レンズ表面の保護虹彩が太陽の光を反射し、巨大レンズ全体が可視化される。カーブした表面は、美しい虹の群れに覆われた惑星のように見える。この世代の宇宙望遠鏡はもうハッブルという名ではなく、はじめて三体艦隊の航跡を発見したふたりにちなんで、リンギア－フィッツロイ宇宙望遠鏡と呼ばれていた。彼らの発見に学術的な意味はなかったが、それでもこれは、ぴったりの名前だった。太陽系艦隊が共同開発したこの巨大望遠鏡の主な用途は、三体艦隊を継続的に監視することだった。

リンギアとフィッツロイのようなふたり――地球の主任科学者と、艦隊の制服組トップ――が、その後もつねにチームを組んで望遠鏡を担当してきた。どのチームでも、リンギアとフィッツロイのあいだにあったような意見の相違が見られた。現在は、クーン博士が自分自身の宇宙研究プロジェクトのための観測時間をむりやりひねりだそうとする一方、ロビンスンは艦隊の利益を守るために、それを阻止しようとつとめる。ふたりの論争の種は、ほかにもたくさんあった。たとえば、クーンは、米国をはじめとする超大国が世界を主導していた時代はよかったと昔をなつかしみ、官僚的で非効率な太陽系艦隊をこきおろす。そしてそのたびに、ロビンスンは容赦なくクーン博士のおかしな歴史幻想の真実を暴く。しかし、もっとも激しい論争は、やはりステーションの回転速度に関するものだった。ステーションは回転によって生じる遠心力で重力を発生させている。ロビンスン少将が、回転速度を下げてステーションの重力を最小限にするか、いっそ回転を止めて重力をゼロにするべきだと主張しているのに対し、クーン博士は、地球と同じ重力になる回転速度を保つことにこだわっている。

しかし、いま起きていることは、そういう些細な対立すべてを一瞬で吹き飛ばした。探査機が〝消えた〟というのは、三体文明の探査機がエンジンを停止したことを意味する。三体文明の艦隊から送り出された探査機は、いまから二年前、オールトの雲のはるか外で減速しはじめた。つまりそれは、エンジンを太陽の方向に向けて始動させたことを意味している。ということは、宇宙望遠鏡は、そのエンジンから出る光によって探査機を追尾できることになる。ただし、その光が消えてしまうと、もはや追尾は不可能だ。探査機自体はあまりにも小さすぎて観測できない。星間物質の雲の中を探査機が通過したときに残した航跡から判断して、そのサイズは、おそらく地球上のトラック一台分くらいしかない。それほど小さな物体が、カイパーベルトの周縁にあって、みずから光を放射せず、遥か遠くの太陽の弱い光をさらに弱く反射しているだけとあっては、リンギア－フィッツロイ望遠鏡の観測能力をもってしてもどうしようもなかった。これほど距離の離れた宇宙の闇の中で、これほど小さくて暗い物体を見つけることはできない。

「太陽系の三大艦隊は、権力争い以外、なにをすればいいか知らない。いやはや、こいつはほんとに最高だな――目標が消えちゃったんだから……」クーンはそう文句を言いながら、ステーションが無重力状態にあることを忘れて両腕を振りまわし、空中で宙返りすることになった。

ロビンスン少将は、今回はじめて、艦隊のために弁解をしなかった。もともとアジア艦隊はすでに、敵探査機を近距離から追跡すべく、三隻の軽量高速艇を送り出していたが、探査機を拿捕する権利をめぐって三大艦隊のあいだで論争が起きたため、連合会議の決定により、すべての艦船を帰投させることになった。アジア艦隊はこの決定に何度も抗議してきた。いわく、自分たちが送り出した三隻の宇宙艇はすべて戦闘機クラスの大きさしかなく、しかも標的を追尾するための加速性能を最大化すべく、火器その他の外部兵装はすべてとりはずしてあり、乗員もわずかふたりだけ。この宇宙艇で敵探査機を拿捕することなどそもそも不可能である。……しかし、その説明にもかかわらず、ヨーロッパ艦隊と北米艦隊は納得せず、航宙中の艦船をすべて呼び戻して、中立的な第四勢力として地球インターナショナルが送る三隻の宇宙船と交替することを強く主張し、その提案が認められたのである。それさえなければ、いまごろアジア艦隊の追跡艇は敵探査機を捕捉し、追跡をつづけているはずだった。後日、地球からはヨーロッパ連邦と中国がそれぞれ追跡艇を送り出したが、まだ海王星軌道にも到達していない。

「もしかしたら……探査機がエンジンを再始動するかもしれん」とロビンスン少将が言った。「依然として高速で航行している。もし減速しなかったら、太陽周回軌道に入ることができず、太陽系を通り抜けてしまうことになる」

「三体軍司令官にでもなったつもりですか？　あの探査機はもともと太陽系に留まるつもりなどなく、通過することが目的だったかもしれない」とクーンは言った。それから、ふと思いついたように、「エンジンが停止したら、もう針路を変えられない！　探査機のコースを計算して、追跡船に待ち伏せさせるわけにはいかないんですか？」

少将はかぶりを振った。「精度が低すぎる。大気圏内でミサイルの弾道を計算するのとはわけが違う。わずかな誤差でも、何十万、何百万キロの誤差になる。広大な宇宙空間で、あんなに小さくて暗いものを見つけるのは不可能だ。……しかし、なんとか方法を考えなければ」

「ぼくらになにができると？　艦隊に考えさせればいいじゃないですか」

少将の態度は強硬だった。「博士、きみはこの状況が持つ意味を正しく理解する必要がある。われわれになんの責任もなかったとしても、メディアはそんなことなど気にかけない。リンギア－フィッツロイ・システムは、深宇宙における三体艦隊の探査を任されていると、世間から見なされているのだよ。したがって、探査機が行方不明になれば、われわれが泥をかぶることになる」

クーンは、体を少将に対して直立させたまま、しばらく黙っていた。「いま、海王星軌道の外側に、なにか利用できそうなものがありますか？」

「艦隊側には、おそらくなにもない。地球側には……」少将が当直将校のほうを向くと、すぐに答えが返ってきた。「国連環境保護機関の大型船が四隻、海王星近傍で〝霧の傘〟計画の初期段階にあたる作業に従事している。それらの船から、新たに探査機追尾の任務を与えられた小型宇宙艇三隻がすでに出発していた。

「大型船の目的は油膜の採掘？」とクーンが当直将校に確認し、イエスの返答があった。〝油膜〟というのは海王星の環で発見された物質で、高温で気化して急速に拡散したのち、宇宙空間で凝固してナノ粒子となり、宇宙塵を形成する性質がある。油膜と呼ばれているのは、蒸発したあとの拡散力が非常に高いためだった。小さな油滴ひとつが分子一個分の厚さで海面に拡散し、油膜として大きく広がるのと同じように、こちらの物質も、ごく少量で、大量の宇宙塵をつくりだすことになる。この油膜物質によって形成された宇宙塵には、もうひとつ大きな特性があった。他の宇宙塵と違って、この油膜塵は太陽風に吹き散らされることがない。〝霧の傘〟計画が可能になったのは、この油膜物質が発見されたおかげだった。プロジェクトの目標は、核爆発によって宇宙空間に油膜物質を蒸発・拡散させ、太陽と地球のあいだに〝油膜塵〟の傘を形成し、それによって太陽からの放射熱を低減させて、地球温暖化を緩和することだった。

「海王星軌道の近くには、たしか、危機時代初期の恒星型爆弾があったんじゃないか？」クーンはまたたずねた。

「あります。〝霧の傘〟プロジェクトの大型宇宙船も、海王星とその衛星群を爆破するため、恒星型爆弾を何基か搭載しています。正確に何基かは把握していませんが」

「一基あればじゅうぶんだ」クーンは湧き上がる興奮を抑えきれなかった。

二世紀前、面壁者レイ・ディアスが自身の戦略計画のために恒星型水素爆弾を開発したとき予言したとおり、この兵器の使用は終末決戦に限定されていたにもかかわらず、超大国は、将来勃発するかもしれない人類間の宇宙戦争に備えてそれを保有することを望んだ。恒星型爆弾は、主に大峡谷時代に、五千基以上も製造された。当時、資源の欠乏から、国際関係は極度の緊張状態にあり、いつ人類同士の戦争が起きてもおかしくなかった。新時代に入ると、この恐ろしい兵器は危険な鶏肋《けいろく》となり、あいかわらず地球上の国家に所有されてはいるものの、宇宙空間で保管されることになった。その一部はすでに他惑星の爆破工事に使用され、またべつの一部は、核融合材料を長距離宇宙船の燃料補充用に使うことを想定し、太陽系外縁の太陽周回軌道に投入されているが、恒星型爆弾の解体は困難をきわめるため、このアイデアはまだ実現していない。

「うまくいくと思うか？」ロビンスン少将は目を輝かせてたずねた。こんな簡単なことを自分ではどうして思いつかなかったのかとちょっと後悔していた。歴史書に名を残すせっかくのチャンスを、これでクーンに奪われてしまった。

「やってみましょう。この方法しかありません」

「もしうまくいったら、博士、リンギア－フィッツロイ観測ステーションは、今後永遠に、重力が1

Gになる速度で回転させてやるぞ」

＊＊＊

「これは、人類がいままでにつくりだした中でいちばん巨大なものだ」〈藍《ブルー・》影《シャドウ》〉の船長は、船外に広がる漆黒の宇宙空間を眺めながら言った。なにも見えないが、星間雲が見えていると自分に言い聞かせていた。

「彗星の尾みたいに、太陽に照らされても見えるようにならないのはどうしてですかね」とパイロットがたずねた。〈ブルー・シャドウ〉の乗員は、彼と船長のふたりだけだった。彼は、星間雲の密度はたしか彗星の尾と同じくらい希薄で、地球上の実験室でつくられた真空とほぼ同じであることを知っていた。

「陽光が弱いのかもしれんな」船長は太陽のほうをふりかえった。海王星軌道とカイパーベルトのあいだのこのひっそりとした宇宙空間では、太陽も、かろうじて丸いことだけがわかる、大きな星にしか見えない。しかし、その弱々しい光でも、隔壁に影を落とすことはできた。「それに、ある程度遠くからでないと、彗星の尾は見えない。われわれはちょうど星間雲のへりにいる」

パイロットはこの巨大で希薄な雲をなんとか頭の中でイメージしてみようとした。数日前、彼と船長は、この巨大な雲が固体に圧縮されていたときの大きさを目のあたりにしている。このとき、巨大宇宙船〈太《パシフィック・》平《オー》洋《シャン》〉が海王星からこの宙域に到着し、搭載していた貨物五つを引き渡した。最初のひとつは、先の戦時態勢中に開発された恒星型水素爆弾で、全長五メートル、直径一・五メートルの円筒形をしている。それにつづいて〈パシフィック・オーシャン〉のロボットアームが船内からとりだしたのは、直径三十メートルから五十メートルにおよぶ四つの大きな球体だった。これらはすべて、海王星の環から収穫された油膜物質で、それぞれ、水爆から数百メートル離れた宇宙空間に配置された。〈パシフィック・オーシャン〉が現場宙域を離脱したのち、恒星型水爆が爆発して小さな太陽となり、光と熱が冷たい宇宙の深淵にどっと押し寄せた。まわりに配置された四つの球は瞬時に蒸発し、水爆の放射線のハリケーンを浴びて油膜気体が急速に拡散。やがて、それが冷えて無数の微小なナノ粒子となり、星間雲を形成した。この雲は、さしわたしが二百万キロメートルあり、太陽の直径よりも大きい。

　星間雲が形成された座標は、三体文明の探査機がエンジンを停止する前に観測されていた針路をもとに計算した、通過予定の宙域だった。クーン博士とロビンスン少将がたてた計画は、探査機がこの人工星間雲に残した航跡からその位置とコースを正確に測定することが目的だった。

〈パシフィック・オーシャン〉は、星間雲をつくるミッションを終えて海王星に帰還したが、そのさい、船内に格納されていた小型宇宙艇三隻を置き土産にしていった。敵探査機が航跡を残して去ったら、これらの小型宇宙艇で近距離からそれを追尾することができる。〈ブルー・シャドウ〉は、その三隻のうちの一隻だった。この小型の高速宇宙艇は〝スペース・レーサー〟の異名をとり、小さなカプセルに収容可能な乗員は五人だけ。それ以外はすべて核融合エンジンで、きわめて高い加速性能と機動性を持っている。星間雲が形成されたあと、〈ブルー・シャドウ〉は雲の全域を航行して、航跡が残るかどうかテストしたが、結果は満足できるものだった。もちろん、航跡は百天文単位以上離れた宇宙望遠鏡でしか観測できない。〈ブルー・シャドウ〉の中からは、星間雲であれ、自分たちの航跡であれ、なにひとつ見ることはできず、あいかわらず空漠とした宇宙が広がるばかりだった。それでも、パイロットは、星間雲を通過したあと、太陽の光が少しだけ暗くなり、前はくっきりしていた太陽の輪郭がわずかにぼやけたと言い張った。この巨大な人工物の展開作業に関する唯一の人間的な証言は、のちに計器の観測によっても裏づけられた。

「もうあと三時間もない」船長は時計を見て言った。星間雲は、事実上、太陽の周囲をまわるひとつの希薄な巨大衛星だとも言え、その位置はたえず変化している。探査機が通過する可能性のある宙域をこの星間雲が離れてしまうと、そのうしろに、また新たな星間雲を展開する必要が生じる。

「本気であれを追いかけろと？」パイロットがたずねた。

「もちろんだとも。われわれは歴史をつくってるんだぞ！」

「攻撃されたりしませんかね？　わたしらは軍人じゃない。実際これは、艦隊がやるべき仕事ですよ」

ちょうどそのとき、リンギア－フィッツロイ観測ステーションからメッセージが届いた。三体文明の探査機はすでに星間雲に入り、航跡を残した。その進路の正確なパラメーターはすでに計算されている。〈ブルー・シャドウ〉にはただちに移動して目標とランデヴーしたのち、近距離から追尾せよとの命令だった。観測ステーションは〈ブルー・シャドウ〉から百天文単位以上の遠距離にあるため、情報がここまで伝わるのに十時間以上の遅れが生じる。だが、探査機が新雪の上にくっきり足跡を残してくれたおかげで、そのコースは、希薄な星間雲の影響まで考慮に入れたうえで、完璧に計算されている。ランデヴーはたんに時間の問題だった。

〈ブルー・シャドウ〉は三体文明の探査機の予測針路に基づいて航路を設定し、ふたたび見えない星間雲に突入すると、今回は探査機のほうへと向かって加速した。十時間を越える長い航行のあいだ、船長もパイロットもぐったり疲れていたものの、目標との距離が刻一刻と縮まっていくため、緊張がほぐれることはなかった。

「見えた！　見えました！」パイロットが大声を出した。

「なんの話だ？　まだ一万四千キロもあるんだぞ！」いくら宇宙が透明でも、一万四千キロメートルの彼方にあるトラック一台を肉眼で見分けることなどできるはずもない。だが、まもなく、船長自身もそれを見ることになった。パラメーターが示す予測針路上に、静止した宇宙を背景として、一個の光の点が移動している。

少し考えて、船長は事態を理解した。太陽よりも大きなこの星間雲は、そもそもつくる必要がなかったのだ。三体文明の探査機は、エンジンに再点火し、ふたたび減速をはじめている。太陽系を通り抜けるつもりはない。ここに留まろうとしている。

＊＊＊

一時的な措置に過ぎないため、アジア艦隊の他の艦船と同じく、〈自然選択〉の場合も、艦長権限移譲式は簡素で地味なものだった。参加したのは、艦長の東方延緒《ドンファン・イエンシュー》と艦長代行の章北海《ジャン・ベイハイ》、第一副艦長の列文《リエ・ウェン》と第二副艦長の井上明、それに総合参謀本部から来た特別チームだけだった。

この時代のテクノロジーは限界まで発達していたが、それでも基礎理論の停滞を克服するには至らず、〈自然選択〉の権限移譲も、章北海にとっておなじみのやりかたで認証が行われた。すなわち、瞳孔、指紋、パスワードによる三要素認証である。

システムに艦長を認識させるための瞳孔と指紋データの再設定を総合参謀本部特別チームが済ませると、最後は東方延緒が章北海にパスワードを引き渡す番になった。艦長は口頭で、「Men always remember love because of romance only（「ただロマンスゆえに人は愛を忘れない」煙草の銘柄マルボロの名称は、このフレーズの各単語の頭文字をとったという都市伝説がある）」と言うと、また挑戦的なまなざしで章北海を見た。

「煙草など吸わないだろうに」章北海はおだやかに応じた。

「この銘柄も、大峡谷時代になくなりました」東方延緒はかすかに失望がにじむ口調でそう言うと、目を伏せた。

「しかし、このパスワードは悪くない。当時も、それほど広くは知られてはいなかった」

艦長と副艦長ふたりはその場を離れ、ひとり残った章北海はパスワードを自分用に更新して、〈自然選択〉に対する完全な指揮権限を取得した。

「彼は頭がいい」球形船室のドアが消えると、井上明が言った。

「古人の知恵ね」東方延緒は、その向こうを見透そうとするかのように、ドアが消えたところをじっと見つめた。

それから、三人は黙って待った。五分が過ぎた。パスワードをリセットするだけにしては時間がかかり過ぎている。艦長代行となる章北海は、特別分遣隊の全隊員の中でも宇宙艦の指揮システムにもっとも熟達した人間だったからなおさらだ。さらに五分が過ぎた。ふたりの副艦長はじれったげに通路をうろうろ泳ぎはじめたが、東方延緒だけは微動だにせず、静かに待っていた。

ついに、船室の白い壁にドアが出現した。驚いたことに、球形船室の中は真っ暗になっていた。章北海は星図のホログラフィック・ディスプレイを呼び出し、すべてのラベルを非表示にして、輝く星々だけを残していた。ドアの側から見ると、章北海はインターフェイス画面といっしょに、外の宇宙空間に浮かんでいるように見えた。

「終わったよ」章北海が言った。

「どうしてこんなに長くかかったんです？」列文が不満げに訊いた。

「〈自然選択〉を手に入れた喜びにでも浸っていたんですか？」井上明が訊いた。

章北海はなにも言わなかった。その目も、インターフェイス画面ではなく、星図上のはるか遠い星を見ていた。東方延緒は彼の見つめている先に緑色の光がひとつ輝いていることに気づいた。

「だとしたらお笑い種だ」井上明の言葉を受けて、列文が言った。「言わせてもらえば、当艦の艦長はまだ東方大佐のままです。艦長代行は、ただのファイアウォールに過ぎない。ぶしつけな言い方ですみませんが、それが事実です」

井上明もさらにつけ加えた。「しかも、この状態は長くつづかない。艦隊の調査はもう終わりに近づいています。刻印族など存在しないことは、基本的に証明されている」

井上明はまだなにか言いたそうだったが、そのとき、東方延緒が小さな驚きの声をあげてそれをさえぎった。「ああ、まさかそんな、神さま！」ふたりの副艦長は彼女の視線の先を追って章北海の前にあるインターフェイス画面に目をやり、航宙艦〈自然選択〉の現在のステータスに気づいた。

艦はすでに、第四戦速に先立つ乗員の深海状態確認が不必要な、無人リモート制御モードに設定され、外部との通信は完全に遮断されている。それに加えて、艦を最大戦速で推進させるために必要な艦長設定のほとんどが完了していた。ボタンをあとひとつ押すだけで、〈自然選択〉は星図に設定された目標に向かって最高速度の第四戦速で航行しはじめる。

「お願い。やめて」東方延緒は言ったが、声が小さくて自分の耳にしか聞こえなかった。思わず口をついたさっきの「神さま！」のつづきだった。これまで神の存在を信じたことは一度もなかったが、いまの祈りは本物だった。

「気でも狂ったのか？」列文が叫び、井上明とともに船室に突進したが、むなしく壁にぶつかっただけだった。楕円形のドアは、じつはドアではなく、壁の一部が透明になっただけだった。

「〈自然選択〉は、まもなく第四戦速に入る。総員ただちに深海状態に入れ」と章北海は言った。重々しく落ち着いた口調で発した言葉の一言一句が、寒風にさらされる古い鉄の錨《いかり》のように、長く空中に残っていた。

「不可能だ！」井上明が言った。

「あなたは刻印族だったの？」と思わず言ったものの、東方延緒はすぐに落ち着きをとりもどした。

「それがありえないことはきみもよく知っているはずだ」と章北海。

「ETO？」

「違う」

「だったら何者？」

「人類生存のために戦う責任を果たしている、ひとりの軍人だ」

「どうしてこんなことを？」

「加速が完了したらあらためて説明する。総員、深海状態に入れ」

「不可能だ！」井上明はくりかえした。

章北海はうしろをふりかえったが、視線はふたりの副艦長ではなく、東方延緒を見すえていた。章北海の目を見て、艦長は、宇宙軍の徽章を思い出した。剣と星をともに備えている。

「東方、いつかきみを殺さなければならない日が来たら許してくれと、前に言ったはずだ。もうあまり時間の余裕がない」

そのとき、章北海のいる球形船室の中に深海加速液が現れ、無重力環境でいくつもの小さな球体をつくりはじめた。どの球にも、インターフェイス画面を前にした章北海と星図の歪んだ鏡像が映っている。宙に浮かぶ球と球がしだいにくっつき、さらに大きな球になってゆく。副艦長ふたりは、ただ茫然と東方延緒を見ているだけだった。

「彼の言うとおりにしなさい」艦長が言った。「全乗員、深海状態につけ」

ふたりの副艦長はまじまじと彼女を見つめた。深海状態に保護されないまま第四戦速に入ったら、乗員がどうなるか、彼らはよく知っていた。体は地球の重力の百二十倍の力で船室の壁に押しつけられる。すさまじい重さに耐えきれず、まず血液が噴き出し、薄い層をなして放射状に広がる。それから内臓が絞り出され、これまた薄い層になり、体といっしょに押しつぶされて、グロテスクなダリ風の絵画が完成する……。

副艦長たちはその場を離れて船室へと向かいながら、深海状態に入るよう、全乗員に命じた。

「きみは艦長として適任だ」章北海は東方延緒に向かってうなずいた。「大人の思慮分別がある」

「どこへ行ったんです？」

「どこへ行ったとしても、ここに残るよりは責任ある選択となるだろう」

そう言い終えたとき、章北海の体は、深海加速液の中に完全に没した。見守る東方延緒の目には、球形船室を満タンにしつつある液体越しに、彼のぼんやりしたシルエットが見分けられるだけになった。

章北海は半透明の液体の中に浮遊しながら、二世紀前の海軍勤務時代に参加した深海潜水訓練のことを思い出していた。海中に数十メートル潜るだけで、あんなに真っ暗になるとは思わなかった。その海中の世界は、のちに宇宙で味わったのと同じ感覚を与えてくれた。海は、地球上にあるミニチュアの宇宙空間だ。いま、章北海は、液体の中で呼吸しようとしたが、脊髄反射で激しく咳き込んでしまい、液体と空気を吐き出して、反動で体が動いた。それでも、予期していた窒息は訪れず、冷たい液体が肺を満たし、そこに含まれる豊富な酸素が血液に継続的に供給されることで、魚と同じく、自在に呼吸できるようになった。

章北海は半透明の液体の中に浮遊しながら、深海加速液が艦内の有人船室を順次満たしてゆくのをインターフェイス画面越しに確認した。このプロセスは、十分以上つづいた。じょじょに意識が薄れはじめたが、それは深海加速液に催眠成分が注入されたからだった。艦内のすべての人員がそれによって睡眠状態に陥り、最大戦速まで加速することによって生じる高圧と相対的低酸素が脳に与えるダメージを避けられるようになる。

章北海は父の魂が冥界からこの船に降り立ち、自分と溶け合い、ひとつになったような気がした。インターフェイス画面の最後のボタンを押し、声には出さず、生涯を費やして希求してきた命令を下

【面壁者たち】

羅輯（ルオ・ジー／ら・しゅう）……………………もと天文学者。社会学の大学教授

フレデリック・タイラー……………………………もと米国国防長官

マニュエル・レイ・ディアス …………………前ベネズエラ大統領

ビル・ハインズ………………………………………科学者、もと欧州委員会委員長

史強（シー・チアン／し・きょう）………………もと警察官。通称・大史《ダーシー》

史暁明（シー・シアオミン／し・ぎょうめい）……史強の息子

荘顔（ジュアン・イエン／そう・がん）…………羅輯の妻

山杉恵子（やますぎ・けいこ）…………………脳科学者。ハインズの妻

【宇宙軍】

東方延緒（ドンファン・イェンシュー／
とうほう・えんしょ）………………………………宇宙艦〈自然選択〉艦長

章北海（ジャン・ベイハイ／しょう・ほっかい）…〈自然選択〉艦長代行

常偉思（チャン・ウェイスー／じょう・いし）……初代宇宙軍司令官

丁儀（ディン・イー／てい・ぎ）…………………理論物理学者

葉文潔（イエ・ウェンジエ／よう・ぶんけつ）……地球三体協会のリーダー

三体Ⅱ　黒暗森林〔下〕○登場人物表

した。
「〈自然選択〉、第四戦速!」

＊＊＊

木星の軌道上にとつぜん小さな太陽が出現し、その強烈な光は惑星の大気が発するほの明るい燐光を呑み込んだ。この小さな太陽をうしろにしたがえた恒星級戦艦〈自然選択〉は、アジア艦隊基地からゆっくりと出航し、その後、急激に加速した。エンジンが放つ輝きが、アジア艦隊の他の艦船の巨大な影——それぞれ、地球を上回る大きさがある——を木星の表面に投げかけた。十分後、〈自然選択〉が衛星イオの向こう側を通過すると、まるでこの巨大惑星に幕を引くように、さらに大きな影が木星に落ちた。

アジア艦隊総司令部は、このときになってようやく、〈自然選択〉の反逆逃亡という信じがたい事実を受け入れた。

ヨーロッパ艦隊と北米艦隊は、当初、アジア艦隊が独断で三体探査機を鹵獲《ろかく》する行動に出たものと判断し、抗議と警告を送りつけたが、〈自然選択〉の針路から、そうではないとすぐに気づいた。〈自然選択〉が向かっているのは、三体艦隊がやってくるのとはまったく反対の方向だったのである。

木星基地の各システムは〈自然選択〉に対して雨あられとコールを投げかけたが、まったく反応がないため、しだいにおさまった。アジア艦隊総司令部は、〈自然選択〉を追跡し鹵獲する艦船を出そうとしたものの、反逆艦に対してできることはほとんどないと判明した。木星の多くの衛星にある施設のうち、四つの衛星には〈自然選択〉を破壊できるだけの火力があるが、その方法をとるわけにはいかなかった。実際に反逆したのは乗員のごく少数、もしくはたったひとりに過ぎず、深海状態にある二千人以上の将兵はその人質にとられている可能性が高かったからである。そのため、衛星エウロパにあるガンマ線レーザー基地の司令部は、その小さな太陽が、エウロパの広大な氷原を燃える燐《りん》のような光で輝かせながら、空をかすめて外宇宙に去っていくのを黙って見送るしかなかった。

〈自然選択〉は木星の十六個の大衛星の軌道を順番に通り過ぎ、衛星カリストの軌道に到達したときには、木星引力圏からの脱出速度に達していた。アジア艦隊基地から見ると、その小さな太陽はだんだん小さくなり、やがてひとつの明るい星に変わった。この星は、アジア艦隊の消えない痛みを象徴するように、その後一週間にわたってかすかに輝きつづけた。

追撃艦隊も深海状態に入る必要があったため、〈自然選択〉から四十五分遅れて出航した。木星基地はふたたび六つの太陽に照らされた。

回転を停止したアジア艦隊司令部では、艦隊司令官が真っ暗な夜の面をこちらに向けた巨大な木星と、黙って向き合っていた。旅立ったばかりの〈自然選択〉と追撃艦隊の核融合エンジンが木星方向に噴射されて、大気を電離化し、一万キロメートル下方の大気圏に稲妻を光らせていた。この距離では、稲妻が走るたびに、それに照らされた周囲の大気だけがあちこちで明るく浮かび上がり、その光暈《こううん》の位置がたえず変わっていく。まるで木星表面が、螢光の雨が降る池の水面になったかのようだった。

＊＊＊

〈自然選択〉は沈黙の中、光速の百分の一まで加速した。核融合燃料の消費量はすでに引き返し不能地点を超え、〈自然選択〉は、もはや自力では太陽系に戻ることができない、永遠に宇宙をさまよう孤独な船となっていた。

アジア艦隊司令官ははるか星空を眺め、その星を探したが、見つけられなかった。その方向には、追撃艦の核融合エンジンが発する六つの暗くかすかな星の輝きしか見えない。司令官はまもなく、〈自然選択〉がすでに加速を停止したという報告を受けとった。しばらくすると、〈自然選択〉との通信が復旧した。以下はその通話記録である。宇宙船の位置がすでに五百万キロメートル以上も離れているため、会話には十数秒の遅れがある。

〈自然選択〉　〈自然選択〉よりアジア艦隊へ。〈自然選択〉よりアジア艦隊へ。どうぞ！
アジア艦隊　〈自然選択〉、こちらアジア艦隊。貴艦のコールを受信した。艦の状況を報告せよ。
〈自然選択〉　艦長代行章北海《ジャン・ベイハイ》だ。艦隊司令官と直接話したい。
艦隊司令官　聞いている。
章北海　司令官、〈自然選択〉の離脱に関するすべての責任はわたしが負っています。
艦隊司令官　他に責任者がいるのか？
章北海　いいえ、わたしだけです。今回の事件は〈自然選択〉の他の乗員とはなんの関係もありません。東方延緒《ドンファン・イエンシュー》艦長は、重要な場面において正しい決定をしてくれました。
艦隊司令官　彼女と話したい。
章北海　いまは不可能です。
艦隊司令官　現在の艦内状況は？
章北海　すべて良好です。わたし以外のすべての乗員は依然として深海状態にあり、推進システムと生命維持システムは正常に作動しています。
艦隊司令官　反逆の理由は？
章北海　離脱したのは事実ですが、反逆ではありません。

艦隊司令官　その理由は？

章北海　この戦争で人類はかならず負ける。わたしは地球のために恒星間宇宙船を一隻、温存したいだけです。人類文明のために、宇宙にひと粒の種を、ひとつの希望を残したいのです。

艦隊司令官　ということは、きみは逃亡主義者ということになるんだぞ。

章北海　わたしはみずからの責任を果たそうとする一軍人にすぎません。

艦隊司令官　精神印章を受けたことがあるのか？

章北海　それが不可能であることはご存じのはずです。わたしが冬眠したとき、その技術はまだ存在しませんでした。

艦隊司令官　異常なまでに強固なこの敗北主義の信念は、とうてい理解できない。

章北海　わたしには精神印章など要らない。わたしは信念の人間です。この信念が強固なのは、わたしひとりの思想ではないからです。三体危機の初期、父とわたしは、早くもこの戦争のもっとも基本的な問題について真剣に考えはじめました。父のまわりには深い思想を持った学者たちがしだいに集まってきた。彼らの中には科学者や政治家、軍事戦略家もいて、自分たちのことを未来史学派と呼んでいました。

艦隊司令官　それは秘密組織なのか？

章北海　いいえ、彼らが研究していたのは基礎的な問題についてです。討論はこれまで、すべて公開で行われています。軍や政府関係者さえも参加して、何度か未来史学派の学術シンポジウムも開かれました。まさに彼らの研究を通じて、わたしの人類敗北思想は確立されたのです。

艦隊司令官　しかし、現在の状況を見れば、その未来史学派とやらの理論が誤りだったことは明白ではないか。

章北海　司令官、あなたは彼らを過小評価しています。彼らは大峡谷時代を予言しただけでなく、第二次啓蒙運動と第二次ルネサンスも予言しました。彼らが予言した文明大隆盛時代は、いまの現実とほとんど変わりません。そして彼らは、最後に、終末決戦において人類が徹底的に敗北し、絶滅することも予言したのです。

艦隊司令官　しかし、きみがいま乗船している宇宙船は光速の一五パーセントで航行できるのだぞ。

章北海　チンギス・ハンの騎兵は、二〇世紀の装甲部隊と同じ攻撃速度を誇りました。また、北宋の弩《ど》の射程は千五百メートルにも達し、二〇世紀のアサルトライフルと変わりないほどです。しかしこれらは、それでもなお、古代の騎兵、古代の弩《いしゆみ》でしかなく、現代の武力にはとても拮抗しえない。基礎理論がすべてを決定する――未来史学派はこの一点をはっきり認識していました。しかし、あなたがたは、日没前のまぶしい照り返しに目を眩まされるがごとく、滅亡前の一時的な隆盛で生まれた低レベルの技術に目が眩んで、現代文明の温床に寝転がって享楽にふけるばかりだった。まもなく訪れる、人類の命運のかかった最終決戦に向けて、精神面の準備がまったくないではありませんか。

艦隊司令官　きみは偉大な軍隊の出身だ。彼らは自分たちよりはるかに装備にすぐれた敵を打ち破ったし、敵から鹵獲した武器だけで、世界でもまれな大規模陸戦にも勝利した。きみの行為は、その軍隊の栄光を辱めているぞ。

章北海　尊敬する司令官、わたしは、その軍隊について語る資格をあなた以上に持っています。わたしの三代前までの祖先は、全員、それらの戦いに従軍していたからです。祖父は朝鮮戦争のとき、米軍のM26パーシング戦車を手榴弾で攻撃しました。手榴弾は戦車に命中しましたが、爆発したのは戦車から滑り落ちたあとで、目標はほとんど傷つきませんでした。祖父は戦車から機銃で撃たれ、キャタピラに轢かれて両足を切断され、後半生を寝たきりで送ることになりました。しかし、戦車に轢かれてミンチになった戦友ふたりよりは幸運でした。そう、祖父はまだ幸運だったと言える。……こうした軍の歴史がこのうえなく明確に教えてくれるのは、戦時における彼我の技術力格差が持つ決定的な意味です。あなたが知るわが軍の栄光とは歴史の本で読んだものですが、われわれのトラウマは、父祖たちの血で塗りかためられたものです。われわれは、戦争とはなにか、あなたがたよりよく知っています。

艦隊司令官　反逆逃亡計画はいつ生まれたのだね？

章北海　もういちど申し上げますが、自分は反逆していません。ですが、逃亡は事実です。この計画は、父と最後に面会したときに生まれました。父は、いまわのきわに、その視線で、どうすればいいかわたしに教えてくれました。わたしは二世紀かけてこの計画を遂行したのです。

艦隊司令官　きみはこの計画のために強固な勝利主義者を装ってきた。その偽装工作は成功だった。

章北海　しかし、常偉思少将はわたしの本心をほぼ見破っていました。

艦隊司令官　そうだ。彼は、きみの中に、勝利主義の信念の礎が見えてこないことを鋭く意識していた。きみはその後、恒星間航行可能な放射ドライヴ宇宙船に対し、異常なほどの情熱を傾けた。それが少将の疑いをさらに深めることになった。常偉思少将は、きみが未来増援特別分遣隊に入ることにずっと反対していたが、上層部の命令に抗しきれなかった。われわれに残した手紙の中で、彼はそのことを警告していたが、彼の時代特有の、含意のある書きかただったため、われわれはそれを無視してしまった。

章北海　恒星間逃亡が可能な宇宙船を開発させるために、わたしは三人を殺害しました。

艦隊司令官　それは知らなった。おそらく、だれも知らないだろう。しかし、ひとつだけたしかなことがある。その時代に研究の方向性が確立したことは、その後の宇宙航行テクノロジーの発達に決定的な影響を与えた。

章北海　そう言っていただいてありがとうございます。

艦隊司令官　もうひとつ言っておくことがある。きみの計画は失敗する。

章北海　かもしれません。しかし、いまはまだ失敗ではない。

艦隊司令官　〈自然選択〉の核融合燃料は、容量の五分の一しかない。

章北海　しかし、ただちに行動するしかありませんでした。こんなチャンスは二度となかったでしょう。

艦隊司令官　したがって、きみは光速の百分の一までしか加速できない。それ以上の燃料は消費できない。なぜなら、船の生態系を維持するにもエネルギーを必要とするからだ。稼働時間は短くて二、三十年、長ければ二、三世紀にもおよぶ。しかし、その速度で航行すれば、ほどなく追撃艦が追いつくことになる。

章北海　それでも、〈自然選択〉はまだわたしの指揮下にあります。

艦隊司令官　そのとおりだ。われわれの憂慮は、もちろんわかっているはずだ。追撃を受けて〈自然選択〉が加速すると、燃料を使い果たし、エネルギーが切れた閉鎖生態系生命維持システムは運転を停止する。そうなれば、〈自然選択〉はほどなく、絶対零度に近い幽霊船になる。したがって、追撃艦はしばらく〈自然選択〉と近距離で接触することはないだろう。わたしは〈自然選択〉の艦長や兵士が自力で問題を解決してくれると確信している。

章北海　わたしも、すべての問題は解決されると信じています。わたしはみずからの責任を担っていますが、しかしそれでも、〈自然選択〉が正しい針路にあると信じています。

＊＊＊

はっと目を覚ました羅輯《ルオ・ジー》は、二世紀前からしぶとく残っているものが、煙草以外にもまだあることを知った。爆竹だ。窓から眺めると、空は夜が明けたばかりで、砂漠は新しい太陽の光で一面が真っ白になっている。爆竹と花火の閃光が、ときおり砂の上を照らした。そのとき、せわしないノックの音がして、羅輯がドアを開ける暇もなく、史暁明《シー・シアオミン》が飛び込んできた。興奮に赤らんだ顔で、早くニュースを見ろと急《せ》かした。

羅輯は最近ほとんどテレビを見ていなかった。新生活ヴィレッジ5区で暮らしはじめてから、まさしく過去の生活をとり戻している。蘇生直後に新時代の衝撃を味わっただけに、いまの平穏を大切にしていて、しばらくは現在の情報にわずらわされたくない。一日のほとんどの時間は、荘顔《ジュアン・イエン》と娘への思いに浸っていた。妻子の蘇生手続きはもう済んでいるが、政府が冬眠者人口の流入量をコントロールしているため、蘇生予定は二カ月後になっていた。

テレビニュースの内容は次のようなものだった。五時間前、リンギア－フィッツロイ望遠鏡で三体艦隊がふたたび星間雲を横切るのが観測された。三体艦隊の出航から二世紀のあいだに、彼らが星間雲を抜けて姿を現したのは、これが七度目になる。艦隊はすでに整然とした隊形を失い、〝刷毛《はけ》〟のかたちは、最初に星間雲を通り抜けたときとは似ても似つかない。しかし、二回目の〝斑雪《はだれゆき》〟通過時と同じく、前方にまっすぐ長く伸びた一本の毛が観測された。あのときと異なるのは、軌跡の形状から判断して、この一本の毛は探査機ではなく、艦隊に属する一隻の戦艦らしいということだった。太陽系に向かう長い航宙のうち、三体艦隊はすでに加速と巡航の期間を終えている。一部の艦船が減速しはじめているのが最初に観測されたのは十五年前のこと。十年前には過半数が減速状態に入った。しかし、問題のこの戦艦については、一度も減速していなかったことが今回明らかになった。それどころか、星間雲を通過するコースから判断して、この艦はまだ加速状態にあり、現在のままの加速をつづけると、艦隊本体よりも半世紀早く太陽系に到達する。

孤立したたった一隻の敵艦が、強大な艦隊を擁する地球文明の支配宙域である太陽系内に単独で進入してくることは、もしこれが侵略だとすれば自殺行為だ。したがって、考えうる結論はひとつ。問題の艦は、交渉を目的としている。二世紀の長きにわたる観測によって、三体艦隊の各宇宙船の最大加速能力はすでに確定していた。そのデータに基づく推計では、当該艦はじゅうぶんに減速できず、百五十年後、太陽系を通り抜けてしまう。ということは、可能性はふたつしかない。ひとつは、三体人が地球文明に、減速への助力を求めている場合。それよりもっとありそうな、もうひとつの可能性は、当該艦が太陽系を通り抜ける前に、容易に減速できる小型シャトルを射出し、それに三体世界の交渉団が搭乗しているというものだ。

「しかし、もし交渉したいなら、なぜ智子を通じて人類に伝えない？」と羅輯がたずねた。

「それは簡単に説明できますよ。思考様式の違いです。三体人の考えはすべて透明です。彼らは、自分の思っていることは、われわれもすでに知っていると思ってるんですよ」史暁明は興奮した口調でまくしたてた。

その説明にさほど説得力は感じなかったものの、それでも羅輯は史暁明と同じ興奮を共有した。言ってみればそれは、外の太陽が日の出の時刻より早く昇ってくるかもしれないという予感だった。

現実の太陽が昇ってきたとき、莫迦騒ぎは最高潮に達した。世界の小さな片隅であるこの地域の活動の中心にあたる地下都市では、人々が巨木を出て、通りや広場にあふれた。だれもかれもが衣服の輝度を最大に上げているせいで、きらきら輝く光の海のように見えた。ドーム状の空にはヴァーチャル花火が次々に打ち上げられ、ときおり、太陽に匹敵するほどまばゆい花火が空全体を埋めつくした。

新しいニュースがたえず入ってきた。最初のうち、政府は慎重で、報道官は、三体世界に交渉の意思があることを示す決定的な証拠はまだ見つかっていないとくりかえし述べた。

新生活ヴィレッジ5区では、短い幕間劇が大騒ぎを中断させた。陽光計画《プロジェクト・サンシャイン》の熱烈な支持者として知られる都市議員が、この機会に冬眠者コミュニティの支持を得ようと、団地に演説にやってきたのである。

プロジェクト・サンシャインはもともと国連が提案した計画で、人類がこの終末決戦に勝利を収めたのち、敗北した三体人のために、太陽系のどこかに生存空間を提供するべきだという主旨だった。計画にはいくつかのバージョンがある。〝弱い生存プラン〟は、冥王星とその最大の衛星カロンおよび海王星の衛星いくつかを三体文明の指定居留地とし、三体艦隊の乗員のみに入植を認めるというものだった。このプランでは、居留地の生存条件が非常に悪く、核融合エネルギーと人類社会の支援に頼らないかぎり生活を維持できない。一方、〝強い生存プラン〟は、火星を三体文明の居住惑星とし、三体艦隊の乗員のみならず、三体世界からの後続の移民全員を受け入れる。このプランでは、地球そのものをべつにすれば、太陽系内でもっともいい生存条件を三体文明に提供することになる。その他の多くの案はこのふたつのプランの中間に位置するが、一部には、三体人を地球社会に受け入れようとか、かなり極端なプランも提起されている。プロジェクト・サンシャインは地球インターナショナルおよび艦隊インターナショナルの幅広い支持を得て、両インターナショナルに属する多くの非政府組織とともに、広汎な予備研究とプランニングがすでにはじまっていた。しかし、それと同時に、プロジェクト・サンシャインは冬眠者コミュニティの強力な反対に遭っていた。冬眠者たちは、おとぎ話の中で狼の命を助けた気のやさしい学者の東郭先生になぞらえ、プロジェクトの支持者たちを〝東《ドン》郭族《グオズー》〟と呼んでいる（明代の馬中錫の作とされる「中山狼伝」が出典。東郭先生という墨者に命を助けられた狼が恩を忘れて東郭を食べようとするが、裁定を求められた農夫の機転で退治されてしまう）。

　演説を開始したとたん、議員はたちまち聴衆の激しい反発にさらされ、やがて次から次へとトマトが飛んできはじめた。議員はそれをよけながら言った。「みなさん、聞いてください。いまは第二次ルネサンス後の人文主義の時代です。あらゆる人種の生命と文明を最大限に尊重する時代です。みなさんは、この時代の光を浴び、その恩恵に浴しているではありませんか。冬眠者のみなさんは、現代社会で完全に平等な国民の地位を享受し、なんの差別も受けていません。この原則は憲法と法律で認められていますが、もっと重要なのは、それがすべての人類の心に刻まれていることです。そのありがたみは、みなさんご承知でしょう。三体世界もまた、ひとつのすばらしい文明であり、人類社会はその生存権を認めるべきであります。プロジェクト・サンシャインは慈善事業ではなく、人類の値打ちをみずから認め、表明することなのです。もしわれわれが……こらっ、この莫迦！　おまえたち、仕事に集中しろ！」

議員の最後の言葉は、自身が率いてきたチームに向けられたものだった。彼らは、地面に散らばったトマトを忙しく拾い集めていたのである。自然栽培の野菜は、地下都市では値の張る貴重な商品だった。それを見た冬眠者たちは、演台めがけてキュウリやジャガイモをかたっぱしから投げつけ、このささやかな衝突劇は、最終的に、双方ともに大喜びする中で幕を閉じた。

昼になると、どの家もごちそうを食べた。芝生の上では、お祭り騒ぎに参加しようと地下都市からやってきた人たち（東郭族議員とそのチームを含む）のために、地元の農産物ばかりを使った料理がたっぷり振る舞われ、飲めや歌えの祝宴は日没までつづいた。この日の夕焼けはことのほか美しく、団地コミュニティの外の砂漠はオレンジ色の夕陽に照らされてクリームのようにやわらかくなめらかに見え、なだらかに起伏する砂丘は眠れる女たちの体のように見えた。

夜になってもたらされたあるニュースが、くたびれた人々の精神をふたたび興奮の極まで刺激した。艦隊インターナショナルが、アジア艦隊、ヨーロッパ艦隊、北米艦隊に属するすべての恒星級戦艦二千十五隻で連合艦隊を編成し、同時に出撃させて、敵探査機を海王星軌道で鹵獲すると発表したのである。

このニュースは熱狂を新たな頂点に導き、花火がふたたび夜空を彩ったが、同時に蔑みと嘲笑の的にもなった。

「ちっぽけな探査機一機のために二千隻の戦艦を出撃させるって？」

「牛刀を以て鶏を割くってやつか」

「まったくだ。二千門の大砲で蚊を一匹撃つ。そんなことをしていったいなんの意味がある?」

「まあまあ、艦隊インターナショナルの気持ちにもなってやれよ。三体世界と交戦する唯一のチャンスかもしれないんだから」

「そう、もしこれが戦闘と言えるんならね」

「いいじゃないか。人類文明の軍事パレードだと思えばいい。あのスーパー艦隊がどんなものか見てみよう。三体人は死ぬほどびびるだろうよ! 小便ちびるかもな。あいつらに小便ができるならだけど」

「ははは……」

真夜中近く、また新しいニュースが入ってきた。連合艦隊がすでに木星基地を出航したというのである。南の空を見れば艦隊が肉眼で識別できるとテレビで報じられ、浮かれ騒いでいた人々ははじめて静かになり、夜空に木星を探しはじめた。すぐには見つからなかったが、テレビの専門家のアドバイスのもと、まもなく南西の空に浮かぶ木星が特定された。この時点で、連合艦隊のエンジンの光芒は、五天文単位の距離を地球に向かって進んでいるところだった。四十五分後、木星の明るさがとつぜん強くなり、たちまちシリウスを上回って、夜空でもっとも明るい星になった。つづいて、燦然と光り輝くひとつの星が、肉体を離れる魂のように木星から分離し、木星はまた本来の明るさに戻った。そして、新たな輝く星はゆっくりと移動して、木星との距離をしだいに広げていった。それこそが、出航した連合艦隊だった。

ほぼ同時に、木星基地からのライヴ映像も地球に届いた。人々は、漆黒の宇宙にとつぜん現れた二千個もの太陽をテレビ画面越しに見た。永遠の夜に包まれた宇宙空間ですさまじく目立つ、きっちり整ったその長方形は、テレビを見ている全員の脳裡に、ある言葉を思い出させた。すなわち、『光あれ』と神は言った。すると光があった」。二千個の太陽に照らされて、木星とその衛星は燃えているように見えた。艦隊の放射線によってイオン化された木星の大気層が稲妻をつくりだし、艦隊側に向いた半球が、巨大な電光の絨毯ですっぽり覆われた。艦隊は一糸乱れぬ隊形のまま加速すると、巨大な壁となって太陽をさえぎったのち、人類の威光と無敵さを誇示するように、雷雲の力強さで堂々と宇宙を進軍していった。二世紀前、三体艦隊の出発を知ったときから、三体艦隊の影に怯え、抑圧されてきた人間精神が、ついに全面的に解放された。いまこの瞬間、銀河系のすべての星々がその輝きを抑え、静かに見守るなか、人類と神は一体となって誇らしげに宇宙へと漕ぎ出したのである。

地球の人々は涙を流し、歓呼の声をあげた。感動のあまり大声で泣き叫ぶ人も多かった。人類の歴史上、こんな瞬間ははじめてだった。あらゆる人間が、人類の一員であることに幸運と誇りを感じていた。

しかし、少数ながら、冷静さを失っていない人間もいた。羅輯はそのひとりだった。彼のまなざしは熱狂する人々を通り越し、もうひとりのもっと冷静な人間を見つけていた。史強が、巨大なホログラフィックテレビにもたれてひとり佇み、煙草をふかしながら、浮かれ騒ぐ人々を気のない目で眺めている。

羅輯は史強に歩み寄った。「いったいどうして……」

「やあ、兄弟。おれには果たすべき責任があるからな」史強は興奮に沸き立つ人々を指さして言った。「極端な喜びは、たやすく悲しみに変わる。こんなときは、いちばんなにかが起こりやすい。けさ、東郭族が演説していたときだってそうだ。もしおれがタイミングよくトマトを投げさせるのを思いつかなかったら、あいつら、石を投げてたぜ」

史強は最近、新生活ヴィレッジ5区の警察長官に任命されていた。冬眠者からすると、いささか妙な話だった。アジア艦隊に所属する史強は、国籍に照らせばすでに中国人ではないのに、国家政府の正式なポストを与えられたのである。だが、彼の仕事ぶりについては、住民のみんなが称賛している。

「それにな、おれは有頂天になって騒ぐタイプでもない」史強は羅輯の肩を叩き、「兄弟、おまえもそうだろ」

「そうだよ」羅輯はうなずいた。「ぼくは昔から、刹那的な快楽を追い求めるタイプだった。未来なんかどうでもよかった。ほんの一時《いっとき》、救世主であることを強要された期間があったけどね。ぼくがいまこうしていられるのは、あのときの被害に対する一種の補償かもしれない。ぼくはもう寝るよ。史強、あんたが信じようが信じまいが、今夜はよく眠れそうだ」

「同僚が来てるぞ。会ってこいよ。いま着いたところだ。人類の勝利は、あいつにとって喜ぶべきことじゃないかもしれんが」

羅輯は一瞬ぽかんとしたが、史強の指差した人間を見て合点がいった。驚いたことにそれは、昔日の面壁者ビル・ハインズだった。顔色は蒼白で、表情はぼうっとしているように見える。ハインズは史強からそう遠くないところにずっと立っていたが、いまようやく羅輯を発見したらしい。羅輯とハインズは抱き合って再会の挨拶を交わしたが、羅輯は相手の体が弱々しく震えていることに気づいた。

「あなたを探しにきた」ハインズが言った。「歴史の遺物であるわれわれふたりだけが、たがいにわかりあえるから。しかしいまは、あなたでさえ、わたしを理解してくれないかもしれない」

「山杉恵子は？」羅輯がたずねた。

「国連本部ビルの瞑想室を覚えていますか？」羅輯の質問には直接答えず、ハインズは話をつづけた。「昔からずっと人けのない部屋だった。たまに観光客が訪れるぐらいで。……そこに鉄鉱石のかたまりがあったのを覚えていますか？　彼女はその上で自決しました」

「ええっ？」

「彼女は死ぬ前に、わたしに向かって呪詛の言葉を吐いた。『あなたの人生は死よりも悲惨だ、人類が勝者となるにもかかわらず、敗北主義者の精神印章を刻印されて生きるのだから』と。そのとおりだった。いまわたしは、本物の苦しみのただなかにいる。もちろん、人類の勝利はうれしい。しかし、みじんもそれを信じることができない。頭の中でふたりの剣闘士が殺し合っているようなものだ。人類の勝利を信じることは、水を飲めると信じることよりはるかにむずかしい」

史強の手を借りて、ハインズに宿泊用の部屋をあてがい、休ませたあと、羅輯は自分の部屋に戻ってすぐに眠りについた。そして彼はまた、荘顔《ジュアン・イエン》と娘のことを夢に見た。目を覚ましたとき、窓からはもう陽光が射し込んでいたが、外の騒ぎはなおもつづいていた。

***

〈自然選択〉は、木星と土星軌道のあいだを光速の一パーセントで航行していた。ここから見ると、後方の太陽はすでにかなり小さくなっていたが、いまもまだ、いちばん明るい星だった。前方では、天の川がさらに明るい輝きを放っている。宇宙艦の航行方向はおおよそ白鳥座の方向を指しているが、広大なこの宇宙では、速度はまったく感知できない。もし近くに観察者がいたとしたら、〈自然選択〉は宇宙空間に静止しているように見えるだろう。実際、〈自然選択〉の位置から見ると、宇宙のあらゆる動きは距離によって消し去られ、うしろに太陽、前方に天の川がある状態で永遠に凍りついているように見える。時間そのものが止まってしまったかのようだった。

「失敗でしたね」東方延緒《ドンファン・イエンシュー》が章北海《ジャン・ベイハイ》に向かって言った。このふたりを除いて、艦内の乗員は全員、まだ深海状態で眠っている。章北海はまだあの球形船室に閉じこもっているため、東方延緒が中に入るすべはなく、通信システムを通して会話するだけだった。まだ透明のまま残された壁の一画を通して、人類最強の戦艦をハイジャックした男が、船室の中央に静かに浮かび、下を向いてノートになにか一心に書いているのが見えた。彼の前には、いまもインターフェイス画面が浮かんでいる。この艦がボタンひとつで第四戦速に移れるスタンバイ状態にあることが画面から見てとれた。章北海のまわりには、排出され損ねた深海加速液がいくつかの小さな球になって漂っている。軍服はすでに乾いているが、しわだらけで、彼の見た目の印象をかなり老けさせている。

章北海は東方延緒には一顧だに与えず、下を向いてノートに書きつづけている。

「追撃艦隊は、もう〈自然選択〉から百二十万キロの距離まで迫っています」東方延緒はさらに言葉を重ねた。

「わかっている」章北海は顔を上げずに言った。「きみが全艦を深海状態に保ったのは賢明な判断だった」

「そうするしかなかったからです。でなければ、興奮した将兵がこの船室を襲撃したでしょう。しかし、あなたはいつでも〈自然選択〉を第四戦速にして、全乗員を殺すことができる。追撃艦隊が近づいてこないのもそのためです」

章北海はそれには答えず、ノートのページをめくって書きつづけた。

「そんなことはしませんよね？」東方延緒が小声でたずねた。

「わたしがこんなことをするのも、きみは想像もしなかっただろう」章北海は何秒か口をつぐんだあと、言葉を補った。「われわれの時代の人間には、われわれの時代の考えかたがある」

「でも、わたしたちは敵同士ではありません」

「永遠の敵や永遠の同志などというものはない。あるのは永遠の責任だけだ」

「それなら、戦争に対するあなたの悲観にはまったく根拠がありません。三体世界は交渉を求めるしるしを見せ、太陽系連合艦隊は、三体探査機を鹵獲するために出発しました。戦争は人類の勝利で終わります」

「ニュースは見た……」

「それでもやはり、敗北主義と逃亡主義に固執すると？」

「そうだ」

東方延緒はどうしようもないという気持ちで首を振って言った。「考えていることがぜんぜんわかりません。たとえば、この計画が成功するはずがないことをあなたは最初から知っている。五分の一の燃料しか積んでない以上、〈自然選択〉はかならず追いつかれる」

章北海はペンを持つ手を止めて顔を上げ、船室の外にいる東方延緒を見やった。その目は、水のように静かだった。「われわれはみな軍人だ。だが、わたしの時代の軍人と、いまの軍人は違う。両者の最大の違いはなんだと思う？　きみたちは、ありうべき結果に応じて行動を決定する。だがわれわれは、結果に関係なく、責任を果たさねばならない。わたしにとって、これがその唯一のチャンスだった。だから、そのチャンスをつかんだ」

「つまり、自分を慰めるためということですか？」

「いや。それがわたしの性質なのだ。東方、きみに理解してもらえるとは思っていない。結局、われわれのあいだには二世紀の隔たりがあるのだからな」

「では、あなたはもう自分の責任を果たされた。あなたの逃亡計画に、もうどんな希望もありません。投降しなさい」

章北海は東方延緒に笑みを向けると、また顔を伏せて書きはじめた。「まだそのときではない。わたしは自分が経験したすべて、二世紀をまたいだこのすべてを書き記さなくてはならない。今後二世紀の、冷静な頭脳の持ち主に役立つかもしれない」

「コンピュータに口述筆記できますよ」

「いや、ペンで書くのに慣れている。紙はコンピュータより長く残る。心配ないよ。すべての責任はわたしが負う」

＊＊＊

丁儀《ディン・イー》は戦艦〈量子〉の大きな舷窓ごしに外を眺めた。球形船室のホログラフィック・ディスプレイのほうが視界は広いが、やはりこうやって自分の目で直接見るのが好きだった。彼は、二千個の眩しい小太陽から成る大きな平面上にいる。その光で、丁儀の白髪交じりの髪は燃えるように輝いていた。連合艦隊が出航してからの数日で、この光景はもう見慣れていたが、いまもなお、見るたびにその壮麗さにはっとする。艦隊が進行方向に対して垂直な、長方形に広がった隊形を採用しているのは、たんに力や威厳を示すためではなかった。海軍の伝統的な縦列では、千鳥配列を採用した場合でも、各艦船のエンジンが発する強い放射が後方の艦に影響を与えてしまう。このような長方形の隊形では、戦艦同士の間隔は約二十キロメートルになる。各艦の平均的なサイズは海軍航空母艦の三倍から四倍だが、その距離から見ても、ほとんどひとつの点にしか見えない。だから戦艦が宇宙空間の中で自己の存在を明らかに示せるのは、核融合エンジンの光だけだった。

連合艦隊は、ふつうなら観艦式のときにしか見られない密集隊形をとっていた。通常の巡航隊形では、艦間距離は三百〜五百キロメートルが望ましいとされているので、二十キロメートルの艦間距離は、大渋滞の通勤道路のようにぴったりくっついて航海しているのに等しい。この超密集隊形には三大艦隊の多くの将校が異議を唱えたが、通常の隊形を採用することには、べつのやっかいな問題があった。まず、参戦機会の公平性の原則である。もし通常の隊形で探査機に接近すれば、先頭が最小の距離まで迫ったとき、艦隊の後方にいる戦艦から目標までの距離は、まだ数万キロメートルもある。仮に探査機の鹵獲ミッション中に戦闘が発生しても、相当数の艦は戦闘に参加したとは見なされず、歴史に永遠の後悔だけを残す結果になる。とはいえ、三大艦隊はそれぞれの隊形を崩して、ばらばらの小隊形に分割することもできない。というのも、全体の隊形の中で、どの小隊形をもっとも有利な位置に置くかの調整が不可能だからだ。そのため、全艦を超密集した観艦式隊形に圧縮し、すべての艦を作戦可能距離内に置くしかなかったのである。観艦式隊形を採用したもうひとつの理由は、艦隊インターナショナルと国連が、観艦式隊形によって強烈な視覚的インパクトを生み出すことを希望しているからだった。これは、三体世界に対して地球文明の戦力を誇示するというより、一般大衆に印象づけるという意味合いが大きかった。このいまだかつてないパレードの視覚的なインパクトは、両インターナショナルにとって大きな政治的意味がある。現在、敵の主力ははるか二光年の彼方にある。艦隊が密集隊形をとることには、もちろん、まったくなんの危険もないはずだった。

〈量子〉は長方形隊形の隅に位置しているため、丁儀はそこから艦隊の大部分を見ることができた。土星軌道を越えると、全艦の核融合エンジンが進行方向に向けられて、艦隊は減速を開始した。連合艦隊が三体探査機に接近したいま、速度はすでにマイナスになっている――太陽方向に逆戻りしながら、目標との距離を詰めている。

丁儀はパイプを口に咥《くわ》えた。この時代では刻み煙草が見つけられず、火皿は空っぽだったが、驚いたことに、パイプには二世紀前の煙草の香りが、過去の記憶のようにかすかに、そこはかとなくまだ残っていた。

丁儀は七年前に冬眠から蘇生し、北京大学物理学部で教鞭《きょうべん》を執《と》っていた。彼は昨年、三大艦隊に対し、三体探査機が鹵獲されたとき、最初に実物を調査するチームに自分を加えるよう求める要望書を出した。丁儀は声望の高い人物だが、その要望書はずっと無視されてきた。丁儀は、どうしても応じないというなら三大艦隊の司令官たちの前で自殺してやると宣言し、艦隊側はようやく、考慮してみようと譲歩した。実際、最初に探査機を実地調査する候補者の選定は難題だった。最初に探査機に接触するということは、つまり三体文明と最初にコンタクトするのと同じことであり、鹵獲作戦で重視された公平性の原則に鑑《かんが》みれば、三大艦隊のいずれも、この名誉を単独で享受することは許されない。とはいえ、三大艦隊がそれぞれ派遣した代表者が同時に接触するというのも、作戦の実行上、問題が多く、複雑な事態が生じかねない。そのため、艦隊インターナショナルに属さない人間がこの使命を引き受ける必要があり、当然、丁儀がもっともふさわしい候補とされたのである。もっとも、丁儀の要望が最終的に認められた背景には、もうひとつ、暗黙の理由があった。実のところ、最終的に三体探査機を手に入れる見通しについて、艦隊インターナショナルも地球インターナショナルも、それほど大きな自信を持っているわけではなかった。鹵獲作戦中もしくは鹵獲後に、探査機が自爆するのはほぼ確実と見られていたからである。できるだけ多くのデータを得ようとするなら、自爆する前に近距離で観察し接触することが不可欠である。熟練した物理学者の丁儀は、マクロ原子の発見者にして制御核融合技術の開発者であり、この分野に関しては非の打ちどころのない資格を備えている。どのみち丁儀の命は丁儀自身のものだし、八十三歳という年齢と、並ぶ者のないキャリアを考えれば、当然、この老人には、なんでもしたいことをする権利がある。

鹵獲作戦開始前の〈量子〉司令部における最後の会議で、丁儀は三体探査機の映像を見た。三大艦隊が派遣した三隻の追跡艇は、すでに地球インターナショナルから派遣された〈ブルー・シャドウ〉と交代していた。映像は艦隊追跡艇によって目標から五百キロメートルの距離で撮影されたものだった。それは、人類の宇宙船が三体文明の探査機と過去もっとも接近した距離だった。探査機の大きさは予想とそれほど違わず、全長三・五メートルだった。丁儀はそれを見たとき、他の人間と同様の印象を持った。すなわち、一滴の水銀。探査機は完璧な涙滴型だった。頭部はまるく、尾部が尖っている。表面はなめらかで、全反射鏡面だった。その表面に映る天の川がなめらかな光のパターンを描き、水銀の水滴に純粋な美しさを与えている。しずくのかたちが自然そのものなので、見ていると、ほんとうに液体の一滴のような気がしてくる。中になにか機械が入っているとはとても思えない。

探査機の映像を見たあと、丁儀は沈黙を守った。そして会議ではずっと発言せず、表情も暗いままだった。

「丁先生、なにかご心配でも？」艦長がたずねた。

「いやな予感がする」丁儀は持っていたパイプで探査機のホログラフィー映像を指した。

「どうしてです？　見たところ、無害な美術品のようですが」とひとりの将校が言った。

「だから、いやな感じがするんだよ」丁儀はごま塩頭を振りながら言った。「恒星間探査機ではなく、美術品のように見える。われわれの概念からかけ離れているものがあるとしたら、それはよい兆しではない」

「たしかに風変わりですね。表面はなめらかで、継ぎ目も開口部もない。エンジンのノズルはいったいどこに？」

「それでも、エンジンはたしかに発光しています。過去に観測されていますから。二度めに消えたとき、〈ブルー・シャドウ〉はまだ撮影できる距離まで接近していなかったので、光がどこから発せられていたのかは不明です」

「質量は？」丁儀がたずねた。

「まだ正確にはわかりませんが、高精度重力計による概算では、十トン以下です」

「それなら、少なくとも中性子星物質でつくられたものではないな」

艦長は将校たちの議論を制止し、会議を軌道に戻すべく、丁儀に向かって言った。「丁先生の実地調査について、艦隊は以下のように計画しました。無人宇宙船が目標の確保に成功し、観察を実施したあと、なにも異常が見つからなければ、先生にシャトルに乗って無人宇宙船に向かっていただきます。ドッキング後、船内に入って、探査機の実地調査を行ってください。ただし、十五分以上の滞在は認められません。こちらは西子《シーズ》少佐です。アジア艦隊を代表して、先生が調査を完了するまで、任務の全行程に同行します」

ひとりの若い将校が丁儀に向かって敬礼した。彼女も、艦隊の他の女性と同じように背が高く、すらりとしている。典型的な宇宙新人類だった。

丁儀は少佐をちらっと見ただけで、艦長に向き直った。「どうして他の人間が？　わたしひとりではだめなのかね？」

「もちろんだめです。先生は宇宙環境に不慣れです。すべてのプロセスにおいて、助力が必要です」

「それなら、わたしは行かないほうがいい。どうしても随行者をつけるというなら、それはもはや……」丁儀はそこで言い淀み、〝殺人だ〟という言葉を呑み込んだ。

「丁先生」艦長は言った。「今回のミッションはたしかに危険ですが、片道切符と決まったわけではありません。探査機が自爆するとしたら、それは鹵獲作戦中に起きる可能性がもっとも高い。非破壊的な方法で調査するかぎり、鹵獲成功の二時間後に自爆する可能性はきわめて低いでしょう」

実際のところ、地球および艦隊インターナショナルが探査機に人間を送ると決めた主な理由は、調査ではなかった。全世界がはじめて探査機の映像を見たとき、だれもがそのすばらしく美しい外観にうっとりした。水銀のしずくのかたちは、とにかくあまりに美しく、あまりにシンプルで、それでいて、すばらしく洗練されたフォルムだった。その曲面のどの一点をとっても完璧な位置を占めている。いついかなるときも宇宙の夜に果てしなく滴り落ちているかのように、優雅なダイナミズムを感じさせる。同じように表面がなめらかな立体のデザインを人間の芸術家が試みて、ありとあらゆるパターンを試したとしても、このかたちにはけっしてたどりつかないだろうと思わせた。それは、あらゆる可能性を超越していた。プラトンの『国家（対話篇）』の中でさえ、これほど完璧なかたちは論じられていない。それは、直線よりもまっすぐな線、真円よりもまるい円、夢の海から飛び出した鏡面体のイルカ、この宇宙のあらゆる愛の結晶だった。美はつねに善と対になっている。だから、もし宇宙に善悪の境界線があるとしたら、この滴のかたちは、きっと善の側にあるはずだ。

かくして、すみやかにひとつの仮説が導かれた。そもそもこれは、探査機でさえないのかもしれない。さらなる観察によって、その仮説がある程度まで実証された。まず注目されたのは、きわめてなめらかな全反射鏡面となっている探査機の表面だった。艦隊はこれまでに大量の観測機器を動員して実験を行ってきた。波長の異なる高周波電磁波で表面をくまなく照射し、反射率を測定してみたところ、驚くべき発見があった。その表面は可視光線を含む高周波電磁波を一〇〇パーセント反射し、吸収はまったく観測されなかったのである。つまりこの探査機は、いかなる高周波電磁波も探知できないことになる。もっとひらたく言えば、この探査機は目が見えない。そのような特殊な設計には、かならずなにか特別な意味があるはずで、もっとも合理的な推測は、これは三体世界が人類世界に贈った善意のしるしであり、機能を持たない設計と美しいフォルムはその表れだという解釈だった。

そこでこの探査機には、そのかたちにちなんだ新たな呼び名が与えられた。すなわち、〝水滴〟。地球でも、三体世界でも、水は生命の源であり、平和を象徴しているという意味も込められていた。

水滴にはじめて接触するのは人類社会の公式代表団であるべきで、ひとりの物理学者と三人の一般将校から成る調査チームなど、この歴史的な任務にふさわしくないというのが世論の大勢だった。しかし、慎重に検討した結果、艦隊インターナショナルは当初の計画を変えないことに決定した。

「では、せめて人選を変えられませんか？　こんな若い女性を連れていくのは……」と言いながら、丁儀は西子を身振りで示した。

西子は丁儀に笑みを向けた。「丁先生、わたしは〈量子〉の科学将校です。航宙のあいだ、艦外での科学的な実地調査を担当しています。これはわたしの職分なのです」

「それに、艦隊の半分は女性ですよ」艦長が言った。「先生に随行するのは三名です。あと二名はヨーロッパ艦隊と北米各艦隊から派遣された科学将校で、まもなく本艦に到着します。丁先生、ここでもうひとつ申し上げたいのですが、艦隊連合会議の決議に基づき、最初に目標に接触するのは、かならず先生でなければなりません。その後はじめて、彼らが接触を許されるのです」

「つまらんことだ」丁儀はまたかぶりを振った。「こういうところに関しては、人類は少しも変わっていない。くだらないことにばかり血道を上げて。……しかし、安心していい。言われたとおりにしよう。実はわたしも、ひとめ見たいだけだからね。ほんとうに興味があるのは、こうした超技術の背後にある理論だ。しかし、残念ながらこの人生では……ああ」

艦長は丁儀の前に漂ってくると、気遣わしげに言った。「丁先生、少しお休みになってください。鹵獲ミッションはまもなくはじまります。調査に出発する前に、じゅうぶん英気を養っておいてください」

丁儀は艦長を見上げ、しばらくしてからやっと、自分が出ていったあとも会議がつづくのだと悟った。振り向いて、ふたたび水滴の映像を見たが、そのときはじめて、水滴のまるい頭に、きちんと整列した光の点が映っていることに気づいた。それらの光点はうしろに行くにつれ、曲面にしたがってだんだん湾曲し、天の川を映し出す光のパターンと合流している。光の点は、連合艦隊のエンジンの輝きの反射だった。丁儀は、目の前に浮かんでいる〈量子〉の指揮官たちに視線を戻した。みんな若い。ただの子どもたち。彼らは気高く完璧に見えた。艦長から大尉まで、その目には神霊のような叡知の光が宿っている。艦隊の光が舷窓から差し込み、自動的に光量を調節する窓を通して見ると、ちょうど夕焼けのような金色になった。この金色の輝きに包まれた彼らの背後に、超自然的な銀色のシンボルのような水滴の立体映像が浮かんでいる。そのおかげで、この空間が現実離れした超越的な世界に見え、若い軍人たちは、さながらオリュンポス山の神々のようだった。

丁儀の心の奥底でなにかが動き、感情が高ぶった。

「丁先生、ほかになにか言っておくことがありますか？」艦長が訊いた。

「ええと、その、わたしが言いたいのは……」丁儀はやみくもに両手を動かし、パイプを宙に浮かべた。

「博士は、われわれがいちばん尊敬しているかたです」と副艦長が言った。

「ええと……だからその、ほんとうにいま言っておきたいことがある。ただその……頭のおかしな年寄りのたわごとだから、真に受ける必要はない。それでも、子どもたちよ、二世紀をまたいだ人間として、わたしはきみたちよりはいささか多くを経験している。……もちろん、さっき言ったとおり、真に受ける必要はないが……」

「丁先生、言いたいことがおありでしたら、はっきり言ってください。先生はほんとうに、われわれがもっとも尊敬する人なのですから」

丁儀はゆっくりとうなずいて、上を指差した。「この宇宙船が最高加速度に入るためには、全員が、その、なにか液体に浸る必要があるんだったね」

「はい。深海状態です」

「そうそう。深海状態」丁儀はまた口ごもったが、しばらく思案をめぐらすような表情になったあと、意を決したように言った。「わたしたちが実地調査に出発したあと、この〈量子〉を深海状態に移行させることは可能ですか？」

将校たちは驚いて顔を見合わせ、艦長が「なぜですか？」とたずねた。

丁儀がまた両手をばたばた動かした。艦隊の光を浴びて頭髪が白く輝き、彼が乗艦したときだれかがすぐに指摘したとおり、ほんとうにアインシュタインそっくりに見えた。「うーん……ええと、どのみち、そうしたところでとくに大きな害はない、そうでしょう？　つまりその、いやな予感がするんだよ。ただの直感だがね」

丁儀はそう言い終えるとすぐに沈黙し、無限の彼方をぼんやり見ていたが、最後に手を伸ばし、宙を漂っていたパイプをつかむと、ポケットの中に入れた。そして、別れも告げず、超伝導ベルトを不器用に操作して、船室のドアまで漂っていった。将校たちはずっと彼を見送っていたが、丁儀は体の半分が外に出たところで、ふたたびゆっくり振り向いた。

「子どもたちよ、ここ数年、わたしがなにをしていたか知っているかな？　大学で物理学を教えたり、博士課程の学生を指導したりだよ」外の銀河を眺めながら、その顔に謎めいた笑みを浮かべた。しかしその笑顔にかすかな悲しみが混じっていることに、将校たちは気づいた。「子どもたちよ、わたしは二世紀前の人間だが、まだ大学で物理学を教えることができる」そう言うと、丁儀は向きを変えて去っていった。

艦長は丁儀になにか言おうとしたが、彼がもう去ってしまったのを見て、口には出さなかった。将校たちの中には水滴の映像を見ている者もいたが、もっと多くの者が艦長を注視していた。

「艦長、博士の助言を真剣に受けとめる気はないのですか？」とひとりの大佐が訊いた。

「彼はたしかに叡知に富んだ科学者だが、しょせん古い時代の人間だ。現代のものごとに対する彼らの思考は、つねに……」

「しかし、彼の研究分野では、人類はあれから進歩していません。まだ彼の時代のレベルのままですよ」

「博士は直感を口にしました。丁博士の直感がこれまでになにを発見してきたか、考えてみてください」そう話す将校の口調には畏敬の念がこもっていた。

「しかも……」と西子も口を開き、なにか言おうとしたが、階級が自分より高い周囲の人たちを見て、また言葉を呑み込んだ。

「少佐、つづけたまえ」艦長が言った。

「しかも、彼が言ったようにしたところで、なにも害はありません」と西子が言った。

「べつの側面から考えてみることもできます」ひとりの副艦長が言った。「現在の作戦計画ですと、もし水滴の鹵獲に失敗し、思いがけず水滴が脱出した場合、艦隊に配備されている追尾兵力は戦闘機だけになります。しかし、もし長距離にわたって追尾するとなれば、どうしても恒星級戦艦が必要です。艦隊には、そのための準備を整えておく艦も必要です。これは、計画の遺漏と見なすべきポイントではないでしょうか」

「そうだな。艦隊司令部に進言しよう」と艦長が言った。

艦隊からはすぐに回答があり、調査チームが出発したあと、〈量子〉と、密集隊形ですぐとなりに位置する〈青銅時代〉の恒星級戦艦二隻が深海状態に入ることとなった。

＊＊＊

水滴の鹵獲を実施するにあたり、連合艦隊の編隊は目標との距離を千キロメートルに保っていた。これは、慎重に計算して確定した距離だった。水滴に可能とされる自爆方法についてはさまざまな推測がなされているが、その中で最大のエネルギーを生み出す自爆方法は、物質の対消滅である。水滴の質量は十トン以下であり、考慮すべき最大規模の爆発エネルギーは、じゅうぶんな余裕を見ても、質量それぞれ五トンずつの正物質と反物質の対消滅によって生じるものだろう。このような対消滅が仮に地球上で起こったら、惑星上のすべての生命を一掃して余りあるほどの破壊力を持つ。しかし、宇宙空間で発生した場合、そのエネルギーはすべて光の放射というかたちをとる。超強力な放射線防護能力を備えた恒星級戦艦にとっては、千キロメートルという距離があれば、じゅうぶんに安全なのである。

水滴の鹵獲ミッションは小型無人宇宙船〈蟷螂《マンティス》〉によって行われた。〈マンティス〉は、もともと、主に小惑星で鉱物標本を採取するのに使われていた船で、最大の特徴は、超長ロボットアームを装備していることだった。

ミッション開始命令とともに、〈マンティス〉は先に監視宇宙船が設定していた五百キロメートルの規制ラインを越え、目標に慎重に近づいていった。その推進速度は遅く、しかも五十キロ進むごとに数分間停止し、船体後方に密集する監視システムを使って目標全体をスキャンし、異常がないことを確認してから、また接近を再開することをくりかえした。

目標から千キロのところで、連合艦隊は水滴との相対速度をゼロにした。ほとんどの戦艦は核融合エンジンを切り、静寂を保ちながら宇宙の深淵に浮かんでいた。巨大な金属の船殻が微弱な太陽の光を反射し、一隻一隻がまるで遺棄された宇宙の城のようだった。二千隻の艦内にいる乗員百二十万人が、〈マンティス〉のその短い航海を、固唾《かたず》を呑《の》んで見守っていた。

艦隊が見ている映像は、光の速さでも三時間かかってやっと地球に伝わり、同じように固唾を呑んで見守る三十億人の目に届いた。このとき、人類世界のほとんどすべての活動が一時的にストップしていた。巨木のあいだを飛び交う車の流れが絶え、地下の大都市に静けさが満ちた。三世紀前に誕生して以来、せわしなくデータを運んでいたグローバルな情報ネットワークも、帯域幅ががら空きになった。転送されるデータのほとんどは、二十天文単位彼方からの映像に占められた。

〈マンティス〉は、進んでは止まりをくりかえしながら、宇宙空間の基準では一歩にも満たない距離を一時間半かけてやっと進み、目標から五十メートルの距離で静止した。このとき、水滴の水銀のような表面には、〈マンティス〉の歪んだ鏡像がはっきり映っていた。無人宇宙船が搭載する大量の測定機器が目標に対して近距離スキャンを開始し、まず最初に、先の観測結果についての検証を進めた。水滴の表面温度は周囲の宇宙の温度よりもかなり低く、絶対零度にかぎりなく近い。水滴には強力な冷却設備があると科学者たちは考えていたが、これまでと同様、〈マンティス〉の測定機器は、目標の内部にいかなる構造も探知することができなかった。

〈マンティス〉は目標に向かって長いロボットアームを伸張し、伸ばしたり止めたりをくりかえしながら五十メートルの距離をそろそろと詰めていった。しかし、搭載された監視システムは目標のどんな異常も探知しなかった。これもまた視聴者をやきもきさせるプロセスだったが、三十分かけて、アームの先端はついに目標位置に到達し、四光年彼方から二世紀近い歳月をかけて宇宙を渡ってきたその物体と接触した。ロボットアームの六本指がついに水滴をつかんだとき、艦隊の乗員百二十万人の鼓動がひとつになり、三時間後には、三十億の心臓の鼓動もそれに加わった。

アームは水滴をつかんだまま、十分間、微動だにしなかった。目標はあいかわらずなんの反応も見せず、なんの異常も起きなかったため、〈マンティス〉は水滴の回収にとりかかった。

そのとき、人々は映像の奇妙なコントラストに気づいた。ロボットアームは見るからに機能だけを重視した設計で、ごつごつした鋼鉄のフレームと露出した油圧システムは、入り組んだ技術的要素と荒削りな工業的要素をともに感じさせる。一方、水滴は、完璧なかたちだった。つややかに輝く、固体のしずく。その極上の美は、機能的な意味も技術的な意味もすべて消し去り、哲学と芸術の超俗と典雅を表していた。ロボットアームの鉄の指が水滴をつかんでいる姿は、化石人類の毛むくじゃらの手が真珠を握っているかのようだった。水滴はいかにも脆そうに見えた。魔法瓶の中からとりだした鏡面ガラス製の内瓶を宇宙空間に放り出したかのようだ。それが鋼鉄の指に握りしめられて壊れることをあらゆる人々が心配したが、それは杞憂に終わり、そしてアームが縮みはじめた。

また三十分かけてロボットアームが少しずつ縮んでいき、水滴はのろのろと〈マンティス〉のメインキャビンにひっぱりこまれた。そして、両側に開いていたハッチがゆっくり閉じられた。もし目標が自爆するとしたら、ここがもっとも危険な時間帯だった。艦隊とそのうしろにいる地球世界は息を呑んで待ち受けた。静寂のなか、時間が宇宙を流れる音が聞こえた。

二時間が過ぎた。だが、なにも起こらなかった。

＊＊＊

水滴が自爆しなかったという事実が、推測は正しかったという最後の証明になった。もし水滴が軍事探査機であれば、敵の手に落ちたらかならず自爆するはずだ。したがってこれは探査機ではなく、三体世界が人類に贈ったプレゼントであり、人類には理解しがたい表現方法で平和のシグナルを発信していることが、いまや確実になったのである。

世界にふたたび歓声が沸き起こった。ただし、今回の騒ぎは、前回ほど熱狂的でも、我を忘れたものでもなかった。戦争の終結と人類の勝利は、もはや意外なことではなかった。百歩譲って、まもなく行われるであろう和平交渉が決裂したとしても、最終的に人類が勝者となることにかわりはない。連合艦隊の深宇宙への出陣により、人々は人類が持つ力を視覚的なイメージとして把握することができた。いまや地球文明は、いかなる敵に対しても落ち着いて立ち向かえる自信を得たのである。

もっとも、水滴の到来によって、三体世界に対する世間の感情は微妙に変化しはじめていた。いま、太陽系に向かって困難な旅をつづけているのが偉大な文明種属であるという認識がじょじょに広がってきたのである。彼らは、文明勃興と崩壊のサイクルを二百回以上もくりかえしながら、信じられない粘り強さで苦難を耐え抜いてきた。広大な宇宙空間を渡り、四光年の距離を踏破する艱難辛苦《かんなんしんく》の旅の目的は、ひとえに、安定した恒星と、安心して暮らせる新たな母星を見つけることだった。……こうして、三体世界に対する大衆の感情は、敵意と憎悪から、同情と共感、さらには尊敬へと変わりはじめていた。それと同時に、人々はまた、次のような事実にも気づいた。三体世界の十個の水滴は、二世紀前に発射された。そして人類は、いまになってようやく、その真意を理解した。もちろんそれは、三体人の行動が過剰にわかりにくいためでもあるが、人類の精神がみずからの血腥《ちなまぐさ》い歴史によって歪められてきたことの反映でもある。地球規模のオンライン投票ではプロジェクト・サンシャインの支持率が急上昇し、中でも、火星を三体人の居留地とする強い生存プランに賛同する人がどんどん増えてきた。

国連と艦隊は和平交渉の準備を加速させ、両インターナショナルは人類代表団を共同で組織することになった。

これらすべてが、水滴の鹵獲後、たった一日のあいだに起きたことだった。

しかし、人々をもっとも興奮させたのは、目の前の事実ではなく、明るい未来の兆しだった。三体文明の技術と人類の力とが結びついたとき、太陽系は、どのような夢の楽園に変わっていくだろう。


***

太陽をはさんで木星の反対側、ほぼ等距離にある宇宙空間では、〈自然選択〉が光速の一パーセントの速度で静かに航行していた。

「いま入った情報です。水滴は鹵獲されたあとも自爆しませんでした」と東方延緒《ドンファン・イエンシュー》が章北海《ジャン・ベイハイ》に言った。

「水滴というのは？」章北海は、透明な船壁ごしに向かい合う東方延緒にたずねた。顔は少しやつれていたが、軍服はきちんと着ている。

「三体文明の探査機のことです。いまはそれが人類への贈りものであって、三体世界の平和を求める意思の表れであると確認されています」

「そうなのか？　それはよかった」

「あまり気にされていないようですね」

章北海は、それには答えず、ノートを両手で持って顔の前に持ち上げると、「書き終わったよ」と言って、ノートをポケットにしまった。

「では、〈自然選択〉の艦長権限を引き渡していただけますか？」

「いいだろう。だが、先に知っておきたい。権限をとり戻したら、どうするつもりだね？」

「減速します」

「追撃艦隊と合流するのか？」

「はい。〈自然選択〉の核融合燃料は残量が不足していますから、太陽系に戻るにはどうしても補給の必要があります。しかし、追撃艦隊にも、当艦にまわせるだけの燃料の余裕はありません。あの六隻のトン数は、いずれも〈自然選択〉の半分です。彼らは追撃中に光速の五パーセントまで加速し、その後、同じレベルの減速をしていますから、燃料の残りは、どの艦も、自分たちが帰還できる量しかありません。ですから、〈自然選択〉の乗員は、追撃艦に分乗して帰還するしかないのです。その後、じゅうぶんな燃料を搭載した宇宙船で〈自然選択〉に追いつき、太陽系に帰還させることは可能ですが、それにはかなりの時間がかかります。われわれが艦を離れる前に可能なかぎり減速しておけば、その時間を短縮できます」

「減速するな、東方」

「なぜです？」

「減速すれば、〈自然選択〉の燃料を使い果たすことになる。燃料切れの無力な艦になるわけにはいかない。なにが起こるか、だれにもわからない。艦長として、この点を忘れるな」

「なにが起こるというのです？　未来は明白です。戦争はまもなく終わり、人類が勝利する。そしてあなたは完全にまちがっていたと証明される！」

章北海は、なだめるような笑みを東方に向けた。彼女を見る章北海のまなざしには、いままでにないやさしさがあり、それが東方の心を揺さぶった。彼女はこれまでずっと章北海の敗北主義が信じられず、裏切りにはべつの理由があるのではないかと思っていた。正気を疑ったことさえある。しかしどういうわけか、章北海に対するある種の愛情が捨てきれなかった。東方は幼いときに父と別れている。この時代の子どもにとっては当たり前のことだし、この時代、父性愛など過去の遺物だ。しかし、二一世紀からやってきたこの古えの軍人の中に、彼女は父親像を見出すようになっていたのである。

「東方、わたしは多難な時代から来た」と章北海は言った。「わたしはリアリストだ。わかっているのは、敵がまだ存在し、太陽系に迫りつつあるということだけだ。その事実を知る軍人としては、〝天下の楽しみに後《おく》れて楽しむ〟よりほかに道はない。減速するな。これが艦長権限を引き渡す条件だ。もちろんわたしは、きみという人間を信じるしかないのだが」

「約束します。〈自然選択〉は減速しません」

章北海は向きを変え、宙に浮かぶインターフェイス画面の前まで行くと、権限移譲画面を呼び出して自分のパスワードを入力し、何度かタップしたあとでインターフェイスを閉じた。

「〈自然選択〉の艦長権限はきみに移った。パスワードはマルボロに戻した」章北海はふりかえらずに言った。

東方はインターフェイス画面を宙に呼び出し、すぐに確認した。「ありがとうございます。しかし、しばらくは船室から出ないでください。ドアも開けないでください。乗員たちは、いまちょうど、深海状態から覚醒しはじめているところです。彼らがあなたに過激な行動をとるのではないかと心配なので」

「わたしが渡り板の上を歩かされるとでも？」東方の困惑した表情を見て、章北海はまたにっこりした。「大昔、海上の船で行われていた死刑の一種だよ。その風習が現代まで生き残っていたら、わたしのような犯罪者は、エアロックから宇宙に放り出されなければならない。……よろしい。では、しばらくひとりにしてくれ」

***

〈量子〉を離れたシャトルは、母艦とくらべてずいぶん小さく、街を離れてゆく一台の車のように見えた。シャトルのエンジンの輝きは巨大な母艦のごく一部だけを照らし、崖の下で揺れるろうそくの火のようだった。シャトルはゆっくりと〈量子〉の影から抜けて陽光のもとに出ると、エンジンノズルを蛍のように輝かせ、千キロメートル先の水滴に向かって航行しはじめた。

調査チームは四名で構成されている。丁儀《ディン・イー》と西子《シーズ》のほかは、ヨーロッパ艦隊と北米艦隊の将校がひとりずつ。それぞれ、階級は少佐と中佐だった。

丁儀は、しだいに遠ざかる艦隊の長方形の陣列を舷窓越しに眺めていた。陣列の一角に位置する〈量子〉はあいかわらず巨大に見えたが、そのとなりの戦艦〈雲〉は、ぎりぎりかたちがわかるくらい小さい。さらに遠くに並ぶ戦艦群は、丁儀の視野の中では点の列に過ぎなかった。長方形の長辺に百隻が並び、短辺には二十隻。百隻を一列として、ぜんぶで二十列がきちんと整列し、その長方形の外側で、十五隻の戦艦がすぐにも動ける状態で待機している。丁儀は知識としてそれを知っていたが、肉眼で長辺に沿って戦艦の数を数えてみると、三十隻を超えたあたりでもうはっきりと見えなくなった。なにしろ六百キロメートルも離れているのだ。上を見ても同様で、垂直に伸びる短辺では、遠くの戦艦は、太陽のかすかな光を浴びてぼんやり輝く点にしか見えず、背景となる天の川の星々とほとんど見分けがつかない。戦艦のエンジンが始動したときのみ、隊形の全体が肉眼で確認できる。連合艦隊は宇宙空間に100×20の行列《マトリクス》をつくっている。丁儀は第二の行列を想像し、頭の中でそれと掛け合わせてみた。第一の行列の横の要素を第二の行列の縦の要素と順番に掛け合わせて、さらに大きな行列をつくりだす。もっとも、現実には、この行列にとって唯一の重要な定数は、ひとつのちっぽけな点に過ぎない。すなわち、水滴である。丁儀は、数学における極端な非対称を好まなかったので、頭の体操で心を落ち着けようとするこの試みは失敗に終わった。

加速による過重力がおさまると、丁儀はとなりに座っている西子のほうを向いてたずねた。

「孩子《こどもさん》、きみは杭州人？」

西子は、まだ数百キロメートル先にある〈マンティス〉を探すかのように、まっすぐ前方を凝視していたが、われに返ってかぶりを振った。

「いいえ、丁先生。わたしはアジア艦隊で生まれました。名前が杭州と関係があるかどうかはわかりません（西子は、中国四大美女に数えられる西施の別表記。西施は江南地方の杭州の近くで生まれたとされる。浙江省杭州市の中心にある西湖は、その美しさが西施にたとえられ、西子湖とも呼ばれる）。でも、行ったことはあります。ほんとうに、とてもいいところでした」

「われわれの時代にもいいところだったよ。いまは、西湖も砂漠の三日月湖になってしまった。……しかし、砂漠だらけになってしまったとはいえ、現代の世界は江南を思い出させる。水のように美しい女性がいた頃のね」丁儀はそう言いながら西子を見やった。遠い遠い太陽のやわらかな光が舷窓から差し込み、彼女の横顔の魅力的なラインを際立たせていた。「孩子、きみを見ていると、むかし愛したひとりの女性を思い出すよ。彼女も階級は少佐で、きみほど長身ではなかったが、きみのように美人だった……」

「丁先生、外部通信チャンネルが開いたままですよ」西子は心ここにあらずのようすで注意したが、その視線はまだ前方の宇宙をじっと見つめていた。

「かまうものか。艦隊と地球の神経は、切れそうなほど張りつめている」丁儀はうしろを指して言った。「ちょっとゆるめてやろうじゃないか」

「丁博士、それはいいですね」前列に座っていた北米艦隊の中佐が振り向いて笑った。

「若い頃の先生は、さぞかしもてたでしょうね。きっと、おおぜいの女の子が恋をしたでしょう」西子は丁儀のほうを向いて言った。彼女自身も、ずっと神経が張りつめていて、気をゆるめる必要を感じていた。

「それはどうかな。わたしに恋をする女の子には興味がなかったからね。興味があるのは、自分が愛した女性たちだけだよ」

「この時代には、先生のようになんでもできる人は少ないですし、先生のようにすばらしい手際でやってのける人はだれもいません」

「いやいや、わたしは昔から、自分が好きな女の子には手を出さない。ゲーテのあの名言の信奉者だからね。『わたしがきみを愛しているとして、きみがそれとなんの関係がある？』ってやつ」

西子は笑って丁儀を見やったが、なにも言わなかった。

「物理学についても、同じ態度でいられたらよかったんだが」丁儀がつづけた。「人生最大の後悔は、われわれが智子に目を曇らされていたことだ。でも、もっとポジティヴな考えかたがある。われわれが法則を探求しているとして、法則がそれとなんの関係がある？　いつの日か人類が――それともべつのだれかが――物理法則を徹底的に探求して、自分たちの現実のみならず、この宇宙全体を変えられるようになるかもしれない。パン生地をこねてボールをつくるみたいに、あらゆる星系を好きなかたちに変えられるようになるかもしれない。でも、だからどうした？　それでも法則は変わらない。そう、法則はあいかわらずそこにいて、記憶の中の恋人のように、いつまでも若い……」丁儀は話しながら舷窓の外に広がる絢爛たる天の川を指さした。「そう考えると、心配など消えてなくなるよ」

中佐は話題が移ったことに失望して、かぶりを振りながら言った。「丁先生、水のごとき美女の話をしてくださいよ」

しかし丁儀はもはや興味を失い、西子ももう口を開かず、船内に重い沈黙が降りた。ほどなく〈マンティス〉が見えてきた。まだ二百キロ以上先にある明るい点に過ぎなかったが、シャトルは百八十度旋回すると、エンジンノズルを前方に向け、減速をはじめた。

このとき、艦隊はシャトルの真正面に位置し、およそ八百キロメートル離れていた。宇宙空間ではゼロにひとしい距離だが、それでもこれだけ離れると、巨大な戦艦一隻一隻はかすかに見える小さな点でしかない。艦隊そのものも、整然と並んでいることによって、なんとか背後の星々と区別できる程度だった。長方形の隊列全体は、天の川を覆うグリッドのように見える。その規則正しい配列は、無秩序に散らばる星々と際立ったコントラストをなしている。巨大な艦が距離によって小さくなることで、隊形が持つパワーが前面に出てきた。艦隊と彼方の地球でこの映像を見ている多くの人々は、これこそ、丁儀がさっき語っていたことの視覚的な表現だと感じただろう。

減速にともなう過重力状態が消えたとき、シャトルは〈マンティス〉の船体に寄り添う位置にいた。このプロセスが迅速だったので、シャトルの乗員は、〈マンティス〉がいきなり宇宙から飛び出してきたように感じた。ドッキングはすみやかに完了した。〈マンティス〉は無人船で、船内に空気がないため、調査隊の四人は軽量スペーススーツを着込み、艦隊からの最終指示を待って、無重量状態のなか、ドッキング用ハッチを一列縦隊で通り抜け、〈マンティス〉に進入した。

〈マンティス〉には球形のメインキャビンひとつだけがあり、その真ん中に〝水滴〟が浮かんでいた。〈量子〉で見た映像とは色合いがまったく違い、ずいぶん暗く、やわらかな感じだった。これはきっと、水滴の表面に映るものが違うせいだろう。水滴の全反射表面自体には、なんの色彩もない。〈マンティス〉のメインキャビンには、折り畳まれたロボットアームをはじめとする各種の設備や、小惑星のさまざまな岩石サンプルもいくつか積まれていた。機械と岩石を背景に浮かぶ水滴は、いままた、洗練と野蛮、芸術と技術のコントラストが際立っていた。

「まるで聖母の涙ですね」と西子が言った。

彼女の言葉は、〈マンティス〉から艦隊に、そして三時間後には人類世界全体へと光速で伝わり、視聴者の共感を呼んだ。調査隊メンバーのうち、北米艦隊の中佐と西子、それにヨーロッパ艦隊の少佐の軍人三人——思わぬ偶然から、文明史の頂点をなすこの瞬間、たまたまその中心に居合わせることになったふつうの人々——は、これほど間近で水滴に接したいま、同じ感覚を共有した。はるか遠い世界の異質さが消え失せ、強烈な同胞意識が芽生えたのである。この茫漠たる冷たい宇宙の中で、同じ炭素生命体であるということは、それ自体がひとつの縁——数十億年の時間をかけてようやく得られた絆かもしれない。この絆が人々に時空を越えた愛を感じさせ、いままた水滴が彼らにその愛を意識させた。どんな敵意の溝も、この愛の中では乗り越えられる。西子の目は潤んでいた。そして三時間後には、何十億人もの人々が、彼女と同じように熱い涙を目にあふれさせることになる。

しかし丁儀は、その背後にいて、すべてを冷静な目で見ていた。「わたしには違うものが見える」丁儀は言った。「もっとずっと崇高なもの。自己も他者も、ともに忘れ去られてしまう領域。すべてを遮断することによってすべてを包み込む努力」

「先生の言葉は哲学的すぎて理解できません」西子は涙をためた目で笑いながら言った。

「丁博士、われわれにはあまり時間がありません」中佐が丁儀に前に来るよう促した。最初に水滴に接触するのは丁儀でなければならないからだ。

丁儀は水滴の前までゆっくり漂ってくると、手袋をした手でその表面にためらいもなく触れた。絶対零度に近い鏡面に直接さわると凍傷になるおそれがあるため、素手で触れることはできなかった。つづいて三人の将校も水滴に触れた。

「すごく脆《もろ》そう。こわしてしまいそうで怖い」西子が小声で言った。

「摩擦をまったく感じない」中佐が驚いたように言った。「すごくなめらかだ」

「どのくらいなめらかなんだろうね」丁儀がたずねた。

その問題を解くため、西子は宇宙服のポケットから円筒形の小型顕微鏡をとりだし、水滴の表面にレンズを接触させた。器具に付属している小さいディスプレイに、拡大された表面が映し出される。画面に映っていたのは、まったく同じようになめらかな鏡面だった。

「いまの倍率は？」と丁儀が訊いた。

「百倍です」西子は顕微鏡のディスプレイの隅にある数字を指さし、拡大率を千倍に上げた。

拡大された表面は、やはりなめらかな鏡面のままだった。

「機械が壊れてるんだろう」と中佐が言った。

西子は顕微鏡を水滴から離し、自分の宇宙服のバイザーの上に置いた。三人が集まって小さなディスプレイを覗くと、千倍に拡大されたバイザーの表面が見えた。肉眼では、水滴と同じようになめらかな表面に見えるが、ディスプレイ上では、ごつごつした岩がちの海岸のようだった。西子がまた顕微鏡を水滴の表面に置くと、ディスプレイ上にはふたたびつるつるしたなめらかな鏡面が現れた。周囲の拡大されていない部分の表面とまったく同じレベルのなめらかさだった。

「拡大率をさらに十倍上げてみよう」と丁儀は言った。

これは光学的な拡大の限界を超えていたので、西子は顕微鏡を光学モードから電子モードに切り替え、倍率を一万倍にした。

拡大された表面は相変わらずつるつるのなめらかな鏡面だった。人類の技術で加工できるもっともなめらかな表面でも、わずか千倍に拡大するだけで、ガリバーの目に映った巨人国の美女の顔さながら、肌理《きめ》の粗さがむきだしになってしまう。

「十万倍にしよう」中佐が言った。

ディスプレイに映っているのは、まだつるつるの鏡面だった。

「百万倍」

なめらかな鏡面。

「一千万倍！」

この倍率ではマクロ分子が見えるはずだが、ディスプレイに映っているのは、あいかわらずなめらかな鏡面だった。わずかな粗さも見えない。なめらかさの度合いは、拡大していない周囲となんの違いもなかった。

「拡大率をもっと上げて！」

西子はかぶりを振った。もはや電子顕微鏡で拡大できる最大値に達していた。

二世紀前、アーサー・C・クラークは、小説『２００１年宇宙の旅』の中で、宇宙の超文明が月に残した黒い石板《モノリス》について以下のように書いている。調査員がふつうの定規を使って石板の三辺の長さを測った結果、長さの比率は１：４：９だった。以降、どんなに精密な計測手段を使っても——地球上の測定技術の最高精度をつくしても——石板の三辺の比率は正確に１：４：９で、いかなる誤差もなかった。作中では、「目立たないながら、ほとんど傲岸ともいえる幾何学的完成度の誇示」（伊藤典夫訳）と形容されている。

いま、人類は、ある意味それよりさらに傲岸な力を誇示する存在と正面から向き合っている。

「絶対的になめらかな表面などというものが存在するんでしょうか？」西子は茫然とした口調でたずねた。

「存在する」と丁儀は言った。「中性子星の表面は、ほぼ絶対的ななめらかさを持っている（原注　中性子星の内部では原子核がすべて押しつぶされ、分子配列がきわめて整っている）」

「でも、これの質量はノーマルですよ（原注　中性子星物質の比重は水の四兆倍にも相当する）」

丁儀はしばらく考えて、周囲を見回して言った。「宇宙船のコンピュータに接続してくれ。回収したとき、ロボットアームがどの位置をつかんだのか正確に知りたい」

この要求は艦隊の監視担当官が実行した。〈マンティス〉のコンピュータから何本かの細く赤いレーザービームが発射され、水滴の表面に鋼鉄の指が接触した位置を表示した。西子は顕微鏡でそのうちの一箇所の表面を観察した。一千万倍の拡大率で見ても、あいかわらず、傷ひとつないなめらかな鏡面だった。

「接触点に加わった圧力は？」と中佐が訊くと、ただちに艦隊から、一平方センチメートルあたり二百キログラムだという回答が返ってきた。なめらかな表面はひっかき傷をつくりやすいが、金属の爪に強く触れられた水滴の表面には、まったく傷がなかった。

丁儀はその場を離れ、キャビンの中にあるなにかを探しにいった。戻ってきたときには地質調査用ハンマーを手にしていた。岩石サンプルの採集に使われて、そのまま放置されていたものだろう。他の三人が止める間もなく、丁儀はハンマーを力いっぱい鏡面に叩きつけた。翡翠《ひすい》の床を叩いたような、チンという高く澄み切った音だけが鳴った。真空環境でも、骨伝導によって丁儀の耳にはこの音が聞こえたが、他の三人には聞こえなかった。丁儀は自分が叩いた場所をハンマーの柄で示し、西子はその一点に顕微鏡をあてがった。

一千万倍の拡大率でも、やはり絶対的になめらかな鏡面だった。

丁儀は落胆してハンマーを投げ捨てると、もう水滴を見ようともせず、顔を伏せて考え込んだ。三人の将校の目、そして艦隊百二十万人の目が、すべて丁儀に集中している。

「できることと言えば推測だけだ」丁儀は顔を上げて言った。「こいつの分子は儀仗兵のようにきっちり整列し、たがいにがっちり堅く結びついている。どのくらいの堅さで結合しているかわかるかね？　分子一個一個が釘で打ちつけられているようなものだ。自身の振動さえ押さえつけられている」

「だから絶対零度なんですね！（原注　物体の温度は分子の振動によって生じる）」と西子が言うと、他のふたりの将校も、丁儀の言わんとするところを理解した。ノーマルな密度の物質では、原子核同士の間隔はとても大きい。それらをたがいにがっちり固定して動かなくするのは、太陽と八つの惑星を棒でつなぎ、びくともしないフレームを組み上げるのと同じくらい困難だろう。

「どんな力があればできますか？」

「ひとつだけある。強い相互作用だ」バイザー越しに見ると、丁儀のひたいはすでにびっしょり冷や汗をかいていた。

「でもそれは……弓矢で月を射るようなものだ！[*1]」

「まさしく、彼らは弓矢で月を射たんだよ。……聖母の涙？　ははは……」丁儀はひとしきり冷たい笑い声をあげたが、それは聞く者をぞっとさせる響きがあり、三人の将校もその意味を悟った。水滴は涙のように崩れやすいものではなく、その反対に、太陽系でもっとも堅い物質より百倍も堅い。この世界にある物質は、水滴の前では紙切れのように脆い。水滴は銃弾がチーズを貫通するようにやすやすと地球を貫いて、その表面は少しも傷つかない。

「では……いったいなんのためにここに？」と中佐が思わずたずねた。

「知るものか。ほんとうに、ただのメッセンジャーなのかもしれない。だが、これが人類に伝えるのは、想像されているのとはべつのメッセージだ」丁儀はそう言うと同時に、水滴から目をそらした。

「どんなメッセージですか？」

「〝わたしがおまえたちを滅ぼすとして、それがおまえたちとなんの関係がある？〟」

この言葉は、しばらくのあいだ、とてつもない静寂をもたらした。調査チームのメンバー三人と連合艦隊の百万人がその意味を咀嚼していたが、丁儀はとつぜん「逃げろ」と言った。この三文字は小さな声だったが、つづいてすぐに両手を上げ、声のかぎりに叫んだ。「くそっ、子どもたち、早く逃げろ！」

「逃げるって、どこへ逃げるんですか？」西子はぎょっとしたようにたずねた。

丁儀より数秒遅れて中佐も真実を悟り、丁儀と同じように絶望的な叫び声をあげた。「撤退！　全艦撤退！」

しかし、あとの祭りだった。強力な電波干渉がすべての通信チャンネルを遮断し、〈マンティス〉から送信されていた映像は消え、艦隊が中佐の最後の叫びを聞くことはなかったのである。

水滴の尾の先端に青い光輪が出現した。最初は小さくまばゆく輝き、まわりのすべてをその青い光で呑み込んだ。やがて光の輪は急激に大きくなり、青色から黄色へと変化し、最後には赤色になった。光輪が水滴からつくられたものではなく、水滴がたったいま、その光の輪をくぐり抜けてきたかのように見えた。光輪は大きくなると同時に輝きが弱くなり、水滴の最大直径の倍にまで拡大したところで消えてしまった。消失と同時に、第二の青い小さな光輪が尾部の先端に現れて、最初の光輪と同じように大きくなり、変色し、輝きを弱め、まもなく消えた。光輪はこんなふうに、水滴の尾部から次から次へと現れては広がり、消えていった。その頻度は一秒間に二、三回で、それらが生み出す推力のもと、水滴は前に進みはじめ、それから急加速した。

しかし、調査チームの四人はついに第二の輪の出現を見ることはなかった。なぜなら、第一の光輪にともなって生じた、太陽コアに匹敵するほどの超高温によって、彼らは一瞬のうちに蒸発してしまったからである。

〈マンティス〉の船体も赤く輝き、外から見るとろうそくに火が灯ったばかりの提灯のように見えた。金属の船殻が蠟のように溶けはじめたが、そのとたんに爆発し、白熱した液体を宇宙空間に撒き散らして、固体の破片がひとつも残らないほどだった。

千キロメートル離れた艦隊からは、〈マンティス〉の爆発がはっきり見えたが、水滴が自爆したというのが当初の判断だった。彼らは、調査チームの四人の犠牲者のために悲しみ、水滴が平和の使者でなかったことに失望した。しかし、これから起こることに対して、全人類は、まだ最低限の覚悟さえできていなかった。

最初の異常は艦隊の宇宙観測コンピュータ・システムによって特定された。〈マンティス〉爆発時の画像を処理している最中、破片のひとつが変則的な動きをしていることを発見したのである。ほとんどの破片は溶けた金属で、爆発後は宇宙空間に等速で飛散した。ところが、このひとつだけは、なぜか加速している。もちろん、飛散した大量の破片からこの微小な物体を見つけられるのはコンピュータだけだった。それはただちにデータベースを検索して、〈マンティス〉のすべての情報を含む膨大な資料を集め、この奇妙な破片の出現について数十種類のありうべき解釈にたどりついたが、正しいものはひとつもなかった。

コンピュータも人間も、この爆発によって破壊されたのが〈マンティス〉と四人の調査チームだけであって、そこに水滴が含まれていないことを認識していなかったのである。

この加速する破片について、艦隊の宇宙監視システムはレベル3の攻撃警報を出しただけだった。その破片は、艦隊正面に向かってではなく、長方形陣列の角のひとつに向かって飛び、このままなら、どの艦にも衝突しないまま、隊列をかすめて去っていきそうだったからだ。

〈マンティス〉爆発と同時に発令された大量のレベル1警報にまぎれて、このレベル3警報は完全に無視された。しかしコンピュータも、この破片の加速度がきわめて大きいことは認識していた。三百キロメートル進んだ時点ですでに第三宇宙速度を超え、なおも加速をつづけている。そこで警報はレベル2に引き上げられたが、それもまた無視された。

破片が爆発地点から長方形陣列の角に向かって約千五百キロメートル進んだとき、まだ爆発から五十一秒しか経過していなかった。長方形の角に接近したとき、そのスピードは秒速三十一・七キロメートルに達していた。そのまま進めば、長方形の角に位置する戦艦〈無限《インフィニット》のフロンティア〉から百六十キロメートル離れた宇宙空間を通過して飛び去っていくはずだった。ところが、破片は飛び去るかわりに三十度の鋭角でターンし、しかも速度はまったく落とさないまま、〈インフィニット・フロンティア〉めがけて直進した。およそ二秒で破片が六十キロ進んだとき、艦隊コンピュータは、データとアルゴリズムに基づき、破片に対する警報レベルを2から3に引き下げた。航空宇宙力学上ありえない動きをしたという事実から、破片が物理的な実体を持たないと推論したのである。第三宇宙速度の二倍のスピードで、減速もせずに鋭角に方向転換することは、同じ速度で鉄の壁に衝突するのとほとんど変わらない。もしこの飛行体の内部に金属ブロックがあったとしたら、この方向転換で発生した過重力によりぺちゃんこに押しつぶされ、薄い膜になってしまうだろう。したがって、この破片はただの幻影でしかあり得ない。

こうして水滴は、第三宇宙速度の二倍の速度で〈インフィニット・フロンティア〉に衝突した。その延長線は、艦隊がつくる長方形の第一列とぴったり重なっていた。

水滴は〈インフィニット・フロンティア〉の後尾から三分の一のところにぶつかって突き抜けた。水滴たんに影を横切ったかのように、なんの抵抗もなかった。衝突の速度がきわめて速かったため、水滴の入口と出口にふたつのきれいな真円ができた。その直径は水滴の最大直径と同一だが、この丸い穴は、現れたとたん、変形して消えてしまった。高速衝突によって発生した高熱と、水滴の超高温の光輪により、船殻が溶解してしまったのである。水滴に衝突された船体はまもなく真っ赤な灼熱状態となり、その熱が貫通孔から外に広がって、たちまち〈インフィニット・フロンティア〉の二分の一を覆い、巨艦は溶鉱炉からとりだしたばかりの大きな鉄の塊のようになった。

〈インフィニット・フロンティア〉を貫いた水滴はそのまま秒速約三十キロメートルで飛行し、九十キロメートルの距離を三秒で進むと、〈インフィニット・フロンティア〉のとなりに陣どっていた戦艦〈ロングウェイ〉を貫き、つづいて〈霧笛《フォッグホーン》〉、〈南極大陸《アンタークティカ》〉、〈アルティメット〉を貫いた。それらの船体は次々に灼熱状態となり、まるで一列に並んだ巨大なランプがひとつひとつ点灯していくように見えた。

〈インフィニット・フロンティア〉の大爆発がはじまった。あとから貫通された他の戦艦と同様、直撃された箇所は核融合燃料室だったので、〈マンティス〉の高温による通常爆発とは様相が異なっていた。核燃料の一部が核融合反応を起こしたのである。水滴の超高温の推進光輪によるものなのか、それとも他の要因によるものなのかは不明だが、いずれにしても、水滴の衝突箇所に熱核爆発の火球が出現して急速に膨張し、艦隊全体が強い光に照らされた。黒いビロードのような宇宙空間を背景に、艦隊はまばゆく浮かび上がり、天の川の星々の光はそれに呑まれて見えなくなった。

核の火球は、〈ロングウェイ〉、〈フォッグホーン〉、〈アンタークティカ〉、〈アルティメット〉にも次々と出現した。

次の八秒で、水滴はさらに十隻の恒星級戦艦を貫通した。

この時、膨張した核の火球はすでに〈インフィニット・フロンティア〉の船体全体を呑み込んで収縮しはじめた。と同時に、攻撃を受けたさらに多くの戦艦で、核の火球は明るさを増し、膨張しはじめていた。

水滴は、一秒足らずの間隔を置いて、一隻また一隻と恒星級戦艦を貫通しながら、長方形の長辺をまっすぐ通過していった。

〈インフィニット・フロンティア〉の核融合の火球はすでに消えていたが、完全に溶解した船体が、いま爆発した。暗紅色に輝く百万トンの液体金属が、一気に花開いた蕾のように放射状に噴出して、燃え盛る金属マグマの嵐となって宇宙空間のあらゆる方向に飛散した。

水滴はなおも前進し、直線上にあるさらに多くの戦艦を貫いていった。その背後では十個ほどの核の火球が輝いている。それら灼熱の太陽の光を浴びて艦隊全体が燃えるように輝き、光の海となった。火球の列の後方では、溶解した戦艦が相次いで爆発し、マグマの海に大きな石が次々に投げ込まれたように、液体金属の熱い波が宇宙に飛び散りつづけている。

水滴は一分十八秒で二千キロメートルを通過し、長方形陣列を組んだ連合艦隊の第一列、百隻の戦艦を貫き通していた。

第一列の最後の戦艦〈アダム〉が核の火球に呑み込まれたとき、列の先頭では、噴出した金属マグマがすでに広く飛び散って冷えてしまい、爆発の中心、つまり一分ほど前まで〈インフィニット・フロンティア〉があった場所には、ほとんどなにもなくなっていた。〈ロングウェイ〉、〈フォッグホーン〉、〈アンタークティカ〉、〈アルティメット〉……次々に金属マグマと化し、すべて消失した。この列の最後の火球が消えると、宇宙はふたたび暗くなった。飛散しつつ冷えていく金属マグマの飛沫はもう目立たなくなっていたが、宇宙が暗転したことで、その暗紅色の鈍い輝きがふたたび現れ、二千キロメートルにおよぶひとすじの長い血の川のように見えた。

水滴は第一列最後の戦艦〈アダム〉を撃破したのち、前方のなにもない宇宙空間に向かっておよそ八十キロメートル進んでから、人類の航空宇宙力学では説明できない鋭角的なターンをふたたび行った。今回の旋回角度は約十五度と、前回よりさらに小さかった。水滴は、速度を維持したまま、瞬間的にほぼ反転し、艦隊がつくる長方形の第二列（現状ではすでに第一列となっていた）をまっすぐ突き抜ける方向に針路を定めると、この列の最初の戦艦〈ガンジス河〉めがけて秒速約三十キロメートルで突進した。

このときに至っても、連合艦隊の指揮システムはまだなんの反応もしていなかった。

艦隊の戦場情報システムは忠実に使命を果たし、巨大な監視ネットワークを通じて、その一分十八秒間の戦闘情報を完全に記録していた。その膨大な情報量を分析できるのはいまのところ戦略決定コンピュータだけで、その結果、次のような結論が出た。付近の空間に強大な敵航空宇宙兵力が出現し、わがほうの艦隊を攻撃した。しかしながら、コンピュータは敵兵力に関する一切の情報を示さなかった。わかっていることはふたつだけ。その一、敵航空宇宙兵力は、水滴が占める位置にある。その二、この兵力はわがほうのいかなる探査システムにもまったくひっかからない。

この時点で、艦隊の司令官たちは麻痺したようなショック状態に陥った。過去二世紀にわたる宇宙戦略および戦術研究の過程で、極端な戦況もさまざまに想定されてきたが、百隻の戦艦が旧正月の爆竹さながら一分もかからず次々に爆発していく光景は、彼らの心理的な受容能力を超えていた。戦闘情報システムから奔流のように押し寄せる情報にさらされて、彼らはコンピュータ戦略決定システムによる分析と判断に頼るしかなくなり、ありもしない敵ステルス艦隊の探査に全力を傾け、戦場監視能力の大半を宇宙の彼方に振り向けたため、目の前の危険を見落とすことになってしまった。しかも、さらに多くの人間が、この見えない強大な敵は、もしかしたら人類でも三体文明でもない、第三の技術文明の軍事力ではないかと考えていた。彼らの潜在意識の中では、三体文明はすでに弱い敗者だったからだ。

艦隊の戦場監視システムが水滴の存在をすみやかに発見することはなかった。主な原因は、水滴があらゆる波長のレーダーに探知されないため、可視光線帯域の画像の分析からしか発見できなかったことにある。戦闘宙域の監視情報では、可視光画像の情報はレーダー情報にくらべて重視されていなかった。攻撃発生時、当該宙域には爆発の破片が嵐のように飛散した。そのほとんどは、核爆発の高温により溶解した液体金属が無数のしずくとなって飛び散ったものだった。戦艦一隻が爆発して溶ける金属の総量は百万トンにもおよび、そのすべてが大小さまざまな液状のかけらとなる。その中には、かたちと大きさが水滴そっくりなものもあり、コンピュータの画像分析システムをもってしても、水滴を特定するのは困難だった。また、ほとんどすべての指揮官は、水滴が〈マンティス〉の中で自爆したと考えていたため、水滴を探査目標としてシステムに戦場分析をさせる命令を出そうとはしなかった。

戦場の混乱に拍車をかけた状況はそれだけではなかった。第一列の戦艦の爆発で噴出した破片はほどなく第二列に到達し、各艦の戦闘防御システムがそれに反応して、高エネルギー・レーザー砲や電磁砲で破片を排除しはじめたのである。飛んでくるかけらのほとんどは核の火球によって溶解した金属で、大きさはまちまちだった。極低温の宇宙空間を飛ぶあいだに、溶けた金属は冷えて固まったが、凝固したのは表面だけで、内側はまだ灼熱の液体状態だった。そのため、戦艦の攻撃を浴びると、花火のように派手に爆発して中身を飛び散らせた。したがって、第二列が燃え上がる炎の壁と化すのにそう時間はかからなかった。先に爆発した第一列が残した暗紅色の〝血の河〟と平行に伸びるこの壁は、見えない敵の方角から押し寄せてくる炎の大波に洗われているかのごとく、無数の爆発にかき乱されている。かけらが濃密な雨となって降り注ぐため、防御システムも阻止しきれず、かなりの割合が防御の砲撃をくぐり抜けて第二列の戦艦に命中した。固体と液体が混ざったこれらの金属片は相当な衝撃力と破壊力を持ち、戦艦の一部は装甲に重大な損傷を受けた。不運な艦ではそれが貫通弾となり、減圧警報が大音響で鳴りはじめた。

……破片との目の眩むような戦闘は多くの艦の注意を引いたが、この状況下では、指揮システムのコンピュータも人間も、ある誤解を免れなかった。つまり、艦隊はいままさに敵航空宇宙兵力と激しく戦火を交えていると考え、小さな死神によってまもなく第二列の破壊がはじまるとは気づきもしなかったのである。

そのため、水滴が〈ガンジス河〉に向かってきたとき、第二列にはあいかわらず百隻の戦艦が一直線に並んでいた。

稲妻のように突入してきてわずか十秒で、水滴は〈ガンジス河〉、〈コロンビア〉、〈ジャスティス〉、〈マサダ〉、〈陽子《プロトン》〉、〈炎帝《イエンディ》〉、〈アトランティック〉、〈シリウス〉、〈感謝祭《サンクスギヴィング》〉、〈前進《チエンジン》〉、〈漢《ハン》〉、〈テンペスト〉の十二隻の恒星級巨艦を貫いた。第一列の壊滅時と同じく、それぞれの戦艦は、水滴が貫通するとまず赤熱状態になり、そののち核融合の火球に呑み込まれ、火球が消えると溶けた戦艦が冷えて固まり、暗紅色に輝く百万トンの金属マグマとなって爆発飛散した。この惨憺たる破壊の中で、一直線に並んだ戦艦の列は、二千キロメートルにもおよぶ導火線のように激しく燃えたあと、暗赤色の残光を放つ灰燼《かいじん》を残したのだった。

　一分二十一秒後、第二列の戦艦百隻も一隻残らず破壊された。

　第二列の最後の戦艦〈明治〉を貫いたあと、水滴はいったん艦隊を離れ、それからまた鋭角ターンして、第三列の先頭艦〈ニュートン〉に突進した。第二列が壊滅する過程で、爆発の破片はすでに第三列に襲いかかっていた。この破片の大波には、第二列の爆発後まだ溶解状態にある液体金属と、大部分すでに冷えて固まった第一列の金属片とが入り交じっていた。第三列の戦艦のほとんどは、このときにはもうエンジンと防御システムを起動し、移動を開始していた。そのため、壊滅前の第一列、第二列とは違って、第三列の各艦はすでに完全な一直線ではなくなっていたが、それでもやはり、戦艦百隻がほぼ一列に並んでいた。水滴は〈ニュートン〉を貫いたのち、すばやく針路を修正し、一瞬のうちに二十キロ進んで、直線上から三キロずれた位置にいた戦艦〈啓発《エンライトゥンメント》〉を貫いた。〈エンライトゥンメント〉を貫通した水滴はふたたび急旋回し、直線の逆側に動いていた〈白亜紀《クリテイシャス》〉に向かって進み、貫通した。水滴はこうやってジグザグに飛びながら一隻また一隻と第三列の戦艦を貫いていった。ジグザグに進んでもスピードは少しも落ちることはなく、依然として秒速約三十キロを維持していた。

　後日、この航跡を分析した軍事戦略アナリストは、水滴の方向転換が、人類の航空宇宙機と違ってなめらかな曲線を描くのではなく、毎回、鋭角的にターンしていることを知って驚嘆した。この悪魔のような航行は、人類の理解を超えた推進方法の実演だった。まるで質量をもたない影のように、運動力学の原理を無視し、神が操るペン先さながら、自由に運動している。第三列を壊滅させるあいだに、この急激な方向転換は一秒に二、三回の割合で行われた。水滴は死神の刺繍針のように巧みに上下に動き、一本の破滅の糸で第三列の戦艦百隻を貫き通したのである。

　水滴が第三列を壊滅させるのに、二分三十五秒かかった。

　このとき、艦隊のすべての戦艦はすでにエンジンを始動し、長方形の隊形はもはや完全に乱れていた。水滴は、散開しはじめていた戦艦をつづいて攻撃した。破壊のスピードは遅くなってきたが、それでもつねに三つから五つの核の火球が戦艦群の中で輝き、それらのまばゆい死の炎に呑まれて各艦のエンジンは輝きを失い、怯えた蛍の群れに変わってしまった。

　この時点では、艦隊の指揮システムは敵の正体についてまだなんの手がかりも持たず、想像上の見えない敵艦隊を探し出すことに情報収集能力を集中させていた。しかし、艦隊から大量に流れ込むあいまいな情報を分析した結果、この時点でもっとも早く真実に近づいたのは、アジア艦隊に所属するふたりの下級将校、戦艦〈北方《ベイファン》〉の標的識別助手の趙鑫《ジャオ・シン》少尉と、戦艦〈万年昆鵬《ワンニェンクンポン》〉の電磁武器システム中級管制員の李維《リ・ウェイ》大尉だった。以下は彼らの通話記録である。

趙鑫　戦艦〈北方〉ＴＲ３１７より戦艦〈万年昆鵬〉ＥＭ９８６へ。戦艦〈北方〉ＴＲ３１７より〈万年昆鵬〉ＥＭ９８６へ。どうぞ。

李維　こちらは戦艦〈万年昆鵬〉ＥＭ９８６。この情報レベルにおける艦間音声通話は戦時規則違反にあたることをお伝えする。

趙鑫　李維大尉ですよね？　趙鑫です。大尉を探してたんです。

李維　やあ、きみか。生きているとわかってうれしいよ。

趙鑫　大尉、お願いがあります。気がついたことがあって、作戦指揮共有レベルに送信したいんですが、権限が低くて無理なんです。力を貸してください。
李維　おれの権限でも無理だ。そもそも、作戦指揮共有はいま、情報であふれている。なにを送信したい？
趙鑫　戦闘の映像を分析したところ——
李維　レーダー情報の分析が担当だろ？
趙鑫　それはシステムの誤りです。映像を分析して、速度成分だけを抽出したら、とんでもない事実が見つかって。なにが起きたか知ってますか？
李維　きみは知っているようだな。
趙鑫　気が狂ったと思わないでくださいよ——ぼくの性格はわかってるでしょう、友だちなんだから。
李維　きみは冷血動物だ。気が狂うとしたらいちばん最後だろう。話してくれ。
趙鑫　いいですか、気が狂ったのは艦隊です。われわれは自分で自分を攻撃してたんです！
李維　……。
趙鑫　〈インフィニット・フロンティア〉は〈ロングウェイ〉を破壊し、〈ロングウェイ〉は〈フォッグホーン〉を破壊し、〈フォッグホーン〉は〈アンタークティカ〉を破壊し、〈アンタークティカ〉は……
李維　くそ、おまえはほんとうに狂ってるぞ！
趙鑫　実際にそういうことが起きたんですよ。AがBを攻撃し、攻撃されたBは爆発する前にCを攻撃し、攻撃されたCは、また爆発前にDを攻撃する……。攻撃されたどの戦艦も、なにかに感染したかのように隊列の次の艦を攻撃するのです。くそ、死の伝言ゲームだ。ほんとうに狂ってる。
李維　敵はどんな武器を使ってるんだ？

趙鑫　さあ。ただ、映像からある射出体を抽出しました。きわめて小さくて速い。おたくの電磁砲弾よりもめちゃくちゃ速い。しかもかなり正確で、毎回、燃料タンクに命中している。
李維　分析情報を送ってくれ。
趙鑫　もう送りました。元データとベクトル分析も両方。まあ、見てくださいよ、いやはや！

趙鑫少尉の分析は、型破りながら、かなり真実に近づいていた。李維は三十秒かけて趙鑫のデータを検討した。この間に、また三十九隻の戦艦が破壊された。

李維　速度が気になる。
趙鑫　なんの速度ですか？
李維　例の小さな射出体だ。どの戦艦から射出されたときも、わずかに速度が落ちている。その後、飛行中に秒速三十キロメートルまで加速して次の艦に命中する。その艦の爆発に先立って射出されたときは、またわずかに減速している。それからまた加速する。
趙鑫　それがなにか……。
李維　おれが言いたいのは……これはちょっと抵抗に似ている。
趙鑫　抵抗？　どういう意味ですか？
李維　この射出体は、標的を貫通するたびに、抵抗を受けて速度を落としている。
趙鑫　わかりましたよ。ぼくだって莫迦じゃない。〝この射出体〟は〝標的を貫通する〟と言いましたね。……射出体は同じひとつのものですか？
李維　外を見ろ。また百隻の艦が爆発したぞ。

この会話は艦隊の現代語ではなく、二一世紀の中国語が使われていた。その口調からも、彼らが冬眠者であることがわかる。三大艦隊で軍務に就いている冬眠者は少なく、そのほとんどはまだ若いうちに蘇生しているが、それでも情報処理能力が現代人に追いつかず、そのため多くは比較的低いレベルの業務しか任されていない。のちに発見された事実だが、この大破壊のさなか、もっとも早く冷静さと判断力をとりもどした将兵の圧倒的多数が冬眠者だった。たとえば、このふたりの将校は、艦の高度な分析システムの利用さえ許可されない地位にありながら、驚くほど正確な分析をなしえている。

趙鑫と李維の情報はまだ艦隊の作戦指揮システムに上げられていなかったが、指揮システムの戦闘分析も正しい方向に向かっていた。彼らはまずコンピュータの戦略決定システムが推測した見えない敵兵力が存在しないことに気づいた。そこで、収集された戦闘情報の分析に精力を傾注し、膨大な映像データの検索とマッチングを経て、ついに水滴の存在をつきとめた。画像分析プログラムが抽出した映像の中で、水滴は尾部の推進光輪を除いてなんの変化もなく、あいかわらず完璧なしずくのかたちだった。ただし、高速で飛ぶ水滴の鏡面には、核融合の火球と金属マグマの輝きが映っていた。強い光と暗紅色とが頻繁に入れ替わり、燃える血のしずくのように見える。さらに分析を進めると、水滴の攻撃ルートが見えてきた。

二世紀にわたる宇宙戦略研究において、終末決戦のさまざまなシナリオが想定されてきたが、戦略分析家が想像する敵は、いつも大きかった。人類は宇宙の戦場で、強力無比な三体主力艦隊と相対する。敵の軍艦は、いずれも、小さな都市くらいのサイズがある死の要塞だ。敵が保有するかもしれない兵器と戦術については、ありとあらゆる極端なタイプが想像された。その中でもっとも恐ろしいものに、反物質兵器を使った攻撃がある。ライフルの弾丸サイズの反物質で、恒星級戦艦一隻を破壊できる。

しかしいま、連合艦隊は事実を直視しなければならない。彼らの唯一の敵は、たった一機の小さな探査機だった。三体文明の兵力という大海から跳ねた一滴の水。しかも、その攻撃手段は、人類の海軍にとってもっとも古くもっとも原始的な戦術——体当たりだった（原注　人類が海戦において最後に軍艦の衝角（体当たり）攻撃を成功させたのは、一八六六年のリッサ海戦だった。日清戦争の黄海海戦における防護巡洋艦〈致遠〉の悲劇を経て、この戦術は完全に淘汰された）。

水滴が攻撃を開始してから、艦隊指揮システムが正確な評価にたどりつくまでに約十三分を要した。複雑で苛酷な戦闘環境に鑑みれば、きわめて迅速だったと言える。しかし、水滴の攻撃はもっと速く、まさに神速だった。二〇世紀の海戦では、敵艦隊が水平線上に現れたときには、すべての艦長を旗艦に集めて会議を開く時間があった。しかし、宇宙空間の戦場では、秒単位で戦況が進む。この十三分間で、すでに連合艦隊の六百隻以上の戦艦が水滴により壊滅した。人類は、このときになってはじめて、宇宙戦争の指揮が人間のおよぶところではないことを悟った。しかし、智子《ソフォン》の妨害によって、人類の人工知能は宇宙戦争を指揮するレベルに到達できずにいる。そのため、戦術指揮レベルから言えば、人類は、三体文明と宇宙戦争を戦う能力を備えることは永遠に不可能だったのである。

水滴の攻撃の速さとレーダーに映らない特性のため、攻撃された戦艦の防御システムはずっと反応していなかった。しかし、戦艦同士の間隔が開くにつれて、水滴の攻撃距離も長くなり、同時にすべての戦艦の防御システムも水滴の特性に基づいて新たに設定し直された。小型で高速の目標に対する打撃精度を高めるため、最初にレーザー迎撃兵器を使用したのは、戦艦〈ネルスン〉だった。複数のレーザービームが命中し、水滴は非常に強い光を放った。艦載レーザー兵器が発射するガンマ線レーザーは肉眼では見えないが、水滴は強い可視光を反射した。水滴がレーダーに映らない理由は、これまでずっと謎のままだった。というのも、水滴が全反射の表面と完璧な散乱形状を持っているからだが、もしかすると、こんなふうに電磁波を反射する際、その周波数を変えてしまう能力が、水滴のステルス性の秘密かもしれない。レーザーが命中したとき、水滴が発する光の明るさは、周囲の核融合の火球さえ暗く見えるほどで、艦隊のあらゆる監視システムは、光学パーツの損傷を防ぐため画像の輝度を自動的に下げた。このとき肉眼で水滴を直視した人間は、長時間の失明状態に陥った。言い換えれば、この超強力光がもたらす効果は、暗闇と同じだった。水滴はすべてを呑み込む光をまとって〈ネルスン〉を貫き、その光が消えたとき、宇宙の戦場は漆黒の闇に包まれたかに見えた。しばらくすると、核融合の炎がふたたびその明るさをとりもどした。〈ネルスン〉から飛び出した水滴はやはりまったくの無傷のまま、直線距離で八十キロ以上離れた戦艦〈グリーン〉にまっすぐ突き進んだ。〈グリーン〉の防御システムは、迫りくる水滴の迎撃に電磁加速弾を選択した。電磁砲から高速で発射される金属弾は巨大な運動エネルギーを持ち、ターゲットに命中すれば、爆弾並みの破壊力がある。もし惑星の地表で使用すれば、山ひとつをたちまち平地に変えてしまうくらいだった。水滴との相対速度も加わるため、金属弾はより大きな運動エネルギーを持つことになる。しかし水滴は、金属弾が命中しても速度がわずかに落ちただけで、すぐに推進力を調整してもとのスピードに戻った。密集した弾幕をものともせず、水滴は〈グリーン〉に向かって飛び、船殻を貫いた。もしこのとき、超高倍率の顕微鏡で水滴の表面を観察したとしても、やはりそこに映るのは絶対的になめらかな鏡面で、ひとすじの傷さえなかっただろう。

強い相互作用物質とふつうの物質の違いは、固体と液体の違いのようなものだ。人類の武器で水滴を攻撃するのは、波が岩礁に寄せるのにひとしい。損傷を与えることなど不可能で、それはつまり、太陽系のいかなる物質も水滴を破壊できないことを意味している。

艦隊指揮システムはようやく安定をとりもどしたが、ふたたび混沌に呑み込まれるだけの結果になった。今回は、利用可能なあらゆる兵器が無効であるという絶望が、この崩壊から立ち直れないことを告げていた。

宇宙空間における無慈悲な殺戮はまだ続いていた。艦同士の間隔が広がるにつれて、水滴も急速に加速し、これまでの倍の秒速六十キロメートルに達した。たえまない攻撃の過程で、水滴は冷酷かつ正確な知性を示した。特定宙域における巡回セールスマン問題（原注　経路が重ならない巡回ルートのうち総移動コストが最小のものを求める数学上の問題）を完璧な正確さで解決し、同じルートを戻ることは一度もなかった。目標がたえず移動する状況下、水滴は多岐にわたる正確な測定と複雑な計算を実行した。ときには、あるエリアで密度の高い殺戮を一心不乱につづけている最中、とつぜん離脱してべつの一群の戦艦の端に向かい、二、三隻の別働隊を急いで脱出させようという試みの芽をすばやく摘みとった。深海状態に入る時間がないので、すべての戦艦は第三戦速で進むしかなく、そのため艦隊の散開が遅れた。水滴はときおり戦艦群の端の異なる位置からこのような離脱防止攻撃を行った。それは、俊敏で獰猛な一頭の牧羊犬が、羊の群れのまとまりを維持しようと走りまわるのによく似ていた。

水滴に破壊された戦艦は貫通孔を中心に船体がすぐに灼熱状態になったが、わずか三〜五秒で核燃料の核融合爆発が起こり、核の火球に飲み込まれる。その戦艦の中ではすべての命が一瞬で気化した。これが攻撃された艦船の一般的な状況だった。

水滴は通常、戦艦の燃料タンクに正確な攻撃を加えた。リアルタイム位置探査によって見つけていたのか、智子を通じてあらかじめ連合艦隊全艦の構造データベースを入手していたのかはわからない。しかし、およそ十分の一の目標については、水滴が燃料庫に命中せず、目標破壊の全過程で核燃料の核融合が起きず、灼熱状態から通常爆発が起こるまでにかなりの時間を要した。これがもっとも悲惨なケースだった。艦内の乗員は高温の中でもがき苦しみ、焼け死ななくてはならなかったのである。

艦隊の散開は思うように進まなかった。このときの宇宙空間には、まだ溶融状態だったり、冷却凝固したあとだったりする破片に加え、大きな船体の残骸までもが散乱していた。その宙域を脱出するには、レーザー砲や電磁弾で進行方向にあるこういったものを防御システムがたえず破壊しつづける必要があった。どの破片も、一定の距離に接近したときに迎撃されるため、艦の前方には閃光と火花がアーチを描き、各艦は豪華な天蓋をまとって航行しているかのように見えた。それでも、相当量の破片が防御システムをすり抜けて直撃し、船体に深刻な損傷を与え、航行能力を失う艦も出た。大きな残骸との衝突はさらに致命的だった。

艦隊の指揮システムは崩壊状態にあったものの、司令部は艦隊の散開について、まだ統一的な指示を出していた。しかし、当初の隊形が密集していたため、戦艦同士の衝突事故が多数発生した。〈ヒマラヤ〉と〈雷神〉は高速で正面衝突し、瞬時にばらばらになった。また、〈メッセンジャー〉は〈創世記《ジェネシス》〉にうしろから追突し、両艦とも船体が真っぷたつになり、ハリケーンのようなすさまじい音をたてながら噴き出した空気が、備品もろとも乗員を宇宙空間に放り出し、残骸となった二隻はそれらを尾のように長くたなびかせていた。

最悪の状況は戦艦〈アインシュタイン〉と〈サマー〉で発生した。両艦の艦長は操艦をリモートコントロール状態にしてシステムによる保護を迂回し、戦艦を第四戦速に進入させた。このとき、乗員はだれも深海状態に保護されていなかった。〈サマー〉から送られた映像には、戦闘機格納庫が映っていた。戦闘機は出払っていたが、百人を超えるクルーがいて、加速がはじまると、彼ら全員が高Gで甲板に押しつけられた。俯瞰映像では、サッカー場サイズの真っ白なスペースに無数の深紅の花が開き、とてつもない重力のもとでその血が薄く広がって最終的に一枚の広い膜となって一面を覆いつくした……。球形船室内の光景は身の毛もよだつ恐怖だった。加速のはじまりとともに室内の全員が球の底にあたる部分にすべり落ち、過重力という悪魔の手が、乗員の肉体を泥人形のように捏《こ》ねてひと塊にした。叫び声をあげる間もなく、血液や内臓が体から絞り出され、また骨格が押しつぶされて粉々になる音だけが聞こえた。こうした骨や肉は血の中に沈み、高Gが血液中の不純物をすみやかに沈殿させ、異常なまでに澄み切った液体の層が残った。強大な重力によって血の海の表面は鏡のように平らになり、波紋ひとつできないほど完全に静止して、まるで固体のように見えた。そのきらきらと輝くルビーの中に、かたちも識別できなくなった骨と内臓が封じ込まれていた。

〈アインシュタイン〉と〈サマー〉が第四戦速に入ったのは、パニック時の人的エラーとされていたが、その後のデータ分析で否定された。規則によれば、第四戦速に入る前、戦艦のコントロール・システムは厳格な点検プログラムを実施し、艦内の乗員全員が深海状態に入ったことを確認したあとではじめて加速命令が承認される。操艦をリモートモードにすれば、このチェックを迂回していきなり第四戦速に入ることが可能だが、そのためには一連の複雑な手順が必要となる。単純な誤操作によってリモート操艦に移行する可能性はかぎりなく低い。両艦からの情報によると、第四戦速に入る前に、〈アインシュタイン〉と〈サマー〉は、水滴が間近に迫るまで小型の艦載艇と戦闘機を使って乗員をどんどん外に出し、近くの戦艦が次々と爆発したあと、ようやく第四戦速に入っている。これは明らかに、最高速度によって水滴を振り切り、人類のために無傷の艦を保存することを目的とした行動だった。しかし、〈アインシュタイン〉と〈サマー〉は、結局、水滴の魔手を逃れられなかった。嗅覚の鋭いこの小さな死神は、艦隊群の平均加速度を大きく上回る二隻の戦艦を発見するとただちに追尾し、内部に生きている者がいなくなった船体を容赦なく破壊したのだった。

しかし、第四戦速に入ることで水滴の攻撃をかわすのに成功した戦艦も二隻あった。すなわち、〈量子〉と〈青銅時代〉である。水滴鹵獲作戦がはじまる前、〈量子〉は丁儀の提案を受け入れ、艦隊司令部の承認を得て、〈青銅時代〉とともに深海状態に入っていたのである。第三列が壊滅した時点で、両艦はただちに第四戦速に入り、同じ方向に向かって緊急加速した。陣列における両艦の位置は、水滴から見て、長方形の遠いほうの隅だったため、水滴とのあいだには多くの艦があり、宇宙空間の奥深くへと去る時間的な余裕があった。

このときすでに、たった二十分間の攻撃により、連合艦隊の半数を超える千隻以上の戦艦が破壊されていた。

戦闘宙域には破片が散乱し、広がりはさしわたし十万キロメートルにおよんだ。いまもなお急速に膨張しつつある金属雲のへりは、戦艦の爆発で生じる核の火球に何度も照らされ、宇宙の暗闇に現れては消える無表情な巨人の顔のように見えた。火球と火球の合間には、金属マグマの鈍い輝きが血のように赤い夕焼けで雲を染めた。

残る艦船はもう数えるほどになってしまった。そのほとんどは、まだ金属雲の中にある。大部分の戦艦は電磁弾を使い果たしていたので、レーザー砲で金属雲の中に血路を開くしかなかったが、高エネルギー・レーザー砲もエネルギーの消耗によって出力不足に陥り、戦艦はしかたなく速度を落として、破片の中で困難な操艦をつづけた。ほとんどの戦艦は雲の塊が膨張する速度とほぼ同じまで減速していた。こうして金属雲は、艦隊の避難や脱出を妨げる死の罠となったのである。

水滴の速度は第三宇宙速度の十倍以上にあたる秒速約百七十キロに達していた。途中で衝突した破片は、ふたたび溶けて高速で飛び散り、他の破片と二次衝突を起こした。その結果、水滴の背後には、燦然と輝く長い尾がたなびいた。最初のうち、水滴は怒りに燃える彗星のように見えたが、尾がどんどん長く伸びていくにつれ、全長一万キロの銀色の巨龍となった。金属雲全体が巨龍の放つ光に照らされ、巨龍はその雲の中で上へ下へとうねる。その姿は、みずからの狂える舞踊に陶酔しているかのようだった。龍の頭によって貫かれた戦艦は龍の体の中ほどで爆発するため、巨龍の胴体には核融合爆発の太陽がつねに四つか五つ輝いていた。さらに時間が経つと、溶解した各戦艦は百万トンの金属マグマとなって爆発飛散し、龍の尾を妖艶な血の色に染めた。

三十分後、光り輝く巨龍はまだ飛びつづけていたものの、胴体を彩る核の火球はすでに消え、尾の色も血の赤ではなくなっていた。金属雲の中に、もはや戦艦は一隻も残っていなかった。

巨龍が金属雲の外に飛び出したとき、雲のへりで龍の体は消え失せ、頭のうしろに尾がつづくだけになった。それから、龍は雲の外に残る艦を掃討しはじめた。雲を逃れた戦艦は二十一隻だけで、その大部分は脱出途中で深刻な損傷を被り、最小限の加速を維持するか、推力ゼロで漂流していたため、水滴に難なく追いつかれて破壊された艦が形成した個々の金属雲が膨張し、重なってひとつの大きな雲を新たにつくりだした。

　ほとんど無傷だった残り五隻の破壊に、水滴は多少の時間を要した。五隻はすでにかなり速度を上げ、ばらばらの方向に逃亡していたからである。水滴が最後の戦艦〈方舟〉に追いついて破壊したとき、大きな金属雲からはもうかなり遠く離れていたため、〈方舟〉の爆発でできた火球は宇宙の深淵で数秒間孤独に燃え、そして消えた。それはさながら、荒野で風に吹き消される孤灯のようだった。

　かくして、人類の航空宇宙兵力は殲滅された。

　水滴は〈量子〉と〈青銅時代〉が逃げ去った方向へと加速したが、短時間で追跡を放棄した。このふたつの目標はすでに遠すぎて、しかも相当なスピードに達していたからである。その結果、〈量子〉と〈青銅時代〉は、この恐るべき殲滅戦を生き延びた、たった二隻の戦艦となった。

　水滴は殺戮現場を離脱し、太陽の方向へと飛び去った。

　二隻の戦艦のほかにも、この大虐殺から生還した人々が少数いた。母艦が破壊される前に小型宇宙艇や戦闘機に乗って脱出した人々である。水滴は、もちろんいとも簡単に彼らを一掃できたはずだが、小型艦艇には興味を示さなかった。これらの小型艦艇にとって最大の脅威は、高速で飛来する破片だった。小型艦艇には防御システムがなく、衝突にも耐えられないため、一部は母艦から脱出後、破片との衝突で破壊された。攻撃の開始直後もしくは終了間際に脱出した艦艇の生存確率がもっとも高かった。開始直後は、金属雲がまだ形成されていなかったためで、終了間際は金属雲が自身の膨張でかなり薄くなっていたためである。生き延びた小型艇や戦闘機は、天王星軌道の外側を数日間さすらい、この宙域を航行していた民間船にようやく救出された。生存者の総数は六万人ほどで、その中には水滴の攻撃に対していち早く正確な判断をした冬眠者出身の将校、趙鑫《ジャオ・シン》少尉と李維《リ・ウェイ》大尉も含まれていた。

戦闘宙域はやがてひっそり静まり返った。極寒の宇宙空間に冷やされて金属雲は輝きを失い、闇に呑まれていった。その後の長い歳月で、太陽の重力のもと、雲は膨張をとめて伸張しはじめ、最終的には帯のように長く延び、太陽を囲む極めて薄い金属ベルトとなり、いまもなお、成仏できない百万人の魂のごとく、太陽系の冷たい外縁部を永遠に漂いつづけている。

全人類の航空宇宙兵力を壊滅させたのは、三体世界の探査機たった一機だった。同じような探査機があと九機、三年後には太陽系に到達する。この十機の探査機を合わせても、その大きさは、三体戦艦一隻の一万分の一にもおよばない。そしてその三体戦艦千隻が、夜を日に継いで、いまも太陽系に迫りつつある。

〝わたしがおまえを滅ぼすとして、それがおまえとなんの関係がある？〟

＊＊＊

長い睡眠から目覚めて、章北海《ジャン・ベイハイ》は時刻に目をやり、思いがけず、十五時間も眠っていたことを知った。二世紀の長きにわたる冬眠をべつにすると、生涯でいちばん長い睡眠かもしれない。このとき彼は、生まれ変わったような感覚を抱いた。慎重に自分の心を観察した結果、この感覚がどこから来るかに気づいた。

彼はいま、ひとりきりになった。

以前は、ひとりぼっちで宇宙空間に浮かんでいても、ひとりだという気がしなかった。つねに遠くから父の目が見守っていて、昼の太陽や夜の星と同じように、それが世界の一部となっていた。しかしいま、父のまなざしは消えている。

そろそろ出る時間だ。章北海は自分にそう言い聞かせながら、軍服を整えた。無重力の中で眠っていたので、衣服と髪の毛には少しの乱れもなかった。一カ月以上滞在したこの球形船室に最後の一瞥を投げると、ドアを開けて部屋を出た。怒り狂う人々に冷静に向き合い、無数の軽蔑と非難の目にさらされ、最後の審判に直面する覚悟はできていた……ひとりの誠実な軍人として、どれほどつづくかわからない、今後の人生に臨む覚悟も。なにがあろうと、残りの人生はきっとおだやかなものになるだろう。

通路は無人だった。

章北海は、通路の両側の船室をひとつずつ通過して、ゆっくり進んでいった。すべての船室はドアが開け放たれていた。どれも、章北海が過ごしていた船室とまったく同じ球形空間で、真っ白な壁は瞳のない眼球のようだった。中にはきれいさっぱりなにもなく、開いている情報ウィンドウはひとつも見えなかった。おそらく、艦内の情報システムが再起動され、初期化されたのだろう。

章北海は若いころに見た映画を思い出した。登場人物たちはルービックキューブの世界にいる。その世界は、まったく同一の無数のキューブ状の部屋で構成されている。しかし、個々の部屋にはそれぞれ致命的な仕掛けが隠されていて、登場人物たちはひとつの部屋から次の部屋へと果てしなく移動してゆく……。

自分がとりとめもなく自由にものを考えていることに気づいて、自分で驚いた。かつてそれは許されない贅沢だったが、二世紀近くにわたる使命が完了したいま、心はもう、のんびりと好きな道を自由に歩いていける。

通路の角を曲がると、前方にはまたべつの、さらに長い通路が延びていた。そこも同じように無人で、のっぺりした均等な明るさの壁が乳白色のやわらかな光を発している。どうかすると立体感を失ってしまうほど単調で、コンパクトに感じる。両側の船室は、やはりどれもドアが開いたままで、同じような白色の球形空間だった。

〈自然選択〉はまるで遺棄された船のようだった。章北海の目には、この巨艦がひとつの単純なシンボル、現実の背後に隠された法則のメタファーに見えた。これらとそっくりな白い球形空間が周囲に果てしなく広がり、この宇宙を無限に満たしているような幻想に囚われた。

そのとき、ひとつの考えが閃いた。ホログラフィーだ。

どの球形船室でも、〈自然選択〉に対するあらゆる操作と制御を実現できる。少なくとも情報学の観点からは、個々の船室はどれも〈自然選択〉全艦に等しい。つまり、〈自然選択〉は一種のホログラフィーだ。

この船自体、人類文明の全情報を含む、金属製の種子《たね》だ。もし、この宇宙のどこかでそれが発芽すれば、そこからふたたび完全な文明が育つかもしれない。部分は全体を含む。したがって、人類文明もまた、ホログラフィーかもしれない。

章北海は失敗した。この種子を播《ま》くことができなかった。そのことが悔やまれたものの、悲しくはなかった。責任を果たすためにやれることをすべてやったからというだけではない。彼の心はもう自由になり、飛び立っている。そして彼は、この宇宙もホログラフィーかもしれないと想像した。どの一点も、すべてを含んでいる。だとすれば、たった一個の原子が残っているかぎり、この宇宙すべてが残る。章北海はだしぬけに、すべてを包み込むような集中を感じた。それは、十時間ちょっと前、北海がまだ眠っていたとき、太陽系の反対側で、丁儀が水滴に向かう旅の最後に抱いたのとまったく同じ感覚だった。

章北海は通路のつきあたりまで来てドアを開け、艦内で最大の球形ホールに入った。三カ月前、〈自然選択〉に着任したとき、最初に入ったホールだった。いまもそのときと同じように、球形の中央の空間に艦隊の将兵がつくる方陣が浮かんでいる。ただし、人数はあのときより何倍も多く、方陣は三層に分かれていた。〈自然選択〉の二千人の隊列は中央の層を占めていた。章北海の目は、この中央の方陣だけが本物で、上下の二層はすべてホログラフィー映像であることを見分けた。ホログラフィーの方陣は、追撃艦四隻の将兵で組織されている。そして、三層の方陣の正面には、東方延緒《ドンファン・イェンシュー》を含む五人の大佐クラスの将校が一列に並んでいた。東方以外の四人は、それぞれ追撃艦の艦長だった。その四人がすべてホログラフィー映像であることも、章北海には見てとれた。明らかに、追撃艦からリアルタイムで送信されている映像だろう。章北海が球形のホールに入ったとき、五千人以上の目が彼に集中した。それが、反逆者を見るまなざしでないことは明白だった。艦長たちは順番に彼に敬礼した。

「アジア艦隊〈藍色空間《ブルー・スペース》〉！」

「北米艦隊〈企業《カンパニー》〉！」

「アジア艦隊〈深空《ディープ・スカイ》〉！」

「ヨーロッパ艦隊〈究極の法則《アルティメット・ロー》〉！」

最後に東方延緒が章北海に敬礼し、「アジア艦隊戦艦〈自然選択《ナチュラル・セレクション》〉」と言った。「先輩、あなたが人類のために救った五隻の宇宙戦艦が、現在、人類の宇宙艦隊のすべてです。どうか、指揮官となってください」

＊＊＊

「崩壊だ。みんな崩壊した。集団的精神崩壊だ」史暁明《シー・シアオミン》が首を振って嘆いた。彼はたったいま、地下都市から帰ってきたばかりだった。「街全体が秩序を失っている。カオスだよ」

地区政府のきょうの会議には役員全員が出席していた。内訳は、冬眠者が約三分の二で、残りが現代人。いま、両者を区別するのは簡単だった。極度に落ち込んではいるものの、冬眠者の役員は暗い表情なりに平静を保っている。しかし、現代人の役員は、程度の差はあれ、心の均衡を失い、会議の最中にもさまざまな場面でそれをあらわにした。

史暁明の話が、彼らの脆弱な神経をまた刺激した。目に涙を溜めた地区行政長官がまた両手で顔を覆って泣き出すと、それにつられて、他の現代人役員も何人か泣き出した。地区教育長はヒステリックに笑い、さらに数人の現代人はうなり声をあげて床にコップを投げつけた。

「静かにしろ」大きくはないが威厳に満ちた声で、史強《シー・チアン》が言った。現代人の役員たちは静かになり、長官といっしょに泣いていた人々も必死に嗚咽をこらえた。

「ただの子どもだ」ハインズが首を振りながら言った。住民代表のひとりとして会議に参加している彼は、連合艦隊の壊滅で唯一利益を得た人間かもしれない。ようやく現実が彼の精神印章と一致して、ハインズは正気をとり戻した。こんな事態になる前、確実と思われた人類の勝利を目前にして、夜も昼も精神印章に苦しめられ、彼は神経症を患う一歩手前だった。すすめられて受診した都市の大病院の専門医もハインズの症状には手の施しようがなかったが、付き添った役員や羅輯《ルオ・ジー》に対し、ユニークなアイデアを出した。それはドーデの小説「ベルリン攻囲」（1873年）や黄金時代の古い映画『グッバイ、レーニン』（2003年）にならって、人類が敗北したという虚構の現実を患者のために用意するというものだった。ハインズが村に戻ったあと、彼らは実際にそのような現実を用意した。さいわい現代のVR技術は頂点に達していて、そういう現実をつくるのはそうむずかしくはなかった。ハインズは、毎日彼のためだけに放送されるリアルな3D映像のニュースを自宅で視聴した。三体艦隊の一部が速度を上げて太陽系にひと足早く到着するところを目撃し、カイパーベルト戦役では人類の連合艦隊が手ひどい打撃を受けた挙げ句、海王星軌道の防衛ラインをあきらめ、木星軌道まで撤退して苦しい抵抗をつづけている……というストーリーまでつくられた。

このVR世界の制作責任者だった地区役員はこの仕事にずいぶん入れ込んでいたが、連合艦隊が現実に無残な敗北を迎えたあと、真っ先に心を病んでしまった。彼は、ハインズの心の平安と自身の楽しみのため、持てる想像力のかぎりをつくして人類の敗北を最大限に悲惨に描いたのに、現実の残酷さは彼の想像をはるかに上回っていたのである。

艦隊が壊滅した映像が二十天文単位の彼方から三時間を経て地球に伝えられたとき、一般大衆は絶望した子どもたちの集団のようにふるまった。世界は悪夢にとり憑かれた幼稚園になり、集団的精神崩壊が急速に蔓延し、一切の社会秩序が失われてしまった。

史強の住む団地コミュニティでは、彼より地位の高い役員は辞職するか、精神を病んで仕事を放棄したため、行政当局は史強を臨時の地区行政長官に任命した。さほど重要なポストでもないが、この危機のあいだ、この冬眠者コミュニティの運命は彼の手に委ねられることになる。さいわい、都市部にくらべて、ここの冬眠者社会はまだ安定を保っていた。

「現在の状況を全員に思い出してもらいたい」と史強は言った。「もし人工環境システムになにか問題が起きたら、地下都市は地獄に早変わりして、住民が地表に押し寄せてくる。もしそうなったら、この場所は生存に適さなくなる。移民を考えたほうがいい」

「移民って、どこに?」とだれかが訊いた。

「人口の少ないところだ。たとえば、西北方面。もちろん、まず人を派遣して調べてみる必要がある。いまはもう、世界がこの先どうなるかだれにもわからない。また大峡谷時代が来るかどうかも。農業だけで生き延びる準備をしておくべきだろう」

「水滴は地球を攻撃しますかね?」とまただれかが訊いた。

「そんな心配をしてどうなる?」史強はかぶりを振った。「ともかく、それについちゃ、だれにもどうにもできない。しかし、水滴が地球を突き抜けるまでは、やっぱり生活していかなきゃならん。そうだろう?」

「そのとおりだ。心配なんか、するだけ無駄だ。それだけははっきりしている」これまでずっと黙り込んでいた羅輯が、沈黙を破って言った。

＊＊＊

人類にわずかに残された七隻の宇宙戦艦は、太陽系をあとにした。七隻は、ふたつのグループに分かれていた。ひとつは、〈自然選択〉に四隻の追撃艦を加えた計五隻。もう片方は、水滴による殲滅戦を生き延びた〈量子〉と〈青銅時代〉。このふたつの小艦隊は、それぞれ太陽をはさんで太陽系の両端に位置し、たがいにほぼ反対の方角へ向かって、茫漠たる宇宙空間を航海していた。

〈自然選択〉では、章北海が連合艦隊全滅の過程を聞き終えたが、その表情は変わらず、まなざしは依然として水のようにおだやかだった。

「同志諸君」章北海《ジャン・ベイハイ》の視線は五人の艦長を越え、五隻の戦艦の将兵が三層に分かれて並ぶ隊列を見渡していた。「わたしがこの古い呼称を使うのは、今後われわれ全員が同じ志を持っていなければならないと考えるからだ。われわれが直面する現実について、将兵ひとりひとりがはっきりと認識すべきであり、われわれが直面する未来についても、同様にはっきりと見据えなければならない。同志諸君、地球にはもう帰れない」

そう、彼らに帰るすべはなかった。連合艦隊を壊滅させた水滴はまだ太陽系内にいる。三年後にはさらに九個の水滴も到着するとなれば、この小艦隊にとって、かつての故郷は、いまや死の罠だった。それればかりか、帰ることができたとしても、もはや意味がない。地球世界の終焉はもうそう遠くないだろう。受信した情報からすると、人類文明は三体艦隊主力の到着を待たずして崩壊しかけている。

この五隻の宇宙船は、是が非でも人類文明を存続させる責任を引き受けなければならなかった。前へ、遠くへと航行しつづけることしかできない。宇宙船が彼らの永遠のわが家であり、宇宙空間こそが彼らの終《つい》の棲家なのだ。

　彼ら五千五百人の乗員は、へその緒を切られたばかりで捨てられた赤ん坊同然、残酷にも宇宙の深淵に放り出され、赤ん坊と同じく、ただ泣きわめくしかなかった。しかし、章北海の落ち着いたまなざしは、強い重力場のように隊列を安定させ、彼らに軍人としての威厳を保たせた。無辺の闇に捨てられた子どもたちにとって、いちばん必要なのは父親だった。いま彼らは、東方延緒《ドンファン・イェンシュー》と同様、この大昔からやって来た軍人の姿に、父親の気迫を感じていた。

　章北海はつづけて言った。「われわれは永遠に人類の一員だが、いまはもう、一個の独立した社会である。地球に対する精神的依存から脱却しなければならない。そのためにも、われわれのこの世界に名前をつけるべきだろう」

「わたしたちは地球の出身です。そして、地球文明の唯一の継承者かもしれません。ですから、星艦《スターシ》地球《ップ・アース》と呼びましょう」東方延緒が言った。

「それはいい」章北海は東方に賞賛の視線を投げてから、ふたたび隊列に向き直った。「いまからわれわれは、全員、星艦地球の市民だ。この瞬間は、人類文明の第二の出発点かもしれない。しなければならないことは山ほどある。ではこれより、各自、持ち場に戻ってくれ」

　ホログラフィー映像の方陣が消え、〈自然選択〉の方陣も散開をはじめた。

「先輩、われわれ四隻もランデヴーすべきでしょうか」と戦艦〈ディープ・スカイ〉の艦長が訊ねた。彼らの映像はまだ消えていなかった。

　章北海は強くかぶりを振った。「その必要はない。貴艦と〈自然選択〉とは、現在、約二十万キロ離れている。近いとはいえ、ランデヴーのためには核融合燃料を消費することになる。燃料は、われわれの生存の基盤だ。残量の少なさから考えて、できるだけ節約したほうがいい。この宙域にいる人間はわれわれだけだから、集まりたいという気持ちはよくわかる。だが、二十万キロという距離は短い。今後、われわれは長期的視野に立って考えていかねばならない」

「そう。長期的視野に立って考えなければ」東方延緒は小さな声で章北海の言葉をくりかえしたが、その目はあいかわらず、前方に横たわる長い年月を眺めているかのように、じっと前を見つめていた。

章北海はつづけて言った。「できるだけ早く市民総会を開催し、星艦地球の基本原則を定めたうえで、生態循環システムを最小化できるよう、大部分の人間を早急に冬眠させなくてはならない……いずれにせよ、星艦地球の歴史はもうはじまったのだ」

章北海の父親のまなざしが、まるで宇宙の果てからすべてを貫き通す光線のように、あの世からまた現れた。章北海はその視線を感じ、心の中で言った。〝うん、父さん。まだ安らかには眠れないね。終わったんじゃない。またはじまったんだ〟

翌日（まだ地球時刻が使われていた）、星艦地球は、第一回市民総会を招集した。各艦の五つのサブ会場がホログラフィー映像でひとつのメイン会場に統合され、およそ三千人の市民が会場にあつまり、それぞれの持ち場を離れることができない残りの市民はオンラインで参加した。

総会では、まず喫緊の問題が確認された。それは、星艦地球の目的地のことだった。採決の結果、現在の航路を維持することで一致した。この航路は、〈自然選択〉出航時に章北海が設定したもので、方角は白鳥座方面――もっと具体的に言えば、ＮＨ５５８Ｊ２という恒星が目的地だった。惑星を持つ恒星としては太陽系からいちばん近いもののひとつで、ＮＨ５５８Ｊ２にはふたつの惑星がある。どちらも木星型の巨大ガス惑星で、人類の生存には適していないが、核融合燃料は補給できる。いまになってみると、この目的地は、じつによく考えられた選択だった。違う方向にはもうひとつ、惑星を持つ恒星があり、観測によれば、その惑星は地球に近い自然環境を有している。また、この星は、

NH558J2とくらべて一・五光年しか遠くない。ふつうならこちらを選ぶところだが、この星系には惑星がひとつしかない。もしその惑星が人類の生存に適していなかったとすれば――生存可能な世界の条件はかなり厳しく、何光年も離れたところからの観測では、そこまでの判断はつかない――星艦地球は燃料補給のチャンスを失ってしまう。しかし、NH558J2に到達できれば、そこで燃料を補給してから、速度を上げて次の目的地に向かうことができる。

NH558J2は太陽系から十八光年の距離にあり、現在の速度で航行すれば、さまざまな不確定要素を考慮しても、星艦地球はいまから二千年後に到達できる。

二千年。この冷酷な数字は、ふたたび現実と未来の姿を明確にさせた。たとえ冬眠という要素を考慮しても、現在の星艦地球の大部分の市民は、生きて目的地にたどりつくことができない。彼らの人生は、二十世紀におよぶ長い航路の、ほんの一部分だけということになる。しかも、目的地に到達した子孫たちにとって、NH558J2は中継地点に過ぎない。次の目的地がどこになるかわからないし、まして、人類の生存に適した我が家がいつ見つかるかはまったくわからないのである。

実際、章北海の考え方は非常に合理的だった。彼の認識によれば、地球が人類の生存に適していたのは偶然でなく、まして人間原理によるものでもない。それは、地球の生物圏と自然環境との長期にわたる相互作用の結果であり、他のはるか遠い星系に属するべつの惑星でそれと同じ結果が得られる可能性は低い。彼がNH558J2を選択したことは、もうひとつの可能性を示唆している。もしかしたら、人類の生存に適した惑星は永遠に見つからないかもしれない。その場合、新たな人類文明は、恒星間宇宙船で永遠に航海をつづけることになる。

しかし、章北海は自分の考えを公然と表明することはしなかった。真に星艦文明を受け入れられるのは、星艦地球で生まれる次世代の人間かもしれない。いまの世代の人間が生きていくには、いつか地球のような惑星を見つけて新たな故郷とするという夢が必要だろう。

今回の市民総会では、星艦地球の政治的な立場についても確定した。五隻の宇宙船は、永遠に人類世界に属しているが、現状に鑑みて、星艦地球が三大艦隊もしくは惑星地球に政治的に帰属することは不可能であるため、星艦地球は完全に独立した国家となる。

この決議は太陽系に送信され、国連と艦隊連合会議はしばらく沈黙したのち、ようやく返信してきたが、はっきりとした態度を示さず、ただ無言の祝福で黙許しただけだった。

かくして、人類世界は現在、三つのインターナショナルに分けられることになった。もともとの地球インターナショナル、新時代の艦隊インターナショナル、そして宇宙の奥深くへと進みつつある星艦インターナショナルである。最後のインターナショナルの人口は五千ちょっとしかないが、彼らは人類文明のあらゆる希望を担っていた。

***

第二回国民総会では、星艦地球の統治システムの問題が最初に議題に上がった。

会議がはじまると、章北海《ジャン・ベイハイ》が発言した。「統治の問題を議題に上げるのはまだ少し早いと思う。われわれはまず、星艦地球がどのような社会を築くのか決めなくてはならない。それが決まってはじめて、どのような統治機構が必要か決定できる」

「つまり、まず憲法が必要だということですね」と東方延緒《ドンファン・イエンシュー》が言った。

「少なくとも、憲法の基本原則を決めなくてはならない」

会議はその方向で議論が進みはじめた。星艦地球は宇宙の苛酷な環境を航行するきわめて脆弱な生態システムであり、このような条件下で生き延びるためには、国民の意思を統一できる統制のとれた社会を築く必要がある――というのが議論の趨勢《すうせい》だった。だれかが、いまの軍隊組織を維持すべきだと提案し、大多数に支持された。

「つまり、全体主義社会ということか」と章北海は言った。

「先輩、もう少し響きのいい呼び名があるはずです。われわれはもともと軍隊なのですから」と〈藍色空間〉艦長が言った。

「それはだめだ」章北海がきっぱり首を振った。「ただ生きているだけでは、生存は保証されない。発展こそ、生存を確実にする最上の道だ。長い旅路のあいだに独自の科学技術を発達させ、艦隊の規模も大きくする必要がある。中世と大峡谷時代という歴史は、全体主義的な体制が人類発展の最大の障害であることをつとに証明している。星艦地球は、活気のある新しい思想と創造力を求めている。それは、人間の個性と自由をじゅうぶんに尊重する社会をつくることでしか実現しない」

「それはつまり、現代の地球インターナショナルのような社会でしょうか？　それでしたら、星艦地球はそれにふさわしい条件を本質的に持っています」と、ひとりの下級将校が言った。

「そう」東方延緒が発言者に向かってうなずいた。「星艦地球の人口はとても少なく、しかも情報システムが完備されている。あらゆる問題について、いともたやすく国民全員で討論し、採決できる。人類史上初の、真に民主的な社会をつくることができます」

「それもだめだ」章北海はまた首を振った。「これまでに何人かが発言したとおり、星艦地球は宇宙空間という苛酷な環境を旅している。この世界全体を脅かす災厄が、いつなんどき降りかかってこないともかぎらない。三体危機に直面した地球社会の歴史が示すとおり、そうした災厄の前では、きみが思い描いているような人道主義的社会は脆弱すぎる。全体のために部分を犠牲にする必要が生じた場合は、とくに弱い」

出席者全員が目を見合わせた。その表情は同じ疑問を共有していた。だったらどうすれば？

章北海は笑みを浮かべて言った。「わたしは簡単に考えすぎていたな。これは、人類の長い歴史の中でも、まだ答えが出ていない問題だ。一回の会議で解決できるわけがない。実践と探求の長い道のりが必要だろう。そのあとにようやく、星艦地球にとって適切な社会モデルを見つけることができる。会議のあと、この問題についてみんなで自由に議論してほしい。……会議の進行を妨げたことを許してくれ。では、もとの議題に戻って議事を進めよう」

東方延緒はこれまで章北海のそんな笑みを見たことがなかった。彼はめったに笑わなかったし、たまに笑うときも、自信と寛容さを示す笑みにかぎられていた。ところが、いまの彼の笑みには、これまで見せたことのない、すまなそうな羞恥がうかがえた。議事の進行を止めたこと自体はたいした問題ではないが、章北海はきわめて思慮深い人物だったから、なにか意見を述べて、すぐにそれを撤回したのは、このときがはじめてだった。東方延緒の目は、きょうの章北海がどこか会議に集中していないように見えた。前回の会議ではきちんとメモをとっていたが、きょうの会議では例のノートを開いてもいない。艦内で紙とペンを使うのは章北海だけで、メモは彼のトレードマークになっているのに。

じゃあ、いま彼の頭を占めている問題はなんだろう?

会議は統治システムの問題に移った。出席者の大方は、現状、選挙を実施する準備はまだ整っていないので、各艦の現在の指揮系統を維持すべきであるという意見だった。五人の艦長が各艦のリーダーとなり、その五人で星艦地球の統治委員会を組織し、重大な事項はその合議で決定する。章北海は、満場一致で星艦地球統治委員会議長に選出された。議長は星艦地球の最高指導者となる。この決議に対して国民投票が実施され、一〇〇パーセントの賛成票を得た。

しかし、章北海はこの任命を辞退した。

「先輩、これはあなたが担うべき責任です!」と〈ディープ・スカイ〉艦長が言った。

「星艦地球で、全艦を統率できる声望を持つのは先輩だけです」東方延緒が言った。

「わたしはもう、自分の責任は果たしたと思っている。くたびれたし、退役していい年齢だ」章北海は静かに言った。

会議のあと、章北海は東方延緒を呼び止め、ちょっと残ってほしいと言った。他の全員がホールを出ていったあと、章北海は口を開いた。「東方、わたしを〈自然選択〉の艦長代行に戻してほしい」

「艦長代行に？」東方延緒は驚いて訊き返した。

「そうだ。あらためて、この艦の監督権限を与えてほしい」

「先輩、〈自然選択〉艦長の地位を喜んでお譲りします。これは本心です。統治委員会と全市民も、もちろん反対しないでしょう」

章北海は笑って首を振った。「いや、艦長はきみだ。艦の指揮権もすべてそのままでいい。信用してくれ。きみの仕事にはいっさい干渉しない」

「では、どうして艦長代行の権限を望まれるのですか？　先輩の現在の地位に、その権限が必要なのですか？」

「わたしはただ、この船が好きなのだよ。二世紀来の夢だったからね。きみも知っているだろう。この船を現実のものにするために、わたしがかつてなにをしたか」

章北海は東方延緒を見つめていた。以前、彼のまなざしの中にあった堅い巌《いわお》のようなものが消えて、くたびれた空虚と深い悲しみがあらわになり、まるで人が変わったように見えた。いまの彼はもう、深く考え決然と行動する平静で冷酷なサバイバーではなく、歳月の重みで腰が曲がってしまった老人だった。章北海を見ながら、東方延緒の心に、いままで抱いたことのないやさしい気持ちと憐憫《れんびん》の情が芽生えた。

「先輩、あのことはもう忘れてください。二一世紀のあなたの行動について、歴史学者たちは公正な評価を行っています。恒星艦の推進システムとして放射性ドライヴを選択したことは、人類の宇宙技術が正しい方向に踏み出すために決定的な意味を持つ第一歩でした。当時、あれは……あれは唯一の正しい選択肢だったかもしれません。まさに、〈自然選択〉の逃亡が唯一の選択肢だったように。しかも、現代の法律に照らせば、あの事件の公訴時効はとっくに過ぎています」

「しかし、背負った十字架は下ろせない。きみに理解できないだろうが。……ともあれ、この船には思い入れがある。きみ以上に強い思い入れが。離れることのできない、自分の一部のように感じている。それに、なにかすることがほしいのだよ。することがあれば、心がもっと楽になるからね」

章北海はそう言うと、向きを変えて去っていった。巨大な白い球形空間の中で、くたびれた姿がしだいに遠くへと漂い、やがて小さな黒い点になった。東方延緒は、章北海が白の中に消えてしまうまで見送った。いままで感じたことのない孤独感が四方八方から押し寄せ、彼女を呑み込んだ。

＊＊＊

その後の国民総会で、星艦地球の人々は新しい世界を創造する情熱にどっぷり浸った。この世界の憲法と社会構造について活発に議論し、また各種の法律を起草し、第一回総選挙を計画した。……階級の違う将校や兵士のあいだで、また他の艦の乗員とのあいだで、徹底的に意見が交換された。人々はその見通しに希望を抱き、星艦地球を核とする雪玉が大きくなって未来の文明へと成長し、艦隊が次から次へと新たな星系に到達するたびにそのサイズがたえず膨脹していく未来を夢見ていた。星艦地球を第二のエデン、人類文明の第二の起源と呼ぶ人がどんどん多くなってきた。

しかし、そんな奇跡のような状況は長つづきしなかった。星艦地球は、まさにエデンの園だったのである。

〈自然選択〉の主任心理学者、藍西《ラン・シー》を長とする第二作戦支援部は、心理学の訓練を受けた将校からなる重要な部門だった。その任務は、長距離航行中および戦闘中に乗員の精神的な健康を保つこと。星艦地球が帰るあてのない航海に出たとき、藍西と部下たちは、強大な敵の攻撃に立ち向かう戦士のごとく、覚悟を決めていた。過去にさまざまな局面で何度もリハーサルした計画のおかげで、艦上で起こりうる心理的な危機については幅広く準備が整っていた。

現在の最大の敵はN問題、つまり郷愁《ノスタルジア》もしくはホームシックであるというのが第二作戦支援部の一致した見解だった。この航海は、つまるところ、人類史上はじめての永遠につづく航海であり、N問題は集団心理的な災厄を引き起こす潜在的な可能性がある。藍西は第二作戦支援部を指揮して必要な対応策を進めてきた。その中には、地球および三大艦隊とコミュニケートする専用通信チャンネルの開設も含まれていた。艦内のだれでも、地球や艦隊施設などにいる親戚や友人とたえず連絡をとり、両インターナショナルのニュースその他のテレビ番組のほとんどを視聴できるようになっていた。現在、星艦地球から太陽まではすでに七十天文単位の距離があり、通信には九時間のタイムラグが生じるものの、品質は上々だった。第二作戦支援部の心理将校たちはN問題の兆候がある乗員に対して積極的な心理カウンセリングや診療を行う以外に、もっと大規模な集団心理災害に対処する思い切った措置も用意していた。心のバランスを失った集団を強制的な冬眠によって隔離するのである。

しかしその後、こうしたすべては杞憂だったことが証明された。たしかにN問題は星艦地球の乗員のあいだに広がりはしたものの、心理的な暴走にはほど遠いレベルで、さらに言えば、かつての遠距離航宙で見られた程度にも達していなかった。当初、藍西はどういうことだろうと困惑したが、すぐに原因を見つけ出した。連合艦隊が壊滅したのち、地球世界が一切の希望を失っていたからだった。終末決戦まで（もっとも楽観的な推測によれば）まだ二世紀あるとはいえ、地球からのニュースに彼らが見たのは、あの大敗の重苦しい痛手から大混乱に陥り、すでに死の気配が充満している世界の姿だった。星艦地球にとっては、太陽系にも地球にも、支えになるものはなにもない。そんな故郷に対するノスタルジアはたかが知れていた。

しかし、やはり敵は出現した。しかもそれは、N問題よりさらに凶悪な相手だった。藍西と第二作戦支援部が気づいたとき、彼らが守るべき陣地はすでに陥落していたのである。

過去の長距離航行の経験から、N問題が最初に顕在化するのは兵士や下級将校のあいだからだということはわかっていた。高級将校とくらべて、彼らは職務や責任を果たす際にそれほど集中力を必要とせず、メンタル・コンディショニングもじゅうぶんではないからだ。そのため、第二作戦支援部では初期段階から下級将校と兵士たちを主な監視対象にしていたが、意外にも、最初に敵の影が落ちたのは上層部だった。

そのころ藍西は、奇妙な現象に気づいた。星艦地球の第一回総選挙がまもなくはじまるという時期だった。今回の選挙は、全国民が参加するもので、佐官クラスの大部分が、軍の将校から政府の役人への移行という問題に悩まされていた。地位がシャッフルされて、階級が下の競争相手に追い抜かれる人間もおおぜい出るだろう。にもかかわらず、〈自然選択〉の幹部将校の中で、自分たちの今後の人生を決定する選挙の行方を気にしている人間がだれもいないのを知って、藍西は驚いた。最低限の選挙運動をしている幹部もいなかった。藍西が選挙の話を持ち出しても、彼らはだれひとり興味を示さなかったのである。藍西は、第二回国民総会のあいだ、心ここにあらずのようすだった章北海《ジャン・ベイハイ》のことを思い出さずにはいられなかった。

それから、中佐以上の将校のあいだで精神のバランスを崩す症状が出はじめた。その多くは日増しに内向的になり、長時間ひとりで考えにふけって過ごすようになった。人間関係において急激に没交渉になり、さまざまな会議でもしだいに発言が減り、ひとこともしゃべらない者も増えてきた。藍西は、彼らの目から光が消え、暗くなってゆくのを目のあたりにした。同時に、彼ら自身も、目の曇りに気づかれるのを恐れて、他人と目を合わせようとしなくなり、たまに目が合うと、感電したかのようにさっと視線をそらすのだった。……この症状は、階級が高ければ高いほど重かったが、やがて同じ症状が階級の低いほうへと広がり、蔓延していった。

心理カウンセリングは実施できなかった。彼らのほとんどが心理将校との会話をかたく拒んだため、第二作戦支援部は特権を利用してカウンセリングを強制しようとしたが、対象の多くは沈黙したままだった。

藍西は最高指揮官と話すしかないと決断して、東方延緒《ドンファン・イエンシュー》を訪ねた。もともと、〈自然選択〉艦内でも、星艦地球全体でも、章北海が最高の権威と地位を有していたが、彼はそのすべてを返上し、選挙戦からも身を引いて、自分は一般人だと宣言していた。章北海がまだ放棄していないのは、唯一、艦長代行の職責だけで、いまも彼は、艦長の命令を宇宙船管制システムに伝達している。それ以外の時間、章北海は〈自然選択〉の各所をぶらりと訪れては、将校や兵士たちと言葉を交わし、この艦の詳細を理解しようとしていた。その時間の一秒一秒に、この宇宙の方舟に対する彼の思いが見てとれた。それをべつにすると、章北海はつねに冷静かつ無関心で、艦内の集団心理的な影の影響を受けているようすはまったくなかった。もちろん、超然とした態度を心がけているのだろうが、藍西は、章北海の免疫にもうひとつ大きな理由があることを知っていた。古代人の心は現代人ほど繊細ではなく、いまの状況下では、鈍感さが最高の自己防衛になるからだ。

「艦長、いま起きていることについて、せめて助言を与えてください」と藍西は東方延緒に向かって言った。

「中佐、助言すべきなのは、あなたのほうでは？」

彼女のまなざしも光を失っていた。

「ということは、ご自身の状態についてなにもご存じないと？」

東方延緒の曇った瞳に、かぎりない悲しみの色が浮かんだ。「わたしが知っているのは、わたしたちが宇宙に出た最初の人類の一群だということだけ」

「どういう意味です？」

「人類がほんとうの意味で宇宙に出たのは、これがはじめてだった」

「ああ。わかりました。これまでは、人間が宇宙のどんなに遠くまで旅しても、地上から高く上がった凧でしかなかった。精神的な糸で地球とつながっていた。いま、その糸が切れてしまった」

「そのとおり。糸は切れた。本質的な変化は、糸が手から離れたということではなく、糸を持つ手が消えてしまったことにある。地球は終末に向かっている。実際、わたしたちの心の中で、地球はもう死んでしまった。この五隻の宇宙船は、どんな惑星ともつながっていない。わたしたちのまわりには、宇宙の深淵以外なにもない」

「たしかに、人類がこれまで直面したことのない心理環境です」

「そう。このような環境下では、精神に根本的な変化が起こり、人間は変容する……」東方延緒はとつぜん言葉を失い、瞳に湛《たた》えていた悲しみが消えた。雨が上がったあともまだ暗い雲に覆われた空のように、そこには陰だけが残された。

「つまり、この環境では、人間は新人類になるということですか？」

「新人類？　いいえ、中佐。人間は……非人類になる」

東方が最後に口にした言葉に藍西は戦慄した。顔を上げて東方を見た。彼女は視線をそらさなかったが、その目はまったくの空虚で、藍西に見えたのは、心の窓をかたく閉ざす鎧戸だけだった。

「これまでの意味での人間ではなくなるということ。……中佐、わたしにはそれだけしか言えない。あなたは最善を尽くしなさい。そして……」それにつづく言葉は、半分、寝言のような口調だった。

「すぐにあなたの番が来る」

状況は悪化の一途をたどった。藍西が東方延緒と話した翌日、〈自然選択〉に悪質な傷害事件が発生した。ナビゲーションシステムを担当するひとりの中佐が、同じ船室に住む別の将校を銃で撃ったのである。被害者の記憶によれば、その中佐は夜中にとつぜん目を覚まし、被害者も起きているのに気づくと、寝言を盗み聞きしたと非難し、口論の最中に興奮して発砲したという。藍西は、拘束されているその中佐とすぐに面会した。

「どんな寝言を聞かれたと思ったのですか？」と藍西はたずねた。

「ということは、やっぱりほんとうに聞かれてたんだな」と加害者は怯えた顔で訊き返した。

藍西はかぶりを振って、「寝言など言っていなかったと彼は証言しています」

「寝言を言ったからって、それがなんだ？　寝言を真に受けるほうがおかしい！　実際にそう考えているわけじゃない。寝言で口にしたことで地獄に落ちたりするもんか！」

けっきょく襲撃者の想像上の寝言がなんだったのかは聞き出せず、催眠治療を受ける気がないかたずねてみたが、相手はまた興奮して、いきなり立ち上がり、藍西の首を強く絞めたので、憲兵が入ってきてやっと引き離した。拘束室を出たあと、先ほどの話を聞いた憲兵将校が藍西に言った。「中佐、催眠治療の話をしないでください。そうしないと第二作戦支援部は全艦でもっとも嫌われる部署になる。長くは保《も》ちませんよ」

藍西は戦艦〈カンパニー〉の心理学者スコット大佐に連絡した。スコットは〈カンパニー〉の従軍司祭《チャプレン》（アジア艦隊のほとんどの軍艦にこの役職はない）も兼ねている。現在、〈カンパニー〉を含む元追撃艦隊の四隻は、まだ二十万キロの彼方にあった。

「そちらはどうしてこんなに暗いんです？」藍西は〈カンパニー〉から送られてきた動画を見てたずねた。スコットのいる船室の球形の壁はかすかな黄色の輝きだけに調節され、外の星々の映像が投影されていた。スコットはまるで暗い靄《もや》がかかった宇宙にいるように見えた。その顔は暗い陰に隠れていたが、それでも藍西は、こちらの視線を避けてスコットがすばやく目をそらしたのがわかった。

「エデンの園は暮れつつある。暗黒がすべてを呑み込むだろう」スコットは疲れきった声で言った。

藍西がスコットに相談しようと思ったのは、彼なら〈カンパニー〉のチャプレンとして、懺悔の際に乗員から真実を告解されていた可能性が高く、なにかアドバイスを与えてくれるかもしれないと思ったからだった。しかし、いまの言葉を聞き、陰の中にぼんやり浮かぶ瞳を見て、なにも得られそうにないことを悟った。そこで、たずねようと思っていた質問をひっこめて、自分でもびっくりするような、思ってもみなかった質問を発した。

「最初のエデンの園で起こったことは、第二のエデンの園でもくりかえされるのでしょうか？」

「わからない。とにかく、毒蛇はすでに現れた。第二のエデンの園の毒蛇は、ちょうどいま、人々の心に這い上っている」

「つまり、あなたはもう知恵の実を食べたのですか？」

スコットはゆっくりうなずき、首をうなだれた。そして、自分を裏切るかもしれない目を隠すように、顔を上げないまま言った。「そう言えるだろう」

「エデンの園を追放されるのはだれですか？」藍西の声は少し震え、手には冷たい汗がにじんでいた。

「おおぜいだ。ただし、最初のときと違って、今回はだれかが残るかもしれない」

「だれが？　だれが残りますか？」

スコットは長いため息をついて、「藍中佐、わたしは話し過ぎた。きみはどうして自分で知恵の実を探さないんだね。どうせ、だれもがみな、その一歩を踏み出さねばならない。違うか？」

「どこを探せばいいでしょう？」

「仕事を忘れて、考えてみたまえ。もっと感じれば、きっと見つかる」

スコットと話したあと、混沌とした感情の渦の中、藍西は多忙な職務を棚上げにして、大佐の忠告にしたがい、心を静めて考えた。想像していたよりも早く、冷たくぬるぬるしたエデンの毒蛇が彼の意識に這い込んできた。そして彼が知恵の実を見つけて呑み込むと、心の中に灯っていた最後のひとすじの陽光も消えてしまい、一切が暗黒となった。

星艦地球では、ぴんと張った一本の目に見えない弦がさらに引き絞られ、限界に達しかけていた。

二日後、〈アルティメット・ロー〉の艦長が自殺した。このとき、彼はひとり船尾の展望台に立っていた。展望台は光量を調節できる透明なドームに覆われ、そこに立つと、宇宙空間にむきだしになっているように感じる。船尾は太陽系の方向を向いていたが、太陽はこの時点ですでに、他より少しだけ明るい黄色の星に過ぎなかった。銀河系の渦状腕の外側を向いているため、前方の星はまばらだった。宇宙の深さと広がりはどこまでも傲慢で、心にも目にも、なんの支えも与えてくれなかった。

「暗い。クソみたいに暗い」艦長はそうつぶやき、銃のひきがねを引いた。


***

〈アルティメット・ロー〉の艦長が自殺したと知らされたあと、東方延緒《ドンファン・イエンシュー》は最後の時が近いと予感し、ふたりの副艦長を戦闘機格納庫の球形ホールに緊急招集した。

ホールに向かう通路で、うしろから東方を呼ぶ声が聞した。章北海《ジャン・ベイハイ》だった。暗い気分に沈んでいたので、この二日間、東方延緒は彼のことをほとんど忘れていた。章北海が東方を見つめるまなざしには、父親のような思いやりと気遣いがあふれていた。東方は夢にも思わなかったような慰めをそのまなざしに感じた。最近の星艦地球では、影のない瞳を見る機会がほとんどなくなっていたからだ。

「東方、最近どうもきみたちのようすがおかしい。理由はわからないが、なにか隠しているようだな。なにが起きている？」

東方延緒は質問に答えず、逆に、「先輩、最近、調子はどうですか？」とたずねた。

「いいよ。とてもいい。あちこち見学したり、勉強したりしている。いまは〈自然選択〉の兵器システムを学んでいるところだ。もちろん、表面をひっかいただけだが、じつにおもしろい。コロンブスが空母を見学したらどう思うか、想像してみてくれ。ちょうどそんな感覚だ」

現在のこの状況下で章北海のように悠然と落ち着いている人間を見ると、東方延緒は嫉妬さえ感じた。そう、彼はすでに偉大な使命を果たし、平安を享受する権利を手にした。歴史をつくった偉人が、無知な冬眠者に戻ったのだ。彼に必要なのは保護だけ。それを念頭に置いて、東方延緒は言った。「先輩、いまの質問は、ほかの人間にはしないでください。この件については、だれにも一切たずねないでください」

「どうして？　なぜ訊いてはいけない？」

「それを訊くのはとても危険だからです。それに、先輩には知る必要がありません。必要ないことです。信じてください」

章北海はうなずいた。「わかった。では、訊かないことにする。一般人として扱ってくれてありがとう。それだけをずっと願っていたからね」

東方延緒はそそくさと別れを告げ、ひとり漂っていったが、背後から、星艦地球の創立者の声が聞こえた。「東方、どんなことだろうと、自然にまかせろ。それで万事うまくいく」

球形ホールの中央で、東方延緒は副艦長ふたりと落ち合った。ここに集まることを選んだのは、ホールの空間が広々としていて、自然の中に身を置いている気がするからだった。三人は、全宇宙に彼らしか存在しないかのように、真っ白な世界の中心に浮かんでいた。おかげで、会話の機密が保たれているという安心感が得られた。

三人は、それぞれべつの方向を見ていた。

「われわれは事態を直視する必要がある」東方延緒が言った。

「はい。一秒遅れるごとに危険が増大します」と副艦長の列文《リエ・ウェン》が言い、彼と井上明は東方延緒に顔を向けた。その意味ははっきりしていた。あなたが艦長ですから、最初に話してください。

しかし、東方延緒にはその勇気がなかった。

人類文明の第二の夜明けにあたるいま、なにが起ころうと、それは将来、新たなホメロス的叙事詩もしくは聖書に記されるかもしれない。ユダがユダになったのは、彼が最初にイエスに口づけしたからだ。おかげでユダは、二番めに口づけした人物とは根本的に違う立場になってしまった。いまもそれと同じだ。最初にそれを口にした人間は、第二文明の歴史のマイルストーンとなる。その人物がユダになるか、それともイエスになるかはわからない。しかし、どちらであれ、東方延緒にはそれを引き受ける勇気がなかった。

しかし、使命は果たさなければならない。そこで彼女は、ある賢明な選択をした。ふたりの副艦長からの視線を避けなかったのである。いま、言葉は必要なかった。あらゆるコミュニケーションが視線によって可能だった。三人はたがいに向き合い、からみ合う視線が高速情報通信のように三者の心を結びつけ、猛スピードのコミュニケーションがとられた。

燃料。

燃料。

燃料。

航路はまだ不明確だが、前方に少なくともふたつの星間雲が見つかっている。

抵抗。

そのとおり。星間雲を通過したのち、宇宙塵の抵抗により、艦の速度は光速の〇・〇三パーセントに低下する。

NH558J2までの距離は十光年以上。その速度では、到着までに六万年を要する。では、けっしてたどり着けない。

艦は到達しても、乗員が生き延びられない。冬眠システムも持ちこたえられない。

ただし……

ただし、速度を維持したまま星間雲を通過するか、通過後に加速すれば。

燃料が足りない。

核融合燃料は艦の唯一のエネルギー源であり、他のエリアでも必要とされる。閉鎖生態系生命維持システム、針路変更……

目標星系接近時の減速にも。NH558J2は太陽よりかなり質量が小さく、重力だけに頼って減速しても軌道に入れない。大量の燃料を消費しないかぎり、目標星系を通り過ぎてしまう。

星艦地球の全燃料を合わせれば、基本的に、二隻の加速と減速をまかなえる。

安全性を考慮するなら、船は一隻。

燃料。

燃料。

燃料。

「交換部品の問題もある」東方延緒が言った。

部品。

部品。

部品。

とくに、基幹システムの部品。つまり、核融合エンジン、情報および制御システム、生命維持システム。

燃料ほど緊急ではないが、長期的な生存の基盤となる。NH558J2が持つ惑星は、人類の生存や工業開発はもちろん、それに必要な資源の採掘にも適さない。あの星系はただの中継地点だ。そこで燃料を補給したのち、部品を製造可能な工業体制を構築できるかもしれない次の星系に向かう。〈自然選択〉の基幹部品は二倍の冗長性しかない。

足りない。

足りない。

核融合エンジンを除き、星艦地球の全艦は、基幹部品がほとんど共通している。エンジン部品も、改修すれば流用できる。

「全乗員を一隻か二隻に集めることは可能？」東方延緒がまた声に出してたずねたが、むしろそれは、視線コミュニケーションの方向を指示するだけの意味だった。

不可能。

不可能。

不可能。乗員が多すぎる。生態循環システムと冬眠システムは全員を収容できない。少しでも人員が増えれば壊滅的な結果を招く。

「では、これではっきりした？」東方延緒の声が、広々とした白い空間に、熟睡している人間の寝言のように反響した。

はっきりした。

はっきりした。

一部の人間の死か、すべての人間の死か。

このとき、まなざしも沈黙した。三人は、宇宙の奥深くからやってきた雷に打たれ、心が恐怖に震えているかのようだった。だれもが目をそらしたいと強く思ったが、東方延緒がまず最初に視線をしっかり固定した。

「やめなさい」と彼女は言った。

やめろ。

あきらめるな。

あきらめるな?

あきらめるな! 彼らはだれもあきらめない。あきらめたら、われわれがエデンの園を追放される。

なぜわれわれが?

もちろん、彼らであるべき理由もない。

だれであるべきでもない。

しかし、かならずだれかが追放される。エデンの園は収容人数に限りがある。

われわれはエデンの園を離れたくない。

だから、あきらめるな!

いまにも離れかけていた三人の視線がふたたびからみ合った。

超低周波水爆。[*2]

超低周波水爆。

超低周波水爆。

どの艦も装備している。

ステルス発射なら、防御は困難。[*3]

三人の視線が少しのあいだ離れた。彼らの精神は、すでにこのとき崩壊の瀬戸際にあった。休憩が必要だった。三人の視線がふたたびからみ合ったとき、まなざしはまた、風に揺れるろうそくのように揺れ動き、不安定になった。

邪悪すぎる!

邪悪すぎる!

邪悪すぎる！

悪魔になってしまう！

悪魔になってしまう！

悪魔になってしまう！

「でも……彼らはなにを考えている？」東方延緒が小さな声でたずねた。その声はか細く小さかったが、ふたりの副艦長には、耳もとでぅなる蚊の羽音と同じく、とぎれることなく白い空間に残りつづけるように聞こえた。

悪魔にはなりたくないが、彼らがどう考えているかは知る由もない。

では、われわれはすでに悪魔だ。でなければ、いわれもなく彼らを悪魔と見なせるはずもない。

よし、では彼らを悪魔と見なすのはやめよう。

「それでは問題は解決しない」東方延緒は軽くかぶりを振った。

たしかに。彼らが悪魔でないとしても、問題は解決しない。

彼らは、われわれがなにを考えているか知らない。

われわれが悪魔でないことを彼らが知っているとしたら？

問題はまだ残る。

彼らはわれわれがどう考えているか知らない。

彼らは、彼らがわれわれについてどう考えているかについてわれわれがどう考えているか知らない。

これは、無限につづく猜疑連鎖になる。

彼らは、彼らがわれわれについてどう考えているかについてわれわれがどう考えているかについて
彼らがどう考えているかについてわれわれがどう考えているかについて……

この猜疑連鎖を、どうすれば断ち切れる？

コミュニケーション？

地球でなら、あるいは。しかし、宇宙では不可能。一部の人間の死か、すべての人間の死か。これは、宇宙が星艦地球に配った、絶対に勝てない死の手札だ。乗り越えられない壁。その壁の前では、コミュニケーションに意味はない。

残る選択肢はひとつだけ。問題は、だれがその選択をするか。

暗い。クソみたいに暗い。

「これ以上は延ばせない」東方延緒が決然と言った。

そう、もう延ばせない。宇宙のこの暗黒領域で、決闘者は息を殺している。弦はまもなく切れる。

一秒ごとに、危険は指数関数的に増加する。

だれが先に剣を抜いても同じなら、われわれが先に抜いては？

そのとき、いままで沈黙していた井上明がとつぜん口を開いた。「もうひとつ、選択肢があります」

われわれが犠牲になる。

なぜ？

なぜわれわれが？

われわれ三人ならかまわない。しかし〈自然選択〉の乗員二千人にかわってこの選択をする権利がわれわれにあるのか？

彼ら三人は、ナイフの刃の上に立っていた。身を切られる痛みはいまもあるが、刃のどちら側に飛び下りても、底なしの深淵に落ちることになる。それは、新たな宇宙人類を生み落とす陣痛だった。

「では、こうしては？」と列文が言った。「まず目標をロックしてから、さらに考える」

東方延緒がうなずくと、列文はすぐに空中で武器管制システムのインターフェイス画面を呼び出し、超低周波水爆とそれを搭載するミサイルの管制ウィンドウを開いた。〈自然選択〉を基点とする球面座標系には、二十万キロメートル離れて、〈藍色空間〉、〈カンパニー〉、〈ディープ・スカイ〉、〈アルティメット・ロー〉が四つの光の点として表示された。距離が標的の特徴を隠し、宇宙のスケールではすべてが点に過ぎない。

しかし、その四つの点には、それぞれ四つの赤い光輪が重なっていた。それは、目標が武器管制システムによってすでにロックされていることを示す、絞首台の輪縄だった。

三人は茫然と顔を見合わせ、同時にかぶりを振って、自分がやったことではないと伝えた。

彼ら以外で、兵器システムの標的ロック権限を持つのは、武器管制および標的識別将校だが、彼らが標的ロックを完了するには艦長または副艦長の承認が必要になる。標的を直接ロックして攻撃する権限を持つのは、艦内にあとひとりしか残されていなかった。

わたしたちはほんとうに莫迦だった。なんといっても、彼は歴史を二度も変えた男だったのに！

彼はいちばん最初に、こうしたことすべてを理解していた。

いつ考えついたのかは神のみぞ知る。星艦地球が設立されたときか、それよりさらに前、連合艦隊の壊滅を知ったときか。いずれにせよ、章北海は〝天下の憂いに先立ちて憂い〟、古い時代の父母のように、子どもたちのことをずっと心配していたのだ。

東方延緒は可能なかぎりの速さで球形ホールを飛び出した。ふたりの副艦長もそのあとにぴったりついていった。外に出た三人は、ふたたび長い通路を抜けて、章北海の船室の前に来た。戸口から中を見ると、章北海の前にも、三人が先ほど見たのと同じインターフェイス画面が浮かんでいた。三人は船室に飛び込もうとしたが、〈自然選択〉が逃亡したときと同じく、壁にはじき返された。今度もまた、船室の壁が楕円形に透明化されているだけだったのである。

「なにをしてるんです？」列文が大声で叫んだ。

「子どもたち」章北海は、彼らに対して、はじめてこの呼びかけを使った。うしろ姿しか見えないが、水のように静かな目をしているのは想像できた。「わたしにやらせてくれ」

「つまり、『われ地獄に入らざればだれか地獄に入らん』（唐代の禅僧・趙州従諗の言葉より）と？」東方延緒は大きな声で言った。

「軍人になったその瞬間から、地獄に行く覚悟はできている」章北海は武器の発射前操作をつづけながら言った。操作には不慣れなようだが、どのプロセスにもミスはなかった。

東方延緒の目に涙があふれた。「いっしょに行きましょう。中に入れてください。地獄にお供します」

章北海はそれには答えず、操作をつづけた。いまは、飛行中に母艦からの操作で起爆できるように、誘導ミサイルの手動自爆設定を行っている。その設定の最後のステップを終えてから、ようやくまた口を開いた。「東方、考えてみたまえ。以前のわれわれに、こんな選択ができたと思うかね？　絶対に不可能だ。しかし、宇宙がわれわれを新人類に変えた」全ミサイルの弾頭が、目標から五十キロメートルの距離で爆発するように設定されている。こうすることで、艦内施設の破壊を避けることができる。しかし、標的に搭乗しているすべての生命にとっては、じゅうぶん以上に致命的な距離だった。「新たな文明の誕生は、新たな倫理の形成を意味する。未来からふりかえれば、われわれのしたことすべてはまったく正常に見えるかもしれない。だから、子どもたちよ、われわれが地獄に落ちることはないだろう」第二のセーフティーロックも解除された。

そのときとつぜん、艦内に警報が響き渡った。その音は、宇宙の闇から聞こえてくる無数の亡霊のむせび泣きのようだった。無数の情報画面が、舞い落ちる雪さながら、次々に宙にポップアップし、襲ってくるミサイルについて〈自然選択〉の防衛システムが把握したデータを表示したが、それを見る時間はだれにもなかった。

警報の発令から超低周波水爆の爆発までに、四秒ジャストの時間しかなかったのである。〈自然選択〉から最後に地球に送信された映像を見ると、章北海はわずか一秒でこのすべてを悟ったようだった。二世紀以上におよぶ苦難の道のりのあいだに、自分の心はもう鉄のように硬くなっていると思っていたが、魂のいちばん奥底に隠れていたなにかが、彼に最後の決断をしばし躊躇させた。章北海は心の震えを抑えようとしたが、最後まで残っていたそのやわらかさのかけらが、彼自身と〈自然選択〉の乗員全員を殺すことになった。一ヵ月の長きにわたった暗黒との対決のあと、彼は他の艦よりほんの数秒遅れたのである。

三つの小さな太陽が輝いて、この宙域の暗黒を払い、〈自然選択〉を中心とする二等辺三角形をかたちづくった。〈自然選択〉からの平均距離は約四十キロメートル。核融合による火球の持続時間は二十秒だった。その二十秒のあいだ、火球は、肉眼では見えない超低周波のきらめきを発した。

残された映像によれば、残り三秒で章北海は東方延緒のほうを向き、一瞬、笑みを閃かせてから、「どうでもいい。同じことだ」と言った。

もっとも、彼が正確になんと言ったかは推測に過ぎない。言い終える前に、強力な電磁パルスが三方から届き、〈自然選択〉の巨大な船体をセミの羽のように振動させ、その振動エネルギーが超低周波に変わったからだ。映像では、それは、すべてを包み込む血の霧のように見えた。

攻撃は〈アルティメット・ロー〉からのものだった。〈アルティメット・ロー〉は、星艦地球の他の四隻に向かって、超低周波水爆弾頭を搭載したステルスミサイル十二発を発射した。近くの三隻に向けたミサイル九発と同時に起爆地点に到達するよう、二十万キロ離れた〈自然選択〉に向けた三発は少し早く発射されていた。〈アルティメット・ロー〉の艦長が自殺したのち、その地位を引き継いだのは副艦長のひとりだが、先制攻撃を最終的に決断したのがだれなのかはわからない。わかる日は永遠にこないだろう。

〈アルティメット・ロー〉も、エデンの園に最後まで残る幸運な艦にはなれなかったからである。

追撃艦隊の他の三隻のうち、不測の事態に対する準備がもっとも整っていたのは〈藍色空間〉だった。攻撃を受ける前に、全乗員に宇宙服を着用させ、艦内を真空状態にしていた。真空では超低周波が発生しないため、死傷者はゼロだった。超強力な電磁パルスによって、船体が軽微な損傷を受けただけだった。

核爆発の火球が闇を照らした直後、〈藍色空間〉は、反応速度がもっとも速いレーザー兵器で反撃を開始した。〈アルティメット・ロー〉は、たちまち五本の高エネルギーガンマ線レーザー・ビームを浴びて輝き、船殻の五カ所に大きな灼熱の穴が開いた。艦内はまたたく間に炎に包まれ、各所で小さな爆発が起き、あらゆる戦闘能力が失われた。〈藍色空間〉は次から次と苛烈な攻撃を加え、核ミサイルや電磁弾の雨のたえまない攻撃にさらされた〈アルティメット・ロー〉は激しく爆発した。生存者はゼロだった。

星艦地球でこの暗黒の戦いが起きたのとほぼ同時に、太陽系の反対側でも同様の悲劇が起きていた。〈青銅時代〉が、やはり超低周波水爆を使って〈量子〉を奇襲攻撃し、船体を傷つけずに全乗員を殺害したのである。この二隻が地球に送信したデータは比較的少なかったため、両艦のあいだになにが起きたのか、正確なことはだれにもわからない。両艦は、水滴による殲滅を逃れて急加速したが、〈自然選択〉を追撃した四隻とは違って減速していなかったため、地球に帰還できるだけの燃料はじゅうぶん残っていたはずだった。

渺茫たる宇宙空間は、暗黒の抱擁の中で暗黒の新人類を育んだのである。

〈アルティメット・ロー〉の爆発でできた金属雲の中、〈藍色空間〉は生命反応の消えた〈カンパニー〉および〈ディープ・スカイ〉にランデヴーして、すべての核融合燃料を回収し、必要なハードウェアを運び出した。〈藍色空間〉はその後、二十万キロメートル彼方の〈自然選択〉のもとに赴いて、同じことをした。その間、星艦地球の息絶えた三隻の巨大な船体には、宇宙空間の工事現場さながら、無数の溶接レーザーの火花が散っていた。もし章北海が生きていてその光景を見たら、二世紀前の空母〈唐〉を思い出しただろう。

〈藍色空間〉は、遺棄された三隻の戦艦の残骸をばらばらに切断し、その断片を環状列石のように並べて宇宙墓所をつくり、暗黒の戦いの犠牲者全員のための葬儀を行った。

宇宙服を着た〈藍色空間〉の乗員千二百七十三人が墓所の中央に浮かんで方陣をつくった。彼らが星艦地球に残された全市民だった。そのまわりを外輪山のように囲む航宙艦の巨大な残骸には、漆黒の大洞窟のような亀裂が刻まれ、その内部に四千二百四十七人の遺体が残されていた。生者たち全員は、それらの残骸が落とす影に覆われて、まるで真夜中の谷間にいるようだった。残骸のあいだから射し込む天の川の冷たい輝きが唯一の光源だった。

葬儀のあいだ、雰囲気は落ち着いていた。新たな宇宙人類は、幼年期の終わりを迎えたのだ。

小さな追悼の明かりがひとつ灯された。たった五十ワットの小さな電球だった。予備の電球がその横に百個セットされ、電球が切れると自動的に交換される。電源は小型の原子力電池で、数万年にわたって電球を灯しつづけることができる。その弱々しい光は、谷間に灯された一本のろうそくのように、宇宙船の残骸がつくる暗く高い崖に小さな光の輪を投げかけ、すべての犠牲者の名を刻んだチタン合金の断片を照らしている。墓碑銘はなかった。

一時間後、宇宙墓は最後に一度だけ、〈藍色空間〉の加速による光でまばゆく照らし出された。墓は光速の一パーセントのスピードで航行している。数百年後には星間雲の抵抗により光速の〇・〇三パーセントまで減速することになるが、それでも六万年後には、ＮＨ５５８Ｊ２に到達する。しかし〈藍色空間〉は、それより五万年以上早くＮＨ５５８Ｊ２をあとにして、次の星系に向かっているだろう。

〈藍色空間〉は、じゅうぶんな核燃料と八重の冗長性を実現する基幹部品の予備を搭載して、深宇宙を航行していた。物資が多すぎて艦内に収容しきれないため、船体にいくつか外部貯蔵コンパートメントがとりつけられ、船は不細工で均斉を欠いた姿になった。実際それは、大きな荷物を背負ったバックパッカーのようだった。

その前年、太陽系の反対側の端では、〈青銅時代〉も加速して〈量子〉の残骸を離れ、牡牛座方向に航行しはじめていた。

〈藍色空間〉と〈青銅時代〉は光の世界からやってきて、いまは二隻の暗黒の船となった。

宇宙もかつては光り輝いていた。ビッグバン直後の短い時間、すべての物質は光のかたちで存在し、宇宙が燃えつきた灰となってから、重い元素が闇の中から沈殿して、惑星と生命をかたちづくったのである。暗黒は、生命と文明の母だった。

地球では、宇宙の彼方の〈藍色空間〉と〈青銅時代〉に向かって、呪詛と罵倒のメッセージが雪崩のように大量に発信されたが、二隻の宇宙船からはなんの応答もなかった。彼らは太陽系との連絡を一切絶っていた。このふたつの世界にとって、地球はすでに死んだ世界だったのである。

二隻の暗黒の船は暗黒の宇宙とひとつになり、太陽系をあいだにはさんで、たがいに遠ざかっていった。人類の思想と記憶の全体を載せ、地球のすべての栄光と夢を抱き、二隻は永遠の夜の中に静かに消えた。

＊＊＊

「やっぱり！」

太陽系をはさんだふたつの宙域でほぼ同時に暗黒の戦いが起きたことを知ったとき、羅輯《ルオ・ジー》が最初に口にした言葉がそれだった。あっけにとられた史強《シー・チアン》を残して部屋を飛び出し、団地を駆け抜けると、華北砂漠を見渡せるところまで来て立ち止まり、

「ぼくは正しかった！　正しかったんだ！」と空に向かって叫んだ。

時刻は真夜中。雨が上がったばかりのせいか、空気が比較的きれいで、星が見えていた。もっとも、二一世紀の晴れた夜空にはおよびもつかず、いちばん明るい星しか見えないため、夜空の輝きははるかにまばらだった。羅輯はそれでも、二世紀前のあの極寒の深夜、凍った湖の上にいたときの感覚をとり戻した。一般人の羅輯は消え失せ、彼はふたたび面壁者羅輯となった。

「大史《ダーシー》、人類勝利の鍵をこの手につかんだよ」追いかけてきた史強に、羅輯は言った。

「はあ？」史強は笑い出した。

ちょっと莫迦にしたような史強の笑い声が、羅輯の興奮に水を差した。「どうせ信じてくれないと思った」

「だったら、どうするつもりだ？」と史強がたずねた。

羅輯は砂の上に座ったが、気分は急速に谷底へと落ち込んでいった。「どうすればいいと思う？　できることはなにもなさそうだ」

「少なくとも、なんとか伝手《つて》を頼って上に報告することはできる」

「うまくいくかどうかわからないけど、試してみるよ。とにかく、責任を果たすためだけにでも」

「どこまで上の人間に話す？」

「いちばん上。国連事務総長。または艦連議長」

「そいつは簡単には行かないぞ。おれたちはもう、ただの一般人だからな。それでも、やってみるしかない。まず市庁舎に行く。市長を訪ねよう」

「いいだろう。じゃあ、これから地下都市に行くよ」羅輯は立ち上がった。

「おれもつきあう」

「いや、ひとりで行くから」

「こう見えても、おれは一応、地区政府の役人だ。市長に会うなら、おまえより少しは顔が利く」

羅輯は空を見上げたずねた。「水滴はいつ地球に着くんだっけ？」

「ニュースでは、十時間後だか二十時間後だかって言ってたな」

「水滴がなんのために地球に来るかわかるか？　目的は、連合艦隊の殲滅でも、地球攻撃でもない。ぼくを殺しにくるんだ。だから、水滴が来るときは、ぼくのそばから離れてくれ」

「わはは」史強はまたあの莫迦にしたような笑い声をあげた。「まだ十時間ある。そのときになったら、おまえのそばにいないようにするさ」

羅輯は苦笑まじりに首を振った。「ぜんぜん本気にしてないな。だったらどうして手を貸す？」

「兄弟、おまえを信じるかどうかは上の人間の問題だ。おれはいつも安全策をとる。二世紀前、おまえは何十億人の中から選ばれた。それにはなにか理由があるはずだろ。もしいま、おれのせいでおまえの行動が遅れたら、未来の人間からおれが非難されるかもしれん。もし上の連中がおまえの話を本気にしなくても、おれにはなんの損もない。街に出かけて、また帰ってくるだけのことだ。だが、ひとつだけ言えるとしたら、いま地球に飛んできてるアレがおまえを殺しにくるって話。それはどうしたって信じられんな。殺しのことならよく知ってるつもりだが、いくらなんでもやりかたがオーバーだ。たとえ三体人でもな」

ふたりは早朝、地下都市の入口にやってきた。街に入るエレベーターはまだ通常運行していた。大荷物を持った大量の人々がエレベーターから出てくる。逆に、地下都市へ降りる人間はとても少なく、エレベーターの中には羅輯と史強の他に、ふたりしか乗っていなかった。

「冬眠者のかたですか？　みんな上に向かってるのに、なんで下に降りるんです？　街は大混乱ですよ」乗り合わせた客のうち、若い男のほうがたずねた。彼の服は、黒い背景にいくつもの火球がたえまなく爆発している。よく見ると、連合艦隊が壊滅したときの映像だった。

「じゃあ、あんたはなんのために下へ行くんだい？」と史強が訊いた。

「地上に住むところを見つけたんで、荷物をとりに戻るところなんです」と言って、若者はふたりに向かってうなずいた。「地上の人は、いまに大金持ちになりますよ。ぼくらは地上に家がない。地上の家の所有権は、ほとんどがあなたたちが持っているから、ぼくらはそれを売ってもらうしかない」

「地下都市が崩壊して、全員が地上に押し寄せたら、たぶん、不動産売買どころじゃなくなるだろうよ」と史強は言った。

エレベーターの隅で話を聞いていた中年男性が、いきなり両手に顔を埋めて、「あああ、いやだああ」と声をあげ、うずくまって泣き出した。彼の服には旧約聖書のおなじみの一場面が映っていた。裸のアダムとイヴがエデンの園の木の下に立ち、一匹のなまめかしい蛇がそのあいだを這っている。暗黒の戦いを象徴する映像かもしれない。

「ああいう人がおおぜいいますよ」若者はぶしつけにその男を指さして言った。「心を病んでしまう人」目を輝かせて、「実際は、終末はすばらしい時間です。歴史上もっともすばらしい時間だとさえ言える。だって、心配や義務をぜんぶ捨てて、人間が一〇〇パーセント自分自身になれる、歴史上はじめての時間なんだから。あんなふうになるのは莫迦げてる。いま、いちばんまともな生きかたは、楽しめるうちに楽しむことですよ」

エレベーターが地下に到着し、羅輯と史強がホールから外に出たとたん、なにかが燃えているようないやなにおいがした。地下都市は前より明るくなっていたが、その光源は、神経にさわる白い光だった。羅輯が顔を上げて天を仰ぐと、巨大な木の隙間から見えるのは朝の空ではなく、一面の空白だった。地下都市のドーム天井に映し出されていた空の映像が消えている。その空白は、かつてテレビのニュース番組で見た宇宙戦艦の球形船室を思い出させた。芝生に散乱する破片は、巨木の建物から落ちてきたものだった。そう遠くないところに、墜落して大破したエア・カーも何台か見えた。一台の残骸はいまも燃えていて、人々がそれを囲んで輪をつくり、芝生から拾った燃えそうなものを次々に火にくべている。まだ映像を映している自分の服を投げ込む者までいた。破裂した水道管からは水柱が高々と噴き上がり、ずぶ濡れになった人たちがそのまわりで子どものように遊んでいる。ときおり一斉に興奮の叫び声があがり、巨大な木から落ちてくる破片を避けようと散り散りになるが、しばらくするとまた集まってきて、大騒ぎを再開する。羅輯がまた目を上げると、巨大な木の上では、何カ所か火が燃えていた。飛行消防車が消火のために摘みとった燃える葉をぶら下げて、サイレンを鳴らしながら飛び去っていく。

羅輯は通りで出会う人間が二種類に分かれることに気がついた。エレベーターに乗り合わせたあのふたりが、それぞれの代表だった。一種類は、感情が落ち込み、生気のないどんよりした目で歩いているか、じっと芝生に座り込んで絶望の苦しみに耐えている。最初は、人類が三体文明に敗北したことに絶望していたが、いまはむしろ、生活が立ち行かないことが絶望の理由だった。もう一種類は、クレイジーな興奮状態にある人々で、彼らは好き放題にふるまう快楽に浸っている。

都市交通は大混乱で、羅輯と史強は半時間待って、ようやくタクシーを停めることができた。無人のエア・タクシーが彼らを乗せて巨木のあいだを通過するとき、羅輯はこの街での恐怖体験を思い出し、ジェットコースターに乗るときのような緊張を感じたが、さいわい車はすぐに市庁舎に到着した。

史強は以前、仕事の関係で何度か来たことがあり、市庁舎には詳しかった。気が遠くなるほどいくつもの段階を経て、ようやく市長と面会するアポイントメントがとれたが、午後まで待たなければならなかった。もっとも羅輯は、もっと面倒な手順を覚悟していたので、市長がすんなり面会に応じてくれたことに驚いた。なにしろこんな非常時だし、こちらはただの一般市民なのだ。昼食をとりながらそう口にすると、史強が事情を説明してくれた。市長はきのう着任したばかりで、もともとは市政府で冬眠者に関する業務を担当する責任者だった。史強にとってはある意味、上司のようなもので、だから彼のことはよく知っているのだという。

「彼はおれたちと同郷だよ」と史強は言った。

この時代、〝同郷〟とは、地理的な意味ではなく、時代的な意味に変わっていた。すべての冬眠者が同郷というわけではなく、近い時代に冬眠に入った者同士だけが同郷と呼ばれる。長い歳月を越えて、自分と同じ時代の人間に会うことは、地理的な同郷者より、いっそう親しみを感じさせるため、時間的同郷者は連帯感が強い。

午後四時半まで待って、ふたりはやっと市長に会うことができた。この時代の高級官僚はスター性を持っているのが当たり前で、魅力的な人物でないと選挙で選ばれない傾向が強いが、現市長の容姿は十人並だった。史強と同年輩だが、かなり痩せていて、ひとめで冬眠者だとわかる特徴を持っていた。眼鏡をかけていたのである。コンタクトレンズさえとっくに廃れてしまったというのに、彼の眼鏡はどう見ても二百年前の骨董品だった。しかし、もともと眼鏡をかけていた人は、眼鏡なしだとどうも自分の顔がしっくりこない気がするらしく、視力回復処置を受けたあとも眼鏡をかけている冬眠者は多かった。

市長はぐったり疲れた顔で、椅子から立ち上がるのも億劫そうだった。史強がわざわざ時間をとらせたことを謝り、併せて昇進の祝いを述べると、市長はかぶりを振って言った。「この時代の人間は傷つきやすい。われわれみたいな頑健な野蛮人に、また出番がまわってきたわけだ」

「あんたは地球上でいちばん地位の高い冬眠者だよな？」

「知るもんか。この成り行きじゃ、もっと高い地位に就いてる同郷人がいるかもしれん」

「前の市長は？　精神崩壊か？」

「いやいや。この時代にもタフな人間はいる。彼は非常に有能だった。だが、二日前、暴動が起きた地区で、交通事故に遭って死んだ」

市長は史強のうしろにいる羅輯を見て、すぐ握手の手を伸ばしてきた。「これはこれは、羅輯博士。もちろん、顔はわかりますよ。二世紀前はあなたの大ファンでした。四人の中ではいちばん面壁者らしかったから。でも、当時はあなたがなにをしたいのか、よくわからなかった」しかし、次に市長が口にした言葉を聞いて、ふたりはがっくりした。「あなたは、わたしがこの二日間で面会した四人めの救世主ですよ。まだ何十人か外で待っているが、もう会う気力がない」

「市長、こいつは彼らとは違って、二世紀前……」

「二世紀前、彼は数十億人の中から選ばれた。だからこそ、会うことにしたんだよ、もちろん」市長は史強を指さして、「きみにはほかにも用があるんだが、その話はあとにして、いまはそちらのご用件を伺いましょう。でも、ちょっとしたお願いがあります。世界を救う計画について話すのはやめてもらえますか。その話はだいたい長くなるから。とにかくまず、わたしになにをしてほしいかを言ってください」

羅輯と史強が来意を説明すると、市長はすぐに首を振った。「力になりたいのは山々だが、できません。目下、わたし自身、上層部へ報告したいことが山ほどある。その上層部も、あなたたちが会いたいという上層部より地位は低い。せいぜい、省や国家の指導者に過ぎない。それでも、そのどちらとも、連絡をとるのがとてもむずかしい。いま、最高指導層は、もっと大きな問題を抱えている」

羅輯と史強はずっとニュースに注目していたので、市長が言うもっと大きな問題がなんなのか、もちろんわかっていた。

この二世紀のあいだ、ひっそりと気配を消していた逃亡主義が、連合艦隊の壊滅後、急速に息を吹き返した。ヨーロッパ連合に至っては、全市民の抽選により十万人の候補者を選ぶ地球脱出計画まで策定し、しかもこの計画は、意外にも国民投票で採択された。しかし、抽選結果が出たあと、くじにはずれた市民の多くが荒れ狂い、大規模な暴動が勃発して、世論は一転、逃亡主義は人類に対する罪だと見なすようになった。

水滴による殲滅を生き延びた航宙艦同士のあいだで暗黒の戦いが起きたあと、逃亡主義に対する非難や告発には、新たな理由が加わった。すなわち、最近の悲劇が証明するとおり、地球との精神的な絆がとだえると、宇宙で暮らす人間は精神的にまったく変貌してしまう。たとえ逃亡に成功したとしても、生き残るのは人類文明とは別種の暗く邪悪な文明であり、それは三体世界と同じく、人類文明の対極に位置する敵となる。その新たな文明には、わざわざ名前までつけられた——負文明《ネガ》と。

水滴が地球に迫るにつれ、逃亡主義に対する世間の態度はますます過敏になり、メディアは、水滴の襲来前に地球脱出をはかる人間が出る可能性が高いと警告した。軌道エレベーターのアースポートや宇宙基地には大勢の人々が集まり、宇宙へのあらゆるゲートを封鎖しようとしていた。彼らにはたしかにそれだけの力があった。この時代、世界の全市民に武器所有の自由があり、そのほとんどが小型レーザー銃を携行していた。もちろん、レーザー銃一丁では、軌道エレベーターのキャビンや離昇前の宇宙船に対してなんの脅威にもならない。しかし、弾丸を発射する銃と異なり、レーザー銃は大量のビームを一点に集めることができる。もし一万丁のレーザー銃が一点に照射されたら、どんな堅固な素材でも耐えられない。アースポートや宇宙基地のまわりに集まった人々は、少ないところで数万人、多いところでは百万人を超えた。彼らのうち、少なくとも三分の一は武器を持っている。キャビンが上昇したり、宇宙機が離陸したりするのを発見すると、彼らは同時に銃を抜いて照射する。レーザー光は直線なので、きわめて正確に狙いをつけることができる。ほとんどのビームが目標に集中し、それを破壊することになるだろう。こうして、地球から宇宙に至る道は、ほとんど閉ざされてしまった。
混乱はますます激化した。この二日のあいだに、攻撃の目標は静止軌道上の宇宙都市に移った。ネット上には、「××宇宙ステーションは逃亡宇宙船に改造されている」などという大量のデマが流れ、そのたびに地上の人々から集中攻撃を受けることになった。距離がはるかに遠いため、宇宙の目標に届いた時点ではレーザービームはすでに減衰しているし、宇宙ステーションが回転していることもあって、実質的な被害はなかった。しかし、この活動はすでに、終末の日々における全人類の集団的娯楽のひとつとなっていた。この日の午後、ヨーロッパ連合の第三宇宙都市、新パリは、北半球から照射された数千万本のレーザービームによって内部の気温が急上昇し、住民の避難を余儀なくされた。このとき、新パリから見た地球は、太陽よりも明るかったのである。

羅輯にも史強にも、もはやそれ以上、市長を説得する言葉がなかった。

「冬眠者移民局にいたころ、きみの仕事ぶりにはつくづく感心した」と市長は史強に向かって言った。「きみと郭正明《グオ・ジョンミン》が双璧だった。彼のことは知っているだろう。市の公安局長に昇進したばかりだが、彼がきみを推薦した。市政府に来て、働いてくれないか。きみみたいな人材がいますぐ必要なんだ」

史強は少し考えてうなずいた。「団地コミュニティのほうが落ち着いたら。いまの都市の状況はどうなんです?」

「事態は悪化しているが、まだなんとか対応できている。いまの焦点は、誘導電場の電力供給維持だ。電力がとだえたら、街は完全に崩壊する」

「おれたちの頃の暴動とはようすが違うな」

「ああ、たしかに。まず、原因が違う。いまの暴動は、未来に対する完全な絶望がきっかけだから、おそろしく対処がむずかしい。同時に、あの頃とくらべて、こっちが使える手段が減っている」市長は壁から映像を引き出し、「百メートル上空から撮影した、現在の中央広場だ」

中央広場は、かつて羅輯と史強が、Killerウイルスに乗っ取られたエア・カーに襲われて、大あわてで逃げ込んだ場所だ。この高度からだと、大峡谷時代記念碑も、そのまわりの砂場も見えない。広場全体が白くなり、その中で、土鍋に入れて火にかけた粥のように、白い粒々がうごめいている。

「あれは人間ですか？」羅輯は目をまるくしてたずねた。

「裸の人間たちだ。とんでもない規模のフリーセックスパーティーですよ。もう十万人を超えて、さらに人数が増えつつある」

この時代の異性愛や同性愛の発展ぶりは、羅輯の想像をはるかに超えていたから、いまさら驚くようなことでもないとはいえ、さすがにこの光景は、彼と史強に強いショックを与えた。羅輯は、旧約聖書で描かれる、十戒を授かる前の人類の堕落した姿を思い出した。破滅へと至る古典的なシナリオだ。

「こんなこと、どうして政府が止めない？」と史強が詰問した。

「どうやって止める？　完全に合法的な行為だ。止める行動をとれば、政府のほうが犯罪者になる」

史強は長いため息をついた。「ああ、そうだな。この時代、警察も軍も、できることはほとんどない」

「現行法を隅から隅まで検討したが、現状に対処できる条項は見つからなかった」と市長。

「街がこんな状況なら、水滴に木っ端微塵にしてもらうほうがましかもな」

史強の言葉で、羅輯ははっと我に返り、あわててたずねた。「水滴の地球到達まであとどれぐらいですか？」

市長は目をみはる乱交シーンから、べつのニュースチャンネルに切り換えた。画面の上のほうに太陽系の模式図が表示され、鮮やかな赤い線が水滴の軌跡を示している。彗星が描く軌道に似ているが、その終端はすでに地球の間近に迫っていた。右下隅の残り時間表示によれば、水滴が減速しなかった場合、地球到達はいまから四時間五十四分後。また、画面の下のほうに流れる文字ニュースのテロップでは、専門家が水滴を科学的に分析している。全世界を覆う恐怖にもかかわらず、科学界は真っ先に敗北の衝撃から立ち直っていたため、この分析は冷静で理にかなったものだった。いわく、水滴の推進システムとエネルギー源についてはなにもわからないが、さまざまなデータから考えて、この物体は現在、エネルギー消耗の問題に直面している。なぜなら、連合艦隊を壊滅させたのち、太陽方向への加速が非常に小さくなっている。木星付近を通過したにもかかわらず、木星の軌道上にある三大艦隊の基地には目もくれず、木星の引力を使って加速した。この挙動からも、水滴のエネルギーがゼロに近づいていることが示唆される。水滴が地球に衝突するという考えはまったく不合理だと科学者は考えているが、ではいったいなんのためにやってくるのかという問題については、もっともらしい仮説すら存在しない。

　羅輯が言った。「ここを離れないと。でないとほんとうにこの街が壊滅する」

「どうして？」と市長がたずねた。

「こいつは水滴が自分を殺すために来たと思っているのさ」と史強が言った。

「ははは」市長の笑顔は、長いあいだ笑ったことがなくて笑いかたを忘れてしまったかのようにひきつっていた。「羅輯博士、あなたはわたしがいままでに出会った中で、いちばん自意識過剰な人ですね」

＊＊＊

　地下都市からエレベーターで地上に出ると、羅輯《ルオ・ジー》と史強《シー・チアン》はすぐに地上車で出発した。地下都市の住民が大量にあふれ出してきたため、地上交通は大渋滞で、旧市街を出るのに一時間半かかった。それからようやくハイウェイに乗り、車は西に向かってフルスピードで走り出した。

車のテレビで見ると、水滴は秒速七十五キロで地球に接近中で、減速する気配はない。このままだと、三時間後に到達する。

地下都市からの誘導電場の強度が下がるにつれ、車の速度が落ちてくる。運転する史強は、蓄電池を使ってなんとかスピードを維持していた。新生活ヴィレッジ5区を含む冬眠者の大規模住宅地域を通り過ぎ、さらに西へと向かうあいだ、ふたりはほとんど話もせず、黙ってテレビのニュース番組に集中していた。

水滴は月軌道を越えても減速しなかった。このままのペースなら、地球到達はいまから三十分後。水滴がどう振る舞うかは知る由もなかったので、パニックを避けるため、ニュースは予測される衝突地点を報じなかった。

羅輯は、ずっと先延ばしにしたいと願っていた瞬間に立ち会う覚悟を決めた。「大史《ダーシー》、ここで止めてくれ」

史強が車を停め、ふたりは車を降りた。すでに地平線に近づいた夕陽に照らされて、ふたりの男の影が砂漠に長く延びた。羅輯は、足もとの大地も、自身の心と同じくらい頼りなく感じた。足に力が入らず、ほとんど立っていられない。

「この車で、できるだけ人がいないところまで行ってみる。この道路の先には住宅地があるから、ぼくはこっちに折れる。大史はなんとかひとりで帰ってくれ。ぼくが行くほうから、なるべく遠ざかるようにして」

「兄弟、おれはここで待ってる。終わったら、いっしょに帰ろう」史強はそう言うと、ポケットから煙草をとりだし、ライターをまさぐったが、そのとき、いまの煙草には火が要らないことを思い出したらしい。あの遠い過去から持ってきたほかのものと同じく、身についた習慣とはなかなか縁が切れない。

羅輯はちょっと悲しげな笑みを浮かべ、史強がほんとうにそう思ってくれていることを願った。それなら、別れが少しは楽になるからだ。「待ちたいというなら、待っててくれ。でも、そのときが来たら、道路を渡って、盛土の反対側に隠れたほうがいい。衝撃がどのくらい強いかわからないから」

史強はにっこり笑って首を振った。「おまえを見てると、二百年前に知り合いだった学者を思い出すよ。そいつも、ちょうどそんなしょぼくれた顔をしていた。朝早く、そいつが王府井天主堂の前に座り込んで、めそめそしていたのを覚えてる。……だけどな、そいつはちゃんと立ち直ったらしい。冬眠から覚めたあとで調べてみたが、百歳近くまで長生きしてたよ」

「水滴に最初に触れた人は？　丁儀《ディン・イー》だ。彼とも知り合いだったんだろ」

「あいつにはもともと死の願望があったからな。どうしようもない」史強は、その物理学者の姿を思い出すように、空に広がる夕焼けを見上げた。

「それでも、あいつはほんとうに心の広い男だった。どんな状況でも受け入れられる人間だった。おれの全人生で、あんな男にはほかにお目にかかったことがない。まじめな話、傑物だったよ。兄弟、おまえもあいつに学んだほうがいい」

「またその話か。ぼくらはふつうの人間だよ。あんたもぼくも」羅輯は、そう言いながら腕時計に目をやった。もうぐずぐずしている時間がないことはわかっていた。史強に向かって別れの手を伸ばし、「大史。この二世紀のあいだにしてくれたことすべてに感謝する。さようなら。もしかしたら、またどこか、べつの場所で会えるかもしれない」

史強は羅輯がさしだした手は握らず、軽く手を振って、「ごたくはやめろ」と叱りつけた。「おれを信じろよ、兄弟。なにも起こらんさ。さあ、行け。終わったら、急いで迎えにきてくれ。今夜、酒を飲みながらおまえを笑いものにしても怒るなよ」

羅輯は、史強に涙を見せたくなくて、急いで車に乗り込むと、バックミラーに映る史強の姿を心に刻み、そして最後の旅へと出発した。

どこかべつの場所で、また会えるかもしれない。前回は二世紀の時を隔てたが、今度はどのくらいの歳月になるだろう。二世紀前の章北海《ジャン・ベイハイ》のように、羅輯はふと、自分が無神論者だったことを後悔した。

太陽は地平線の向こうに完全に沈み、道路の両側の砂漠は黄昏の中で雪のように白く輝いている。そのとき、とつぜん思い出した。二世紀前、想像上の恋人を乗せてホンダ・アコードを走らせたのも、たしかにこの道路だった。あのときの華北平原は、本物の雪に覆われていた。風に吹かれた彼女の長い髪が右頰をかすめ、とてもむずがゆかったのを覚えている。

『いいのいいの、どこにいるかは言わないで！　どこなのか知ったら、世界が一枚の地図みたいに小さくなっちゃうでしょ。どこなのか知らないほうが、世界を広く感じられるの』

『わかった。それじゃ、せいぜい道に迷うようにしよう』

羅輯はずっと、荘顔《ジュアン・イエン》と娘が自分の想像力によってこの世に生まれたんじゃないかという気がしていた。ふたりのことを考えたとき、心臓を刺すような痛みを感じた。いまこの瞬間、愛と思慕は疑いもなくこの世でもっとも耐えがたいものだった。涙で視界がぼやけ、羅輯は心を空白にしようとつとめたが、荘顔の美しい目は、娘のうっとりするような笑い声といっしょに、しつこく心の表面に浮かんできた。羅輯はテレビのニュースに注意を向けるしかなかった。

水滴はラグランジュ点を通過し、同じペースで地球に向かっている。

羅輯は、いちばん理想的に見える場所に車を停めた。平野部と山岳部の境目で、見渡すかぎり人影や建築物がなく、三方を山に囲まれたU字谷だった。ここなら衝突の衝撃波を部分的に防ぐことができる。羅輯は、ダッシュボードからとりはずしたテレビを持って車を降りると、砂地に腰を下ろした。

水滴は、高度約三万六千キロメートルの静止軌道を越え、宇宙都市・新上海《シャンハイ》のすぐそばを通過した。新上海の全住民が、高速で空を横切るまばゆい光の点をはっきりと見た。テレビは、水滴が八分後に地球に衝突すると伝えていた。

ニュースはとうとう、予想される衝突地点の経緯度を公表した。それは、中国の首都の北西だった。羅輯はそれをとっくに知っていた。

いま、黄昏は深まり、空の明るい色は西のほうに小さく残るだけになって、世界を無関心に見つめる瞳孔のない眼球のように見えた。

残り時間をつぶすため、羅輯は知らず知らずのうちに、これまでの生涯をふりかえりはじめた。

羅輯の人生は明確にふたつのパートに分かれる。面壁者になってからのパートは二世紀におよぶが、記憶の中ではぎゅっと凝縮されている。ついきのうのことのように、羅輯はこの部分をあっという間にふりかえり終えた。このパートは、自分の人生のような気がしなかった。心深くに刻まれた愛も含めて、すべてがはかなく消えてしまう夢のようだった。妻と娘のことは、ふりかえる勇気がなかった。

期待と裏腹に、面壁者になる前の人生の記憶はまったくの空白だった。記憶の海から掬《すく》い上げられたのはいくつかの断片だけで、遡れば遡るほど、その数は減っていった。自分はほんとうに中学や高校に通ったんだろうか。ほんとうに小学生だったことがあるんだろうか。ほんとうに初恋をしたんだろうか。記憶の断片の中には、はっきりした傷跡が残っているものもあって、それが実際に起きたことだと思い出させてくれた。ディテールは鮮やかに記憶されているのに、そのときの感情はあとかたもなく消えていた。過去は一握の砂のようなもので、しっかり握っていたつもりでも、指の隙間からとっくにこぼれ落ちてしまっているのだった。記憶ははるか昔に涸《か》れた川で、生命のない川床に小石が散らばるだけ。彼の人生は、ツキノワグマが畑でトウモロコシを一本とって脇にはさむたび、その前にとった一本を落としていくように、なにか手に入れると同時にべつのなにかを失くしていって、最後にはいくらも残っていないのだった。

羅輯は暮れなずむ周囲の山々を見て、二百年以上前に彼がこの山で過ごしたあの冬の夜のことを思い出していた。そこは数億年ものあいだ立ちつづけているのに疲れて横たわった山だった。「ここの山は、村で日向ぼっこしている老人みたいね」羅輯の想像上の恋人は、かつてそう言った。あのころ田畑や都市が広がっていた華北平原はもう砂漠になってしまったが、山々にはほとんど変化がなく、あいかわらず平々凡々なかたちをしている。茶色くなった草や蔓《つる》植物が灰色の岩の隙間からしぶとく生えているが、二世紀前より繁茂しているわけでも、まばらになったわけでもない。こういう岩山に、肉眼で見てそれとわかる変化が起こるには、二世紀という時間は短すぎる。

これらの山々にもし目があったら、人類の世界はどう映っているだろう。のんびりしたある一日の午後に見たものに過ぎないかもしれない。まず小さな生きものが平原に現れるところからはじまり、しばらくするとその数が増え、またしばらくして、蟻塚のような構造物が次々に建ち、平原を埋めていく。それらの構造物は内側から光り、中には煙を出すものもある。さらにもう少し経つと、光も煙も消え、小さなものも消え、それから構造物が倒壊し、砂に埋もれる。ただそれだけ。山々が見てきた無数の出来事の中で、この一瞬の出来事は、かならずしもいちばん興味深いものとはかぎらない。

羅輯はついに、自分のもっとも早い記憶を探し出した。驚いたことに、覚えているかぎり人生で最初の場面も、砂の上だった。羅輯にとっては先史時代だから、場所がどこだったかも、だれといっしょだったのかも思い出せない。それでも、どこかの川岸の砂地だったことははっきり覚えている。あのときは、空に満月が昇り、月明かりの下を流れる川面には銀色の波が揺れていた。砂地に穴を掘ると、底に水が滲み出し、水面に小さな月が映った。幼い羅輯は、そんなふうに次々たくさんの穴を掘り、たくさんの小さな月を招き寄せた。

これがほんとうにもっとも早い記憶だった。それより以前は、空白だった。

夜の帳《とばり》の中、テレビの灯りだけが羅輯のまわりの小さな砂地を照らしている。羅輯が必死に心の空白を保とうとしているあいだ、頭皮がぴんと張りつめ、巨大なてのひらが頭上の空をすっぽり覆い、上から自分を押さえつけているような感じがした。

しかしそのとき、その巨大な手は、ゆっくりひっこめられた。

水滴は、高度二万キロメートルで方向を変えると、まっすぐ太陽に向かいはじめ、しかも急激に減速したのである。

テレビの中では記者が大声で叫んでいる。「北半球は注意！　北半球は注意してください。水滴が明るくなりました。肉眼で見えます！」

羅輯が顔を上げると、たしかに見えた。それほど明るくはなかったが、スピードが速いので容易に見分けがついた。水滴は流星のように夜空を横切り、西の空に消えた。

水滴は、地球との相対速度がゼロになるまで減速して、地球から百五十万キロメートル離れたところで止まった。ラグランジュ点。つまり、水滴はこの先ずっと、地球と太陽を結ぶ直線上で両者のあいだに位置し、双方に対して相対的に静止しつづけることになる。

羅輯はまたなにかが起こるかもしれないと予感して、砂地に座ったまま待っていた。老人のような山々は、左右とうしろで静かに羅輯に寄り添い、安心感を与えてくれた。いまのところ、ニュースに重要な情報はもう流れていなかった。世界は、災厄を免れたかどうか半信半疑のまま、緊張して待っていた。

十分が過ぎたが、なにも起こらなかった。監視システムによれば、水滴は宇宙空間に静止している。尾部の推進光輪は消えて、まるい頭部はまっすぐ太陽のほうを向き、明るい陽光を反射していた。そのため、水滴の頭から三分の一は燃えているように見えた。羅輯は、水滴と太陽のあいだに、なにか神秘的な絆があるような気がした。

テレビの映像が急にぼやけ、音声も途切れ途切れになった。同時に、羅輯は周囲の環境に騒がしさを感じた。山のほうで鳥の群れが驚いたようにばさばさと飛び立ち、遠くからは犬の鳴き声が聞こえてくる。錯覚かもしれないが、羅輯の肌にちりちりとむずがゆい感覚が走った。テレビを何回か揺ってみると、映像と音声がまた鮮明になってきた。しかしそれは、世界の通信システムに搭載された干渉防止機能が作動して、とつぜん現れたノイズをフィルターしたためであり、干渉は依然として存在していたことがのちにわかった。だが、この大事件に対するニュースの反応はとても遅かった。大量のデータをまとめて分析しなければならなかったため、情報が確定するまでに十分以上を要したからだった。

最終的な分析結果によれば、水滴は太陽に向かってたえまなく強力な電磁波を出しつづけている。その強さは太陽の増幅限界をはるかに超え、その周波数は太陽が増幅できる全帯域をカバーしている。羅輯はくすくす笑い出し、やがてそれは、息が苦しいくらいの大笑いになった。たしかにぼくは自意識過剰だった。もっと早く、この可能性に思い至るべきだった。羅輯自身はべつだん重要ではなかった。重要なのは太陽だった。いま以降、人類が太陽というスーパーアンテナを通じて宇宙に強力なメッセージを送ることは不可能になったのである。

水滴は、太陽を封鎖した。

「わはは。兄弟、やっぱりなにも起こらなかったな！　こんなことなら、ほんとに賭けをしとけばよかった」いつのまにか、史強が羅輯のもとにたどりついていた。エア・タクシーを拾ってここまでやってきたのだった。

羅輯は体じゅうのエネルギーが抜けてしまったように、砂の上にへなへなと横たわった。砂はまだ日光の熱が残って、心地いいあたたかさだった。

「ああ、大史。ぼくらはこの先、自分の人生を歩める。いま、ほんとうに、すべてが終わったんだ」

＊＊＊

「おまえの面壁者の仕事を手伝うのも、もうこれで最後だからな、兄弟」帰り道、史強《シー・チアン》が車の中で言った。「この仕事は、おまえの頭に問題を起こすらしい。きょう、また症状が出たってわけだ」

「だといいけどね」羅輯《ルオ・ジー》が言った。きのう見えていた星が今夜は消えて、黒い砂漠と夜空が地平線でひとつになっている。ヘッドライトに照らされたハイウェイの一部だけが前方に延びている。この世界は羅輯の心の状態のようだ。一面の暗黒の中、一ヵ所だけが信じられないほど明るい。

「なあ、おまえが正常に戻るのは簡単だよ。荘顔と娘を蘇生させればいい。そろそろ潮時だ。もっとも、最近の大混乱じゃ、蘇生がストップされてるかもしれないが。まあ、だとしてもそう長くはないだろう。状況はすぐに落ち着く。結局、まだ何世代分か、時間は残ってるんだからな。おまえ、自分の人生を歩めるようになるとか言ってなかったか？」

「あした、冬眠者移民局に行って訊いてくるよ」史強の言葉がヒントを与えてくれた。暗い心に、とうとうひとつ、明かりが灯った。もしかすると、妻と娘と再会することが、自分を救う唯一のチャンスかもしれない。

しかし、人類を救うことは、もうだれにもできなくなってしまった。

新生活ヴィレッジ5区に近づくと、史強は急に車の速度を落とした。「なんか妙だぞ」と前を見ながら言う。羅輯はその視線をたどって、地上からの光に夜空が照らされているのを見た。ハイウェイの盛土が比較的高いため、光源は見えないが、輝きは移動している。住宅エリアの光には見えなかった。

車がハイウェイを降りると、目の前に奇怪な壮観が広がっていた。新生活ヴィレッジ2区とハイウェイにはさまれた砂漠が、まるで螢の海のような、きらきら輝く光の絨毯と化している。それが人間だとわかるまでにしばらくかかった。全員、地下都市からやってきた人々で、彼らの服が輝いているのだった。

車が人の群れにゆっくり近づいていくと、前にいる人々がまぶしそうに手を上げてヘッドライトの光をさえぎった。史強がそれに気づいてライトを消すと、けばけばしい異様な人間の壁が車の前に立っていた。

「だれかを待ってるみたいだな」史強はそう言いながら羅輯を見た。その表情に、羅輯はにわかに緊張した。車を停めてから、史強はまた口を開いた。「おまえはここを動くなよ。おれがちょっと行ってくる」

史強が車を降り、人垣に向かって歩いていく。発光する人間の壁をバックに、史強のがっしりした体が黒いシルエットになっている。史強は人垣に歩み寄り、二言三言、言葉を交わしてから、きびすを返して戻ってきた。

「おまえを待ってるんだとよ。行け」史強はドアに寄りかかって言った。羅輯の表情を見て、安心させるように言った。「落ち着けよ。だいじょうぶだって」

羅輯は車を降り、群衆のほうに歩いていった。現代人のネット接続アパレルにはとっくに慣れてはいたものの、このわびしい砂漠では、異界に向かって歩いているような気がした。彼らの表情をはっきり見分けられる距離まで近づいたとき、羅輯の胸の鼓動が急に速くなった。羅輯が冬眠から醒めたあとで最初に気づいたのは、各時代の人間にはその時代特有の表情があり、時を超えて遠く離れた時代にやってくると、表情の違いがはっきりわかるということだった。だから、蘇生して間もない冬眠者は、現代人と簡単に見分けがつく。しかし、いま見ている人々の表情は、現代人ぽくも、二一世紀人ぽくもなかった。この表情がどの時代の人間のものかわからない。恐怖で足がすくんだが、史強に対する信頼から、羅輯は機械的に歩を進めた。

人垣にさらに近づいたところで、羅輯はついに立ち止まった。彼らの服の映像が見えたからだ。彼らの衣裳に映っているのは、羅輯だった。スチール写真もあれば、動画もあった。面壁者になったあと、羅輯はほとんどメディアに顔を出していないので、残されている映像資料はとても少なかった。しかし、それら数少ないヴィジュアル素材が、一種類残らずだれかの服に表示されている。羅輯が面壁者になる前の写真を映している人まで何人かいた。彼らの衣服はすべてネットワークに接続されている。つまり、羅輯の画像がネットを通じて全世界に広がっているに違いない。しかも、見たところ、それらの画像はオリジナルのままで、現代人好みの芸術的なデフォルメが施されていないようだ。ということは、まだネットに上がったばかりなのだろう。

羅輯が立ち止まったのを見て、人間の壁のほうがこちらに向かって進んできた。二、三メートルのところまで来ると、最前列の人々が歩みを止め、うしろにも止まるよう合図してから、地面にひざまずいた。うしろの人々も順々にひざまずき、発光する人間の壁は、砂浜を引いていく大波のように次々と低くなっていった。

「主よ、われらを救いたまえ！」羅輯はだれかの声を聞いた。その言葉が耳の中で反響する。

「神よ、世界を救いたまえ！」

「偉大なる代弁者よ、宇宙の正義を司《つかさど》ってください！」

「正義の天使よ、人類をお救いください！」

ふたりの人間が羅輯に歩み寄ってきた。服が輝いていないほうは、ハインズだった。もうひとりは軍人で、肩章と勲章が光っている。

ハインズは羅輯に向かっておごそかに言った。「羅輯博士、わたしは先ほど、国連面壁計画委員会から、あなたの連絡担当官に任命されました。その任務としてお伝えしますが、面壁計画は復活し、あなたはただひとりの面壁者に指名されました」

もうひとりの軍人が言った。「わたしは艦隊連合会議の特別理事、ベン・ジョナサンです。ご記憶かどうかわかりませんが、博士が目覚めた直後に、一度お目にかかりました。わたしも、艦連の命を受けてお伝えします。アジア艦隊、ヨーロッパ艦隊、北米艦隊は、新たに発効した面壁憲章に同意し、羅輯博士の面壁者としての身分を承認します」

ハインズは砂漠にひざまずく人々の群れを指さして言った。「大衆の目に映るあなたには、ふたつの顔がある。神の信奉者にとっては、正義の天使。無神論者にとっては、この銀河系における正義の超文明の代弁者」

それにつづく、水を打ったような静寂の中、すべての視線が羅輯ひとりに集中した。彼はしばらく考えたが、ひとつだけ、現状を説明できる事態に思い当たった。

「呪文が……効いた？」羅輯は探りを入れるようにたずねた。

ハインズもジョナサンもうなずいた。ハインズが口を開き、「１８７Ｊ３Ｘ１星が破壊されました」

「いつ？」

「五十一年前。一年前に観測されていたものの、きょうの午後になってようやく、その観測情報が発見されたのです。以前は、その星にだれも注目していなかった。艦隊連合会議のメンバーの中で、必死に打開策を探していた数人が歴史にヒントを得ようと知恵を絞り、面壁計画とあなたの呪文のことを思い出した。そこであらためて１８７Ｊ３Ｘ１を観測してみたら、すでに存在しないことがわかった。その位置にはいま、残骸の塵の星間雲だけが残っています。彼らはさらにその恒星の観測記録を調べ、一年前まで遡って、１８７Ｊ３Ｘ１が爆発したときのあらゆるデータを引き出した」

「破壊されたとどうしてわかる？」

「知ってのとおり、１８７Ｊ３Ｘ１は太陽のような安定期にあります。超新星爆発が起きる可能性はゼロ。しかも、破壊される過程が観測されていた。光速に近いスピードで移動する物体が、１８７Ｊ３Ｘ１を直撃した。そのサイズはとても小さく――光粒《フォトイド》と呼ばれています――観測することは不可能ですが、それが恒星の大気層を通過した際に残した尾の航跡が観測されていた。光粒のサイズは小さいものの、きわめて光速に近いため、相対論効果によって質量が増加し、目標に直撃したときには、１８７Ｊ３Ｘ１の八分の一の重さに達し、恒星は木っ端微塵になった。１８７Ｊ３Ｘ１の四つの惑星も、主星の爆発によって蒸発しました」

羅輯は夜空を見上げたが、今夜は星ひとつ見えず、真っ暗だった。羅輯が歩き出すと、人々は立ち上がって、彼のために黙って道を開けた。しかし、人々の群れはすぐに彼のうしろでひとつになり、少しでも彼に近づこうと、押し合いへし合いしながらいっしょに歩を進めた。それはまるで、寒さの中で陽光を得ようと渇望する人々のようだった。しかし、羅輯に対する畏敬の念から、彼の周囲にわずかな空間を残している。蛍光の海の中で、それが台風の目のような黒い小さな円をかたちづくっていた。そのとき、群衆のひとりが目の前に飛び出してきて、羅輯は足を止めざるを得なくなった。その人物は彼の足に口づけした。また何人かが、その小さな円に入ってきて同じことをした。事態が手に負えなくなりそうに見えたとき、群衆のあいだから、何度か叱責の声が飛んだ。すると、ひざまずいていた人々はあわてて立ち上がり、人垣の中に引っ込んだ。

羅輯はさらに前進しつづけたが、自分でもどこへ行こうとしているのかわからなくなり、また立ち止まった。顔を上げて、人混みの中にハインズとジョナサンを見つけると、彼らのほうに歩いていった。

「じゃあ、ぼくはこれからなにをしたらいい？」羅輯はふたりの前に行ってたずねた。

「あなたは面壁者です。もちろん、面壁法の範囲内で、いかなることをしてもいい」ハインズは羅輯に向かってお辞儀をしながら言った。「まだ法の原則による制限はあるものの、あなたはいま、地球インターナショナルのあらゆるリソースをほとんどなんでも利用することができます」

「艦隊インターナショナルの資源も同様です」ジョナサンがつけ足した。

羅輯は少し考えてから言った。「いまはなんの資源も利用する必要はないけど、もしほんとうに面壁法の認める権限が復活したのだとしたら……」

「それはまちがいありません」ハインズが言うと、ジョナサンもうなずいた。

「では、ふたつの要求をしたいと思います。第一に、すべての都市の秩序を回復し、正常な生活に戻すこと。この要求にはなんの謎もない。みなさん納得できるでしょう」

だれもがうなずいた。「全世界が聞いております、おお、神よ」とひとりが言った。

「そう。世界中が聞いている」ハインズが言った。「安定を回復させるためには時間がかかるが、あなたがいるから、われわれにはできると信じている」彼の話に人々は相槌を打った。

「第二に、全員、家に帰ってください。この場所を騒がせないように。ありがとう！」

羅輯のこの言葉を聞いて、人々はみんな沈黙したが、すぐにどよめきが沸き起こった。彼の言葉は群衆の輪の前列から後列へと次々に伝えられた。人の群れは散りはじめた。はじめはのろのろとしたスピードで、いかにも気が進まないようすだったが、だんだん速くなり、車は一台また一台とハイウェイに乗って、街のほうへと去っていった。ハイウェイ沿いに歩く人も多く、夜の景色の中で、それは発光する蟻の行列のように見えた。

砂漠はまた、無人に戻った。砂地にはたくさんの乱れた足跡が残され、羅輯、史強、ハインズとジョナサンだけがそこに立っていた。

「ほんとうに、昔の自分が恥ずかしいよ」ハインズが言った。「人類文明はたかだか五千年の歴史しかないというのに、われわれは命と自由をこんなにも大切に考えている。宇宙にはきっと、数十億年の歴史を持つ文明があるだろう。彼らはどんな倫理観を持っているのだろう。この疑問にはなにか意味があるかな」

「わたしも、自分のことを恥ずかしく思っています。この何日か、思いもかけず神に対して疑いを持つようになりました」ジョナサンが言うと、ハインズはなにか言いたそうに口を開きかけたが、ジョナサンは手を上げてそれを制止した。「いやいや、われわれが言っていることはおそらく同じことですよ」

ふたりは抱き合い、滂沱の涙を流した。

「ミスター」羅輯は彼らの背中をたたいて言った。「あなたがたも、もう帰ってください。必要なら連絡します。ありがとうございました」

羅輯は、ふたりが仲睦まじいカップルのようにたがいを支え合って歩いていくのを見送った。いま、ここには、羅輯と史強のふたりだけが残っている。

「大史《ダーシー》、なにか言いたいことはないかい?」羅輯は史強の方を向いて、笑顔で言った。

史強は根が生えたように突っ立ち、すごいマジックを見せられたあとのように茫然としていた。

「兄弟、まったくわけがわからん」

「なんだって?　ぼくが正義の天使だと信じないのかい?」

「殴り殺されたって言うもんか、そんなこと」

「超文明の代弁者っていうのは?」

「天使よりはましだが、正直言って、それも信じられん。そんなことがありうると思ったことは一回もない」

「この宇宙に公正と正義があることも信じない?」

「わからん」

「でも、法の番人だろ」

「わからんと言っただろう。ほんとうにわけがわからない」

「だとしたら、あんたがここでいちばん正気の人間だってことだね」

「じゃあ、宇宙の正義について教えてもらえるか？」

「いいとも。ついてきてくれ」羅輯はまっすぐ砂漠に向かって歩き出し、史強はそのすぐうしろについていった。ふたりは無言のままかなり長いあいだ歩きつづけ、それからハイウェイを横断した。

「どこへ行くんだ？」史強がたずねた。

「いちばん暗いところへ」

＊＊＊

ふたりはハイウェイの向こう側の、盛土が住宅エリアの明かりをさえぎっている場所までやってきた。真っ暗な中を手探りして、羅輯《ルオ・ジー》と史強《シー・チアン》は砂利まじりの地面に腰を下ろした。

「じゃあ、はじめよう」羅輯の声が暗闇に響いた。

「わかりやすく説明してくれよ。おれの教養じゃ、複雑だと理解できないからな」

「だれでもわかるよ。大史、真実は単純なんだ。聞いてしまえば、どうして自分で思いつかなかったのか不思議に思うようなことなんだ。数学の公理は知ってるよね？」

「中学の幾何で習った。『同一平面上の二つの点を通る直線は一本だけ』みたいなやつだろ」

「そのとおり。いまから説明するのは、宇宙文明のふたつの公理だ。その一、生存は文明の第一欲求である。その二、文明はたえず成長し拡張するが、宇宙における物質の総量はつねに一定である」

「それから？」

「それだけだよ」

「たったそれだけの前提から、なにが導ける？」

「大史、あんたは一発の銃弾とか、一滴の血から、事件当時の状況全体を復元できるだろ？　宇宙社会学も、このふたつの公理から、銀河と宇宙の文明モデルを導き出す。科学とはそういうものなんだよ。それぞれのシステムの礎石はとても単純だ」

「じゃあ、導き出してみせてくれ」

「まず、暗黒の戦いの話をしよう。星艦地球は宇宙文明の縮図だと言ったら、どう思う？」

「それは違う。星艦地球は燃料や部品なんかの資源が不足していた。だが、宇宙全体では不足していない。宇宙はでかすぎるからな」

「残念。宇宙はたしかに大きいけど、生命はもっと大きい！　それが第二の公理の意味だ。宇宙の物質の総量は基本的に一定だが、生命は指数関数的に増大する！　指数関数は数学の悪魔だ。顕微鏡レベルの細菌が一匹だけ海の中にいて、それが半時間に一回、二匹に分裂するとしよう。じゅうぶんな養分さえあれば、その子孫は数日のうちに地球上のすべての海を埋めつくしてしまう。人類世界と三体世界だけを見て、勘違いしないでくれ。このふたつの文明はとても小さい。でも、それはただ、文明の揺籃期だからに過ぎない。文明が有する技術がある閾値《いきち》を超えると、生命が宇宙に広がるのは、すごく恐ろしいことなんだ。たとえば、人類文明がいま有している宇宙船の航行速度に基づけば、百万年後には、地球文明はこの銀河系全体に広がることができる。しかも、百万年というのは、宇宙規模ではほんの短い時間なんだよ」

「つまり、長い目で見れば、全宇宙が星艦地球みたいに……なんと言ったっけ、〝死の手〟になるかもしれないと？」

「長い目で見る必要はない。いま現在、宇宙全体がすでに死の手を配られてる。ハインズが言ったとおり、文明は数十億年前に宇宙に芽生えたのかもしれない。宇宙はすでに満員になっているのかもしれない。この銀河系に、あるいは宇宙全体に、あとどれくらい空きがあるのか、占有されていない資源がどれくらい残っているのか、だれにもわからない[*4]」

「でも、そんなことないだろ？　いまのところ、宇宙は空っぽみたいじゃないか。三体文明以外の地球外生命体なんか見たことないだろ」

「その話はこれからするよ。煙草を一本くれ」羅輯はしばらく暗闇をまさぐって、ようやく史強の手から煙草を受けとることに成功した。ふたたび羅輯の話し声が聞こえたとき、自分から三、四メートル離れていることに史強は気づいた。「もっと宇宙空間ぽく感じるために、距離をとる必要がある」羅輯はそう言ってから、煙草のフィルター部分をひねって火をつけた。同時に、史強も自分の煙草に火をつけた。暗闇の中でふたつの小さな火が離れて向かい合っている。

「よし、じゃあ、この問題を説明するために、いちばんシンプルな宇宙文明モデルを考えてみよう。このふたつの火は、文明を持つふたつの惑星を表している。宇宙はこのふたつの惑星だけで構成されていて、他にはなにもないってことにしよう。まわりのすべてを消してみてくれ。どうだい？　宇宙空間を感じられるようになった？」

「ああ。こういう暗い場所だと、宇宙を感じるのも楽だな」

「このふたつの文明世界を、きみの文明、ぼくの文明と呼ぶことにしよう。ふたつの世界はたがいにずっと離れてて、そうだな、百光年の距離があるとする。きみはぼくの存在を探知したが、それ以上に詳しいことはわからない。しかし、ぼくはきみの存在をまったく知らない」

「うん、それで？」

「次に、ふたつの概念を定義する必要がある。文明間の善意と悪意だ。善と悪という言葉は科学的に厳密じゃないから、意味を限定しなきゃいけない。この場合、善意とは、積極的に攻撃して他の文明を消滅させないことを指す。悪意はその反対」

「それが善意か。最低レベルだな」

「きみはすでに、ぼくの文明が宇宙に存在することを知っている。次にきみは、ぼくに対してどんな行動をとるか、選択肢を考えてくれ。ただしその際、宇宙文明の公理を忘れず、さらに宇宙の環境や距離の尺度もつねに念頭に置くよう注意してほしい」

「おまえとコミュニケートすることを選んだら？」

「その場合、きみは自分の払う代償に注意しなくちゃならない。きみは自分の存在をぼくに曝すことになる」

「そうだ。宇宙では、これはぜんぜん小さなことじゃない」

「曝露にもさまざまなレベルがある。いちばん大きい曝露は、自分の星の正確な恒星間座標をぼくに教えることだ。その次は、おおまかな方向を教えること。いちばん弱いレベルの曝露は、きみが宇宙に存在することだけを知らせる。しかし、いちばん弱いレベルの曝露でも、ぼくがきみを探し出す手がかりになるかもしれない。きみがぼくの存在を探知した以上、ぼくにもきみを見つけ出せるとわかっているからね。技術の進歩を考えれば、これは時間の問題に過ぎない」

「だがな、兄弟、おれは危険をおかしてでも、おまえとコミュニケートできる。もしおまえが悪意を持つやつだったら、おれは運が悪かったってことだ。もしおまえが善意を持つやつだったら、おれたちはもっとコミュニケートして、最後には合流し、ひとつのもっと大きな善意の文明になれる」

「オーケイ、大史《ダーシー》。ここから先が肝心なところだ。宇宙文明の公理に戻ろう。たとえぼくが善意の文明だったとしても、コミュニケーションをはじめる段階で、きみが善意の文明なのかどうか、ぼくは判断できるかな？」

「もちろんできない。それは、第一の公理に反する」

「それなら、きみのメッセージを受けとったら、ぼくはどうすればいいと思う？」

「当然、おれが善意の文明か悪意の文明かをまず判断すべきだろう。もし悪意の文明だったら滅ぼすし、善意の文明ならコミュニケーションをつづける」

羅輯がいる方向で小さな火が上昇し、行ったり来たりしはじめた。羅輯が立ち上がって、うろうろ歩いている。「地球上でならそれができる。しかし、宇宙では無理だ。だから次は、ひとつ重要な概念を導入しよう。猜疑連鎖だ」

「妙な言葉だな」

「最初はこの言葉だけしか知らなかった。説明してもらえなかったからね。でも、あとになって、言葉そのものの意味を手がかりに、それがどういうものなのか推測することができた」

「だれが説明してくれなかったんだ？」

「……それはあとで話すよ。つづけよう。もしきみがぼくを善だと思ったとしても、それはきみが安心する理由にはならない。第一の公理に基づけば、善意の文明が、他の文明を善だと前もって予測することはできない。だから、ぼくがきみを善と考えているか、悪と考えているか、きみにはわからない。さらに一歩進めれば、ぼくがきみを善と見なしていることをきみが知り、きみがぼくを善と見なしていることをぼくが知ったとしても、きみがぼくをどう考えているかについてぼくがどう考えているかについてきみがどう考えているか、ぼくにはわからない。ほんとに入り組んでてややこしい。だろ？　これでもまだ、わずか三段階だ。このロジックはどんどん積み重なっていってキリがない」

「おまえが言っていることはわかった」

「これが猜疑連鎖だよ。これは、地球では見られない現象だ。人類は、同じひとつの種に分類され、似たような文化、相互に関連する生態系を持ち、ごく近い距離で暮らしている。こんな環境下では、猜疑連鎖は第一段から第二段に延びるだけで、それはコミュニケーションで解決できる。しかし宇宙では、猜疑連鎖がとても長く延びていく可能性がある。コミュニケーションによって解決される前に、暗黒の戦いのようなことが起きてしまうだろう」

史強が煙草を一服すると、考え込むその表情が闇の中に浮かび上がった。「いま考えてみると、暗黒の戦いはほんとうにたくさんのことを教えてくれたんだな」

「そうだね。星艦地球の五隻の宇宙船が構成していたのは、一種の疑似宇宙社会だ。本物とは違う。すべて同じひとつの種――人類――に属していたし、たがいの距離もとても近かった。それでも、死の手を配られると、猜疑連鎖が出現した。本物の宇宙社会では、異なる文明種属間の生物学的な差異は、門か界のレベルにまで達するかもしれない。[*5] 文化的な違いとなると、とても想像がつかない。しかも、たがいの距離ははるかに遠いから、猜疑連鎖を断ち切ることは事実上不可能だ」

「つまり、おまえやおれが善意の文明だろうと悪意の文明だろうと、結果は同じということか」

「そのとおり。それが猜疑連鎖のいちばん重要な特徴なんだ。文明自体の社会形態や道徳的な傾向とは関係なく、どの文明も、一本の鎖の終端と考えるだけでじゅうぶんだ。文明の中身が善か悪かに関わらず、猜疑連鎖で構成されたネットワークに入ってしまえば、すべての文明は同じものになる」

「だが、もしおまえがおれよりずっと弱ければ、おれにはなんの脅威にもならない。それならおれは、いつでもおまえとコミュニケートできるだろ？」

「それもだめだ。ここで、第二の重要な概念を導入しよう。技術爆発。この概念についても、ちゃんと説明してはもらえなかったけど、でも、考えてみると、こっちは猜疑連鎖よりずっと推論しやすい。人類文明には五千年の歴史がある。そして地球の生命の歴史は何十億年にもおよぶ。でも、現代の科学技術は、人類がこの三百年のあいだに発展させてきたものだ。宇宙の時間的なスケールから見れば、これは発展とかいうレベルじゃない。爆発だ！　技術が飛躍的に発展する可能性は、それぞれの文明に埋め込まれた爆薬みたいなものだ。内的または外的な要因でそれに火がつけば、たちまち爆発する。

地球は三百年だったけど、あらゆる宇宙文明の中で人類の発展速度がいちばん速いと考える理由はない。他の文明の技術爆発はもっと急激かもしれない。いまはぼくの文明がきみの文明より弱いとしても、きみのメッセージを受けとって、きみの存在を知ったら、ぼくらのあいだに猜疑連鎖が生まれる。いつなんどきぼくの文明に技術爆発が起きて、きみの文明を凌駕し、きみより強くならないともかぎらない。宇宙のスケールでは、数百年など一瞬だ。そして、きみの存在を知り、きみとのコミュニケーションで情報を得ることが、ぼくにとって、技術爆発の導火線に火をつける理想的な火打ち石になるかもしれない。ということは、もしぼくが、生まれたばかりの、あるいはよちよち歩きをはじめたばかりの文明だったとしても、ぼくはきみにとって大きな危険因子になる」

史強は、羅輯がいるあたりの暗闇に輝く小さな火を見ながら何秒か考えた。そして自分の煙草の火口を見て言った。「じゃあ、おれは沈黙しているしかないな」

「それでうまく行くと思うかい？」

ふたりは煙草を吸いつづけた。火口がときおり明るさを増し、それぞれの顔が暗闇の中にかわるがわる浮かびあがる。それはまるで、このシンプルな宇宙の中で熟考する二柱の神のようだった。

とうとう、史強が口を開いた。「どれもだめだな。もしおまえがおれより強大だったとしたら、おれがおまえを発見できた以上、おまえもいつかはおれを探し当てられる。そしておれたちのあいだにはまた猜疑連鎖が生まれる。あるいは、もしおまえがおれより弱小だったとしても、いつでも技術爆発が起きる可能性があって、そうなったら、第一の状況と同じことになる。まとめるとこうだ。その一、おまえにおれの存在を知らせる。その二、おまえが存在しつづけることを許す。一も二も、両方とも危険で、第一公理に反してる」

「大史、あんたはほんとうに頭がいいよ」

「ここまではおれの頭でもついてこられたが、まだはじまったばかりだ」

羅輯は暗闇の中で長いあいだ沈黙していた。煙草の火のかすかな輝きに照らされて、二度、三度、羅輯の顔が浮かび上がった。それから、羅輯はようやく口を開いた。「大史、これははじまりじゃないよ。ぼくらの推論は、もう結論にたどりついてる」

「結論？　まだなんの結論も出てないだろ。宇宙社会の全体像を見せてくれるって約束じゃなかったのか？」

「結論は出たじゃないか。きみがぼくの存在を知ったあとでは、コミュニケーションも沈黙も役に立たない。ということは、残る選択肢はひとつしかない」

それにつづく長い沈黙のあいだに、ふたつの火が消えた。そよ風も吹かない静けさの中、暗闇がアスファルトのようにねっとり粘って、夜空と砂漠を黒々としたひとつのものに変えた。とうとう、その暗闇の中で、史強はひとつだけ言葉を口にした。

「くそっ！」

「その選択肢を、数十億の恒星と数億の文明に当てはめて考えれば、宇宙社会の全体像ができあがる」羅輯はそう言って、闇の中でうなずいた。

「そいつは……そいつはほんとに暗い眺めだな」

「真実の宇宙は、ただひたすらに暗い」羅輯は手を伸ばし、ビロードを撫でるように暗闇を撫でた。「宇宙は暗黒の森だ。あらゆる文明は、猟銃を携えた狩人で、幽霊のようにひっそりと森の中に隠れている。そして、行く手をふさぐ木の枝をそっとかき分け、呼吸にさえ気を遣いながら、いっさい音をたてないように歩んでいる。そう、とにかく用心しなきゃならない。森のいたるところに、自分と同じく身を潜めた狩人がいるからね。もしほかの生命を発見したら、それがべつの狩人であろうと、天使であろうと悪魔であろうと、か弱い赤ん坊であろうとよぼよぼの老人であろうと、天女のような少女であろうと神のような男の子であろうと、できることはひとつしかない。すなわち、銃のひきがねを引いて、相手を消滅させること。この森では、地獄とは他者のことだ。みずからの存在を曝す生命はたちまち一掃されるという、永遠につづく脅威。これが宇宙文明の全体像だ。フェルミのパラドックスに対する答えでもある」

史強は、ささやかな明かりがほしくなって、また煙草に火をつけた。

「ところが、この暗黒の森には、人類という莫迦な子どもがいて、自分で焚き火を熾《おこ》し、その横に立って、『ここだ！　ぼくはここにいるよ！』と叫んでいる」と羅輯が言った。

「だれかに聞かれたのか？」

「聞かれたのはたしかだが、叫び声だけでは、その子の居場所まではわからない。これまでのところ、人類が宇宙に向かって、地球と太陽系の位置に関する正確な情報を送ったことはない。すでに送られた情報からわかるのは、太陽系と三体星系の距離と、このふたつの星系の天の川銀河におけるおおまかな方向だけだ。両者の正確な位置はまだ判明していない。ぼくらがいるのは銀河系周縁部の辺鄙《へんぴ》な場所だから、多少は安全だ」

「じゃあ、おまえの呪文はどういうことなんだ？」

「ぼくは太陽を通じて三つの画像を全宇宙に送った。各画像を構成する三十個の点は、三十個の恒星の位置関係を含む三次元座標系の平面投影を示している。この三つの画像を組み合わせた三次元座標は、その三十個の点が分布するひとつの立方体をかたちづくる。そこには、187J3X1とその周囲の二十九個の恒星との相対的な位置関係が示されている。おまけに、187J3X1を指し示す記号までつけてある。

これがどういうことなのか、じっくり考えればわかるはずだ。暗黒の森の中で、狩人がじっと息を潜めて歩いていると、とつぜん目の前の木が皮を削られ、輝くような白木の肌が露出する。そしてそこに、すべての狩人が認識できる文字で、森の中の、ある特定の場所が明示されるんだ。彼は、その場所についてどう考える？　だれかが用意してくれた必要物資の置き場所だとは考えないだろう。あらゆる可能性の中でいちばん大きなもののひとつは、息の根を止めるべき獲物の居場所を教えているというものだ。それを示した者の目的はべつだん重要じゃない。重要なのは、死の手によって、黒暗森林全体の緊張が限界まで高まっているということだ。行動に移る可能性がいちばん高いのは、いちばん敏感な神経の持ち主だ。森の中に百万の狩人がいると仮定して――天の川銀河の千億を超える恒星に存在する文明の数は、実際は一億以上かもしれない――そのうち九十万はこの情報を気にとめないかもしれないが、残り十万の狩人は、問題の恒星の位置を調べてみるだろう。そのうち九万は、問題の星系に生命が存在しないことを確認したあとで興味を失う。残る一万の狩人の中で、きっとひとりくらいは、その座標に向かって、試しに一発撃ってみるという選択をする者がいるだろう。技術発展がある一定のレベルに達している文明にとっては、おそらく探査よりも攻撃のほうが安全で、手間がかからない。もしその座標に実際はなにもなかったとしても、失うものはない。そしていま」と羅輯は結論を述べた。「そういう狩人が現れた」

「おまえの呪文は、もう送れなくなったんだな？」

「そうだよ、大史。もう送れなくなった。呪文はかならず銀河系全体に向かって発信しなければならないのに、太陽を封じられてしまったからね」

「人類は一歩だけ遅かった？」史強が煙草の吸殻を捨てると、その火は闇の中で放物線を描いて落下し、しばらくのあいだ、砂地のせまい範囲を明るくした。

「いや、違う。ちょっと考えてみてくれ。もし太陽が封鎖されていなくて、ぼくが三体世界を標的にした呪文を送信するぞと言って彼らを脅迫したとする。どうなっていたと思う？」

「レイ・ディアスみたいに石を投げられて殺されていただろうな。それから、あらゆる人間に対し、そういう方向で考えることを禁止する法律が制定されていただろう」

「そのとおりだよ、大史。太陽系と三体世界の距離と、銀河系におけるおおまかな方向は、すでに地球が自分から曝してしまっている。三体世界の位置を曝すことは、太陽系の位置を曝すことと等価だ。遅かったのは一歩だけだったかもしれないが、でもそれは、人類がけっして踏み出すことのできない一歩なんだ」

「あのときおまえは、三体世界を威嚇すべきだった」

「あまりにも突飛な考えだったから、あのときのぼくには確信がなかった。だから、たしかめる必要があった。どのみち、時間はまだたっぷりあったしね。でも、ほんとうの理由は、心の奥底で、決断する精神力がなかったんだ。他の人にもないと思うよ」

「いまにして思えば、きょうは市長に会うべきじゃなかったな。この状況は——もし世界中に知れ渡ったら、いま以上にひどいことになる。あのふたりの面壁者の末路を見るがいい」

「たしかに。ぼくにも同じことが起きるだろう。だから、ぼくらふたりとも、なにも言わないほうがいい。もっとも、話したければ話してもいいよ。ぼくにこの話を伝えた人がかつて言ったとおり、もう自分の責任は果たしたから」

「安心してくれ、兄弟。おれはなにも言わん」

「どのみち、もう希望はない」

ふたりは盛土に沿って歩き、それからハイウェイに上がった。さっきの場所よりはかすかに闇が薄い。遠くに見える住宅エリアのまばらな明かりだけでも目が眩んだ。

「あとひとつ、訊きたいことがある。おまえにこの話を伝えた人っていうのは？」

羅輯はちょっと口ごもった。「忘れてくれ。知っておいてほしいのは、宇宙文明の公理と黒暗森林理論は、ぼくが考え出したものじゃないっていうことだけだ」

「あしたは市政府の仕事で街に行く。またなにか助けが必要なときは、いつでも遠慮なく言ってくれ」

「大史。あんたにはもう、じゅうぶん以上に助けてもらったよ。あしたはぼくも街に行って、冬眠者移民局で家族の蘇生のことを相談してくる」

＊＊＊

羅輯《ルオ・ジー》の期待に反して、冬眠者移民局によれば、荘顔《ジュアン・イエン》と娘の蘇生はいまだに凍結されているとのことだった。この件に関しては、羅輯の面壁者特権は適用されないと、局長が明言した。羅輯はハインズとジョナサンに相談したが、彼らもこの件の詳細を知らなかった。しかし、改正面壁法には、新たな条項が加わっていた。すなわち、国連と面壁計画委員会は、面壁者をその職務に専念させるため、あらゆる必要な措置を講ずることができる。つまり、あれから二世紀を経て、国連はふたたび、強制と支配のための道具として、羅輯の家族を利用しているのだった。

羅輯は、自分が住んでいる冬眠者居住地の現状を維持し、外界に悩まされないようにすることを求め、この要求は忠実に実行された。メディアの記者や聖地巡礼を目論む人々は近づくことが禁止され、新生活ヴィレッジ5区では、なにごともなかったようにすべてが平常に戻った。

二日後、羅輯は面壁計画復活後はじめての公聴会に出席した。といっても、北米大陸の地下にある国連本部に赴いたわけではなく、新生活ヴィレッジ5区にある簡素な居室から、公聴会にリモート参加したのだった。部屋の中にあるふつうのテレビに、議場のリアルタイム映像が映し出されている。

「面壁者羅輯、あなたの怒りは覚悟していた」委員会議長は言った。

「ぼくの心はもう燃え尽きた灰ですよ。怒る気力もない」羅輯はソファにぐったりもたれて言った。

議長はうなずくと、「すばらしい態度だ。しかしながら、委員会はあなたがその村を離れるべきだと考えている。その小さな場所は、太陽系防衛の司令センターのひとつとしてはふさわしくない」

「西柏坡《シーバイポー》をご存じですか？　ここからそう遠くないところにある、ここよりさらに小さい村ですが、二世紀以上前、建国の父祖たちは、その村で歴史に残る大きな軍事攻撃のひとつを指揮したんですよ」

議長はまたかぶりを振った。「まったく変わってないようだな。いいだろう。委員会はあなたの習慣と選択を尊重しよう。とにかく早く仕事にかかるべきだ。昔のようなわけにはいかない。当時は、いつも仕事をしていると口だけで主張していたようだが」

「仕事なんかできない。仕事の前提条件がもう存在しない。ぼくの呪文を宇宙に発信する恒星級の出力を調達できますか？」

アジア艦隊の代表が口を開いた。「それが不可能であることは承知のはずだ。太陽に対する水滴の電磁波封鎖は継続している。二、三年以内に停止する見込みはない。そして三年後には、他の九個の水滴が太陽系に到達する」

「では、ぼくにできることはなにもない」

議長は言った。「いや、面壁者羅輯、もうひとつ、まだやっていない重要な仕事がある。国連と艦連に対し、呪文の秘密を公表することだ。どうやってあの呪文で恒星を破壊したのかね？」

「それは言えない」

「それが妻と娘を蘇生させる条件だとしても？」

「こんなときに、よくもそんな卑劣なことが言えるな」

「これは秘密会議だ。それに、面壁計画は、そもそも現代社会に存在するはずのものではない。にもかかわらず面壁計画が復活した以上、二世紀前の国連面壁計画委員会が下した決議は、依然としていまも有効だ。そして、当時の決議にしたがえば、荘顔と娘は終末決戦のときに蘇生させることになっている」

「われわれはすでに終末決戦を戦ったのでは？」

「両インターナショナルとも、そう考えてはいない。結局、三体文明の主力艦隊はまだ到着していないのだからな」

「ぼくが呪文の秘密を守るのは面壁者としての責任です。そうでないと、人類は最後の希望まで失うことになる。その最後の希望も、いまはもう、消えてなくなったのかもしれないが」

公聴会のあとの数日間、羅輯は部屋に閉じこもり、酒の力を借りて憂さを晴らしていた。いつも酔っぱらっていて、たまに外に出れば、服装は乱れ、髭も伸び放題で、街をうろつくホームレスのような姿だった。

面壁計画の次の公聴会が開かれると、羅輯は前回と同じように自分の居室から会議に参加した。

「面壁者羅輯、われわれはあなたの状態を憂慮している」議長は、ぼさぼさ頭にやつれた顔の羅輯の映像を見ながら言った。彼の部屋の中のカメラを動かし、会議に出席している代表たちに床に散らばる酒瓶を見せた。

「羅輯博士、あなたは仕事に復帰するべきだ。まともな精神状態に戻るためにも」欧州連合代表が言った。

「どうすればぼくがまともな精神状態に戻るかはご存じでしょう」

「妻子を蘇生させることは、実はそれほど重要な問題ではない」議長は言った。「われわれはそんなものを利用してあなたをコントロールしたくはないし、またコントロールできないことも知っている。しかし、以前の委員会決議があるので、この問題の解決には一定の困難がともなう。最低限、ひとつの条件が必要だ」

「ぼくはもう、あなたがたの条件を拒否しました」

「いや、羅輯博士、条件が変わったのだよ」

議長の話に羅輯は目を輝かせ、姿勢を正してソファに座った。「新しい条件とは？」

「とてもシンプルだ。これ以上ないくらいにシンプルだ。なにかをするだけでいい」

「宇宙に向かって呪文を送信できないなら、ぼくにできることはなにもない」

「なにか、できることを考えてくれ」

「つまり、無意味なことでもかまわないと？」

「大衆から見て意味がありさえすればいい。彼らの目から見れば、あなたは宇宙的正義の力の代弁者か、神が人間世界に遣わした正義の天使だ。その特異な立場は、最低でも、状況を安定させるために利用できる。しかし、もしなにもしなければ、いずれ大衆の信仰を失うことになる」

「そんなやりかたで状況を安定させるのは危険ですよ。いつまでも苦労がつづくことになる」

「しかし、いまのわれわれには、世界情勢を安定させることが必要なのだ。九機の水滴が三年後には太陽系に到達する。それに対処する態勢を整える必要がある」

「ほんとうに、資源を浪費したくない」

「それなら、委員会からある任務を提供しよう。資源を浪費しない任務を。艦連議長から説明してもらおう」議長はそう言って、会議にリモート参加していた艦隊連合会議議長に合図した。彼はいま、宇宙空間の構造物にいるらしく、うしろの広い窓を星々がゆっくり移動している。

艦連議長が口を開いた。「九機の水滴が太陽系に到達する予想日時は、四年前、星間雲を最後に通過した際の速度と加速度から算出されたものだ。この九機の水滴は、すでに太陽系に到達している一号水滴とは異なり、推進システム駆動時にも発光せず、位置を特定できるいかなる高周波帯電磁放射線も出していない。どうやら、人類が一号水滴の追尾に成功したのち、自己修正したらしい。このように小さくて光を出さない物体を宇宙空間で探し出し、追尾することはきわめて困難だ。われわれは、それらの航跡を見失ってしまった。そのため、九機の水滴がいつ太陽系に到達するかわからない。さらに言えば、到達したあとでさえ探知できない」

「で、ぼくになにができると？」羅輯がたずねた。

「斑雪《はだれゆき》計画を率いてほしいと考えている」

「なんですか？」

「恒星型水素爆弾と海王星の油膜物質を使って宇宙に星間雲をつくり、水滴が通過するとき、その航跡を観測できるようにするプロジェクトだ」

「なんの冗談です？　ぼくが宇宙にまったく無知じゃないことはわかっているでしょう」

「きみはかつて天文学者だった。このプロジェクトを指揮する資格がある」

「前回、星間雲による追跡が成功したのは、目標のおおよその軌道がわかっていたからです。しかし、今回はなにもわからない。もし九機の水滴が光を出さないまま加速したり、方向転換したりするとしたら、最悪、太陽系の反対側から侵入してくることもありうる。星間雲をどこに広げるんです？」

「あらゆる方向に」

「つまり、塵で球をつくって太陽系を包み込むと？　だとしたら、神に遣わされた人間というのはあなたのことですね」

「球は不可能だが、黄道面（天球上に太陽が描く平均大円（黄道）を含む平面。地球の平均の公転軌道面でもある）に塵の環をつくることはできる。木星と小惑星帯のあいだに」

「でももし、水滴が黄道面の外から侵入してきたら？」

「そうなったらしかたない。しかし、航空宇宙力学の観点からすると、水滴群が太陽系のすべての惑星に接近することを望んだ場合、黄道面から侵入する可能性がもっとも高い。一号水滴の場合はそうだった。今度も同じなら、星間雲は九機の航跡を捉えることができる。一度捕捉しさえすれば、太陽系内の光学追跡システムは目標をロックオンできる」

「でも、それにどんな意味が？」

「少なくとも、水滴群が太陽系に侵入したとき、それとわかる。水滴は民間の目標を攻撃するかもしれない。したがって、そのときにはすべての宇宙船を――あるいは少なくとも水滴の航路上にいる宇宙船を――呼び戻し、宇宙都市の住民を地球に撤退させなければならない。宇宙都市は、きわめて脆弱な目標だからね」

「それにもうひとつ、もっと重要なポイントがある」面壁計画委員会議長が言った。「深宇宙に避難する可能性のある宇宙船のために安全な航路を確保してやることだ」

「深宇宙？　まさか、逃亡主義の話じゃないでしょうね」

「どうしてもその名前を使うと言うならな」

「だったらどうして、いまのうちに逃げない？」

「いまの政治状況ではまだ許されないからだ。ただ、水滴群が地球に迫ってきたときには、限定的な規模の逃亡なら国際社会に受け入れられるかもしれない。もちろんそれはひとつの可能性に過ぎない。しかし、国連と艦連は、いまのうちからそのために準備しておかなくてはならない」

「わかりました。でも、斑雪計画にぼくは必要ないのでは？」

「必要だ。たとえ木星軌道の内側でも、星間雲をつくるのはとほうもない大事業だ。一万発近い恒星型水爆の配備と、一千万トン以上の油膜物質、それに巨大な宇宙艦隊が必要になる。三年以内にプロジェクトを実現するためには、あなたの地位と権威を借りて両インターナショナルの資源を引き出し、利用しなくてはならない」

「その使命を引き受けたら、いつ家族を蘇生させてくれますか？」

「プロジェクトが本格的に動き出したら。言ったとおり、それについてはべつだん問題はない」

＊＊＊

しかし、斑雪計画が本格的に始動することはついぞなかった。

両インターナショナルは斑雪計画そのものには興味がなく、また大衆は、面壁者が救世戦略を打ち出してくれるのを待ち望んでいて、敵の到着を知らせるだけの計画になど関心を示さなかった。さらに彼らは、それが面壁者自身の発案ではなく、国連と艦連が面壁者の権威を借りて遂行しようとしている計画に過ぎないと知っていた。しかも、国連の予想に反して、水滴編隊が迫るにつれ、逃亡主義に対する世間の目はますます厳しくなっていった。斑雪計画の本格的な始動は、宇宙経済全体の停滞を招き、ひいては地球経済と艦隊経済全体の衰退にもつながりかねなかった。両インターナショナルとも、この計画にそんな代価を支払いたくはなかったのである。そのため、海王星に赴いて油膜物質を採掘する宇宙船団の創設であれ、恒星型水爆の製造（レイ・ディアスの計画が残した五千発を超える水爆のうち、二世紀後のいまもまだ使用可能なものは千発にも満たず、斑雪計画が必要とする数量にはまったく足りなかった）であれ、斑雪計画はすべての面で遅々として進まなかった。

しかし羅輯は、それにもめげず、斑雪計画に全身全霊を傾けた。当初、国連と艦連は、プロジェクトに必要な資源をかき集めるために面壁者の権威を利用するだけのつもりだった。しかし羅輯はプロジェクトの細部にまで首を突っ込み、寝る間も惜しんで技術委員会の科学者やエンジニアとひたいを集め、独自のアイデアをいくつも提案した。たとえば、すべての核弾頭に小型のイオンエンジンを搭載し、軌道上で一定の機動力を持たせるようにした。こうすることで、さまざまな宙域の星間雲の密度を必要に応じてリアルタイムで調整できるようになった。さらに重要なのは、水爆を直接的な攻撃兵器として利用する可能性が生まれたことだった。羅輯はそれを宇宙機雷と呼んだ。恒星型水素爆弾で水滴を破壊することが不可能であることはすでに証明されているが、長期的には、三体艦隊の宇宙船に対して使えるかもしれない。彼はまた、すべての水素爆弾をどこに配置するかをみずから決定した。現代テクノロジーの観点から見ると、羅輯のアイデアは、その大部分が二一世紀的な幼稚さと無知をさらけだしていたが、彼の声望と、面壁者という地位のおかげで、これらの意見はほとんどがそのまま採用された。羅輯はある意味、斑雪計画を現実逃避の手段にしていた。現実を逃れるもっともいい方法は、現実に深く関わることだと知っていたからである。

しかし、羅輯が斑雪計画に深く入れ込めば入れ込むほど、世間は失望を深めた。たいして意味のないこのプロジェクトに彼が精魂を傾けるのは、ただたんに妻と娘に早く会いたいからだと知れ渡っていたためである。そして、世界が待ち望んでいる救世計画は、いつまで待っても出てこなかった。羅輯はメディアに対し、もし恒星級の出力で呪文を送ることができないなら、自分はまったく無力であると何度も公言した。

斑雪計画は一年半ののち、停滞に陥った。この時点で、海王星から採掘された油膜物質は百五十万トン足らず。もともと〝霧の傘〟計画で採掘していた六十万トンを加えても、プロジェクトに必要な量にはおよびもつかなかった。最終的に、太陽から二天文単位離れた軌道上に、油膜物質で包んだ恒星型水爆三千六百十四発を配備したが、これは計画の三分の一ちょっとの規模だった。もしこれらの油膜水爆を爆発させても、太陽を囲む星間雲ベルトを形成することはできず、ばらばらの星間雲ができるだけで、早期警報という役割は、相当に割り引いて考えなければならなくなった。

この時代には、失望は希望と同じ速さでやってくる。朗報を待ちつづける一年半が過ぎたあと、面壁者羅輯に対する大衆の忍耐と信用は急速に失われていった。

国際天文学連合の総会（この会議が前回、世界的な注目を集めたのは、冥王星が惑星の資格をとり消された二〇〇六年のことだった）では、天文学者や天体物理学者の多くが、１８７Ｊ３Ｘ１の爆発はたんなる偶然に過ぎなかったと考えていた。羅輯は天文学者として、二一世紀のうちにこの恒星の爆発の兆候を発見していた可能性が高い。この説明には多くの穴があったが、しかししだいに多くの人がそれを信じるようになり、羅輯の地位の失墜が加速して、大衆の目に映る羅輯のイメージは、救世主から凡人へ、さらには大ペテン師へと変わっていった。国連から授与された面壁者としての身分はいまだに保持し、面壁法も依然有効ではあるものの、羅輯にはもう、なんの実権もなくなっていた。

原注

＊1　弓矢で月を射るようなもの（p212）

強い相互作用は、自然界の四つの力の中でもっとも強く、電磁気力の百倍以上だが、原子核内部の極めて短い距離でしか働かない。原子核のスケールは原子と大きく違い、原子を劇場の大きさとすれば、原子核はクルミほどのサイズしかなく、原子のスケールは強い相互作用が影響する範囲をはるかに超えている。したがって、原子間と分子間で作用するのは、主に電磁気力なのである。

＊2　超低周波水爆（p258）

通常の放射線に対して高い遮蔽力を有する宇宙船を攻撃するために用いる、一種の宇宙核兵器。連続した核爆発により空気中に超低周波音波を発生させる。毎回の核爆発において生じる強力な電磁波は、標的となる宇宙船の金属の船殻と相互作用して、船内の空気中で電磁エネルギーから音響エネルギーに変わり、超強力な低周波音波を発生させることで、内部にいるマクロレベルの生命体すべてを死に至らしめる。ただし、宇宙船の設備にはほとんど損傷を与えない。

＊3　防御は困難（p258）
超低周波音波水素爆弾は電磁パルスによって敵を殺傷する兵器であるため、目標を直撃する必要はなく、目標からかなり遠い距離で爆発させることにより、目標内部の人員のみを殺すことができる。しかも、レーダーに映らないステルスミサイルを使用した場合、可視光観測その他の探知手段を使っても、ごく近距離まで接近してからでないと探知されない。

＊4　占有されていない資源がどれくらい残っているのか、だれにもわからない（p293）
異なる性質を持つ文明種属は、異なる資源を占有するため、宇宙文明間の資源配分については、炭素型生命やシリコン型生命、恒星生命、電磁生命など、多くの種属が平行する層で資源を分け合うことができる。必要な資源は基本的に宇宙のあらゆる物質形態を網羅し、それぞれの層に含まれる資源のほとんどは、たがいに干渉しないものの、重なる場合もある。

＊5　異なる文明種属間の生物学的な差異は、門か界のレベルにまで達するかもしれない（p296）
生物学上、生物の分類は、界、門、綱、目、科、属、種に分かれ、階級が下にいけば行くほど、たがいの特徴が似てくる。地球人類という種における生物学的な差異は、この階級内にかぎられる。もし非炭素生物の存在を考慮すると、地球外種属との差異は界を超えるレベルになるかもしれない。

危機紀元208年
三体艦隊の太陽系到達まで、あと2・07光年

雨がそぼ降る秋の寒い午後、新生活ヴィレッジ5区の住民代表会議は、この地区の住民の日常生活に支障が出ていることを理由に、羅輯《ルオ・ジー》の立ち退きを求める決定を下した。斑雪計画が進行しているあいだ、羅輯はひんぱんに地区外へ出て会議に参加していたものの、大部分の時間は部屋にこもり、斑雪計画の各機関とリモート環境で連絡をとりあっていたのである。羅輯が面壁者の身分を回復したあと、新生活5区は厳戒態勢に置かれ、住民の生活と仕事はあらゆる面でその影響を受けた。その後、羅輯の権威が失墜するにつれて、コミュニティの警備もだんだんゆるんできたが、状況はかえって悪化した。外からやってきた人々が、羅輯のアパートの下に集まり、野次を飛ばして罵ったり、窓に向かって石を投げたりする。その光景に興味を持って取材に訪れるニュースメディアも多かった。とはいえ、羅輯が追放されたほんとうの理由は、冬眠者たちに大きな失望を与えたことだった。

住民会議が終わったときは、すでに夕方になっていた。居住者理事会の理事長は、会議での決定を

通知するため、羅輯の居室に赴いた。何度もチャイムを鳴らしたあと、鍵のかかっていないドアを押し開けた。部屋の空気は、酒と煙草と汗のにおいが入り混じり、むせ返るようだった。部屋の壁はすべて、どこをタップしても情報画面が呼び出せる都会風の情報ウォールに改造され、ごちゃごちゃした映像に覆われている。映像の大部分は複雑なデータや曲線で、いちばん大きな画面には宇宙空間に浮かぶ球体群——油膜物質で包まれた恒星型水素爆弾——が映っていた。油膜物質は透明なので、中にある水素爆弾がはっきり見えた。理事長はそれを見て、冬眠前の時代に子どもたちが遊んでいたビー玉を思い出した。ゆっくり回転する球体の回転軸の一方についている小さな突起はイオンエンジンで、なめらかな球面には小さな太陽が映っている。おびただしい数の画面がめまぐるしく切り替わり、部屋全体が、けばけばしく光るひとつの大きな箱のようだった。室内に照明はなく、光源は壁のディスプレイだけ。すべてが朦朧とした光の中に溶け、どれが実体でどれが映像なのか、最初のうちは見分けがつかないくらいだった。

　目が慣れてくると、室内はまるで麻薬常用者の地下室だった。床のいたるところに酒瓶と煙草の吸殻が散らかり、うずたかく積み重なる汚れた服には煙草の灰が積もり、ゴミの山のようだ。彼女はそのゴミの山から、やっとのことで羅輯を見つけ出した。壁の片隅にくたびれたようすでうずくまっている。壁の映像がそこだけが黒くなり、投げ捨てられた枯れ枝のように見える。理事長は最初、彼が寝ているのかと思ったが、その目がゴミだらけの床を茫然と見つめていることにすぐ気づいた。しかし羅輯は、実際になにかを見ているわけではなかった。眼球は血走り、顔はやつれ、痩せ衰えた体は、自分の体重も支えられそうにない。理事長が声をかけると、羅輯はゆっくりとこちらを向き、同じようにゆっくりと彼女にうなずいた。理事長はそれでようやく、羅輯がまだ生きていると得心した。しかし、二世紀にわたる心労が積み重なって、羅輯を完全に押しつぶしていた。

　すっかり燃えつきてしまったこの男に対し、理事長は一片の憐憫も抱かなかった。この時代の他の人々と同じく、彼女もまた、世界がどんなに暗黒に見えても、どこかにかならず究極の正義が存在すると信じていた。羅輯の存在がまず最初にその信念を与え、そののち、同じ羅輯が、情け容赦なくそれを打ち砕いた。羅輯に対する失望は恥辱に変わり、それから怒りに変わった。彼女は住民代表会議の決定を冷たく通告した。

羅輯はふたたびゆっくりとうなずき、それから、のどが炎症を起こしたようなしわがれ声で言った。

「あした出ていきます。行かないと。もしぼくがまちがったことをしたら、どうか許してください」

二日後になってようやく、理事長は彼が最後に口にした言葉のほんとうの意味を知ることになる。

実のところ、羅輯はもともと、その夜、出発するつもりでいた。居住者理事会の理事長が帰るのを見送ったあと、ふらふらと立ち上がって寝室に行き、旅行用のリュックサックを探し出して、いくつか荷物を入れた。物置から発掘した柄の短いシャベルの三角形の持ち手がリュックの口からはみ出していた。床から汚れたジャケットを一着とって袖を通すと、リュックを背負って外へ出た。背後では、部屋の情報ウォールが輝きつづけていた。

廊下は人けがなく、階段の下でひとりの子どもとばったり出くわしただけだった。たぶん学校から帰ってきたばかりのその子は、見知らぬ人を見るような複雑な目で羅輯を眺め、彼が集合住宅の玄関から出ていくのを見送った。外に出た羅輯は、まだ雨が降っていることに気づいたが、傘をとりに戻る気にはなれなかった。警備員の注意を引きたくなかったから、自分の車にも乗れなかった。羅輯は小道に沿って歩き、だれとも会わないまま団地の敷地を出た。団地の外側にある防風林を通り抜け、砂漠にやってきた。小雨が顔に当たり、氷のように冷たい二本の手に軽く撫でられているように感じた。砂漠も空も、暮色の中で、水墨画の余白のようにぼやけている。羅輯は、荘顔《ジュアン・イエン》が置き手紙を残したあの絵のように、その余白に自身の姿を加えたところを思い浮かべた。

羅輯は盛土を昇ってハイウェイに上がると、数分後、通りかかった一台の車に手を挙げて停まってもらった。車には三人家族が乗っていて、親切に羅輯を乗せてくれた。彼らは旧市街に戻る冬眠者の一家で、子どもはまだ小さく、母親もとても若かった。家族三人は前の席で押し合いへし合いしながら、ひそひそ話をしていた。ときおり、子どもが母親の胸に顔を埋め、そのたびに三人の笑い声が車内に響いた。羅輯はその仲睦まじいようすにうっとり見とれていたが、しゃべっている内容までは聞きとれなかった。車内にずっと音楽が流れているせいだった。どれも二〇世紀の古い歌で、聞いた五、六曲の中に、「カチューシャ」や「おお、カリーナの花が咲く」があったので、もしかしたら「ウラルのグミの木」も聞けるかもしれないと羅輯は心待ちにしていた。それは二世紀前、あの村の舞台で、彼が想像上の恋人のために歌った歌だった。その後、あの北欧のエデンの園で暮らしていたころには、雪山が逆さに映る湖のほとりで、荘顔といっしょに歌ったこともある。

と、そのとき、前から来た車のヘッドライトが後部座席を照らし、それと同時に、子どもがたまたまうしろにちらっと目をやった。子どもはびっくりしたように体ごとうしろに向き直って、まじまじと羅輯を見つめ、「ねえ、このおじさん、面壁者そっくりだよ！」と両親に向かって叫んだ。それを聞いて、両親もうしろをふりかえった。羅輯は自分が面壁者だと認めざるを得なかった。

ちょうどその瞬間、車内に「ウラルのグミの木」が流れはじめた。

車が停まった。「降りてくれ」子どもの父親が冷たく言った。母親と子どもが彼を見るまなざしも、外の秋雨のように冷たかった。

羅輯はじっと動かなかった。その曲を最後まで聞きたかった。

「どうか、降りてください」父親がもういちど言った。羅輯は彼らのまなざしの意味を読みとった。世界を救う力がないのはあなたのせいではないが、世界に希望を与えておいて、その希望を打ち砕いたのは許せない罪だ。

羅輯はしかたなく車を降りた。リュックサックはあとから放り出された。車が走り出したとき、彼はほんの少しでも長く「ウラルのグミの木」を聞こうと、追いかけて何歩か走ったが、歌声は冷たい雨の夜の中に消えた。

ここはもう旧市街のはずれで、大昔に建てられた高層ビル群が夜の雨の中に黒々と屹立しているのが遠くに見えた。どのビルにもいくつかまばらに明かりが灯り、それぞれが孤独な目のようだった。羅輯はバスの停留所を見つけた。ひさしの下で一時間近く待つと、彼が目指している方向に向かう公共の無人運転バスがやってきた。車内はがらがらで、客は六、七人しか乗っていない。見たところ、旧市街の冬眠者住民らしい。車中の人々はだれも口をきかず、黙ってこの秋の夜の陰鬱を味わっている。道中はしばらく順調だったが、一時間ちょっと経ったころ、だれかが羅輯の顔に気づいた。すると、乗客が口々に、降りてくれと言いはじめた。料金はクレジットで支払い済みだから乗る権利があるはずだと羅輯が反論すると、白髪交じりの老人が、いまではもうあまり見られなくなった硬貨を二枚、彼に投げつけた。結局、羅輯はバスを降りるしかなかった。

「面壁者さんよ、シャベルなんか背負ってなにをするつもりだ？」バスが動き出すとき、乗客のひとりが窓から顔を出してたずねた。

「自分の墓を掘るんだ」と羅輯が言うと、バスの中にどっと笑い声が響いた。

その言葉が真実かどうかは、だれも知らなかった。

雨はあいかわらず降りつづいていた。この時刻では、もう車が通りかかる見込みはないだろう。しかしさいわい、目的地からそう遠くないところまで来ていた。半時間ほど歩いたあと、羅輯はハイウェイを降り、一本の小道を歩き出した。街灯から遠ざかり、周囲が暗くなると、リュックの中から懐中電灯をとりだし、足もとの道を照らした。道はますます歩きにくくなり、ぐっしょり濡れた靴で地面を踏むたびにガボガボ音がした。ぬかるみに足を滑らせて何度も転び、体が泥だらけになったので、リュックからシャベルを出して杖にした。行く手に見えるのは霧雨のカーテンだけだが、おおよその方向がまちがっていないのはわかっていた。

雨の夜を一時間ほど歩いたあと、墓地にたどりついた。敷地の半分は砂の下に埋まっていたが、残りの半分は土地が高くなっているため、埋没を免れていた。羅輯は懐中電灯を照らしながら墓石のあいだを歩いて、目指す墓を探した。大きくて立派な墓碑には目もくれず、簡素で小さな墓碑の名前だけをたしかめた。墓石に滴る雨水が光を反射し、瞳が光っているように見える。墓はすべて、危機時代以前、二〇世紀末から二一世紀初めにかけて建てられたものだった。ここに眠る、現代から遠く隔たった人々は幸運だった。彼らは臨終に際して、自分たちが生きてきたこの世界が永遠に存在しつづけると信じていられたのだ。

目指す墓石を発見できるとそんなに期待していたわけではなかったが、意外にもすぐに見つかった。墓碑の文字を読むまでもなく、目にした瞬間、すぐにそれとわかった。すでに二世紀も経っていることから考えると、妙な話だった。汚れが雨に洗い流されたせいかもしれないが、墓石に、長い時間の経過を示す痕跡は見当たらなかった。表面には、〝楊冬《ヤン・ドン》之墓〟という四文字が、きのう彫ったばかりのように鮮やかに刻まれている。葉文潔《イェ・ウェンジェ》の墓も娘の墓のすぐそばにあり、ふたつの墓石は、墓碑の文字を除いては瓜ふたつだった。葉文潔の墓碑にも、名前と生没年しか刻まれていない。それを見た羅輯は、紅岸基地跡に建つあの小さな石碑を思い出した。それらすべては、彼にとって、忘却のための記念碑だった。ふたつの墓碑は、まるで羅輯が来るのをずっと待っていたかのように、夜の雨の中に静かに立っている。

羅輯はぐったり疲れて、葉文潔の墓のかたわらに座り込んだが、雨の夜の寒さにすぐに体が震えはじめた。そこで、シャベルを支えに立ち上がり、葉母娘の墓のそばに自分の墓穴を掘りはじめた。

土が湿っているので、最初は掘るのにそれほど力が要らなかったが、下に行くほど土が堅くなり、石が多く混じるようになって、墓地が建つこの山そのものを掘っているような気がしてきた。彼は、時間の無力さと時間の力を同時に感じた。この二世紀の歳月は、ただ、砂や土をうわべに薄くかぶせたに過ぎない。しかしその一方、人類誕生以前の長い地質年代がこの山を生み出したのだ。山を掘るのはとてもほねが折れたので、休み休み作業するのがやっとだった。そして、知らず知らずのうちに夜が更けていった。

夜半過ぎには雨も止み、雲も散りはじめて、星空が見えるようになった。羅輯がこの時代に来てから見た中で、いちばん明るい星々だった。二百十年前のあの夕暮れ時、まさにこの場所で、彼は葉文潔といっしょに、同じ星空を眺めたのだった。

いまは、星と墓石しか見えない。このふたつは、もっとも大きな永遠のシンボルだった。

羅輯はとうとう体力を使い果たし、もうそれ以上は掘れなくなった。墓穴としては明らかにちょっと浅いが、これで間に合わせるしかない。どのみち、穴を掘ったのは、自分はここに葬られたいという意思表示に過ぎない。いちばん可能性の高い安息の地は火葬場だろう。火葬炉の中で灰になって、だれも知らない場所に撒かれる。しかし、そんなことは実際どうでもよかった。おそらくそう遠くない未来に、彼の骨はこの世界もろとも、もっと大きな火葬炉の中で、原子単位にまでばらばらにされてしまうのだから。

葉文潔の墓石にもたれかかっているうちに、思いがけず眠ってしまった。寒さのせいかもしれない。彼はまた雪原の夢を見た。雪原の上でふたたび娘を抱いている荘顔《ジュアン・イエン》を見た。彼女の赤いマフラーは炎のようだった。荘顔と娘は音もなく彼に呼びかけている。彼もまた彼女たちに向かって、この場所からすぐに離れろと必死に叫んでいた。水滴が衝突する！　しかし、彼の声帯は声を発することができず、世界は消音されたかのように、絶対的な静寂に包まれている。それでも、荘顔は彼が伝えようとしたことが理解できたらしく、娘を抱いたまま雪原を遠くへ歩いていった。雪の上に残された足跡は、水墨画の淡い墨痕のようだった。雪原は白い余白で、この墨痕のような足跡だけが、大地や世界の存在を示している。するとまた、すべてが荘顔のあの水墨画へと変わった。羅輯はだしぬけに悟った。彼女たちがさらに遠くへ逃げたとしても、逃げ切ることは不可能だ。なぜなら、差し迫った破滅は、水滴とはなんの関係もなく、一切合切を包み込んでしまうものなのだから。

　羅輯の心はふたたび痛みに引き裂かれ、両手はむなしく宙を摑んだ。しかし、雪原がつくる余白に残るのは、しだいに遠くなる荘顔のうしろ姿だけで、いまはそれも、小さな黒い点となっている。羅輯は余白世界の中で実在するものを探してあたりを見渡し、そしてほんとうにそれを見つけた。雪の上に並んで立つ、ふたつの黒い墓石。最初それは雪の中で目立っていたが、やがて墓碑の表面が変化しはじめ、水滴を思わせる鏡面になり、彫られていた文字もすべて消えしまった。羅輯はひとつの墓石の前に身をかがめ、そこに映る自分の顔を見ようとしたが、鏡の中に見えたのは自分ではなかった。鏡に映る雪原に荘顔の姿はなく、雪の上にかすかな足跡だけが残されている。ぱっとふりかえると、鏡の外の雪原は真っ白で、足跡さえも消えていた。墓石の鏡面に視線を戻すと、そこに映っているのは真っ白な余白世界だった。周囲の白に溶け込んで墓石さえほとんど見えなくなっている。それでも、羅輯の手にはまだ、氷のように冷たくなめらかなその表面が感じられた……。

　羅輯が目を覚ますと、すでに夜は白々と明けはじめていて、曙光のもとで墓地が前よりはっきりと見えた。うつ伏せになった低い姿勢でまわりの墓石を見渡すと、古代のストーンサークルの中にいるような気がした。羅輯は高熱を発していた。体が激しく震え、ガチガチと歯が鳴る。油の切れた灯芯のように、体が自分で自分を燃やしている。時が来たのだと、羅輯は悟った。

　葉文潔の墓石に寄りかかって立ち上がろうとしたとき、墓碑の上を移動する小さな黒い点に注意を引かれた。この季節のこの時刻に、蟻はほとんどいないはずだが、たしかにそれは、一匹の蟻だった。蟻は墓碑をよじのぼっていた。二世紀前の仲間と同じように、碑に刻まれた文字に魅入られ、縦横無尽に交差する謎めいた溝を一心不乱に探索している。それを見つめるうち、羅輯の心は最後の苦痛に震えた。今度の震えは、地球上のあらゆる生命のための震えだった。

「もしぼくがまちがったことをしたら、どうか許してください」羅輯は蟻に向かって言った。

羅輯は弱々しく震えながら、苦労して体を持ち上げ、墓石を支えにしてようやくしっかりと立った。泥だらけの濡れた服と乱れた髪を片手で整え、それから上着のポケットをまさぐって、金属の筒をとりだした。それは、装塡済みの拳銃だった。

そして彼は、東の朝陽に向かい、地球文明と三体文明の最後の対決をはじめた。

＊＊＊

「三体世界に話がある」羅輯《ルオ・ジー》はあまり大きくない声で言った。もう一度くりかえそうとして、思い直した。彼らに聞こえているのはわかっていた。

なにひとつ変化はなかった。墓石は夜明けの静けさの中にひっそり立っていた。地面のあちこちにある水たまりは、明るくなりはじめた空を無数の鏡のように映し、まるで地球が鏡面の球体であるかのような錯覚をもたらした。大地とこの世界は、その上にかぶさっている薄い層に過ぎず、いまはその一部が雨に洗い流されて、球体のなめらかな鏡面が少しだけ露出している。

まだ目覚めていないこの世界は、自身がすでにギャンブルのチップになって、宇宙というポーカーテーブルの上に置かれていることを知らなかった。

羅輯は左手を上げ、手首に巻いている腕時計ほどのサイズのものをむきだしにした。「これは生体反応モニターで、送信機を介してゆりかごシステムとリンクしている。二世紀前の面壁者レイ・ディアスのことは、あなたたちも覚えているはずだ。ゆりかごシステムがなんなのかも知っているはず。このモニターが発するシグナルは、ゆりかごシステムのリンクを通じて、斑雪計画で太陽軌道上に配備された三千六百十四発の恒星型水素爆弾に届くようになっている。シグナルが一秒間に一回送られることで、水爆は爆発を免れている。もしぼくが死んで、このゆりかごシステムのシグナルが消えると、まもなくすべての水爆が爆発することになる。すると、水爆を包む油膜物質が、その爆発によって、太陽を囲む三千六百十四個の星間雲を形成する。太陽系外から観測すれば、太陽の可視光やその他の放射線が、それらの星間雲の遮蔽を通して明滅しているように見える。太陽を囲む軌道上のすべての水爆は、厳密な計算に基づいて配置されていて、太陽の明滅がつくりだすシグナルは、ぼくが二世紀前に送信したのと同じような三枚のシンプルな画像を宇宙に向かって送信することになる。どの画像にも三十個の点が配置してあり、そのうちの一個につけられたラベルをもとに他の二枚の画像と組み合わせることで、ひとつの三次元座標系になる。ただし、あのときと違って、今回発信するのは、三体世界とその周囲の恒星、合わせて三十個の相対位置だ。太陽は天の川銀河の灯台となって、この呪文を全宇宙に送り出す。もちろん、太陽系と地球の位置も同時に曝露することになる。この銀河系における任意の観測地点のどこかひとつが全データを受信するには一年以上かかるだろうが、太陽を多方向から同時に観測できる程度の技術を発達させている文明は少なからず存在するはずで、その場合、数時間から数日のうちに、送信されたすべてのデータを入手できる」

しだいに夜が明けるにつれ、星がひとつずつ消えはじめ、いくつもの眼がじょじょに閉じていくように見えた。そして、明るくなりはじめた東の空では、今度は巨大なひとつ眼がゆっくりと開き出した。蟻は葉文潔の墓碑を登りつづけ、彼女の名前がつくる迷宮の中を歩いていた。いま、この墓碑にもたれて立つ賭博師が現れる一億年も前からすでに、蟻の仲間たちは地球に暮らしていた。だから、この世界の一部は蟻のものでもあるはずだが、いま現在起きていることについて、蟻はべつだんなんの注意も払うことはなかった。

羅輯は墓石を離れ、自分用に掘った墓穴の横に立つと、自分の心臓に銃口を押し当てて言った。

「いま、ぼくは自分の心臓の鼓動を止めようとしている。そうすることによって、ふたつの世界で有史以来最大の罪を犯すことになる。自分が犯す罪について、ふたつの文明に深く深くお詫びする。しかし、後悔はない。なぜならこれが唯一の選択肢だから。智子《ソフォン》が近くにいるのはわかっているが、あなたたちはいままで人類の呼びかけを無視してきた。沈黙は最大の軽蔑だ。われわれは二世紀にわたってこの軽蔑に耐えてきた。望むなら、このまま沈黙をつづければいい。いまから三十秒だけ猶予を与える」

羅輯は心臓の鼓動で時間を計った。いまは動悸が激しいので、鼓動二回を一秒と計算していた。極度の緊張の中、いきなり数えまちがえてしまい、また最初からやり直すしかなかった。だから、智子が出現したとき、どれぐらいの秒数が経っていたのかはっきりしない。客観的な時間では、たぶん十秒も経っていなかっただろうが、主観的には、一生のように長く感じられた。このとき彼は、世界が目の前で四つの部分に分かれるのを見た。ひとつは周囲の現実世界、あとの三つは、とつぜん頭上にあらわれた三個の球体に映る歪んだ映像だった。球体は、先ほど夢で見た墓石とまったく同じように、鏡面に覆われていた。どれがどの智子の低次元展開なのかわからないが、三つの球体は、頭上の空の半分を覆うほど大きく、東の空からの光をさえぎっていた。球体に映る西の空には、まだしぶとく残っているいくつかの星が見える。そして、三つの球の下側には、湾曲した墓地と羅輯自身が映っていた。いちばん知りたいのは、なぜ三個なのかということだった。真っ先に思いついたのは、葉文潔が召集した最後の地球三体協会《ETO》集会で会場に飾られていたオブジェと同じく、三体世界の象徴だからという理由だった。しかし、球面に映るもの――歪んではいても、おそろしく鮮明な現実の写し絵――を見たとき、羅輯はそれが三つのパラレルワールドへの入口だという気がした。それぞれが、三つの可能な選択肢を示している。

しかし、次に見えたものがこの仮説を否定した。三つの球体の表面に同じ言葉が表示されたのである。

やめろ！

「条件を話そうか」羅輯は三つの球体を見上げてたずねた。

まず銃を下ろせ。それから交渉に応じる。

赤く輝くそれらの文字は、三つの球体にやはり同時に表示されていた。文字列は湾曲せずまっすぐで、球の表面と球の内部の両方にあるように見えた。これは高次元空間からの三次元世界への投影なんだと羅輯は心の中で言った。

「これは交渉ではなく、ぼくが生きつづける場合の要求だ。知りたいのは、あなたたちがそれを受け入れるかどうかだけです」

では、要求を述べよ。

「水滴が、つまりあなたたちの探査機が、太陽へ向けて電磁波を放射するのを止めてください」

そのとおりにした。

球体の返答は予想外に早かった。いまはその真偽を確認するすべがないが、羅輯は周囲にかすかな変化を感じた。つねに聞こえているので意識しなくなっていた背景ノイズが消えたような感じ。もちろん、人間が電磁波を感知することはないので、ただの気のせいだろうが。

「太陽系に向かって進んでいる九個の水滴が、ただちに針路を変えて太陽系を離れるようにしてください」

今回、三つの球体の返事は二、三秒遅れた。

そのとおりにした。

「人間にその真偽を確認する手段を与えてください」

九機の探査機はすべて可視光を発している。おまえたちのリンギア - フィッツロイ望遠鏡でそれら

を観測できる。

今度も羅輯にはたしかめるすべがなかったが、彼は三体人を信じた。

「最後の条件。三体艦隊はオールトの雲を越えてはならない」

艦隊は現在すでに減速を最大にしている。オールトの雲に到達する前に太陽との相対速度をゼロにすることは不可能だ。

「では、水滴編隊のように方向転換し、太陽系から離れてください」

どの方向に針路を転換しても死に至る道だ。太陽系近傍を通過して荒涼たる深宇宙に入ることになる。三体世界に帰還するにせよ、他の生存可能な星系を探すにせよ、そのためには長い時間がかかる。艦隊の生命維持システムはそれほど長く保たない。

「いや、かならずしも死に至る道とはかぎらない。人類もしくは三体世界の宇宙船が追いついて、彼らを救出できるかもしれない」

その決定には元首の命令が必要だ。

「方向転換は時間のかかるプロセスになる。いますぐはじめてください。そうすれば、ぼくと他の生命すべてに生きていくチャンスが生まれる」

三分間にわたる沈黙。そして——。

艦隊は地球時間で十分後に方向転換を開始する。いまから二年後、人類の宇宙空間観測システムは三体艦隊の針路変更を探知可能になる。

「よし。それでじゅうぶんだ」羅輯はそう言うと、胸から拳銃を離し、もう一方の手を墓石について、自分が倒れないように力を込めた。「宇宙が暗黒の森だとあなたたちは知っていたのか？」

そうだ。とっくに知っていた。むしろ、おまえたちがいままで知らなかったことのほうが不思議だ……。われわれは、おまえの健康状態を憂慮している。ゆりかごシステムの維持信号が意図せずに途

切れることはないだろうな?

「ないでしょう。この装置はレイ・ディアスのものよりずっと進んでいる。ぼくが生きているかぎり、信号が途切れることはない」

座ったほうがいい。そうすれば、おまえの状態は少しよくなるだろう。

「ありがとう」羅輯はそう言うと、墓石にもたれて地面に座った。「心配しなくてもだいじょうぶ。ぼくは死んだりしない」

われわれは、現在、両インターナショナルのトップと連絡がとれる。救急車を呼ぶ必要があるか?

羅輯は笑って首を振った。「要りません。ぼくは救世主じゃない。ただの一般人らしく、ひとりでここを離れて、ただ家に帰る。少し休憩したらすぐ行くよ」

三つの球体のうちふたつが消えた。残ったひとつに表示された文字は、もう輝いておらず、暗く陰鬱に見えた。

結局、われわれの失敗はやはり、戦略を見抜けなかったことにあったのか。

羅輯はうなずいた。「星間雲で太陽をさえぎり、宇宙に情報を送るというのは、ぼくの発明じゃない。早くも二〇世紀に、天文学者がこのアイデアを提起したことがある。ほんとうは、あなたたちにもぼくの真意を見破るチャンスは何度もあった。たとえば、斑雪計画の全プロセスで、ぼくは太陽周回軌道上の核弾頭の正確な位置をずっと気にしていた」

まるまる二カ月のあいだ、おまえは部屋にこもって、核弾頭のイオンエンジンをリモート制御し、位置を微調整していた。当時、われわれはそれを気にしていなかった。無意味な仕事を通して現実逃避をしているだけだと考えていたからだ。それらの核弾頭同士の距離に意味があるとは、いまのいままで気づかなかった。

「チャンスはほかにもあった。智子の宇宙空間での展開*について、ぼくがある物理学者グループに問い合わせたとき。ＥＴＯがまだ存在していたら、彼らはとっくにぼくの計画を見破っていただろう」

そうだ。彼らを見捨てたのはまちがいだった。

「さらにぼくは、斑雪計画で、この奇妙なゆりかごトリガーシステムを構築することを要求した」

それがレイ・ディアスを想起させたのはたしかだが、われわれはその先の可能性を考慮しなかった。二世紀前のレイ・ディアスが、他のふたりの面壁者と同様、われわれにとってなんの脅威にもならなかったからだ。彼らに対する軽視が、おまえにまで波及してしまった。

「彼らを軽視するのは不当です。彼ら三人の面壁者はいずれも偉大な戦略家であり、人類が終末決戦でかならず敗北するという事実を見極めていた」

そろそろ交渉をはじめよう。

「それはもう、ぼくの領分ではなくなった」羅輯はそう言い終えると、長々と息を吐き出し、生まれ変わったような軽やかさと喜びを感じた。

そうだった。おまえは面壁者としての使命をすでに完了した。だが、なにかアドバイスできることがあるだろう。

「人類の交渉者は、きっと、まず最初に、もっとすぐれた送信システムの構築に助力を求めてくる。そうすれば、人類は、いつでも宇宙に呪文を送る力を手に入れることになる。水滴が太陽の封鎖を解除したとしても、現在のシステムはあまりに原始的すぎるから」

われわれは、ニュートリノ送信システムの構築に手を貸すことができる。

「ぼくの予想では、人類は重力波にもっと大きな可能性を見出すでしょう。智子の到着以降で、人類の物理学がもっとも進展した分野だから。もちろん、人類は自分たちがその原理を理解できるシステムを求める」

重力波アンテナは巨大だ。

「それは、あなたたちと彼らのあいだの問題です。妙だな。いまは自分が人類の一員みたいな気がしない。いまの最大の願いは、なるべく早く解放されてせいせいすることだ」

次に彼らは、智子による物理学の封鎖を解除し、科学技術に関する情報を全面的に提供するよう求めてくるだろう。

「あなたたちにとっても、それは重要です。三体世界の技術はずっと一定のペースで発達してきた。いまから二世紀後にも、もっと速度の速い救援艦隊を派遣することはまだむずかしいでしょう。針路をそれた三体艦隊を救うには、人類の未来をあてにするしかない」

もう行かねば。ほんとうにひとりで帰れるのか？　ふたつの文明の存続が、おまえの命にかかっているのだぞ。

「だいじょうぶ。もうずいぶん気分がよくなった。戻ったら、すぐにゆりかごシステムを政府に引き渡しますよ。そうすれば、ぼくはもう、これとはいっさい関係がなくなる。最後にひとことだけ、ありがとうと言わせてください」

どうして？

「ぼくに生きる道を与えてくれたから。あるいは、考えかたを変えれば、あなたたちとぼくらの双方に生きる道を与えてくれたから」

球は消えて、智子は十一次元の極微状態に戻った。東の空には太陽のてっぺんがすでに顔を出し、破壊を免れた世界に黄金の光を投げかけている。

羅輯はゆっくりと立ち上がり、葉文潔の墓碑と楊冬の墓碑を最後に一瞥してから、もと来た道をおぼつかない足どりでのろのろと帰っていった。

墓石のいちばん上までたどりついた蟻は、昇ってきた太陽に向かって二本の触角を誇らしげに振った。地球上の生命すべての中で、いましがた起きたことを目撃したのは、その一匹の蟻だけだった。

＊ 智子の宇宙空間での展開（p325）

羅輯は、油膜物質による星間雲が形成されたあと、智子が星間雲の隙間で二次元展開し、太陽をさえぎることで情報の送信を妨害できるのではないかと疑っていた。しかし、物理学者に確認した結果、二次元展開した智子には、いかなる機動性も移動能力もなく、その構造を維持するには惑星の引力に頼るしかないことを知った。宇宙空間で二次元展開すると、智子は太陽風などの作用によりたちまち平面形状を失い、折りたたまれ、しわが寄ってしまうのである。陽子に電子回路をエッチングする際、二次元展開した陽子が三体惑星を包み込むかたちをとったのはこのためだった。

五年後

羅輯《ルオ・ジー》一家は、はるか彼方に重力波アンテナが立っているのを車の中から目にとめた。しかし、その場所に到着するまでは、それからまだ三十分ほどの時間が必要だった。ようやくたどり着いたとき、三人は、そのとてつもない大きさをあらためて実感した。アンテナは円筒を横に寝かせたかたちで、長さ一・五キロメートル、直径五十メートルにおよぶ。その全体が、地面から二メートルほどの高さで宙に浮いている。表面はなめらかな鏡面で、半分が天空を映し、もう半分は華北平原を映している。その姿は、羅輯にいくつかのものを思い出させた。VRゲーム『三体』の巨大振り子、低次元展開した智子、水滴。鏡に覆われたこのアンテナは、人類にはいまなお理解が困難な、三体文明のあるコンセプトを反映している。三体世界でよく知られた箴言《しんげん》によれば、〝宇宙の忠実な地図をつくることを通じて自己を隠すことこそ、永遠へと至る唯一の道〟なのだという。

アンテナの周囲は緑の草地に囲まれ、華北砂漠の中で小さなオアシスをかたちづくっていた。その草地は、人間の手で植物を植えてつくったものではない。重力波送信システムが、竣工以来、途切れることなく放射しつづけている変調されていない重力波は、超新星爆発や中性子星やブラックホールが出す重力波と区別がつかない。ただ、高密度の重力波ビームが大気に珍しい影響をおよぼした。空気中の水蒸気がアンテナの上空に集まり、アンテナの周囲にいつも雨を降らせている。雨が降るエリアは半径三、四キロメートルのせまい範囲に過ぎないが、晴れ渡った青空の下、小さな円形の雨雲が巨大なUFOのようにアンテナの上空に浮かび、その向こうに雨を通してまばゆい陽光が見える。そういうしだいで、このエリアには、青々とした自然の植生が発達するようになった。しかしきょう、羅輯一家がこの奇観を見ることはなかった。かわりに、アンテナの上空にいくつも白い雲が集まっているのが見えた。雲は風に吹かれて重力波ビームの圏外に出ると散り散りになるが、途切れることなくまた新しい雲が重力波ビームの中から生まれる。おかげで、空のそのまるい一画は、どこかの雲宇宙に通じるワームホールのように見えた。娘はそれを見て、巨人のおじいさんの白髪頭みたいだと言った。

羅輯と荘顔《ジュアン・イエン》は、草地の上を走りまわる娘のあとについて歩き、アンテナの下までやってきた。最初の二基の重力波システムは、ヨーロッパと北アメリカに建設された。それらのアンテナには磁気浮揚技術が用いられていて、基礎から数センチメートルだけ浮いている。しかし、このアンテナには反重力システムが採用されているため、やろうと思えば大気圏外まで押し上げることもできる。一家三人はアンテナの下の芝生に立って、上を眺めた。横倒しになった巨大な円筒は、彼らの頭上に迫《せ》り出し、上向きにカーブしながら、もうひとつの空のように天を覆っている。直径が五十メートルもあるため、曲率はとても小さく、鏡面に映る像はほとんど歪んでいない。このとき、夕陽はすでにアンテナの下方を照らしていた。羅輯はその鏡像の中に、荘顔の長い髪と白いスカートが金色の光を浴びて翻っているのを見た。その姿は、空から地面を見下ろす天使のようだった。

羅輯が娘を抱き上げると、娘はアンテナのつるつるした表面に触れて、上に向かって力いっぱい押した。

「これ、回せる?」

「ずっと押しつづけていたら、回せるわよ」荘顔は答えた。それから笑顔で羅輯のほうを見て、「でしょ？」

羅輯はうなずいた。「もしずっと押しつづけていたら、この子は地球だって回せるさ」

数えきれないほど何度もそうしてきたように、ふたりはいままた視線を交差させた。それは二世紀前、モナリザの微笑の前で見つめ合ったつづきだった。荘顔がかつて夢見た、目の表情でやりとりする言語が現実のものになったことを、ふたりは知っていた。あるいはもしかしたら、愛し合う人間同士は、昔からずっと、この言語を持っていたのかもしれない。ふたりが見つめ合うとき、そのまなざしからは豊饒な意味が湧き出す。重力波ビームがつくる雲の井戸から、白い雲が次々にたえまなく、果てしなく湧き出すように。しかしそれは、この世界の言語ではなかった。その言語に意味を与える世界を、言語自身がつくりだしていた。その薔薇色の世界の中でだけ、その語彙はそれに対応するものを見出す。その世界では、だれもが神だった。だれもが、砂漠の砂粒すべてを一瞬で数え切り、記憶する能力がある。だれもが、星々をつないで光り輝くネックレスをつくり、恋人の首にかけることができる……。

それが愛ですか？

一家のかたわらに低次元展開した智子がとつぜん現れ、その上にこの一行のテキストが表示された。その鏡面の球体は、巨大円筒の上のほうが溶けて、しずくが一滴垂れてきたかのようだった。羅輯が知る三体人は数少なく、いま話しかけてきたのがだれなのか、また、相手が三体世界にいるのか、それとも太陽系から遠ざかりつつある艦隊にいるのかもわからなかった。

「たぶんね」羅輯はにっこり笑ってうなずいた。

羅輯博士、あなたに抗議しにきました。

「どうしてですか？」

あなたは昨夜の講演でこう言いました。宇宙の本質は黒暗森林だと理解するのがこんなに遅れたのは、人類文明の進化が未熟で宇宙意識を欠いているからではなく、人類に愛があるからだ、と。

「それがまちがいだと？」

いいえ。科学的な言説において、愛という言葉はいささか曖昧ですが、まちがいではありません。まちがっているのは、あなたがそれにつづいて述べたことです。この宇宙で愛を持つ種属はおそらく人類だけだろうと、あなたは言いました。面壁者として使命を果たしたもっともつらい時期に、あなたを支えていたのがこの考えです。

「もちろんそれは、言葉のあやですよ。ただの不正確な……類推です」

少なくとも、三体世界には愛がある。わたしはそのことを知っています。文明全体の生存戦略にとって利益にならないため、三体世界では、愛は芽生えたばかりの時点で抑圧されました。それでも、この種子には強い生命力があり、個人の中で育ちはじめるでしょう。

「失礼ですが、あなたはどなたです？」

あなたと話したことはありません。わたしは二世紀半前、地球に警告を送った監視員です。

「まあ。まだ生きてらっしゃったんですね！」荘顔が叫んだ。

もう、そう長くは生きられません。わたしはずっと脱水状態にありました。しかし、こんなに長い年月が経つと、脱水状態の有機体でも老化するらしい。でも、ほんとうに、見たかった未来を見ることができました。とてもしあわせです。

「どうか、わたしたちからの最大限の敬意を受けとってください」と羅輯は言った。

わたしは、ひとつの可能性について、あなたと議論したかっただけなのです。もしかしたら、愛の種子は宇宙の他の場所にも存在するかもしれない。わたしたちは、その種子が芽生え、成長することを助けるべきです。

「そのために危険をおかすだけの価値があるゴールですね」

ええ、危険をおかすことができます。

「ぼくには、ある日いつか、黒暗森林にまばゆい陽光が射し込むという夢があります」

太陽は沈みかけていた。いまはそのてっぺんだけが、はるか遠くの山並みの上に出ている。それはまるで、山頂に嵌め込まれた光り輝く宝石のようだった。向こうのほうで走りまわっている娘は、芝生と同じように、金色の夕焼けを浴びている。

もうすぐ太陽が沈みます。**お嬢さんは怖くないのですか?**

「もちろん、怖がったりしませんよ。あしたも太陽が昇ってくるのを知っていますから」

解説

作家
陸 秋槎

地球外文明は存在するか、もし存在するとしたらどこにいるのか。天文学の発達以来、この問題はずっと人類を悩ませてきた。概算を大いに得意とする物理学者エンリコ・フェルミはこの難問について、ある矛盾を指摘した——簡単な推定によれば、地球外文明が存在する可能性が極めて高いにもかかわらず、私たちはそれが存在する証拠を全く見つけてこなかった。この矛盾は後に「フェルミのパラドックス」と呼ばれるようになる。

フェルミのパラドックスについて、科学者たちは多様な解釈を提示した。「人間原理」「グレート・フィルター仮説」「動物園仮説」など、ある程度の説得力がある学説もいくつかある。二〇〇四年に日本語に翻訳されたスティーヴン・ウェッブ『広い宇宙に地球人しか見当たらない50の理由』には表題通り、五十の解釈が収録されている。二〇一八年に刊行された新版では、新たに二十五の解釈が追加された。もちろん、なかにはまるで冗談のような学説もたくさんある。

いっぽう、この数十年間、SF作家たちによってフェルミのパラドックスをテーマとした作品が多く創作された。例えばスタニスワフ・レム「新しい宇宙創造説」（一九七一）、デイヴィッド・ブリン「水晶球」（一九八四）、グレッグ・イーガン『宇宙消失』（一九九二）、イアン・R・マクラウド「ドレイクの方程式に新しい光を」（二〇〇一）、テッド・チャン「大いなる沈黙」（二〇一五）。特に多くこのテーマを扱っているのはスティーヴン・バクスターだ。去年中国で刊行されたSF作家

・七月《チーユエ》の初長篇『群星』もフェルミのパラドックスをテーマにすることに挑戦した。

しかし、もし中国人にフェルミのパラドックスのイメージについて訊ねると、圧倒的に『黒暗森林』という答えが返ってくるだろう。いうまでもなく、『黒暗森林』とは本作、『三体』シリーズ第二巻の副題であり、フェルミのパラドックスに対する作中の説明でもある。SF読者に限らず、この言葉は中国においてまるで基礎教養のような存在となっているのだ。

『三体』第一部の結末では、三体文明が地球を侵略する計画があきらかになった。さいわい三体文明の宇宙艦隊が到着するまで四百年以上の時間がかかるので、人類にとって準備の時間がたくさんある。しかし、三体文明が智子《ソフォン》という改造された陽子を地球に発射した。高エネルギー物理学の素粒子実験が妨害され、人類の活動も智子に監視されている。二〇〇八年五月に中国で刊行された『三体Ⅱ　黒暗森林』では、この状況に陥った人類の対策が描かれている。

智子の監視はまるで死角なし。唯一の例外は「人間の思考」である。それに対して、人類は「面《ウォール》壁計画《フェイサー・プロジェクト》」を実行した。四人の「面壁者《ウォールフェイサー》」が選ばれ、莫大な権力を与えられ、独自で対策を実施する。終末決戦まで、彼らは誰にも本当の対策を言わない。面壁者は三体文明と全人類を騙さなければならないのだ。そして、この絶体絶命の状況で、人類を救う鍵は「黒暗森林」という学説である。

本作の冒頭では、第一部の主人公・葉文潔《イエ・ウェンジエ》が「宇宙社会学」を勉強するよう、天文学部出身の社会学者・羅輯に提案する。葉文潔は「宇宙社会学」の二つの公理と二つの重要な概念を設定して、中から理論体系を導き出せると羅輯に伝えたのである。途中、大事なものを奪われた羅輯はその結論を悟り、終盤近くで読者にそれを解明する。導き出された「黒暗森林」理論で羅輯は三体文明に立ち向かうことになるのだ。

「黒暗森林」はとてもわかりやすい理論である。宇宙じゅうの文明と文明は、文化的な違いと非常に遠い距離に隔てられているために、おたがいに理解することも信頼することもほぼ不可能である。また、どんな文明も、突然技術が飛躍的に発展する可能性がある。この二つの条件によって、もし宇宙の中に他の文明を見つけたら、たったひとつの賢明なやり方はすぐに相手を消滅させることである。この宇宙は暗い森、全ての文明は森の中に生きている狩人のような存在。位置が曝される瞬間に他の狩人に銃撃されて、消滅させられる。この理論はフェルミのパラドックスの説明にもなりうる。私たちが地球外文明を見つけられなかった理由は、文明たちが攻撃の目標にならないように自分の存在を消しているからだ。

『三体II　黒暗森林』は中国でシリーズ中もっとも評価が高い一冊である。主な理由はもちろんハードSFとして、また頭脳戦エンタテインメントとしての完成度が極めて高いということだ。逆転と伏線回収もミステリに負けない。さらに、そのわかりやすさも人気の一因ではないかと思う。「黒暗森林」理論は、フェルミのパラドックスのすべての解釈の中でかなりわかりやすい一説（それに対して、レムの「新しい宇宙創造説」は一番難解だろう）だからだ。いっぽうで、恋愛の部分や女性キャラクターの作りを批判する声もある。もっとも、そこには理系の男性作家の作品に対する紋切り型の批判しかないのだが。

劉慈欣《りゅう・じきん》（刘慈欣《リウ・ツーシン》）の作品には、技術的描写が多くても、大体わかりやすい印象がある。なぜなら、劉慈欣は複雑な問題を二項対立に単純化することが得意であるからだ。彼の作品によく見られる二項対立はふたつある。ひとつは科学／知性VS愚昧、もうひとつは文明の生存という目標VSこの目標を阻害する力である。劉慈欣の作品では、よくわかりやすい場面でこの二項対立が表現されている。例えば『三体』の冒頭の文化大革命の場面や、本作『黒暗森林』でのレイ・ディアスが民衆に石で殺されるシーン。映画版が大ヒットになった短篇「さまよえる地球」（二〇〇〇、日本語訳は〈SFマガジン〉二〇〇八年九月号掲載）にも似たシーンがある。

あるエッセイで、劉慈欣はよく社会や哲学など複雑なテーマを扱っているSF作家・韓松《ハン・ソン》の作風を「三次元SF」と評価した。それに対して自分の作風は「二次元SF」である、と。ここでの「二次元」はもちろんアニメ的な意味ではなく、二項対立が多く、わかりやすい作風の形容である。今の若いSF読者が三十五歳になったら「二次元SF」より「三次元SF」に惹かれるだろう、と劉慈欣は予言した。

また、劉慈欣は他のエッセイでトム・ゴドウィンの短篇「冷たい方程式」を論じたさい、「冷酷な宇宙の規則を前にして、我々が当たり前だと思うことはひとたまりもない」と書いた。これは今の道徳観や価値システムを捨ててもいいということではなく、ただ宇宙のスケールの前では人類社会の既定の常識や理論は適用できなくなるかもしれないということである。「黒暗森林」理論もこのような一例だろう。SF作家として、地球の重力に魂を縛られることを劉慈欣は拒否している。ちなみに、『三体III 死神永生』でも、ある「宇宙の真相」が解明されているが、それは「黒暗森林」よりもっと暗くて残酷な理論である。

逆に、地球上では、文明と文明の間の距離が近く、言語が違っていても通訳があればだいたい交流できる。「黒暗森林」理論の前提の一つ「猜疑連鎖」は一定範囲内に限られる。複数の人類文明の間の対立と合作の原理はもっと複雑で、「黒暗森林」のような簡単で純粋なものではない。この理論は政治学ではなく宇宙社会学の学説にすぎない。しかし、一部の読者が前提を無視して、この学説を社会進化論、さらにジェノサイドの理論的基礎だと誤読した。宇宙スケールの作品を書くときに人間社会の常識に縛られるのは、SF作家にとって想像力の欠如である。いっぽうで、宇宙スケールの理論で人類文明間の相互作用を説明できると信じる人も幼稚と言っていいだろう。ただし、「黒暗森林」理論の発想の源はやはり人間社会かもしれない。しかも特定の時代の人間関係と同じ構造であるといえるのではないか。

「黒暗森林」理論は要するに、ディストピア的な宇宙モデルといえる。作中でこの理論を構想したのは、主人公の羅輯より、むしろ前提としての公理を提出した葉文潔だろう。羅輯はただ葉文潔の公理に基づいて定理のような結論を導き出したにすぎない。もちろん葉文潔はすでにこの理論にたどり着いていた。これはとても興味深い。なぜなら、自分の身を潜めて存在が曝《さら》される文明を攻撃するというやり方は、じつは密告に酷似しているからだ。

葉文潔が経験した文化大革命は、多分人類史上もっとも密告を奨励する時代のものだった。家族を密告したり、友人を密告したり、教師を密告したり、同僚を密告したり、そういうことがその時代には常態だった。密告された人は羅輯に「呪われた」星のように、残酷な運命が待っていた。さらに、もっとも密告されやすい人間は、当然ながら有名人や富裕層、あるいは才能がある人など目立つ人だっただろう。日本で言うところの「出る杭は打たれる」のようなことわざは中国語にもいくつかある。暗い時代に生きながら、いったん密告の標的になるとすべてが終わる。注目されると消滅される可能性が高い。自分の存在を消すことこそが安全な生き方。こういう時代こそ「黒暗森林」であり、こういう時代に生まれた人間こそ「黒暗森林」の狩人ではないかと思う。

文化大革命はもう五十年以上前のことだが、人類は「黒暗森林」から脱出したとは思えない。むしろ、ネット社会が新たな「黒暗森林」になることが心配である。匿名のまま誰かを攻撃することは、ネットで簡単に実行できる。多分今までのどんな時代よりも簡単だろう。「黒暗森林」理論はフェルミのパラドックスの解釈としてももちろん面白いが、『シーシュポスの神話』のような実存主義的なメタファーとして生々しすぎて、面白いというよりもっと恐ろしいと思うのだ。

訳者あとがき

大森 望

あの『三体』は、ほんのプロローグでしかなかった！　地球文明と異星文明が織りなす壮大なドラマはいよいよここからが本番。分量が前作の五割増しになっただけでなく、時間的にも空間的にも桁違いのスケールで想像力の限りを尽くす。三部作の中ではこれが最高傑作との呼び声も高く、実際、エンターテインメントとして図抜けていることはまちがいない。前作を読んで高まりきった読者の期待を裏切らないどころか、予想をはるかに超えるスリルと興奮、恐怖と絶望、歓喜とカタルシス、ロマンスとアクションを満喫させてくれる。

……と、思わず口上に力が入ったが、お待たせしました。劉慈欣《三体》三部作の第二作、『三体Ⅱ　黒暗《こくあん》森林』をお届けする。本書は、二〇〇八年五月に中国の重慶出版社より《中国ＳＦ基石叢書》の一冊として刊行された『三体Ⅱ　黒暗森林』の、中国語テキスト（後述）からの全訳にあたる。

ご承知のとおり、この《三体》三部作（または《地球往時》三部作）は、全世界で累計二千九百万部以上を売る驚異的なベストセラーとなり、小説界に革命を起こした超弩級の本格ＳＦ巨篇。諸般の事情で日本では翻訳が遅れたが、二〇一九年七月、第一作の『三体』日本語版が早川書房から刊行されると、たちまち大評判となり、増刷に次ぐ増刷。発売一ヵ月で十二刷に達し、電子書籍と併せて十二万部という、翻訳ＳＦの単行本としては前代未聞の数字を叩き出した。反響もすさまじく、主な活字メディアだけでも百を超える書評が出た。そのほんの一部を抜粋して紹介すると――

「この枠組みの中にありとあらゆる趣向をぶちこもうとする、その徹底したサービスぶりは尋常ではない。その点で、この作品は単に中国産のSFというだけにとどまらず、世界文学として読まれる資格を備えている」（毎日新聞、若島正氏）

「まず本作の面白さというのは、理学、工学、社会学に人間ドラマとあらゆるものが息もつかせず押し寄せてきて積み重なっていくところにあり、かつて日本で小松左京がこの技法を駆使して傑作を生みだし続けたことを彷彿《ほうふつ》とさせる。／進むごとに広がり続けるお話が一体どれほどの大きさになるのかについては、まず間違いなく大半の人々の予想を遥《はる》かに超えることになるはずである」（共同通信、円城塔氏）

「高邁《こうまい》な物理学の知識をベースにした圧倒的なスケールの小説。中国には三国志や水滸伝などスケールが大きい物語が多い。本書はそれらに匹敵するだろう。中国は小説でも世界を支配するのか」（読売新聞、江上剛氏）

――という具合（ちなみにこれらの特徴は本書にもそのままあてはまる）。この『三体』は、SF作家・評論家などの投票で決まる年間ランキング「ベストSF2019」海外部門でもダントツの1位を獲得したが、その読者層はSFファン以外にも大きく広がった。ビジネス誌〈ダイヤモンド〉やカルチャー誌〈STUDIO VOICE〉が山西省にある著者の自宅に赴いてインタビューを敢行したり、科学誌〈日経サイエンス〉が「『三体』の科学」なる大特集を組んだり、ふだんはSFを扱わないような媒体もこぞって『三体』をとりあげたのがその証拠。

この『三体』ブームを受けて、二〇一九年十月には、著者の初来日も実現。ハヤカワ国際フォーラムの公開インタビューは台風19号のあおりで中止になったものの、早川書房で開かれた歓迎会では多くの日本人SF作家や翻訳者、編集者らと交流。台風通過後には、埼玉大学創立70周年記念事業・第

5回リベラルアーツ連続シンポジウム「Sai-Fi：Science and Fiction SFの想像力×科学技術」に招かれ、藤崎慎吾、上田早夕里の両氏を含むパネリストたちと活発な議論を交わした。

そんなこんなで、『三体』は二〇一九年の日本を席巻したわけだが、冒頭に書いたとおり、その『三体』も、三部作全体のストーリーの中では、ほんの導入部に過ぎない。

前作のあらましをこのへんで簡単に整理しておくと、始まりは文化大革命当時（一九六七年）の中国。若き天体物理学者の葉文潔《イエ・ウェンジエ》は、理論物理学者だった父親が反革命分子として公衆の面前で殺されたことから人類に絶望。やがて、謎めいた山頂の軍事施設にスカウトされた彼女は、宇宙に向かって、あるメッセージを発信することになる。一方、二〇〇六年ごろの北京を舞台にした現代パート（およびVRゲーム『三体』パート）は、ナノマテリアル研究者の汪淼《ワン・ミャオ》が主役。世界有数の科学者たちの連続自殺という不可解な事件の背後を探ることを依頼された汪淼は、超自然的としか思えない怪現象に見舞われ、その呪い（？）から逃れるべく、タフで口の悪い警察官の史強《シー・チアン》とタッグを組み、地球規模の驚くべき陰謀に立ち向かうことになる。

この『三体』で、三つの太陽を持つ異星文明（三体世界）とのファーストコンタクトを果たした地球は、侵略の危機にさらされる（そのため本書では、西暦にかわって、〝危機紀元〟という新たな紀年法が採用されている）。人類よりはるかに進んだ技術力を持つ三体文明の侵略艦隊は、すでに三体世界を出発し、四百数十年後には太陽系に到達する。三体文明にとっては虫けら同然の技術力しかない地球が、いったいどうやって対抗できるのか？　いやしかし、虫けらには虫けらなりのしぶとさがある……というところで前作『三体』は終了。

つづく本書では、その具体的な防衛策が描かれる。三体危機に対処すべく、国連は惑星防衛理事会（PDC）を設立。各国の総力を結集して地球防衛計画を推進する。しかし、人類のあらゆる活動は、三体文明から送り込まれた智子《ソフォン》（十一次元の陽子を改造した、原子よりも小さいスーパーコンピュータ）によって監視され、すべての情報が筒抜け。智子はさらに、人類文明の発展を阻止するため、科学の基礎研究を妨害している（″智子の壁″と呼ばれる）。このままでは、三体艦隊との″終末決戦″に敗北することは避けられない。この絶望的な状況を打開するため、前代未聞の面　壁　計　画《ウォールフェイサー・プロジェクト》が立案される。その切り札として選ばれた四人の面壁者こそ、人類に残された最後の希望だった……。
物語の主役は、天文学者から社会学者となり、三十代の若さで大学教授を務める羅輯《ルオ・ジー》。人間にもものにも執着せず、刹那的な快楽を求めて気楽に生きてきた男だが、葉文潔の娘・楊冬《ヤン・ドン》と高校時代に同級生だった彼は、楊冬の墓前で葉文潔と再会し、″宇宙社会学の公理″を伝授される。その一、生存は、文明の第一欲求である。その二、文明はたえず成長し拡張するが、宇宙における物質の総量はつねに一定である。――これがすべての始まりとなって、羅輯は心ならずも、人類の命運を左右する重大な使命を担うことになる。その羅輯の相棒役として、前作からひきつづき登場するのが、もと警察官のタフな中年男、史　強《シー・チアン》（通称・大史《ダーシー》）。前作の汪淼にかわって、今回は警護対象者である羅輯とコンビを組み、あいかわらず頼もしい活躍を見せてくれる。

もうひとりの主人公が、中国海軍の新造空母に政治委員として乗り組む（はずだった）章北海《ジャン・ベイハイ》。三代前からつづく職業軍人の家に育った生粋の軍人である彼は、新たに創設された宇宙軍にスカウトされ、敗北が確実な四百数十年後の終末決戦に備えることになる。

というわけで、主に通信（情報）によるファーストコンタクトを描いた『三体』に対し、本書ではいよいよ、（アーサー・C・クラーク『２００１年宇宙の旅』にオマージュを捧げつつ）物理的なファーストコンタクトが描かれる。ページ数が増えただけではなく、時間的にも空間的にもはるかにスケールアップ。異星艦隊の襲来、刻一刻と迫る地球滅亡の時……というあたりは「宇宙戦艦ヤマト」を彷彿とさせるし、作中に出てくる田中芳樹『銀河英雄伝説』を思わせる軍略や戦争哲学も披露される一方、変貌した未来社会の姿も見せてくれる（メインテーマとなる″黒暗森林″理論については、陸秋槎氏の巻末解説に詳しい)。

しかし今回、もっとも直接的にオマージュを捧げられているのは、作中でも言及されるアイザック・アシモフの《ファウンデーション》シリーズだろう。いまから数万年後、人類が約二千五百万の惑星に広がった未来を描くこのシリーズの鍵を握るのが、天才的な頭脳と卓越した洞察力を持つ心理歴史学者ハリ・セルダン。人類の未来を独自の数学的な方法で推定し、銀河帝国の崩壊と暗黒時代の到来を予見したセルダンは、その対策として、ふたつのファウンデーションを設立する。

葉文潔が羅輯に伝える宇宙社会学は、いわば劉慈欣版の心理歴史学。四人の面壁者をはじめとする登場人物たちは、終末決戦に備えて、それぞれ未来のヴィジョンを描くが、その中で、いったいだれが本物のハリ・セルダンなのか? という問いが本書のストーリーの隠れた縦糸になっている。

インタビューなどで、往年の〝大きなSF〟に対する偏愛を隠さない劉慈欣だが、《三体》三部作には、クラークやアシモフに代表される黄金時代の英米SFや、小松左京に代表される草創期の日本SFのエッセンスがたっぷり詰め込まれている。こうした古めかしいタイプの本格SFは、とうの昔に時代遅れになり、二一世紀の読者には、もっと洗練された現代的なSFでなければ受け入れられない——と、ぼく個人は勝手に思い込んでいたのだが、『三体』の大ヒットがそんな固定観念を木っ端微塵に吹き飛ばしてくれた。黄金時代のSFが持つある意味で野蛮な力は、現代の読者にも強烈なインパクトを与えうる。それを証明したのが『三体』であり、『黒暗森林』『死《し》神永生《しんえいせい》』と続くこの三部作だろう。『三体』がSFの歴史を大きく動かしたことはまちがいない。

さて、このあたりで本書の翻訳について少し。前作は、光吉さくら氏とワン・チャイ氏が中国語から翻訳したテキストがすでにあり、それを大森が預かって改稿するかたちとなったが、今回は、新たなチーム編成で、中国語からの翻訳にあたることになった。新メンバーは、『三体』の監修と解説を担当された立原透耶氏、中国ＳＦの研究者・翻訳者である上原かおり氏、そして現在〈ＳＦマガジン〉で劉慈欣ＳＦ短篇の連続翻訳企画を手がけている泊功氏の三人。大まかな分担は、プロローグおよび第二部「呪文」が立原氏、第一部「面壁者」が上原氏、第三部「黒暗森林」が泊氏。順次送られてくる三氏の日本語訳テキストを、『三体』翻訳時と同様に、英訳と原テキストを参照しながら大森が全面改稿し、文体と訳語を『三体』に合わせて統一した。

　ちなみに、アメリカ版は、トー・ブックス（Tor Books）から、***The Dark Forest*** のタイトルで二〇一五年に刊行されているが、英訳を担当したのは『三体』のケン・リュウ氏ではなく、北京在住の翻訳家ジョエル・マーティンセン氏。英語版は、『三体』と『黒暗森林』とで、文体や訳語に若干の違いがあるが、邦訳ではなるべく雰囲気が変わらないように心がけた。

　翻訳に使用した原テキストは、原著者側から提供された中国語版の Word ファイルで、重慶出版の単行本からは内容に若干の修正が加わっている。いちばん大きな変更は、面壁者フレデリック・タイラーの戦略計画。オリジナル（中国語版単行本）では、マクロ原子核融合と球電を用いた兵器がタイラーの戦略のポイントになっている。これは、丁儀《ディン・イー》が主役のひとりを務める、《三体》三部作の前日譚的な長篇『球状閃電』（二〇〇五年）のメインアイデアが下敷き。さらに、破壁人によって暴かれるタイラーの真の計画とは、その兵器を用いて地球艦隊を〝量子××〟化するという、まさに驚天動地の作戦なのだが、『球状閃電』を読んでいることが前提というか、『球状閃電』のネタバレであることは否めない。***The Dark Forest*** 刊行時点では、同書の英訳はまだ出版されていなかったため（二〇一九年に、同じジョエル・マーティンセンの翻訳により、***Ball Lightning*** のタイトルで刊行）、英訳では蚊群編隊に変更され、この新バージョンが中国でも最新版（典蔵版）に使われている。日本版も、この新たな中国語テキストに基づいて翻訳した結果、タイラーと丁儀が出会う場面がカットされるなど、中国版初刊本とは一部異なる内容になっているが（変更部分はこの邦訳で合計十ページ程度）、英訳から日本語訳したわけではないことをお断りしておく。

英訳版では、それ以外にも、羅輯の娘に名前がつけられていたり、いくつか改変箇所があるが、これらについては原著者側の意向を確認したうえで、変更を採用せず、原テキストのままとした。

なお、本書には、特攻隊員が母親に宛てた手紙の一節として、「母さん、僕は螢になります」というフレーズが出てくる。これはもちろん、降旗康男監督の映画「ホタル」でも有名な台詞、「今度は螢になって戻ってくるよ」をもとにしたものだろう。もともとは、特攻隊員の宮川三郎が、鹿児島県の知覧町にあった富屋食堂の経営者・鳥濱トメ（〝特攻の母〟と呼ばれた）に言い残したとされる言葉だが、本書では、知覧特攻平和会館に展示されている遺書の一節として引用されている。多少の違和感を抱く読者もいるかもしれないが、事実をもとにした創作とご理解いただきたい。

もうひとつ、最後まで訳語で悩んだのは、大恐慌時代をはるかにしのぐとてつもない経済危機を指す〝大低谷〟。字面と違って実際は地形を指す言葉ではなく、本来なら〈大停滞〉とか〈絶不調〉とか訳すべきところだが、どうもぴんと来ない。英訳でも the Great Ravine としていることを口実に、半分語呂合わせのようにして、あえて〈大峡谷〉という訳語を選択した。

その他、訳語については、本書にすばらしい解説を寄せてくれた作家の陸秋槎氏から貴重なアドバイスをいただき、いくつも初歩的な質問に答えていただいた。また、天体物理学や宇宙船の推進システムなど、科学技術的な記述および用語については、前作同様、旧知の林哲矢氏の知恵を借り、いくつかのまちがいを未然に防ぐことができた。記して感謝する。もちろん、この日本語版に翻訳上の誤りがあった場合は、すべて、最終的な訳文を作成した大森の責任であることは言うまでもない。

本書の翻訳にあたっては、前作同様、早川書房〈ミステリマガジン〉編集長の清水直樹氏と、〈SFマガジン〉編集部の梅田麻莉絵氏、そして校正担当の永尾郁代氏にお世話になった。また、カバーは今回も富安健一郎氏にすばらしい新作を描き下ろしていただいた。ありがとうございました。

本書の翻訳作業の後半は、新型コロナウイルス禍ともろにぶつかり、テレビやネットで報じられる国内外の終末SFじみた光景が小説の内容と重なって、フィクションと現実の境目が曖昧になる気分を味わった。著者が敬愛する小松左京の『復活の日』が予言的なパンデミックSFとして脚光を浴び、ふたたびベストセラーリスト入りしたのも奇妙な偶然と言うべきか。それもまた、〝大きなSF〟の力を示す実例かもしれない。

さて、本書の結末で危機紀元は終わりを迎えるが、物語にはまだ続きがある。『黒暗森林』をはるかに超えるものすごいスケールで展開する完結篇『三体Ⅲ　死神永生』の邦訳は、二〇二一年の春ごろ刊行予定。面壁計画の背後で進行していた〝階梯計画〟とは？　人類を救った羅輯を待ち受ける皮肉な運命とは？　新たな主人公、程　心《チェン・シン》とともに、小説はありえない加速度で飛翔する。実を言うと、三部作の中で個人的にいちばん好きなのがこの『死神永生』。二一世紀最高のワイドスクリーン・バロック（波瀾万丈の壮大な本格SFを指す）ではないかと勝手に思っている。お楽しみに。

二〇二〇年五月

大森《おおもり》 望《のぞみ》
1961年生，京都大学文学部卒　翻訳家・書評家　訳書『クロストーク』コニー・ウィリス　著書『21世紀SF1000』（以上早川書房刊）他多数

立原透耶《たちはらとうや》
1969年生，作家・翻訳家　著書《ひとり百物語》シリーズ他多数

上原《うえはら》かおり
フェリス女学院大学准教授、翻訳家

泊《とまり》 功《こう》
函館工業高等専門学校一般系教授、翻訳家

三体《さんたい》II　黒暗森林《こくあんしんりん》〔下〕

2020年6月25日　初版発行
2020年7月10日　再版発行

著　者　劉《りゅう》　慈《じ》　欣《きん》
訳　者　大森《おおもり》　望《のぞみ》　立原透耶《たちはらとうや》
　　　　上原《うえはら》かおり　泊《とまり》　功《こう》
発行者　早　川　浩

発行所　株式会社　早川書房
東京都千代田区神田多町2－2
電話　03-3252-3111
振替　00160-3-47799
https://www.hayakawa-online.co.jp

印刷所　中央精版印刷株式会社
製本所　中央精版印刷株式会社

定価はカバーに表示してあります
ISBN978-4-15-209949-5 C0097
Printed and bound in Japan
乱丁・落丁本は小社制作部宛お送り下さい。
送料小社負担にてお取りかえいたします。

早川書房の単行本

三体

The Three-Body Problem

劉 慈欣

大森 望、光吉さくら、ワン・チャイ訳

立原透耶監修

46判上製

尊敬する物理学者の父・哲泰《ジョータイ》を文化大革命で惨殺され、人類に絶望した中国人エリート科学者・葉 文 潔《イエ・ウエンジエ》。失意の日々を過ごす彼女は、ある日、巨大パラボラアンテナを備える謎めいた軍事基地にスカウトされる。そこでは、人類の運命を左右するかもしれないプロジェクトが極秘裏に進行していた……。アジア初のヒューゴー賞長篇部門に輝いた、現代中国最大のヒット作